SARA ORWIG

Pour le bonheur de Hattie

Traduction française de
ROSA BACHIR

PASSIONS

HARLEQUIN

Collection : PASSIONS

Titre original :
MARRIED FOR HIS HEIR

Ce roman a déjà été publié en 2019

HARPERCOLLINS FRANCE
83-85, boulevard Vincent-Auriol, 75646 PARIS CEDEX 13
Service Lectrices — Tél. : 01 45 82 47 47 - www.harlequin.fr
ISBN 978-2-2805-0123-1 — ISSN 1950-2761

Composé et édité par HarperCollins France.
Imprimé en décembre 2023 par CPI Black Print (Barcelone)
en utilisant 100% d'électricité renouvelable.
Dépôt légal : janvier 2024.

FSC www.fsc.org
MIXTE
Papier issu de sources responsables
FSC® C159065

Pour limiter l'empreinte environnementale de ses livres, HarperCollins France s'engage à n'utiliser que du papier fabriqué à partir de bois provenant de forêts gérées durablement et de manière responsable.

1

— On ne t'a jamais dit que la curiosité était un vilain défaut ? lança Nick Duncan.

Il observa son frère entre ses yeux plissés, espérant que celui-ci lui ficherait la paix.

Mais Stan ne saisit pas le message. Il secoua la tête et rétorqua :

— Mais qu'est-ce que tu croyais, Nick ? Une femme que tu ne connais pas vient te parler d'un héritage dont tu ne soupçonnais pas l'existence. Évidemment que je suis curieux !

Nick devait l'admettre, le raisonnement de son frère était logique.

Il descendit les marches du perron et arpenta la cour de son ranch, le ND. Il prit un instant pour contempler les champs verdoyants qui l'entouraient. Mais cela ne suffit pas à le distraire de ses pensées. Que pouvait bien être cet héritage ?

— Et tu dis que notre avocat t'a conseillé d'accepter cette entrevue avec elle ? demanda Stan, rejoignant son frère aîné.

— Oui. Elle est allée trouver Horace au lieu de me téléphoner. Comment elle a trouvé ses coordonnées, je l'ignore. Ce sont pourtant des informations personnelles.

Il passa la main sur sa nuque.

— Je me suis creusé la tête, mais je ne connais aucune Talia Barton, ni dans l'industrie pétrolière, ni dans l'élevage de bétail, ni dans mon cercle de relations. Je m'en souviendrais si je l'avais croisée. Depuis que j'ai quitté le poste de P-DG de Duncan Energy, je séjourne peu à Dallas. Comme tu le sais, j'y vais seulement quand je dois assister à des réunions du conseil d'administration ou pour des occasions spéciales. C'est au ranch que je passe le plus clair de mon temps, et il n'y a aucune Talia dans le coin. Il y a eu très peu de femmes dans ma vie depuis que je suis veuf.

— Tu veux dire qu'aucune d'elle n'a retenu ton attention, rectifia Stan. Des flopées de femmes viennent te voir, et elles t'apportent tellement de plats et de desserts que tu pourrais ouvrir un restaurant. Je parie que le réfrigérateur de ton appartement de Dallas est tout aussi plein !

— Oh ! oui ! Ces dames ne veulent pas que je meure de faim. Elles sont pleines de bonnes intentions, mais je ne suis pas intéressé.

Cela faisait trois ans qu'il n'était pas intéressé — et il doutait que cela change un jour.

Il retira son Stetson et l'essuya contre sa cuisse. Si seulement il pouvait chasser les souvenirs aussi aisément que la poussière sur son chapeau ! Après tout ce temps, des images de Regina l'assaillaient encore aux moments les plus inopportuns.

Il redressa les épaules et remit son Stetson.

— Quoi qu'il en soit, cette Talia Barton devra venir ici pour me voir. J'ai dit à Horace que je refusais d'aller à Dallas pour la rencontrer.

Il avait posé des tas de questions à son avocat. Mais il n'avait obtenu aucune réponse. Quoi que cette mystérieuse femme ait révélé à Horace, son avocat refusait de le lui répéter. Et il avait insisté pour que Nick convienne d'un rendez-vous avec elle.

— Horace vient au ranch ?

— Non, je lui ai dit que c'était inutile. Quoi qu'elle compte m'annoncer, cette femme devra se contenter d'une brève entrevue.

Nick plongea les yeux dans ceux de son frère, verts et parsemés d'or comme les siens.

— Maintenant que j'y pense, Stan, tu devrais rester. Cet héritage pourrait te concerner aussi, qui sait ?

— Non, merci ! répondit Stan en souriant. J'ai un nouveau cheval dans ma remorque que je dois emmener chez moi. Je saurai plus tard ce que la mystérieuse Mlle Barton va te donner. Au fait, tu en as parlé à grand-mère ?

— Bien sûr que non ! J'attends d'abord de savoir de quoi il retourne.

Stan rit.

— Je te comprends. À ta place, je ferais pareil. Peut-être même que je ne lui dirais rien même une fois fixé.

Nick donna une tape sur le dos de son frère.

— Allez, viens à l'intérieur. Je n'ai pas envie d'attendre Mlle Barton sur le perron.

— Non, non, répondit Stan en secouant la tête. Je te l'ai dit, je dois partir. Et puis c'est un rendez-vous privé. Tu me raconteras plus tard, au téléphone.

— Je suis toujours tenté d'ignorer les recommandations d'Horace et de refuser de la recevoir.

— Horace est l'avocat de la famille depuis des années, et c'est le tien depuis tes vingt et un ans. Alors tu fais ce qu'il te dit, et tu rencontres cette femme. Tu as toujours trouvé qu'il était de bon conseil.

— Je n'en suis plus si sûr. Un avocat qui refuse de donner des informations à un client qu'il connaît depuis son enfance est un piètre avocat, si tu veux mon avis.

— Tu sais bien qu'Horace doit avoir une bonne raison de ne pas t'avoir donné de détails.

Stan s'éloigna, ses cheveux bruns ondulés dansant dans la brise.

— Et ce doit être quelque chose de positif, ajouta-t-il.

— Si ce n'est pas le cas, je change d'avocat, grommela Nick, fixant son regard sur la route qui disparaissait derrière un angle où les feuilles d'un grand peuplier de Virginie s'agitaient dans le vent.

Stan continua de marcher, ses bottes résonnant sur l'allée de briques tandis qu'il gagnait son pick-up noir rutilant, derrière lequel était accrochée une remorque à chevaux.

Frottant sa barbe naissante, Nick observa le nuage de poussière grise que le véhicule de Stan laissa dans son sillage. Quelques minutes plus tard, il était de retour dans son bureau, toujours aux prises avec les questions qui se bousculaient dans sa tête.

Talia Barton…

Depuis qu'il était veuf, il avait eu quelques aventures d'un soir, mais elles n'étaient pas nombreuses, et la dernière remontait à un moment. Il travaillait de longues heures jusqu'à s'épuiser, et il faisait du sport avant et après ses tâches au ranch. Il ne sortait pas le soir car il n'en avait pas envie. Alors où aurait-il pu faire la connaissance de Talia Barton ?

Au bout d'un quart d'heure, il entendit une voiture dans l'allée. Il alla à la fenêtre et vit une berline noire ralentir puis s'arrêter devant la maison.

L'intérêt de Nick augmenta d'un cran quand il vit une jeune femme blonde aux longues jambes sortir du véhicule. Perchée sur des escarpins vertigineux, elle portait un tailleur bleu marine et une chemise blanche. C'était une vraie beauté, capable de faire tourner les têtes où qu'elle aille. Il comprenait mieux pourquoi Horace avait insisté pour qu'il la rencontre…

Il se força à rester immobile. Royce, son employé de maison, avait pour instruction d'escorter la jeune femme jusqu'à son bureau. Nick la regarda monter les marches du perron et sentit son pouls tressauter. Elle était vraiment superbe.

Après quelques secondes, Royce et elle apparurent devant la porte ouverte, et Nick traversa la pièce pour les rejoindre.

— Merci, Royce, dit-il.

Dès que le majordome les eut laissés seuls, Nick tendit la main à la jeune femme.

— Mademoiselle Barton, je suis Nick Duncan.

Le contact de sa main douce et chaude provoqua une décharge de désir en lui. Surpris, il observa l'inconnue de plus près.

Il vit une lueur briller dans ses yeux bleus ourlés de cils épais. Elle non plus n'était pas indifférente, apparemment. Une pensée qui attisa son propre trouble.

Elle s'éclaircit la voix et retira sa main.

— Talia Barton. Vous pouvez m'appeler Talia.

Il se dégageait d'elle une franchise et un sérieux qui lui permettaient sans doute d'obtenir ce qu'elle voulait des gens.

— Allons dans mon bureau pour discuter, suggéra-t-il. Je suis curieux de savoir ce que vous avez à m'annoncer, et que vous ne pouviez pas me dire au téléphone.

C'était une certitude, il n'avait jamais croisé Talia. S'il l'avait rencontrée, il ne l'aurait pas oubliée.

— C'est mon avocat qui m'a poussé à vous recevoir. Quelles que soient vos motivations, vous avez réussi à le convaincre.

— Je crois que vous vous rangerez à son avis une fois que vous m'aurez écoutée, dit-elle.

Elle s'installa face à lui sur la chaise de cuir qu'il lui indiqua.

Il ne put s'empêcher de la contempler quand elle croisa ses longues jambes galbées. Un réflexe masculin qui le surprenait, car il n'en avait plus eu de ce genre depuis la mort de son épouse. En août, cela ferait trois ans qu'un accident d'avion avait coûté la vie à sa femme et à leur bébé. Depuis leur disparition, Nick avait l'impression d'être engourdi, et à moitié mort lui-même. La plupart du temps, il ne faisait pas attention aux femmes, en dehors de quelques nuits sans lendemain lors de soirées loin du ranch.

Alors pourquoi cette mystérieuse inconnue suscitait-elle une telle réaction chez lui ?

Talia contemplait les yeux verts parsemés d'or de son interlocuteur. Décidément, cette entrevue n'aurait rien de facile, s'avisa-t-elle. Non seulement elle était déjà nerveuse, mais elle se retrouvait face à un homme très séduisant, et terriblement attirant.

Talia avait enquêté sur lui, par tous les moyens possibles, y compris le recours à un détective privé. À son grand soulagement, elle avait appris que Nick Duncan était intelligent, fiable, compétent et sûr de lui. Il avait du succès dans les affaires, et il savait être dur quand il le fallait. D'après toutes les informations qu'elle avait pu réunir, Nick avait été un bon mari et un bon père, même s'il n'avait été père que très peu de temps.

Une fois ses vérifications faites, elle avait décidé de le rencontrer et de lui exposer son problème. Mais elle n'avait pas prévu cette alchimie explosive entre eux, qu'elle avait perçue dès l'instant où elle était entrée dans la pièce.

Lorsqu'ils s'étaient serré la main, le courant électrique l'avait prise au dépourvu. Tout comme les picotements qui l'avaient parcourue quand elle avait croisé son regard. Mais elle ne devait pas y prêter attention, car Nick et elle ne seraient jamais rien l'un pour l'autre. Toutefois, elle était surprise. Depuis son mariage désastreux et son divorce, aucun homme ne l'avait attirée. De toute manière, il y avait trop de bouleversements dans sa vie en ce moment. Pourtant, d'un simple contact, Nick Duncan avait percé son armure. Il était bien plus beau et sexy en vrai qu'en photo. Son charme transparaissait malgré son air prudent et réservé. Il se demandait sans doute pourquoi elle était ici, et ce qu'elle lui voulait. Autant en finir au plus vite, se dit-elle.

Mais c'était plus facile à dire qu'à faire. Rien dans sa vie — pas même les décès dans sa famille ou son mariage brisé — n'avait été aussi douloureux que le tourment qu'elle était en train de vivre. Elle était au bord des larmes, ce qui était inhabituel chez elle. Elle déglutit et jeta un regard circulaire pendant qu'elle s'efforçait de reprendre le contrôle sur ses émotions. Elle avait répété son discours, mais maintenant qu'elle était face à Nick Duncan, elle avait envie de filer vers sa voiture et de rentrer chez elle.

Hélas, elle ne pouvait pas fuir. Si elle renonçait, la situation ne ferait qu'empirer. Nick Duncan était un homme intelligent, prospère, attaché aux valeurs familiales. Milliardaire, il était propriétaire du ranch ND, et copropriétaire de Duncan Energy, une compagnie fondée par son père et dirigée à présent par ses deux plus jeunes frères. C'était aussi un homme qui avait connu une terrible tragédie. Talia n'avait pas d'autre choix que de faire ce qu'elle était venue faire. Elle redressa les épaules, s'apprêtant à reprendre la parole, mais ce fut Nick qui brisa le silence gêné.

— Vous vivez dans le coin ? demanda-t-il.

— Non, je vis à Dallas. J'enseigne les arts plastiques dans une université publique.

Sa question lui avait donné le courage de se lancer. Elle prit une inspiration et sourit.

— Monsieur Duncan, je suis...

— Appelez-moi Nick.

— Eh bien, Nick, je suis sûre que vous êtes curieux de savoir pourquoi je souhaitais vous voir... et je ne veux pas vous faire attendre plus longtemps. J'ai besoin votre aide, à propos de quelque chose qui vous appartient.

Il se pencha, appuyant les mains sur les genoux et l'étudiant avec intensité.

— J'avais une voisine, Madeline Prentiss, avec laquelle je suis devenue amie. Ni elle ni moi n'avions de famille, ce qui nous a rapprochées. Elle effectuait un stage pour devenir paysagiste et suivait les cours du soir que je donnais, car elle devait dessiner des plans pour les clients de son employeur. Nous nous rendions à l'université ensemble, et cela a renforcé nos liens.

Elle avait toujours envie de fuir, car cela lui coûtait de demander de l'aide. Elle prit une grande inspiration, mais quand elle plongea le regard dans les yeux vert et or si fascinants de Nick, elle fut soudain incapable de poursuivre.

Ils se dévisagèrent, et elle se leva brusquement.

— J'avais tout répété dans ma tête, avoua-t-elle. Mais ce n'est pas facile. Donnez-moi une minute.

— Bien sûr. Prenez votre temps. Je vais vous apporter un verre d'eau.

Il la laissa seule dans le bureau. Sans doute pour lui laisser le temps de se reprendre, supposa-t-elle. Quelques instants plus tard, il revint avec un plateau sur lequel étaient posés une carafe, deux verres d'eau et des glaçons. Il lui donna un verre, et quand leurs mains s'effleurèrent, elle éprouva une émotion qui lui rappela à quel point cet homme était séduisant. Pendant qu'elle sirotait son eau fraîche, elle l'observa. L'expression de son regard affola son cœur.

— Voulez-vous vous asseoir ? offrit-il, posant le plateau sur une table.

Ils s'assirent de nouveau, et elle remarqua son regard sur ses jambes quand elle les croisa. Elle posa son verre sur une petite table près de sa chaise et tira sur sa jupe.

— C'est difficile pour moi, monsieur Dunc... Nick, mais il était vraiment temps que je vienne vous voir. Je vous parlais de mon amie, Madeline Prentiss.

Il hocha la tête.

— Est-ce que cette personne a un lien avec le motif de votre visite ?

— Oui, en effet. Il y a près de deux ans, Madeline était à une soirée à Austin. Elle a eu une aventure avec un homme qu'elle n'a jamais revu ensuite.

— Je suppose que Madeline pense que je suis cet homme ?

— Oui. Vous étiez cet homme, c'est certain. Elle m'a parlé de la nuit que vous avez passée ensemble.

Rassemblant son courage, elle se pencha puis ajouta sans ambages :

— Et durant cette nuit, vous avez conçu un bébé.

Nick avait l'impression d'avoir reçu un seau d'eau glacée sur la tête.

— Vous dites que j'ai eu un bébé avec cette femme ? Pourquoi a-t-elle attendu jusqu'à maintenant ? Pourquoi vous a-t-elle envoyée à sa place ? Où est Madeline ?

Il n'arrivait pas à interrompre le flot de questions qui se déversait de ses lèvres. D'un côté, il était choqué, mais de l'autre, il avait besoin d'avoir des réponses à toutes ses interrogations.

— Madeline ne vous a pas informé de sa grossesse car ce soir-là, vous avez passé beaucoup de temps à lui raconter votre histoire. Vous lui avez dit que vous aviez perdu votre fils de deux mois et votre épouse dans un accident d'avion. Que vous adoriez votre femme, qu'elle vous manquait, et que vous n'étiez pas prêt pour une autre relation. Vous avez même pleuré. Madeline savait que vous n'étiez pas amoureux d'elle et que vous ne le seriez sans doute jamais.

— Vous parlez au passé, remarqua-t-il, et un frisson le parcourut.

— C'est vrai.

Mais elle ne développa pas.

— Madeline avait du talent. Elle passait des auditions pour devenir chanteuse. Elle commençait à avoir des contrats qui lui rapportaient plus que son emploi de paysagiste.

Soudain, il se souvint de Madeline. Elle avait chanté lors de la soirée durant laquelle ils s'étaient rencontrés. Talia avait raison : Madeline avait du talent.

— Vous vous souvenez d'elle, devina Talia.

Cela le surprenait qu'elle puisse lire dans ses pensées aussi aisément.

— Mes souvenirs sont vagues mais, oui. Je ne sors pas beaucoup, alors je n'ai pas beaucoup de choses à me rappeler, mais je me souviens d'elle, car elle était belle et douée. Elle avait chanté ce soir-là.

— Madeline était promise à une belle carrière, mais il y a quelques mois, elle a perdu la vie dans un accident de voiture. Elle était jeune et n'a pas laissé de testament. Depuis son décès, je m'occupe de son enfant, et maintenant, je me bats contre l'État, qui veut me le prendre. J'ai fait tout ce que j'ai pu, mais je ne suis ni une parente ni la tutrice légale de ce bébé. Madeline n'a laissé aucun document, rien pour indiquer qu'elle voudrait me nommer comme tutrice. Elle n'avait pas de famille. Vous, en revanche, vous êtes le père biologique de son enfant.

Il entendit à peine ce qu'elle lui dit ensuite. Son esprit était bloqué sur une phrase... *Le père biologique de son enfant...*

Il était père d'un enfant.

Il avait un bébé qu'il ne connaissait pas, conçu avec une mère décédée dont il se souvenait à peine.

— Désolé, donnez-moi une seconde. Je suis sous le choc.

Il prit une gorgée d'eau. Il aurait préféré que ce soit un alcool fort.

— Quand vous avez dit que vous deviez me voir, je n'avais

pas imaginé qu'il s'agirait d'un bébé. De mon bébé. Un bébé qui est orphelin.

— Pas vraiment orphelin, rectifia Talia. Il lui reste un parent biologique : vous. Je me suis renseignée sur votre compte, et tout indique que vous êtes quelqu'un de très sérieux

Elle marqua un temps. Puis son regard sembla s'assombrir quand elle déclara :

— J'ai besoin de votre aide, Nick.

— Comment ça ?

— Vous pouvez empêcher l'État de la prendre.

— Elle ? Une petite fille ? demanda-t-il, de plus en plus abasourdi. Mais je ne connais rien aux petites filles !

— Il fut un temps où vous ne connaissiez rien aux ranchs ou aux petits garçons, je suppose.

La tension était presque palpable, mais il l'ignora. Il avait une petite fille qu'il n'avait jamais vue. C'était la seule pensée qui occupait son esprit.

— Quel âge a-t-elle ? questionna-t-il.

— Quatorze mois.

— J'ai eu un garçon pendant deux mois. Il aurait deux ans et neuf mois aujourd'hui.

Tentant d'étouffer la douleur familière qui l'envahissait chaque fois qu'il songeait à Regina et à Artie, il respira profondément.

— À part ces deux mois avec Artie, je n'ai pas d'expérience en tant que père. C'était différent quand j'avais une épouse et que nous voulions une famille, mais... Je ne connais presque rien aux enfants. Je ne connais rien aux petites filles...

Sa main tremblait presque quand il reposa son verre sur la table. Car une autre pensée venait de jaillir dans son esprit.

— Vous êtes sûre que c'est mon bébé ?

Talia ne montra aucune réaction. D'une voix calme, elle répondit :

— Oui. Madeline en était sûre. Vous pouvez faire un test de paternité si vous le souhaitez. Votre fille s'appelle Hattie.

— Hattie ?

C'était un joli prénom.

— Je suis certaine que le résultat du test sera positif, mais cela vous permettra d'avoir une preuve tangible que Hattie est votre enfant.

Le silence s'instaura entre eux. Nick regarda par la fenêtre. Les yeux perdus dans le lointain, il tenta de composer avec cette révélation. Talia disait-elle vrai ? Était-il de nouveau père ? Même s'il avait été un père pendant deux mois, il ne pouvait pas s'imaginer en papa d'une petite fille d'un an.

Il soutint le regard bleu et calme de Talia. Elle l'impressionnait, car il lui avait sans doute fallu du courage pour organiser ce rendez-vous et lui annoncer la nouvelle.

— C'est vous qui vous occupez de ce bébé ?

— Oui, depuis le décès de sa mère. Je surveillais souvent Hattie avant sa disparition. Comme je vous l'ai dit, Madeline n'avait pas de famille, et j'étais comme une seconde maman pour Hattie. Je lui ai trouvé une place en crèche, et je la récupère après ma journée de travail. Dans quelques semaines, le semestre se termine, et comme je ne donnerai pas de cours cet été, je pourrai être avec elle à plein temps.

Il réfléchit à tout ce qu'il venait d'apprendre. Comment allait-il gérer la situation ? Il ne connaissait presque rien aux bébés, rien aux petites filles. Et il avait besoin d'une preuve solide pour être sûr que cet enfant était bien le sien.

— Je veux faire ce test, déclara-t-il. Tant que je n'ai pas de preuve, je ne prendrai aucune décision.

— Je peux le concevoir, et je m'attendais à cette réaction de votre part. Mais vous devez comprendre que le temps presse. Toutefois, si je dis aux agents de l'État que vous voulez la garde de votre enfant, ils battront sans doute en retraite, assez longtemps pour que vous puissiez faire un test ADN.

— Dans le cas contraire, je demanderai à mon avocat de se charger de cette question.

Elle sortit de son sac une enveloppe qu'elle lui donna.

— Ce sont les coordonnées d'un laboratoire où vous pourrez faire le test. Il faudra un peu de temps pour obtenir le résultat, mais cela vous prouvera que Hattie est votre petite fille. Je vous ai également joint mon numéro de téléphone.

Nick prit l'enveloppe et la retourna dans sa main.

— En attendant, ajouta Talia, je pense que vous devriez faire la connaissance de Hattie.

Peut-être avait-elle raison.

— Vous semblez certaine de ma paternité. Si Hattie est ma fille et que l'État renonce à sa démarche, qu'advient-il de vous ? C'est vous qui l'élevez.

Elle secoua la tête et détourna les yeux, et à sa grande surprise, il vit son regard s'embuer.

— J'aime Hattie comme si c'était ma propre fille, mais je sais que je dois renoncer à elle. C'est votre bébé. Vous êtes jeune, vous vous remarierez. Je sais bien qu'il n'y aura pas de place pour moi dans sa vie une fois que je vous l'aurai confiée.

Elle s'essuya les yeux, et il songea à son fils. Il n'avait connu Artie que deux mois, mais il l'avait aimé de tout son être, alors il pouvait comprendre la tristesse de cette femme. Elle aimait ce bébé depuis quatorze mois, et pendant une grande partie de ces quatorze mois, elle avait été son seul parent. Nick était navré qu'elle souffre, et il savait que sa peine ne ferait que grandir avec le temps.

— C'est fou comme les enfants peuvent faire fondre votre cœur, dit-il tout bas, et elle lui lança un regard surpris. Si vous vivez dans le coin, nous pourrons peut-être mettre en place un système pour que vous puissiez lui rendre visite. Nous en parlerons une fois que j'aurai eu le résultat du test ADN.

— Merci. J'en serais ravie, dit-elle, l'observant comme si elle était en train de revoir son opinion sur lui.

Elle s'essuya de nouveau les yeux et prit une grande inspiration.

— Vous semblez douter que ce soit votre enfant. Je peux le comprendre, mais...

— Vous êtes certaine que Madeline vous a dit la vérité ? l'interrompit-il. Elle avait deux ans pour me prévenir.

— Je l'ai poussée à le faire, mais au début, elle craignait que vous ne vouliez lui prendre Hattie. Et quand sa carrière de chanteuse a décollé, elle comptait quitter le Texas pour aller vivre à New York, en Californie ou à Nashville, et elle pensait que vos chemins ne se croiseraient plus jamais.

Et si leurs chemins ne s'étaient plus croisés, il n'aurait jamais su qu'il était le père de Hattie. Si toutefois elle était bien sa fille.

Talia avait dû lire dans ses pensées car elle suggéra :

— Passez le test ADN, ensuite nous discuterons.

Elle se leva, et il fit de même.

— À moins que vous n'ayez d'autres questions, je crois que nous avons fini, dit-elle.

— Vous n'avez aucun doute, n'est-ce pas ?

Il sonda son regard. Ses yeux étaient d'un bleu si hypnotisant qu'il retint son souffle et faillit oublier sa question.

— Non. Je suis sûre que le résultat du test de paternité sera positif. Et quand vous verrez Hattie, cela achèvera de vous convaincre.

— Vous trouvez que Hattie me ressemble ?

— Vous pourrez en juger par vous-même quand vous la verrez, dit-elle avec un faible sourire. Appelez-moi quand vous serez fixé.

Son ton autoritaire lui rappela sa grand-mère, et il eut presque envie de répondre : « Oui, madame. »

Mais lorsqu'une bouffée de son parfum lui parvint et qu'il sonda les profondeurs de son regard, il eut envie de l'inviter à dîner. L'idée le surprit, et il la rejeta aussitôt. Cette femme venait de lui compliquer la vie. Il ne devrait pas s'impliquer avec elle, ni sur le plan émotionnel, ni sur le plan physique, à plus forte raison si Hattie n'était pas sa fille. Toutefois, il avait le sentiment que Talia avait une forte personnalité, tout comme lui. En d'autres circonstances, il aurait aimé apprendre à la connaître.

Talia posa la main sur la poignée de la porte en même temps que lui, et il sentit la chaleur et la douceur de son poignet sous ses doigts. Aussitôt, son rythme cardiaque s'accéléra, et il songea que seuls quelques centimètres les séparaient. Sa bouche rose était aussi captivante que ses magnifiques yeux bleus, songea-t-il, le souffle court. Les réactions que Talia provoquait en lui ne cessaient de le surprendre. Malgré ce que la raison lui commandait, il était attiré par elle.

Quand elle reprit la parole, il reporta son attention sur ses yeux.

— Nick, je n'ai peut-être pas le droit de vous demander ça mais…

Il vit sa gorge se serrer tandis qu'elle ravalait ses larmes.

— Si c'est votre fille, je vous en prie, ne l'abandonnez pas, sinon elle deviendra pupille de l'État. Il y a sûrement de la place dans votre vie et dans votre cœur pour une enfant que vous avez conçue.

— Si c'est mon enfant, j'assumerai mes responsabilités.

Il commettait peut-être une erreur monumentale en s'engageant ainsi, mais il était inconcevable qu'il abandonne un bébé qui était le sien.

— Je l'espère. Vous ne le regretterez pas. C'est une petite fille adorable et joyeuse, dit-elle, et il perçut la mélancolie dans sa voix.

Une douleur sourde l'envahit quand il songea de nouveau à son petit garçon, qui avait quitté ce monde bien trop vite. Même si cela faisait près de trois ans qu'il avait porté Artie dans ses bras pour la dernière fois, Nick souffrait encore terriblement.

— Je passerai le test et je vous tiendrai au courant, quel que soit le résultat.

— Très bien. Et merci de m'avoir dit que Hattie pouvait compter sur vous.

Il ouvrit la porte et vit que Talia avait de nouveau les larmes aux yeux.

— J'attends de vos nouvelles, conclut-elle.

Il la regarda marcher vers sa voiture d'un pas déterminé, ses hanches ondulant légèrement. Talia était une belle femme, mais ce qu'elle venait de lui annoncer pourrait changer sa vie pour toujours. Alors, pourquoi l'attirait-elle ? Peut-être était-il en train de revenir à la vie. Peut-être aurait-il eu cette réaction avec n'importe quelle autre belle femme.

Non. Il voyait des femmes séduisantes presque chaque jour, et aucune n'avait suscité une telle réaction chez lui.

Il alla dans la cuisine pour prendre une bière fraîche et chasser de son esprit les grands yeux azur et les splendides jambes de Talia Barton.

Lorsqu'il ouvrit son réfrigérateur, il vit tous les plats, les salades et les desserts que les femmes célibataires des environs lui avaient apportés. Il ne s'était pas rendu compte qu'il connaissait autant de femmes. En soupirant, il s'installa à la table de la cuisine et ouvrit l'enveloppe que Talia lui avait confiée. Il lut les notes qu'elle avait rédigées dans une écriture soignée. Il saisit son téléphone et prit un rendez-vous pour un test de paternité.

Il but une longue gorgée de bière, en pensant à Regina et au petit Arthur. Cesserait-il jamais de souffrir ? Cesseraient-ils jamais de lui manquer ? Comment allait-il pouvoir aimer une petite fille qu'il ne connaissait pas, alors qu'Artie et Regina emplissaient encore son cœur ?

Artie était si petit quand il avait disparu. Nick l'avait porté quand il pleurait, lui avait chanté des berceuses, lui avait donné le bain, l'avait habillé. Il lui était arrivé de lui donner le biberon, mais il n'avait pas été seul pour élever son fils. Il ne s'était jamais inquiété de ne pas savoir comment faire, car Regina était là pour répondre à toutes ses questions.

Une petite fille de quatorze mois, c'était tout à fait différent. Elle avait besoin d'une mère qui la chérisse. La pensée le préoccupa jusqu'à ce qu'il la chasse de son esprit. Il n'y avait pas de raison de s'inquiéter tant qu'il n'était pas certain que cette petite fille était la sienne.

Mais si Hattie était son enfant, dans quelle mesure serait-il amené à côtoyer Talia ?

2

Au volant de sa berline, Talia Barton s'éloigna du ranch de Nick Duncan. Elle distinguait à peine la route à travers ses larmes et dut s'arrêter pour tâcher de se reprendre. Elle adorait Hattie, et elle avait le sentiment d'être une seconde mère pour la petite fille. Essayer de faire comprendre à Nick qu'il devait recueillir Hattie avait été extrêmement douloureux. Elle vivait dans l'angoisse depuis que des agents de l'État lui avaient annoncé qu'en l'absence de document officiel stipulant que la mère la désignait comme tutrice, Hattie deviendrait pupille de l'État.

Madeline était promise à un bel avenir dans le monde de la musique, et sa vie avait été pleine de joie et d'excitation. Elle avait envisagé de rédiger un testament pour désigner Talia comme tutrice de Hattie, mais elle n'avait jamais pris le temps de le faire. Madeline adorait son bébé, et elle avait une telle soif de vivre qu'elle n'avait pas envisagé que quoi que ce soit puisse lui arriver. Talia non plus n'y avait pas songé. L'accident avait été pour elle une tragédie, et elle souffrait encore terriblement.

Talia pleura en silence, déchirée à l'idée de se séparer de Hattie. Enfin, elle sécha ses larmes. Elle priait pour que Nick veuille bien de son bébé, et qu'il fasse les démarches pour obtenir sa garde. Talia savait que, quoi qu'il advienne, elle ne pourrait pas avoir Hattie pour elle seule. Il lui fallait l'accepter. Puisqu'elle ne pouvait pas élever Hattie elle-même, elle voulait le meilleur pour cette enfant, or, pour l'heure, il n'y avait que deux solutions : soit Nick Duncan réclamait la garde de son enfant, soit l'État lui prenait Hattie. Talia ferait tout pour que la seconde hypothèse ne devienne pas réalité.

Parce qu'elle avait envie de rentrer chez elle pour voir la petite fille, Talia reprit le volant et s'engagea sur la route.

Ses pensées se reportèrent sur Nick et sur leur rencontre. La poignée de main qu'ils avaient échangée avait provoqué des picotements dans tout son corps, lui coupant le souffle. Plus surprenant, Nick aussi avait ressenti cette électricité. Elle l'avait vu dans son regard. Mais c'était un élément sur lequel elle ne pouvait pas s'attarder. Pour l'heure, l'important était qu'il devienne légalement le père de Hattie, dès que possible. Elle espérait que Nick lui laisserait une place dans la vie de Hattie. Était-ce trop demander ?

Après tout, elle ne connaissait pas Nick, et il ne la connaissait pas. Et si un jour il se remariait, et que son épouse ne voulait pas de Talia dans leur vie ? Nick l'empêcherait-il de voir Hattie ?

Elle n'osait imaginer ce qui adviendrait si Nick ne réclamait pas la garde de sa fille. Avant tout, il avait besoin d'une preuve de sa paternité. Dès qu'elle avait vu Nick, elle avait remarqué les traits de famille. Hattie avait les mêmes yeux verts parsemés d'or que Nick, les mêmes cheveux bruns bouclés, la même forme de visage.

Elle secoua la tête. Comment allait-elle faire pour travailler et rester concentrée ? Elle ne pensait qu'à Hattie, à chaque minute. Elle se gara sur le parking de la crèche, sortit de la voiture et se dirigea vers le bâtiment pour aller chercher sa petite protégée.

Dès que Hattie l'aperçut, elle lui tendit les bras. Talia la porta, lui sourit et déposa un baiser sur sa joue tout en la serrant contre elle.

— Bonjour, trésor, dit-elle.

Une vague d'amour l'envahit. Elle aimait cette enfant de tout son cœur. Si seulement Nick pouvait aimer Hattie aussi ! Il l'aimerait, une fois qu'il serait certain d'être son père, se rassura-t-elle. Et il ne voudrait certainement pas que l'État prenne son enfant.

— Comment va ma petite fille ? demanda-t-elle, respirant le doux parfum du talc pour bébé.

Elle recula un peu pour observer Hattie, qui sourit et lui tapota la joue.

— Je t'aime, dit Talia.

— T'aime, répondit Hattie de sa voix enfantine.

Des mots qui la ravirent.

— Je t'emmène à la maison, dit Talia, prenant le sac de Hattie et rassemblant ses affaires.

Elle discuta un instant avec deux des puéricultrices puis sortit avec Hattie.

— Quand il t'aura vue, je ne vois pas comment ton papa pourra te résister, dit-elle tandis qu'elle attachait l'enfant dans son siège auto.

— Pa, dit Hattie.

— C'est ça, répondit Talia en souriant. Pa-pa. Nous allons travailler sur ce mot. Pa-pa, dit-elle, appuyant sur chaque syllabe.

Hattie rit.

— J'espère qu'il te fera rire. Pa-pa, répéta-t-elle, espérant que Hattie apprendrait ce nouveau mot rapidement. Je ne veux pas qu'il t'arrache à moi, mais si ce n'est pas lui, c'est l'État qui le fera. Alors, il vaut mieux que ce soit ton père, car il me laissera peut-être te voir de temps en temps.

En ce début de mois de mai, Nick était dans son bureau, au ranch, et observait le document qu'il tenait à la main. Les résultats du test ADN. La preuve absolue qu'il était le père de Hattie. Il était en train de retourner l'information dans sa tête quand Stan frappa à la porte ouverte et entra.

— J'avais à faire en ville, alors je me suis dit que j'allais passer te voir. Comment tu gères la nouvelle ?

— La nouvelle de ma paternité ? Très mal.

Il avait informé son frère des résultats du test dès qu'il les avait reçus. Et depuis, il les avait relus une bonne dizaine de fois. Il reposa le document sur son bureau.

— Talia Barton viendra avec Hattie dans ma maison de Dallas pour que je puisse la rencontrer. Nous essayons tous les deux de nous adapter à la situation. Talia souffre de perdre la garde de Hattie, et je ne peux pas imaginer devenir père d'une petite fille de quatorze mois. Je ne sais pas comment m'occuper d'une petite fille.

Stan l'observa, l'air songeur, et repoussa son chapeau sur sa tête.

— Tu veux laisser l'État la prendre ?

Surpris, Nick lança un regard interrogateur à son cadet.

— Désolé, s'excusa Stan. Je sais que ce n'est pas ce que tu veux, et à ta place, j'aurais la même réaction. Pardon de t'avoir posé cette question.

— Ce n'est rien. Cette enfant est la mienne, et j'assumerai mes responsabilités, même si ça me déchire. Je ne connaissais même pas la mère. J'ai l'impression que chaque fois que je regarderai cette petite fille, je souhaiterai qu'elle soit Artie.

— Je suis navré, Nick. Mais tu vas t'habituer à elle. Je t'aiderai autant que je le pourrai.

— Merci, Stan. Ça me touche beaucoup, dit-il, se sentant soudain fier de son jeune frère.

— Il faut que je file. J'étais juste passé en coup de vent. Quand Mlle Barton t'amènera-t-elle le bébé ?

— Demain après-midi. Le matin, j'irai à Dallas, et elle m'amènera Hattie après son dernier cours.

— Tu es papa, et je suis l'oncle d'une petite fille. C'est fou ! Il faut un peu de temps pour s'habituer.

Son air mélancolique fit place à un regard sérieux.

— Je suis surpris que l'État ne soit pas encore intervenu pour retirer la garde de cette enfant à Mlle Barton. Elle n'a aucun droit légal sur elle.

— Elle est enseignante dans une université, et elle a une autorité naturelle qui lui permet sans doute d'obtenir ce qu'elle veut des gens.

— Une femme dans le genre camionneuse ?

Nick sourit.

— Crois-moi, tu n'emploieras plus jamais ce terme quand tu l'auras vue.

— Une bombe ?

— Elle est éblouissante. Tu verras.

— Eh bien, je suis impatient de faire sa connaissance !

Nick ne répondit pas, mais lui-même était impatient de la revoir, à sa grande surprise. Cela l'ennuyait qu'elle suscite une telle attirance chez lui, car elle avait mis sa vie sens dessus dessous.

Il fit quelques pas avec Stan.

— Je ne veux rien dire à grand-mère tant que tout n'est pas réglé. Elle pourrait vouloir emménager chez moi.

— Si tu laisses grand-mère s'installer chez toi, tu n'auras plus jamais à prendre la moindre décision. Tu pourras te contenter de te laisser porter.

— Tu sais bien ce qui se passera, elle voudra me mener à la baguette. Donc, elle ne saura rien tant que je ne serai pas prêt. En revanche, j'en parlerai à Blake et à Adam. Je les appellerai ou je leur enverrai un message.

— Entendu.

— Selon Talia, Hattie me ressemble.

Stan lui lança un regard faussement horrifié.

— J'ai du mal à imaginer une petite fille qui te ressemble, le taquina-t-il.

— Pour être franc, moi non plus, répondit Nick, passant la main sur sa barbe naissante.

— Il faudra que grand-mère approuve la nounou que tu engageras. Car tu vas engager une nourrice, n'est-ce pas ?

— J'ignore encore ce que je vais faire.

Nick ne put empêcher ses peurs de remonter à la surface, celles contre lesquelles il s'était battu ces dernières heures.

— Je ne connais même pas cette petite fille, et je ne l'aime pas. Je n'arrête pas de penser qu'elle n'aura personne qui l'aime ici. En revanche, Talia Barton l'adore. Cette petite va passer d'une personne aimante à un groupe d'étrangers. Ça m'inquiète.

— Nous ne sommes pas des ogres, Nick, mais je comprends ce que tu veux dire. Elle aura besoin de quelqu'un qui l'aime. Peut-être qu'elle sera un peu difficile au début.

Nick y avait déjà pensé, mais il était surtout inquiet à l'idée que cette petite fille ne soit pas aimée.

— Si elle est si séduisante, épouse cette Talia, suggéra son frère.

— Stan ! s'exclama Nick, à la fois choqué et amusé.

— Je plaisantais. À ta place, je ne m'en ferais pas. Les bébés s'adaptent vite, et nous sommes tous là pour t'aider. Grand-mère va adorer cette petite, c'est sûr, comme elle adorait Artie. Et bientôt, nous allons tous l'adorer.

— Tu as raison, je suppose. Grand-mère va devoir coopérer cette fois. Je ne pourrai pas gérer ses caprices, car j'ai déjà assez à faire comme ça.

— Envoie-moi une photo de cette enseignante, dit Stan tout en descendant les marches du perron. Je pourrais la demander en mariage, comme ça, je serais le beau-père et l'oncle de ta petite fille.

Il rit de sa propre plaisanterie tandis que Nick secouait la tête.

— Tu es irrécupérable, Stan. Garde tes suggestions pour toi et file, lâcha Nick en riant.

— Sérieusement, je t'aiderai si tu as besoin de moi, même si j'en sais encore moins que toi sur les bébés. Mes compétences se limitent aux poulains et aux veaux.

— Merci, Stan.

Tandis que son petit frère s'éloignait, Nick retourna à son bureau, mais il ne parvint pas à se concentrer sur les tâches qui l'attendaient. Il songea à Madeline. Depuis sa rencontre avec Talia, il avait retrouvé ses souvenirs de cette soirée. Il était sûr d'avoir utilisé un préservatif, pourtant, il y avait cette petite fille, et le test de paternité avait confirmé que c'était vraiment *son* bébé. Il n'arrivait pas à se faire à cette idée, et la culpabilité l'envahit quand il songea qu'il devrait l'arracher à une personne qui l'aimait et la faire entrer dans une famille d'étrangers.

Assez ! s'intima-t-il. Tout irait bien. Il le fallait.

Il prit son livre de comptes relié de cuir, mais les chiffres se brouillèrent devant ses yeux. Son esprit était obnubilé par son nouveau statut de père… et par son attirance pour Talia Barton.

Le lendemain, en fin d'après-midi, Nick faisait les cent pas dans sa maison de Dallas, située dans un quartier sécurisé. Talia allait bientôt arriver, et il allait faire la connaissance de sa fille. Ce qui lui semblait incroyable. Un soir, il avait trop bu pour oublier son chagrin, et il avait couché avec une inconnue. À présent, il avait une fille pour le restant de ses jours. Une petite fille qui allait emménager chez un père qui était un parfait étranger pour elle. C'était mieux que d'être pupille de l'État, et tout le monde finirait sans doute par aimer cette enfant, mais elle connaîtrait des moments difficiles au début, et cette idée le tourmentait. De plus, Talia aurait le cœur brisé en perdant Hattie, ce qu'il ne comprenait que trop bien, lui qui avait perdu son fils.

Lorsqu'il entendit une voiture arriver, il consulta sa montre. Talia était à l'heure. Il était impatient de la revoir, bien qu'elle ait chamboulé son existence.

Il se hâta de rejoindre l'entrée. Il regarda par la porte vitrée et vit Talia monter l'allée, une petite fille dans les bras. Son pouls s'accéléra quand il observa Talia de plus près. Elle portait une robe bleu roi sans manches qui soulignait sa silhouette de rêve, et des escarpins vertigineux. Elle avait relevé ses cheveux sur les côtés, et les boucles qui retombaient sur ses épaules rebondissaient légèrement à chacun de ses pas.

Il reporta son attention sur le bébé dans ses bras. La petite fille avait une main sur l'épaule de Talia et jouait avec ses longues mèches blondes. Elle avait des cheveux fins, bruns et bouclés, et à cette distance, elle semblait être une jolie petite fille. Il n'arrivait pas à croire que c'était son bébé, mais c'était bien le cas. Le fait de la voir ne rendait pas la situation plus réelle pour lui.

Il avait une petite fille qu'il ne connaissait pas, qui se trouvait dans les bras d'une femme qu'il aimerait connaître si les circonstances étaient autres. Sa vie allait changer pour toujours, et il ignorait à quoi elle allait ressembler.

Il ouvrit la porte.

— Bonjour. Entrez, toutes les deux.

— Merci, dit Talia d'une voix tendue.

C'était un moment difficile pour elle, il le devinait. Si elle se sentait déjà mal rien qu'en lui présentant sa fille, qu'en serait-il quand elle devrait la lui confier pour toujours ?

Il observa le bébé dans ses bras, et plongea le regard dans de grands yeux verts parsemés d'or, similaires aux siens et à ceux des autres membres de sa famille. Hattie avait la même couleur de cheveux que lui, les mêmes traits, mais un teint légèrement plus foncé. Comme si elle sentait que quelque chose n'allait pas, elle l'observa avec sérieux.

Il s'effaça pour laisser Talia entrer et ferma la porte derrière elle, son regard s'attardant un instant sur le balancement sensuel de ses hanches. Hattie se retourna pour l'observer avec intérêt.

— Allons dans le salon, suggéra-t-il. C'est sans doute la pièce la moins dangereuse de la maison pour un enfant. Arthur ne marchait pas et ne rampait même pas, alors, nous n'avions installé aucun dispositif de sécurité.

— Je la surveillerai aujourd'hui. Et je la garderai chez moi jusqu'à ce que vous soyez prêt à l'accueillir chez vous, dit-elle. À moins que vous n'ayez d'autres projets ?

— Des projets ? J'essaie seulement de me faire à mon nouveau statut de père.

Elle leva sur lui des yeux pleins d'inquiétude.

— Vous avez peur que je vous l'enlève, dit-il.

— Non, j'ai peur que vous ne réclamiez pas sa garde et que l'État me l'enlève.

Il posa la main sur le bras de Talia, et une excitation instantanée l'envahit. Il l'entendit retenir son souffle. Elle aussi était troublée… Pourquoi y avait-il une telle alchimie électrique entre eux, alors qu'ils ne se connaissaient même pas ? Sans la quitter des yeux, il retira rapidement sa main.

— Avant tout, je voulais vous dire que j'ai fait le test de paternité. Hattie est bien mon enfant. Je ne vais pas laisser mon enfant à l'État pour qu'il la place dans des familles d'accueil. Je vais élever Hattie, et vous pourrez la voir. Je vous en fais la promesse, dit-il, submergé par l'émotion.

Il était en train de prendre un immense engagement, et il ignorait s'il serait à la hauteur. Il avait été brutalement projeté dans la paternité, et cela faisait remonter des souvenirs de son petit garçon et de son épouse, du temps où il était amoureux, heureux et plein de projets pour l'avenir. Des projets qui avaient disparu brutalement quand l'un de ses avions privés s'était écrasé à cause d'un orage. Jamais il n'aurait cru élever une petite fille inconnue, l'enfant d'une femme avec laquelle il n'avait partagé que quelques heures. Tandis qu'il regardait les grands yeux effrayés de Talia, il sentit son ventre se nouer. Pourrait-il tenir la promesse qu'il venait de lui faire ? Une promesse monumentale, qui changerait le cours de sa vie. Une promesse qui supposait d'immenses responsabilités, mais aussi beaucoup de chagrin. Car, chaque fois qu'il regarderait cette enfant, il se rappellerait l'enfant qu'il avait perdu.

Il vit le regard de Talia s'embuer. Elle essuya rapidement ses larmes.

— Vous êtes sérieux, n'est-ce pas ? demanda-t-elle avec douceur.

— Oui. Ne pleurez pas, Talia. Je demanderai la garde de Hattie parce que c'est ma fille, et vous pourrez la voir. Nous trouverons une solution.

— Je voulais vraiment l'adopter et devenir sa mère. Mon avocat a dit que je devais déposer ma demande auprès de l'État.

Secouant la tête, elle se détourna, emmenant le bébé vers la fenêtre en lui parlant doucement. Il la laissa s'éloigner, afin qu'elle puisse se reprendre pendant que lui-même se calmait.

Quelques minutes plus tard, Talia revint près de lui. Elle lui tendit Hattie pour qu'il puisse la porter. Leurs mains s'effleurèrent, et Nick sentit un frisson d'excitation parcourir son bras. Il respira le parfum de Talia au passage, une fragrance enivrante. Et il croisa son regard. S'il n'y prenait garde, il pourrait se perdre dans les profondeurs de ses yeux bleus.

Le cœur battant, il se força à reculer un peu, et son regard fut captivé par l'enfant, qui l'observait avec de grands yeux.

Elle était douce, et elle sentait bon le shampoing et la lotion pour bébé. Elle était vêtue d'une chemise blanche et d'une combinaison rose.

— Bonjour, Hattie, dit-il doucement.

Elle toucha un bouton de sa chemise puis effleura son menton.

Il sentit ses petits doigts bouger sur sa barbe naissante, puis sur le reste de son visage, pendant qu'il l'observait gravement.

— Je vais prévenir les services de l'État que je veux élever mon enfant. Je pense que cela retirera le nom de Hattie de leurs listes.

— Oui, dès que vous leur aurez notifié qu'elle vit chez vous de manière permanente. Mon avocat a vérifié : si vous vous manifestez, que vous vous occupez d'elle et qu'elle vit avec vous, l'État doit vous laisser tranquille, à moins de recevoir une plainte sur la façon dont elle est élevée, ce qui n'arrivera pas. Depuis la mort de Madeline, Hattie n'a eu aucune famille en dehors de moi. Personne d'autre ne se soucie d'elle, hormis les puéricultrices de la crèche. Elles la trouvent adorable, d'ailleurs.

— Alors, elle n'a que vous ? Nous devrons vraiment trouver une solution pour que vous puissiez venir la voir.

Elle ouvrit de grands yeux, et il vit l'espoir briller dans ses pupilles.

— Hattie, dit-elle, c'est ton papa. Papa, répéta-t-elle distinctement, en le regardant.

Il soutint son regard et, l'espace de quelques secondes, il ne pensa plus qu'à Talia, et à son parfum tentant.

Elle reporta son attention sur Hattie.

— Papa, répéta-t-elle.

— Pa, dit Hattie, passant les doigts sur la mâchoire de Nick.

— Dieu aime les enfants, dit-il doucement.

Et il détourna la tête, en proie à des émotions douloureuses. Car Hattie lui faisait penser à Artie. Il n'entendrait jamais Artie dire : « papa », et cela lui serrait le cœur. Son fils lui manquait, et il éprouvait des sentiments contradictoires envers la petite fille dans ses bras. Il sortit de sa poche un mouchoir et essuya ses larmes, en s'efforçant de maîtriser ses émotions.

— Voulez-vous que je la porte ? offrit Talia.

— Non. Je vais me reprendre. Parfois, ça me frappe tout d'un coup. Artie me manque.

— Hattie me manquera aussi, dit-elle tout bas, comme si elle se parlait à elle-même.

Mais il l'avait entendue. Il savait qu'elle avait raison, et cela le perturbait.

— Au moins, vous pourrez venir lui rendre visite, et elle viendra vous voir, dit-il, prenant un autre engagement qui se révélerait peut-être difficile à tenir.

Les petits doigts de Hattie se promenaient maintenant sur sa joue. Sa petite bouche s'affaissa. Elle semblait inquiète par ses larmes. Il lui sourit, et après quelques secondes, elle sourit à son tour.

— Pa, répéta-t-elle.

Pourrait-il être un véritable père pour elle ? Apprendrait-il à l'aimer comme il avait aimé Artie ? Pour l'heure, il se sentait perdu. Coupable, aussi car Artie lui manquait dès qu'il regardait cette enfant. Ce n'était pas juste, mais il ne pouvait pas s'en empêcher. Son fils lui manquait, et Hattie était une petite fille qu'il ne connaissait pas.

— Une chose est sûre, elle est de ma famille, dit-il. Elle a nos yeux et nos cheveux. C'est une bonne chose que j'ai fait le test ADN, mais on devine au premier regard que cette enfant est une Duncan.

Nick traversa la pièce avec Hattie dans les bras. Dans un magasin de puériculture, il avait acheté un petit lapin rose en peluche, qui se trouvait maintenant dans un petit sac, sur une table de jeu.

Il prit le sac et le lui montra.

— Hattie, c'est un cadeau de ma part. Pour toi.

Elle leva les yeux vers lui, puis observa le sac. Il l'approcha d'elle.

— C'est pour toi, répéta-t-il.

Elle lança des regards incertains au sac et à Nick, mais finit par sortir un morceau de papier crépon rose du sac. Nick lui offrit un sourire encourageant.

— C'est un lapin.

— Pin, répéta-t-elle, et elle sortit la petite peluche.

Il reposa le sac sur une table.

— Pin, répéta-t-elle, serrant le lapin contre elle.

Nick sourit.

— C'est adorable, Nick, dit Talia. Elle vous aime bien. Elle n'a pas protesté pour aller dans vos bras, et n'a pas demandé que je la reprenne. C'est très bon signe.

Il avança vers elle et lui tendit Hattie.

— Je vous la confie, dit-il.

— Bien sûr, dit-elle, accueillant Hattie dans ses bras.

Elle effleura les mains de Nick, réveillant cette attirance électrique qu'il ressentait à chacun de leurs contacts. Elle croisa son regard et, l'espace d'un instant, il songea davantage à Talia qu'à Hattie. Il ne comprenait pas cette attraction, surtout à un moment où ils étaient tous les deux si secoués sur le plan émotionnel.

Il s'écarta, ne voulant pas s'attarder sur les sensations que Talia provoquait en lui. Sa vie était déjà bien assez compliquée, et Talia n'était sans doute pas plus enthousiasmée que lui par cette alchimie étrange. Elle lui avait apporté un problème monumental, qui allait transformer sa vie et détruire le peu de calme et de paix qu'il avait commencé à retrouver après avoir perdu Regina et Artie. Talia réveillait en lui des sensations qu'il n'avait pas connues depuis longtemps, et qu'il n'était pas prêt à affronter. Il ne voulait pas se compliquer l'existence, ni avec Talia, ni avec Hattie. Pour l'instant, il ne pouvait composer qu'avec Hattie. Car cette petite fille avait besoin de lui. Dans un monde idéal, elle aurait eu deux parents aimants, des frères et sœurs, mais ce n'était pas possible.

Il observa Talia, se rappelant que Stan lui avait suggéré de l'épouser.

— Mes frères sont très curieux de connaître Hattie. Et je vais devoir parler d'elle à ma grand-mère.

Talia sembla soudain inquiète.

— Vous croyez que votre grand-mère n'aimera pas Hattie ?

— Talia, détendez-vous. Mes frères seront ravis d'être oncles de nouveau. Ma grand-mère aime les bébés, et elle était dévastée par le décès de Regina et d'Artie. La raison pour laquelle je tarde à lui en parler, c'est parce que c'est une personne autoritaire, et qu'elle voudra me dicter ma conduite. Or, je ne veux pas la blesser.

— Je comprends. Je sais que votre mère est décédée et que votre père vit à Palm Beach. Vous êtes l'aîné de votre fratrie et vous avez trente-quatre ans. Votre frère Stan a trente-trois ans, Adam trente et un, et Blake, le benjamin, en a vingt-neuf. Votre père a fondé Duncan Energy, que vous avez dirigée un temps, avant de laisser votre poste de P-DG à Adam. Blake travaille avec lui tandis que Stan et vous faites partie du conseil.

Stupéfié, il demanda :

— Comment savez-vous tout cela ?

— J'ai engagé un détective privé pour enquêter sur vous avant de vous contacter. Je suis désolée d'avoir fouillé dans votre vie, mais je voulais savoir à quel genre de personnes j'allais avoir à faire.

— Je ne vous en veux pas. Mon père ne s'intéressera pas à Hattie. Il a sa propre vie, et nous le voyons très peu. C'était un bon père, et tout allait bien jusqu'à la mort de maman, quand j'avais seize ans. Papa ne s'en est jamais remis. Il boit, et il en est à sa cinquième épouse. Il revient rarement au Texas, et quand c'est le cas, ma grand-mère s'en prend à lui.

— Je suis navrée. Je n'ai plus de parents, alors la famille me semble importante. C'est comme un trésor qu'il faut chérir.

Il hocha la tête.

— C'est une bonne vision des choses.

Elle rougit.

— Encore une fois, pardon d'avoir fureté dans votre passé. Puisque je connais votre âge, je vais vous dire le mien. J'ai vingt-neuf ans. Madeline avait vingt-huit ans quand elle a perdu la vie dans cet accident de voiture.

— Elle était belle et talentueuse, je m'en souviens bien à présent. Talia, vous avez bien fait d'engager un détective privé. Vous aviez une bonne raison de le faire, et puis, c'est ainsi que vous avez trouvé mon avocat, n'est-ce pas ?

— Oui, avoua-t-elle.

— Je me demandais justement comment vous aviez fait.

Hattie choisit cet instant pour laisser échapper un rire aigu. Nick sourit.

— C'est une petite fille joyeuse, n'est-ce pas ?

Talia la posa par terre pour qu'elle puisse jouer.

— C'est un trésor. Elle a connu une terrible épreuve, mais elle est toujours gaie. J'ai tenté de compenser la perte de sa mère du mieux que j'ai pu, en étant présente et en lui offrant tout mon amour.

— Vous avez fait du bon travail, et je vous en suis reconnaissant.

Il l'observa de nouveau. Ses longues boucles blondes encadraient son visage, et il songea qu'il pourrait passer la journée à la contempler. Son regard dériva vers ses lèvres. À quoi ressemblerait un baiser de Talia ? Quand il prit conscience de la tournure que prenaient ses pensées, il tenta de se ressaisir. Il caressa les cheveux de Hattie, qui le gratifia d'un autre rire mélodieux.

— Elle voit beaucoup d'enfants à la crèche, et sa mère l'emmenait à ses auditions et à ses répétitions, alors elle est à l'aise avec les étrangers.

— Artie aussi était enjoué. C'était un enfant très facile.

Hattie s'occupait toujours avec son nouveau lapin, et émettait toutes sortes de sons joyeux. C'était une enfant superbe, mais il n'avait pas l'impression qu'elle était sa fille. Pas encore. Et il ne pouvait s'empêcher de regretter Artie et Regina.

Talia observait Hattie, l'air préoccupé. Il savait à quoi elle pensait : elle imaginait le moment où elle lui devrait confier la petite Hattie, pour toujours. Il avait de la peine pour elle, car il savait ce qu'elle ressentait. Lui-même n'avait pas fait le deuil de son propre petit garçon, l'enfant qu'il avait bercé, embrassé, nourri et porté. Hattie et Talia faisaient remonter à la surface des souvenirs qui le déchiraient.

— Cette situation nous bouleverse tous les deux, dit-il, se tournant vers Talia. Je dois accueillir Hattie chez moi, mais ce ne sera pas pour aujourd'hui. Vous continuerez de l'emmener à la crèche jusqu'à ce que nous trouvions un plan. Ensuite, Hattie vivra avec moi, afin que l'État nous laisse tranquilles.

Il lança un regard à la petite fille.

— Dieu merci, elle ignore ce qui se passe. Vous allez terriblement lui manquer.

Talia était comme une mère pour elle. Le lien d'amour entre une mère et son enfant était le plus solide qui soit. Nick se frotta le front en songeant à ce qu'il était en train de faire : il arrachait un enfant à la seule mère qu'elle connaisse. Quand Hattie se réveillerait en pleurs la nuit, et qu'il viendrait la réconforter, aurait-elle peur de lui ?

Il observa Talia avec intensité, et elle soutint son regard.

— Quoi ? demanda-t-elle. Qu'est-ce qui ne va pas ?

— Autant qu'elle sache, pour l'instant, vous êtes sa mère.

— Oui, mais vous serez son papa avant même de vous en rendre compte, répondit-elle avec sérieux. Et bientôt, vous formerez une famille. Vous allez forcément vous remarier, donc elle aura une maman qui va l'adorer.

Elle détourna les yeux. Il savait qu'elle réprimait une nouvelle montée de larmes.

Il la connaissait à peine, pourtant, il était ému par elle. Il voulait l'entourer de ses bras, pour la réconforter, mais aussi pour calmer sa propre nervosité et apaiser son chagrin. Mais il n'avait pas envie de rallumer ce désir entre eux et de compliquer davantage la situation. Il devait éviter de franchir les limites, mais il lui était difficile de ne pas l'étreindre pour la consoler.

— Talia, c'est vous qui devriez l'élever.

Elle lui tourna le dos, ayant sans doute perdu la bataille contre ses larmes.

— C'était mon plus grand rêve, dit-elle. Être une mère au foyer et m'occuper d'elle chaque jour.

Le dos toujours tourné, elle s'essuya les yeux.

— C'est dur, Nick. Me séparer d'elle est très douloureux, car je l'aime comme si elle était ma propre fille. J'ai fait deux fausses couches, ce qui veut dire que j'ai perdu deux enfants. Et maintenant, je vais perdre un autre enfant — une petite fille que j'aime de tout mon cœur.

Cette fois, il ne put s'empêcher d'avancer pour lui tapoter l'épaule. Même ce simple contact lui donna envie de l'enlacer et de la serrer contre lui.

— Allons, Talia, murmura-t-il.

Il observa Hattie, assise sur le sol, qui jouait toujours avec sa peluche. Elle leva les yeux et lui sourit en lui tendant les bras.

— Hattie veut qu'on la porte, dit-il.

Regardant par-dessus son épaule, Talia alla aussitôt vers l'enfant avant qu'il ait le temps de le faire. Elle la prit dans ses bras et l'embrassa sur la joue. Hattie sourit et serra le cou de Talia.

Nick eut de la peine pour elles, et pour lui.

Quand Talia s'assit sur le sol avec Hattie, il ne put s'empêcher d'admirer ses splendides jambes. Tandis qu'il les regardait jouer ensemble, il ne put nier son attirance pour Talia. C'était une jeune femme d'une grande beauté.

Et elle savait comment prendre soin de Hattie, mieux que quiconque.

Elle se leva et lui fit face pendant que Hattie continuait de jouer avec le lapin.

— Elle a sommeil, nous devrions rentrer. Vous avez les résultats du test ADN, et vous avez fait la connaissance de votre petite fille. Une fois que vous aurez planifié les choses et acheté tout ce qu'il faut pour un bébé — et je serai heureuse de vous aider dans cette tâche si vous le souhaitez —, je vous confierai Hattie. Je peux vous donner une liste des meubles et des objets dont vous aurez besoin. Je ne vais pas vous donner les miens, car j'espère que vous la laisserez dormir chez moi de temps en temps.

— Bien sûr, elle pourra dormir chez vous. Et elle pourra vous rendre souvent visite. Elle sera perdue sans vous.

— Elle s'y fera. Les enfants s'adaptent facilement, dit-elle, et il entendit la tension dans sa voix. Si vous avez besoin de quoi que ce soit, dites-le-moi.

— Je vous le dis maintenant : j'ai besoin de votre aide.

Car il venait de songer que Hattie avait besoin d'avoir une personne qui l'aime auprès d'elle. S'il s'était agi d'Artie, Nick n'aurait pas voulu qu'il se retrouve dans une maison pleine d'étrangers. Talia était la seule personne que Hattie connaissait et aimait. La seule qui aimait Hattie de tout son cœur. Talia serait la plus apte pour l'aider, car elle était déjà la mère de substitution de Hattie.

Une idée jaillit dans son esprit, tel un éclair. Soudain, il sut exactement ce qu'il devait faire.

— J'ai besoin de votre aide, répéta-t-il. J'aimerais que vous vous installiez ici le temps que nous trouvions une solution. Pas dès ce soir, mais bientôt. Je peux faire en sorte que quelqu'un vous conduise à votre travail et revienne vous chercher Hattie et vous.

— En limousine ?

Elle sourit et secoua la tête.

— Je vous remercie de votre offre, et je suis presque tentée d'accepter, rien que pour voir la réaction des gens si je débarquais au travail en limousine. Mais, Nick, je dois refuser. Je ne veux pas venir vivre ici, car bien trop vite, il me faudrait partir. Et je pleurerais chaque soir.

— Je comprends. Dans ce cas, venez dîner demain soir avec Hattie. J'aurai préparé une liste de questions et de problèmes à résoudre. Et j'aurai besoin de votre liste de meubles. Je me suis débarrassé de ceux que je possédais, car je ne voyais pas l'intérêt de les garder.

— Si vous voulez que je fasse les boutiques avec vous, ce sera volontiers.

Il plongea le regard dans ses grands yeux, et l'espace d'un instant, il oublia complètement les meubles pour bébé.

— Je ne compte pas faire les boutiques, dit-il. J'engagerai quelqu'un qui se chargera de tout acheter. Vous pouvez vous faire un peu d'argent si vous voulez vous en charger.

— Je veux bien m'en occuper, mais vous n'avez pas besoin de me payer. Vous réglerez simplement les meubles. Où voulez-vous être livré ? Ici ou au ranch ?

— J'aurai besoin de meubles pour mes deux domiciles. Je passe beaucoup de temps au ranch, mais je séjourne aussi à Dallas. Hattie est petite, mais les choses dont elle aura besoin pourraient remplir tout un camion.

Il soupira.

— J'ai besoin d'une épouse.

— Je suis sûre que vous pourrez aisément en trouver une, Mais je vous en prie, trouvez une personne sérieuse, qui aimera Hattie.

Il avait lancé cela comme une plaisanterie, mais Talia l'avait pris au sérieux. Elle était inquiète, en partie à cause de lui. Il approcha, posant les mains sur ses épaules dévoilées par sa robe sans manches, savourant le contact de sa peau douce et chaude.

— Je ne peux pas vous dire de cesser de vous inquiéter, car je sais que vous souffrez, mais vous pourrez toujours voir Hattie et passer du temps avec elle. Elle ne va pas sortir de votre vie. Raccrochez-vous à cette pensée. Je donnerais tout ce que j'ai pour pouvoir revoir Artie.

— Oh ! Nick... Je suis désolée. Je vous ai sans doute rendu les choses encore plus difficiles.

— Nous souffrons, vous comme moi.

— Hattie aura besoin de votre amour. Elle a perdu sa maman, elle n'a jamais connu ses grands-parents, et maintenant, elle va me perdre. Elle aura besoin de vous.

Il vit son regard s'embuer.

— Pardon, Nick. Parfois, je n'arrive pas à retenir mes larmes. Je l'aime tant !

— Je comprends. Je l'aimerai parce qu'elle est ma fille. Je n'ai connu Artie que deux mois, mais je l'ai aimé plus que les mots ne peuvent le dire.

Il avait dit cela si bas qu'il n'était pas sûr qu'elle l'ait entendu, mais cela n'avait pas d'importance.

— Je n'ai aucun moyen d'être sa mère aux yeux de l'État, dit-elle. L'amour n'entre pas en ligne de compte.

Elle leva les yeux vers lui.

Il l'observa, sans un mot, si longtemps qu'elle finit par demander :

— Qu'y a-t-il, Nick ? Qu'est-ce qui ne va pas ?

Perdu dans ses pensées, il cligna des yeux.

— Je réfléchissais. Il y a un moyen pour que vous deveniez sa mère aux yeux de l'État. Un moyen légal, et définitif.

— Je ne crois pas. Nous n'avons aucun...

Elle s'interrompit et le dévisagea.

— Nous pourrions nous marier, dit-il.

3

— Je vous demande pardon ? Est-ce que vous venez de me demander en mariage ? demanda-t-elle, le cœur battant. Vous venez de me demander de vous épouser ?

Choquée, elle le dévisagea, et il soutint son regard sans ciller.

— En effet, répondit-il d'un air surpris, comme s'il s'adressait à lui-même autant qu'à elle.

— Oh ! Seigneur !

La tête lui tourna, et elle reprit son souffle.

— Je pourrais bien m'évanouir. Mais ça n'arrivera pas, s'empressa-t-elle d'ajouter. Je ne me suis jamais évanouie.

— Hattie a besoin de quelqu'un qui l'aime. Je suis un étranger pour elle, et ma famille aussi. Si j'engageais une nourrice, elle ne serait pas aussi concernée par son bien-être que vous. Vous entourez Hattie d'amour, et elle vous aime en retour. Vous et moi, nous pourrions faire un mariage de convenance.

Talia n'en croyait pas ses oreilles. Nick lui offrait un moyen de vivre avec Hattie ! Elle se retourna et observa la petite fille, toujours occupée à jouer avec son lapin. Elle pourrait être la vraie mère de Hattie.

— Si nous nous marions, je pourrai adopter Hattie. Elle serait mon bébé, ma fille, pour de bon. Notre bébé, rectifia-t-elle.

Elle porta ses mains à sa poitrine.

— J'ai l'impression d'être dans un rêve. Un rêve devenu réalité. Vous êtes vraiment sérieux ? Vous me proposez réellement de vous épouser ?

— Un mariage de convenance, rappela-t-il. Nous ne sommes pas amoureux. Je ne suis plus capable d'aimer une autre femme, et vous et moi, nous nous connaissons à peine. Mais ce serait un mariage légal, pour que Hattie soit heureuse, et pour nous simplifier la vie.

Il saisit ses mains entre les siennes.

— Voulez-vous accepter un mariage de raison avec moi ?

— Nick, vous ne mesurez pas à quel point votre proposition me rend heureuse.

Elle était si enthousiaste qu'elle en tremblait.

— Je pourrais légalement adopter Hattie, et elle serait vraiment ma petite fille...

— C'est cela. Vous pourriez l'adopter.

Elle retint son souffle, sonnée par la portée de ces mots.

— Mais vous avez raison, Nick. Nous ne nous connaissons même pas. Êtes-vous sûr de vous ?

— Tout à fait.

Il avait dit cela lentement, comme s'il réfléchissait encore. Mais Talia était trop heureuse pour s'attarder sur ce détail.

Elle noua les bras autour de son cou, et il lui ceignit la taille de son bras puissant.

Elle émit un petit rire, grisée par le bonheur.

— Vous venez de réaliser mon souhait le plus cher et le plus profond : être légalement la mère de Hattie. Je pourrai la voir grandir. C'est tout ce qui compte pour moi.

Elle plongea le regard dans ses yeux verts de Nick, qui ne trahissaient rien de ses pensées et ses sentiments. Puis elle l'étreignit.

— Donc... J'en déduis que votre réponse est...

Elle le relâcha et se mit à rire.

— Oui ! Ma réponse est oui ! J'accepte de vous épouser, Nick Duncan.

— Vous vous rendez bien compte que je parle d'un mariage de raison, et pas d'un vrai mariage ? Rassurez-moi, vous savez ce qu'est un mariage de convenance, n'est-ce pas ?

Il n'attendit pas sa réponse et ajouta :

— Nous pourrons nous marier, et voir au fur et à mesure comment nous allons organiser notre vie. Si nous nous marions légalement, l'État ne pourra rien contre nous, et vous pourrez légalement adopter Hattie.

— J'ai bien compris qu'il ne s'agissait pas d'un mariage au plein sens du terme, Nick. Et cela m'est égal. Car un tel arrangement me permet de réaliser mon vœu le plus cher. J'aime Hattie plus que tout au monde, et vous m'offrez le moyen d'être auprès d'elle, de l'élever, de l'aimer. Je vous en serai éternellement reconnaissante. Merci, Nick.

— Inutile de me remercier. Nous y trouverons tous les deux notre compte.

Il désigna le canapé, et ils s'y assirent deux.

— J'aimerais que vous me parliez de vous, de votre histoire. Vous semblez connaître la mienne suffisamment.

C'était vrai, elle en savait beaucoup sur son compte, grâce à l'enquête qu'elle avait menée sur lui.

Elle l'observa. Nick était un homme séduisant, mais pas seulement. C'était un magnat du pétrole milliardaire, un éleveur de bétails, veuf et aîné d'une fratrie de quatre garçons. Il avait un père qu'il voyait rarement, et une grand-mère qui vivait dans l'une des maisons du ranch familial. Les Duncan faisaient partie de l'histoire du Texas car ils étaient éleveurs depuis des générations, disposant d'une immense fortune mais aussi d'une influence politique, l'arrière-grand-père de Nick ayant siégé au Sénat du Texas.

Et voilà que Nick Duncan lui proposait un mariage de convenance !

Elle observa Hattie, en essayant de reprendre son souffle. Jamais elle n'aurait cru qu'il existerait une solution pour lui permettre de vivre avec Hattie, et pourtant, Nick venait de lui en offrir une. Bien entendu, elle n'avait jamais envisagé d'épouser un homme qu'elle ne connaissait pas, pourtant, c'était ce qu'elle allait faire. Mais elle n'était pas inquiète. Le détective privé qu'elle avait engagé n'avait rien trouvé de négatif au sujet de Nick. Si elle l'épousait, elle serait auprès de Hattie pour toujours. Le reste lui importait peu.

Son regard passa de Hattie à Nick, et soudain, elle fut submergée par l'émotion.

— Nick…

Elle s'interrompit, portant les mains à son visage.

Après quelques secondes, elle sentit les mains de Nick sur ses bras.

— Talia, ne pleurez pas.

— C'est plus fort que moi. Je suis désolée, c'est juste que je suis si émue…

Elle sortit de sa poche un petit mouchoir et se tamponna les yeux.

— Talia, si vous avez besoin de références pour être rassurée sur mon compte, je vous en donnerai. Je vous promets que je suis un type bien. Je…

Elle leva les yeux vers lui, intriguée. Pourquoi parlait-il de références ? Puis elle comprit son interrogation et sourit.

— Je n'ai pas besoin de références, Nick. Ce sont des larmes de joie. Pour moi, c'est un miracle que je puisse continuer à voir Hattie chaque jour.

— Oh ! fit-il avec un petit sourire penaud.

— Cette idée de mariage ne vous est venue qu'à l'instant, n'est-ce pas ? avança-t-elle.

— Oui. Mais plus j'y songe, plus je me dis que cette solution fonctionnera.

Il alla vers Hattie et la prit dans ses bras.

— Hattie est mon enfant, dit-il. Je ne veux pas l'arracher à une personne qu'elle aime et en qui elle a confiance pour qu'elle se retrouve dans une maison pleine d'inconnus, la plupart étant des hommes. Elle n'a que quatorze mois et je sais qu'elle s'adaptera, mais si nous nous marions, elle continuera simplement d'être la petite fille joyeuse qu'elle est, et tout sera plus simple pour elle. Vous serez là pour aimer Hattie, prendre soin d'elle et m'aider à l'élever. Et vous serez sa mère de manière officielle.

L'esprit en ébullition, elle regarda le père et sa fille, une image qui semblait si naturelle.

Nick s'assit et cala Hattie sur ses genoux, mais la petite fille quitta aussitôt son giron. Elle s'accrocha à son genou, puis à une petite table pour faire quelques pas jusqu'à une boîte en cuivre pleine de magazines. Elle se laissa tomber sur le sol, saisit un magazine et le jeta par terre. Talia se précipita pour l'arrêter.

— Laissez-la jouer avec ces magazines, Talia, sauf si vous avez peur qu'elle se coupe avec le papier. Ils sont destinés au recyclage. Tina et son équipe de nettoyage se chargeront de m'en débarrasser.

— Une équipe de nettoyage, une limousine, deux demeures... Nick, je ne suis pas habituée à ce genre de vie.

Dans des circonstances normales, un mariage entre quelqu'un comme elle et quelqu'un comme Nick aurait peu de chances de fonctionner. Mais il s'agissait uniquement d'un mariage de convenance.

— Mais pour l'instant, tout ce que je vois, c'est que je vais devenir la mère de Hattie. Je suis si heureuse que je tiens à peine en place. J'ai l'impression que je pourrais danser et crier de joie toute la nuit.

Il sourit.

— J'en suis ravi. Ce mariage nous sera bénéfique à tous les deux. Il m'épargnera bien des soucis.

Elle revint s'asseoir à côté de lui.

— Mais il reste un grand souci : nous ne nous connaissons pas du tout.

— Nous apprendrons à nous connaître, et pour le reste, vous vous adapterez. Se déplacer en limousine, ce n'est pas très différent de se déplacer dans une voiture normale.

Il s'adossa au canapé, appuyant un pied botté sur son genou. Nick était un homme séduisant, sexy, fort. Elle pourrait aisément tomber amoureuse de lui, s'avisa-t-elle. Mais lui ne l'aimerait jamais. Depuis leur rencontre, il n'avait pas cessé de lui répéter à quel point sa femme et son fils lui manquaient, et elle doutait qu'il aime une autre femme un jour. Toutefois, entre eux, le moindre contact provoquait déjà des étincelles. Comment pourrait-elle l'épouser, le côtoyer chaque jour et ne pas tomber sous son charme ? Était-elle prête à prendre le risque de tomber amoureuse pour être la mère de Hattie ? Pour vivre son rêve ? Oui, décida-t-elle, tomber amoureuse de Nick était un risque qu'elle prendrait, pour Hattie.

— Vous deviez me parler de vous, lui rappela-t-il.

— C'est vrai. Sur bien des plans, j'ai eu une vie très ordinaire. Je n'ai plus de famille. Je suis fille unique, mon père est mort d'une crise cardiaque quand j'avais quinze ans, et ma mère d'un cancer du sein quand je suis entrée à l'université. Mon père avait un bon poste dans les assurances, et il avait souscrit des assurances vie, donc sur le plan financier, je n'ai pas eu de problème. J'ai investi l'essentiel de mon héritage et cela m'a plutôt réussi. J'ai utilisé mon argent pour payer une partie de mes études, l'autre partie ayant été payée par une bourse.

Elle s'interrompit, envahie par une nouvelle vague de joie.

— Je n'en reviens pas, Nick ! Nous allons nous marier ! s'exclama-t-elle.

— Oui. Mais je vous en prie, dites-m'en plus sur vous.

Elle l'observa un instant, puis poursuivit :

— J'ai toujours voulu être enseignante. J'adore l'art, et j'adore enseigner. Lors de ma dernière année à l'université, je me suis mariée. Les parents de mon époux étaient fortunés et subvenaient généreusement à nos besoins. Nous étions sur le point de terminer nos études, nous avions de l'argent, et aucun de nous ne travaillait. Quand nous avons obtenu nos diplômes respectifs, mon mari ne voulait toujours pas que je travaille. Il recherchait un emploi, mais de manière peu active, entre deux parties de golf au country club.

— Qui était-ce ?

— Quinton Smith, de Houston.

— Ce nom ne me dit rien.

— Quinton est l'une des raisons pour laquelle j'ai engagé un détective privé pour enquêter sur vous. Quinton était riche, et selon moi, il a laissé son argent lui gâcher la vie. Vous êtes fortuné, vous aussi, et je voulais savoir si vous étiez un tant soit peu comme lui. Je voulais aussi apprendre d'autres informations à votre sujet avant de vous confier Hattie.

— Je ne vous en veux pas d'avoir embauché un détective. Vous avez bien fait de vous montrer prudente.

— Quoi qu'il en soit, Quinton ne trouvait pas de travail qui lui convienne, et je n'ai jamais su s'il avait vraiment reçu des propositions ou non. Après ma première fausse couche, j'ai découvert qu'il ne voulait pas d'enfant, alors que moi, oui. Et j'estimais qu'il devrait travailler. Sa mère nous donnait beaucoup d'argent, et il ne voyait aucune raison de travailler s'il n'y était pas obligé. Nous nous disputions à cause de son inactivité, et je suis de nouveau tombée enceinte. Quand j'ai fait une seconde fausse couche, j'ai voulu divorcer, et lui aussi. Les médecins n'ont rien trouvé d'anormal et m'ont dit que ces fausses couches étaient sans doute dues au stress. Malgré tout, je ne pense pas pouvoir avoir d'enfants un jour. Est-ce que cela compte pour vous ?

— Non. Après avoir perdu Artie, je ne pensais plus être père. Maintenant, j'ai un autre bébé. C'est suffisant. Et puis, nous n'allons pas avoir un mariage normal. En ces circonstances, je ne veux pas d'autres enfants. Pouvez-vous l'accepter ?

— Bien sûr. Étant donné mes fausses couches, je ne pourrais sans doute pas vous donner d'autres bébés même si vous en vouliez. Et selon moi, les enfants devraient naître dans un foyer remplir d'amour.

Elle marqua un temps, puis reprit :

— Pour en revenir à mon parcours, j'ai tout de même retiré quelque chose de positif de mon mariage. J'ai pu étudier sans me soucier des factures à payer, et j'ai obtenu un diplôme de troisième cycle. Je peux donc enseigner dans certaines universités.

— Vous n'aurez pas à travailler, Talia. Je veux que vous vous occupiez de Hattie à plein temps.

— Vraiment ? Nick, c'est mon rêve. Je n'aurais jamais cru qu'il pourrait se réaliser !

Après un court silence, elle reprit la parole.

— J'ai épousé mon mari après seulement deux mois de relation, dit-elle, regardant Hattie retirer soigneusement des magazines de la boîte pour les jeter derrière elle. Je me suis précipitée dans ce mariage.

Elle leva les yeux vers Nick.

— Et je me précipite aussi dans ce mariage de convenance.

— C'est différent, objecta-t-il. Nous ne sommes pas amoureux, et nous ne nous connaissons pas. Il s'agit uniquement d'obtenir ce que nous voulons tous les deux. Si cela ne fonctionne pas et que nous divorçons, vous demeurerez la mère de Hattie, et nous mettrons en place une garde partagée. Dès que nous serons mariés, vous pourrez lancer la procédure d'adoption, afin qu'elle soit votre fille sur le plan légal. Y a-t-il autre chose dans votre vie, votre passé, que je devrais connaître ?

Elle lui sourit et secoua la tête.

— Non. J'ai eu une existence sans histoires. Vous connaissez déjà tous les événements majeurs.

Elle posa son regard sur lui, et la réalité de la situation la frappa de nouveau. Le beau cow-boy assis face à elle allait l'épouser. Son cœur s'emballa, et elle ne put s'empêcher de sourire. Elle s'occuperait de Hattie à plein temps, et elle serait l'épouse de l'un des hommes les plus beaux et les plus séduisants qui soient. Un homme qui l'avait demandée en mariage pour le bien de son enfant. Ce qui suffirait presque pour qu'elle tombe amoureuse sur-le-champ.

— La question ne se pose pas encore, mais je suis curieuse, dit-elle quand elle se fut reprise. Dans quelle école Hattie ira-t-elle ?

Il sourit, et elle sentit son cœur palpiter. Comment allait-elle faire pour ne pas fondre devant un sourire aussi charmeur ? Devant un corps tel que le sien ? Elle prit une grande inspiration, puis expira lentement.

— Nous pourrons vivre à Dallas, si vous souhaitez qu'elle soit scolarisée là-bas. Sinon, il y a une école ici, que mes frères et moi avons fréquentée. C'est un bon établissement. Mais nous avons encore le temps pour ça. Pour l'heure, nous devons installer des dispositifs de sécurité dans certaines pièces et empêcher Hattie d'aller dans les autres tant qu'elle n'est pas en âge de comprendre les règles.

— La priorité serait d'installer une clôture autour de votre piscine.

— Je la ferai installer dès demain. Ainsi qu'une alarme pour signaler toute chute dans le bassin.

Elle passa en revue le vaste espace. Le mobilier était contemporain, avec des tables d'acier et de verre et des meubles aux tons bruns et blancs. La pièce était sur deux niveaux, des escaliers en colimaçon de chaque côté menant au second niveau, et trois murs de verre offraient une vue panoramique sur le patio et sur la piscine étincelante agrémentée d'une cascade et d'une fontaine. C'était un salon splendide, et les autres pièces au rez-de-chaussée qu'elle avait aperçues tout à l'heure semblaient tout aussi impressionnantes. Certaines avaient des plafonds avec des poutres et des colonnes de marbre. D'autres des meubles élégants de style français, tendus de satin et de soie. Tandis qu'elle regardait autour d'elle, elle se rendit compte que lorsqu'elle deviendrait Mme Nick Duncan, elle vivrait dans cette maison avec Hattie. Cela lui paraissait incroyable. Tout aussi incroyable que de vivre avec Nick.

— Talia ?

La voix de Nick brisa le fil de ses pensées.

— Je suis désolée d'être distraite, Nick. Tout est si fantastique ! Je suis toujours émerveillée à l'idée de devenir la maman de Hattie. De quoi discutions-nous ? Ah, oui. De la sécurisation de la maison. Il vous faudra des barrières pour les escaliers, et il faudra ranger certains objets. Ces meubles contemporains semblent durables et n'ont pas d'angles pointus... Je suppose que tout est en verre incassable ?

— Vous voyez, vous pouvez gérer tout cela parce que vous savez ce qu'il faut faire. Moi, je ne me suis jamais occupé d'un enfant en âge de ramper et de marcher. Artie était un tout petit bébé.

— Il ne vous faudra pas longtemps pour apprendre comment sécuriser une pièce.

— Il y a autre chose que je dois faire. Ouvrir des trusts pour Hattie et pour vous.

— Nick, j'ai mes économies. Comme je vous l'ai dit, mon père était dans les assurances, et les assurances vie qu'il avait souscrites m'ont mise à l'abri du besoin. J'ai investi mon argent, et je mène une vie simple. Je n'ai besoin de rien venant de vous.

Il eut l'air amusé.

— Vous êtes unique en votre genre, Talia ! Sur bien des plans. Mais j'aimerais tout de même mettre en place des trusts pour Hattie et vous, au cas où il m'arrive quelque chose. Si vous n'avez pas besoin de votre trust, gardez-le pour Hattie.

— C'est gentil, Nick, et si vous y tenez, soit. Mais en ce qui me concerne, vous avez déjà réalisé mon souhait le plus cher.

— Pour l'instant, j'aimerais que vous restiez au ranch la plupart du temps. J'aimerais vraiment que nous soyons une famille, dans la mesure du possible. Ce serait le mieux pour Hattie.

C'était tout ce qu'elle désirait. Elle ne put rester assise plus longtemps.

— Ah, Nick ! s'exclama-t-elle. Je suis si heureuse que je ne tiens plus en place. Non seulement je vais pouvoir être une mère au foyer et élever Hattie au grand air, mais en plus, vous voulez que nous formions une famille. C'est merveilleux.

Il se leva à son tour et se fendit d'un petit rire.

— Vous aimez tant Hattie que cela ne pourra que fonctionner, à mon avis. Vous m'enlevez une sacrée épine du pied, Talia.

Au comble de la joie, Talia fit un tour sur elle-même, mais elle glissa sans doute sur l'un des magazines en papier glacé car elle vacilla. Nick la maintint en équilibre en posant les mains sur sa taille. Aussitôt, elle sentit la chaleur de ses doigts la brûler à travers ses vêtements.

Elle crut qu'il allait retirer ses mains, mais il n'en fit rien. Il resta là, à la regarder. À dire vrai, elle aurait aimé qu'il n'arrête jamais de la toucher. Mais ils s'aventuraient sur un terrain dangereux.

— Je... Je crois que Hattie et moi devrions rentrer. J'ai besoin de réfléchir à tout cela.

Était-ce son imagination, ou Nick était-il déçu ?

Il relâcha sa taille et s'écarta.

— D'accord.

Mais avant qu'elle puisse faire le moindre mouvement, il saisit sa main.

— Talia, je crois que c'est la meilleure solution, pour nous trois.

Elle était bien de son avis. Mais tandis qu'elle observait ses yeux verts, si semblables à ceux de Hattie et indéchiffrables, elle songea que c'était un plan dangereux. Car Nick était bien trop sexy.

— Je ne peux imaginer à quoi ressemblera un mariage sans amour, mais je ferai de mon mieux pour le faire fonctionner.

Avait-elle dit ces mots à voix haute, ou les avait-elle simplement pensés ? Elle l'ignorait.

— Ce ne sera peut-être pas facile, répondit-il, mais rien qui vaille la peine n'est facile.

— Et pour ce qui est du sexe ? demanda-t-elle.

Elle se sentit rougir dès que les mots eurent quitté ses lèvres. Mais il fallait qu'elle soit fixée. Ses désirs de femme, enfouis depuis son divorce, étaient revenus à la surface depuis qu'elle avait rencontré Nick. Elle ne pouvait nier qu'il l'attirait terriblement.

Il lâcha sa main pour remonter le long de son bras, lentement, sensuellement. Puis il plongea le regard dans le sien, et elle vit une lueur briller dans ses yeux émeraude. Son cœur tressauta.

— Eh bien, il n'y a qu'un moyen de le découvrir, dit-il, et il glissa un bras autour de sa taille, l'amenant contre lui.

Elle serra ses bras musclés, et son cœur battit à coups redoublés quand elle vit le désir briller dans son regard. Ses lèvres picotèrent, et elle s'attarda un instant vers sa bouche avant de reporter son attention sur ses yeux. Cette fois, le regard qu'il posa sur elle la fit frissonner des pieds à la tête. Il comptait l'embrasser, et elle avait très envie qu'il le fasse.

L'étau de ses bras se resserra autour d'elle, la plaquant contre son corps ferme et viril. Il approcha les lèvres, petit à petit, jusqu'à ce qu'elle brûle de recevoir son baiser. Quand ses lèvres rencontrèrent enfin les siennes, elle s'embrasa aussitôt. C'était un baiser comme elle n'en avait jamais connu. Elle joignit les mains autour de son cou et entrouvrit les lèvres, laissant toute sa joie, son excitation et son enthousiasme s'exprimer dans son étreinte.

Un désir primaire la submergea. Elle voulait plus qu'un baiser, bien plus. Nick éveillait en elle une envie irrésistible, électrisante, que seules plusieurs heures dans son lit satisferaient. Sa réaction était-elle exacerbée par la demande en mariage ? Ou par le fait que Nick soit l'homme le plus sexy qu'elle ait jamais rencontré ? Ou encore, par cette alchimie immédiate et spontanée entre eux ?

À présent, elle était brûlante de désir. Elle sentait la boucle de sa ceinture se presser contre son ventre, mais c'étaient les lèvres et la langue de Nick, exigeantes et avides, qui retenaient toute son attention. Au prix d'un effort, elle recula légèrement et le regarda, hébétée. Elle voulait continuer à l'embrasser, et en même temps, elle était stupéfiée par ses propres réactions.

— Je crois que ce baiser vient de répondre à votre question, conclut-il d'une voix rauque. À mon avis, nous allons très bien nous entendre. Et je suis sûr que le sexe fera partie de l'équation. Je suis au bord de la combustion, ajouta-t-il d'une voix râpeuse, tout en essuyant son front perlant de sueur.

Tous deux étaient à bout de souffle.

Ses lèvres la picotaient encore et son pouls n'était pas revenu à la normale. Tout son corps pulsait de désir. Elle n'avait jamais été embrassée ainsi.

Elle dévisagea Nick, luttant contre la tentation d'effacer la distance entre eux et de l'enlacer.

— C'était en quelque sorte… éblouissant. Je ferais mieux de rentrer à présent, murmura-t-elle.

— Je sais que ce n'était pas votre intention, mais je crois que vous êtes en train de me ramener à la vie.

Il glissa les doigts sous son menton et lui releva la tête.

— Talia, je dois être honnête avec vous. J'aimais Regina, et je ne pense pas pouvoir aimer une autre femme un jour. Elle me manque chaque jour. Rappelez-vous, c'est un mariage de convenance, pas un mariage d'amour.

— Je comprends que vous aimiez encore votre épouse même si elle n'est plus là, et je peux m'en accommoder. Je ne m'attends pas à ce que nous tombions amoureux.

Mais il y avait un monde entre ses paroles et ses pensées. Elle n'avait qu'une envie, retourner dans ses bras et l'embrasser encore. Si un simple baiser pouvait lui faire cet effet, dans quel état serait-elle après une nuit de sexe torride ? Pourrait-elle s'empêcher de tomber amoureuse ?

La voix de Nick brisa le fil de ses pensées.

— Ce que nous venons de partager, ce n'était pas de l'amour.

Non, c'était un brasier ardent.

— Nick, dit-elle, le cœur battant et la voix tremblante, ce n'est peut-être pas très sage, mais je veux vous donner un autre baiser pour vous remercier de réaliser mon rêve.

Elle noua les mains autour de son cou et, se hissant sur la pointe des pieds, elle l'embrassa avec toute sa gratitude, toute son excitation et tout son bonheur.

Aussitôt, il serra sa taille et la pressa contre lui. Il lui rendit son baiser, sa langue caressant la sienne, réveillant son désir. Elle gémit de plaisir quand elle sentit son sexe engorgé appuyer contre elle. Elle ne mit fin à leur baiser que lorsqu'elle dut reprendre son souffle.

Ils se regardèrent en silence, comme s'ils se voyaient pour la première fois.

— Je crois que ce mariage pourrait m'offrir des à-côtés très agréables, dit-elle, en plus de me permettre d'adopter Hattie.

— À moi aussi, renchérit-il d'une voix grave.

Elle tenta de revenir au présent, observant Hattie qui déchirait joyeusement les magazines.

— Oh ! bonté divine ! s'exclama-t-elle, se précipitant vers la petite fille.

— Ne vous en faites pas, la rassura Nick. Tous ces magazines sont destinés au recyclage, comme je vous l'ai dit.

— Mais on ne peut pas la laisser déchirer des magazines. Sinon, elle déchirera aussi les pages de vos livres.

Elle s'agenouilla à côté d'elle et retira les pages de ses petites mains.

— Hattie, non, non, non, dit-elle avec douceur, tout en secouant la tête. On ne déchire pas les magazines. Si nous regardions les images, plutôt ? Tu vois ? Il y a un petit chien blanc ici, dit-elle, montrant la photo d'un chien.

Hattie pointa le doigt vers lui.

— Ch'en, dit-elle, tapotant la photo avec sa petite main. Ch'en.

— Remettons l'image dans la boîte maintenant.

Docilement, Hattie prit le magazine et le déposa dans la boîte.

Après quelques minutes, tout fut rangé. Talia s'assit sur le sol à côté de Hattie et lança un regard vers Nick. Il s'était assis sur le canapé et les observait.

— Nous devrions apprendre à nous connaître, tout en définissant nos projets, suggéra-t-il. Venez dîner demain avec Hattie. Je demanderai à Kirby, mon cuisinier, de voir avec vous ce que Hattie peut manger.

— Ne vous embêtez pas pour Hattie, je peux apporter son repas. Et je prendrai sa tasse antifuite.

— D'accord, mais de toute façon, Kirby devra connaître l'alimentation de Hattie.

Elle acquiesça d'un signe de tête.

— Je vous ferai aussi une liste des meubles à acheter et nous pourrons parler de...

Elle s'interrompit.

— Je n'arrive pas à croire que nous parlions mariage, avoua-t-elle, même si je sais que c'est une union de façade.

— Talia, vous êtes très séduisante. Je ne comprends pas que vous ne soyez pas déjà prise. Les hommes devraient se bousculer au portillon.

Elle rit.

— Merci du compliment, mais je ne sors pas beaucoup. Étant enseignante et maintenant maman, je ne côtoie pas beaucoup de célibataires, et je n'ai pas vraiment envie de nouer une relation. Je suis sûre que les hommes le sentent.

Comme il n'avait pas l'air convaincu, elle ajouta :

— Peut-être que vous et moi, nous avons juste une sorte d'étrange alchimie. Je me suis dit que ce baiser que vous m'avez donné était la norme pour vous.

— Notre baiser, la norme ? Oh ! non ! Regina et moi étions amis, puis nous sommes tombés amoureux, c'est différent. L'amour transforme tout. Vous et moi sommes des inconnus l'un pour l'autre.

— Cela change-t-il vos sentiments à propos de ce mariage de convenance ?

— Vous voulez savoir si j'ai changé d'avis ? Oh ! non ! dit-il en souriant. Loin de là. Après le baiser que nous venons de partager, je suis encore en feu, et j'ai encore plus envie de vous épouser. Je veux que mon enfant ait une mère qui l'aime. Et le sexe pourrait se révéler être un immense bonus.

Son regard et sa voix sensuelle la firent frissonner.

— Je dois l'admettre, ces baisers étaient un immense bonus pour moi aussi. Je ne suis pas contre un peu de plaisir dans ma vie, admit-elle en souriant.

S'accrochant au meuble le plus proche, Hattie marcha vers Talia, qui se leva pour la porter. Elle rassembla ses affaires dans un sac fourre-tout qu'elle accrocha sur son épaule tout en tenant Hattie d'un bras.

— Dis au revoir à ton papa, Hattie.

Hattie agita sa petite main potelée.

— Très bien, la félicita Talia en souriant.

— Il va me falloir un peu de temps pour m'habituer à être papa, dit Nick. Artie était trop petit pour parler, et il n'a pas eu le temps de m'appeler papa. Je vais devoir m'adapter à mon nouveau statut.

— Ce n'est pas grave. Hattie ne remarquera rien. Cette fois, j'y vais.

— Vous n'allez pas m'embrasser pour me souhaiter une bonne nuit ? demanda-t-il, une lueur taquine dans le regard.

— Je pense que nous en avons fait assez pour ce soir. D'un autre côté, je pense que Hattie serait contente de voir qu'elle a des parents qui s'entendent bien, fit-elle valoir en souriant.

Tenant toujours Hattie contre elle, elle embrassa Nick sur la joue. Sa barbe piquante lui chatouilla le visage.

Il déposa un bref baiser sur ses lèvres puis sourit.

— Hattie semble contente, alors je pense que vous avez raison, dit-il.

Il la raccompagna jusqu'à sa voiture, ouvrant la portière et la regardant faire pendant qu'elle attachait Hattie dans son siège.

Puis Talia s'installa au volant. Nick referma sa portière et se pencha par la vitre ouverte.

— J'enverrai une limousine passer vous prendre demain soir. Mon majordome veillera à installer un siège auto.

— Il me semble que ce serait plus facile pour moi de venir avec ma voiture.

— Si cela ne vous ennuie pas, je préfère vous envoyer la limousine.

Elle hocha la tête, un peu surprise. Limousines, majordomes, chauffeurs, trusts... Son existence allait changer de manière radicale, grâce à Madeline et à Hattie.

Pour l'instant, elle avait du mal à imaginer à quoi son quotidien ressemblerait. Elle allait cesser d'enseigner et vivre au ranch. En plus de s'occuper de sa précieuse Hattie, elle pourrait peindre et dessiner, ce qu'elle n'avait jamais le temps de faire d'habitude. Il y aurait les dîners en famille, et une fois Hattie couchée, les nuits avec Nick...

— Talia ? demanda-t-il.

Elle revint à l'instant présent.

— Désolée, j'étais perdue dans mes pensées. Si vous voulez envoyer une limousine, je ne vais pas protester, céda-t-elle en souriant.

— J'aimerais que nous nous mariions bientôt, Talia. Hattie est ma fille et, pour être franc, je me sentirais mieux si elle avait un peu plus de sécurité dans sa vie que vous ne pouvez lui en apporter.

— C'est vrai, Nick, mais envoyer une limousine, ce n'est pas très discret.

— Je sais, mais c'est plus sûr. Si nous devons nous marier,

autant sauter le pas rapidement. Vous êtes d'accord pour un petit mariage ?

— Bien sûr. C'est mon second mariage, alors je ne veux pas de robe blanche élégante et formelle cette fois. Je n'ai pas de famille, seulement quelques amis proches que j'aimerais inviter. C'est vous qui avez de la famille et je ne sais combien d'amis.

Elle l'observa, de nouveau troublée. Elle l'avait trouvé beau et séduisant avant qu'il ne la demande en mariage et ne l'embrasse, mais à présent, elle était éblouie par son charme. Tandis qu'elle s'attardait sur sa bouche, sur sa lèvre inférieure rebondie, elle eut envie de l'embrasser encore.

— En ce qui me concerne, dit-il, j'ai eu un grand mariage, et je n'en veux pas d'autre, d'autant plus qu'il s'agit d'un mariage de convenance. Nous organiserons une cérémonie en comité réduit, et peut-être une réception un peu plus grande, car mes amis voudront vous connaître, Hattie et vous. Cela vous convient-il ?

— Tout ce que vous voudrez, Nick. Quant à la lune de miel… Je suis tellement heureuse d'avoir Hattie que je pense qu'elle n'est pas nécessaire.

— Cela me va. Autre chose : le nom de Hattie. J'aimerais le changer, afin qu'elle porte le nom des Duncan. Madeline n'est plus là, et vous-même serez bientôt une Duncan. Vous pourrez expliquer à Hattie que Madeline était sa mère biologique, mais je tiens à ce qu'elle porte mon nom.

— Je crois que c'est une bonne idée. Je m'assurerai toujours de lui parler de Madeline, mais vous êtes son père.

— A-t-elle un second prénom ?

— Non. Madeline n'arrivait pas à en trouver un, et elle disait que de toute façon, Hattie n'en avait pas besoin. Vous pourriez lui donner le prénom de Madeline. Ou son nom de famille, Prentiss.

Nick réfléchit un instant, testant manifestement les noms dans sa tête.

— J'aime l'idée qu'elle ait le nom de sa mère en second prénom. Hattie Prentiss Duncan. Ça sonne bien.

— Ça me va, Nick.

— Tout ira bien, j'en suis sûr. Vous serez une bonne mère

pour ma fille, et la transition se fera presque sans accroc. C'est un immense soulagement.

— J'espère que vous apprendrez à aimer votre fille, Nick.

— Je ferai de mon mieux pour être un bon père.

Il s'écarta du véhicule.

— Je vous dis à demain soir, conclut-il.

Le vent souleva quelques-unes de ses boucles brunes, les emmêlant sur son front. Il lui offrit un sourire, qui suffit à faire tressauter son cœur, puis s'éloigna. Il serait si facile de tomber amoureuse de son futur époux ! Elle devrait constamment protéger son cœur, mais elle doutait que ce soit possible.

Mais il était inutile de s'inquiéter pour l'instant. Elle ne laisserait aucune pensée négative gâcher cette merveilleuse soirée. Elle allait devenir la mère de Hattie sur le plan légal. Elle serait une mère au foyer pour la petite fille qu'elle aimait. Hattie était si adorable que Talia était certaine que Nick aimerait sa fille tout autant qu'il avait aimé son fils. Ensemble, ils auraient une vie formidable. Comment pourrait-il en être autrement ?

Elle songea à leurs baisers et, aussitôt, le désir l'envahit. Elle avait envie de sentir la bouche de Nick sur la sienne. Il savait embrasser mieux que tous les hommes qu'elle avait connus. C'était l'homme le plus sexy qu'elle ait jamais rencontré.

Pendant qu'elle avalait les kilomètres, elle ne cessa pas de penser à Nick. À quoi ressemblait une nuit d'amour avec lui ? Elle tenta de l'imaginer, et fut parcourue de frissons. Alors, elle s'intima de chasser ses pensées érotiques et de se concentrer sur la route.

Plus facile à dire qu'à faire.

Ce soir-là, bien après que Hattie se fut endormie, Talia était allongée dans son lit et repensait à son étreinte avec Nick. Il l'avait prévenue qu'il ne tomberait pas amoureux. Elle devait donc faire comme Nick, et envisager le sexe comme un échange purement physique, dépourvu d'émotion.

— Je ne peux pas faire ça, dit-elle à voix haute dans la chambre sombre.

Si elle nouait une relation intime avec Nick, si elle lui donnait son corps, elle pourrait bien tomber amoureuse. Elle pourrait tenter de dresser un mur autour de son cœur, mais Nick était trop séduisant, trop sexy, et il lui avait donné la seule chose au monde qu'elle voulait le plus : la possibilité de devenir la mère de Hattie.

Elle devait contracter ce mariage en gardant à l'esprit que ce n'était rien de plus qu'un arrangement pratique pour Nick.

Elle tapota son oreiller et se tourna sur le côté, mais ne trouva pas le sommeil. Une demi-heure plus tard, elle alla voir Hattie.

Elle approcha du lit à barreaux, et regarda Hattie dormir.

— Tu vas avoir un papa maintenant, murmura-t-elle, regardant la petite fille endormie sur le côté, son lapin rose au creux de son bras. Tu auras un papa, un chauffeur, et Dieu sait quoi d'autre. Et tu vas m'emmener dans ce monde.

Le soulagement et la joie le disputaient en elle. Mais le doute s'infiltra dans ses pensées. Pourrait-elle s'adapter et s'entendre avec Nick ? Faire en sorte que Nick soit heureux ? Elle n'avait pas la réponse à ces questions. Car elle épousait un parfait étranger.

— Je vais épouser ton père et devenir ta mère pour toujours, dit-elle doucement, se concentrant sur la joie qui montait dans son cœur. Je vais t'aimer toute ma vie, et prendre soin de toi du mieux que je le peux. Je vais devoir apprendre à vivre avec ton papa, qui ne m'aime pas. Mais tant qu'il t'aime — et il t'aimera — tout ira bien. Tant qu'il m'embrasse comme il l'a fait tout à l'heure, ce mariage devrait être fantastique. Je vais tâcher de préserver mon cœur, mais avec des baisers comme celui de ce soir, je ne crois pas que ce soit possible. Mme Nicholas Duncan, maman de Hattie Prentiss Duncan.

Cela sonnait très bien.

— Ça semble impossible, non ? demanda-t-elle à l'enfant endormie. Pourtant, ça va arriver. Je vais bien épouser Nick Duncan. Il ne m'aime pas et ne m'aimera jamais, mais il réalise mon rêve. Va-t-il me briser le cœur ?

Elle haussa les épaules.

— Rien ne me ferait plus souffrir que de te perdre, Hattie, et maintenant, tu seras mon bébé pour toujours. Et j'essaierai d'être la meilleure maman possible pour toi.

Elle déposa un baiser sur le sommet de la tête et sortit à pas feutrés pour ne pas la réveiller. Tandis qu'elle traversait les pièces de sa petite maison, elle se sentit un peu étourdie. Sa vie avait changé ces dernières heures, de manière inattendue. Dans peu de temps, elle épouserait Nick Duncan et aurait un grand ranch et une élégante maison en ville pour foyers. Sans parler du plus sexy des maris à ses côtés.

Mais ce mariage ne se transformerait jamais en mariage d'amour. Le temps pourrait effacer la peine de Nick, mais elle doutait qu'il finisse par tomber amoureux d'elle.

Talia aussi connaissait le chagrin. Elle avait beaucoup souffert durant son mariage. Elle avait perdu sa mère et son père. Elle avait subi deux fausses couches. Ayant tous les deux enduré des épreuves, Nick et elle pourraient chacun comprendre la douleur de l'autre.

Et puis, elle aurait Hattie, songea-t-elle en souriant. Nick avait sa reconnaissance éternelle, et elle ferait de son mieux pour l'aider à être un père pour Hattie.

Elle retourna dans son lit, mais sachant qu'elle n'arriverait pas à dormir avant un moment, elle sortit un stylo et un papier du tiroir de son chevet et se mit à rédiger des listes. Une pour les meubles et les objets de puériculture qu'elle devrait acheter, et une autre pour les quelques personnes qu'elle aimerait inviter au mariage. La liste d'invités de Nick serait sûrement longue, avec tous ses amis, sa famille et ses relations de travail.

Que penserait sa famille d'elle ? songea-t-elle tout à coup. Et que penseraient-ils du fait que Nick se mariait uniquement pour que Hattie ait une mère ? Ses frères et sa grand-mère sauraient qu'il n'était pas amoureux. Accepteraient-ils la situation ?

Et surtout, accepteraient-ils Hattie ? Une petite fille dont Nick n'avait appris l'existence que depuis quelques jours ?

Le doute commença à s'infiltrer en elle, lentement mais

sûrement. Et quand Talia éteignit enfin sa lampe de chevet, elle sut qu'elle ne dormirait pas de la nuit.

Où avait-elle eu la tête ? Épouser un homme qu'elle connaissait à peine, et entrer dans une famille étrangère ? Épouser un homme qu'elle n'aimait pas et qui ne l'aimait pas ? Qui ne l'aimerait jamais ?

Comment pourraient-ils faire fonctionner ce mariage de convenance ?

4

Nick remonta l'allée menant à la maison de sa grand-mère. C'était la maison d'origine du ranch, et elle était bien plus petite que sa propre maison ou la demeure grandiose de Stan. Il promena son regard sur la propriété qu'il connaissait depuis toujours. La maison datait d'avant la guerre de Sécession. Au fil des décennies, elle avait été entretenue, réparée, améliorée et agrandie, et Nick aimait cette vieille bâtisse, mais il ne se voyait pas y vivre. Il monta les marches de bois du perron et sonna à la porte pour annoncer sa présence, avant de pousser le battant.

— Bonjour, monsieur Nick, dit Braden, venant à sa rencontre.

— Bonjour, Braden, répondit Nick.

Braden Aldridge était le cuisinier et le majordome de Myra depuis que Nick était enfant. Il portait sa tenue habituelle : chemise blanche, pantalon noir et bottes noires.

Une femme apparut dans le couloir. Nick sourit et salua Ida, infirmière retraitée et dame de compagnie de sa grand-mère. Son visage rond était encadré par des cheveux châtains striés de gris, courts et ébouriffés.

— Bonjour, Ida. C'est une belle journée, je pensais trouver grand-mère sur le perron.

— Elle préfère l'air conditionné, dit Ida. Comme toujours, elle est impatiente de vous voir.

— Ça sent bon par ici, Braden, remarqua Nick.

— Rôti de bœuf braisé. Je suis sûr que votre grand-mère vous proposera de dîner avec elle.

— Je ne peux pas rester, mais j'espère avoir un plat à emporter. Vous faites le meilleur rôti de tout le pays.

— Mlle Myra me supervise. C'est en quelque sorte « notre » rôti de bœuf.

— Grand-mère a toujours été un cordon-bleu. Je ne sais pas si elle va m'inviter, mais je passerai par la cuisine avant de partir, dit-il en souriant.

Il fit quelques pas avec Ida.

— Comment va grand-mère ? s'enquit-il.

— Elle va bien, et elle est heureuse que vous veniez lui rendre visite.

— Tant mieux. J'ai une nouvelle à lui annoncer, dont elle pourra vous parler plus tard. J'espère que ça ne va pas la perturber.

— Ah. J'allais vous dire qu'il me tarde de savoir ce que c'est... À moins que ce ne soit une mauvaise nouvelle ?

— Non. Quoi que Myra vous dise, je trouve que c'est une bonne nouvelle, et je pense que j'agis au mieux, mais ça va lui faire un choc.

— Vous avez piqué ma curiosité, avoua Ida en souriant. Myra est dans la véranda, et elle est impatiente de vous voir. Je vous verrai peut-être pendant le dîner.

— Eh bien, pas ce soir. J'ai un engagement.

Il prit congé d'Ida puis continua dans le couloir jusqu'à une grande véranda vitrée orientée plein sud, qui donnait sur le patio.

— Bonjour, grand-mère.

Il entra dans la pièce et se dirigea vers sa grand-mère, installée dans son fauteuil préféré, les pieds surélevés. Éteignant la télévision, elle se redressa tandis qu'il se penchait pour embrasser sa joue poudrée, respirant une bouffée de son parfum aux notes de lilas.

— Tu es bien installée, observa-t-il.

— Je suis très bien installée. D'habitude, tu ne me rends pas visite à cette heure-ci. Que se passe-t-il ?

Il s'assit face à elle, songeant qu'elle avait très peu changé avec les années. Ses cheveux gris étaient coiffés en chignon, comme toujours. Elle était grande et fine, mais plus robuste qu'elle n'en avait l'air. Ses yeux étaient bruns, contrairement aux siens ou à ceux de ses frères. Ses lunettes avaient glissé sur son nez et elle les retira, se frottant les yeux avant de l'observer de près.

— Qu'est-ce qui t'amène ? demanda-t-elle. Il est impossible que tu aies senti l'arôme du rôti de bœuf depuis chez toi. Je sais que c'est un de tes plats préférés.

— C'est vrai.

Comment allait-elle prendre la nouvelle qu'il devait lui annoncer ? Il espérait ne pas avoir de conflit avec elle à propos de son mariage ou de Hattie.

— Mais je ne suis pas venu te voir à cause du rôti de bœuf.

— Tu pourrais rester dîner avec moi, en tout cas.

— Merci, mais je ne peux pas rester. Je dois retourner à Dallas, car je reçois des gens à dîner.

— Je demanderai à Braden de te préparer un plat à emporter.

— J'en serais ravi.

Ils restèrent là, à s'observer. Il savait bien qu'il ferait mieux de cracher le morceau, afin d'observer sa réaction et d'agir en conséquence. Il se pencha vers elle, posant les mains sur ses genoux et plongeant le regard dans ses yeux noisette.

— Je vais te dire deux choses qui vont sûrement te choquer, alors je préfère t'avertir.

— Est-ce que je vais défaillir ?

Il sourit.

— Je ne crois pas. Jusqu'ici, ça ne t'est jamais arrivé.

Son regard pétilla, et il se demanda si elle prendrait sa prochaine annonce avec autant de calme.

— Horace m'a téléphoné pour m'apprendre qu'une certaine Talia Barton voulait me voir, et que je devrais accepter un rendez-vous avec elle.

— Horace ? Notre avocat ?

— C'est ça. Il y a un peu plus de deux ans, j'ai rencontré lors d'une soirée une belle jeune femme, Madeline Prentiss, qui commençait une carrière dans la musique. Talia Barton était son professeur de dessin, et son amie. Il y a quatorze mois, Madeline a donné naissance à ma fille.

— Oh ! Dieu du ciel ! Je suis l'arrière-grand-mère d'une petite fille ?

— Oui. Madeline n'avait pas de famille, et c'est Talia qui l'a aidée à s'occuper du bébé pendant qu'elle se consacrait à sa carrière de chanteuse.

— Pourquoi la mère ne t'a-t-elle pas parlé du bébé ? Tu crois qu'il est de toi ?

— C'est ma fille, c'est certain. J'ai fait faire un test de paternité. Selon Talia Barton, Madeline pensait que j'étais si amoureux de Regina et si détruit par sa mort et celle d'Artie que je ne voudrais pas entendre parler du bébé. Il y a plusieurs mois, Madeline est décédée dans un accident de voiture. Depuis, Talia s'occupe de la petite Hattie, et elle est comme une mère pour elle. À présent, l'État veut prendre Hattie, parce que Talia n'a aucun document légal pour prouver que Madeline voulait faire d'elle la tutrice de sa fille.

— Cette enfant est une Duncan. Tu ne peux pas laisser l'État prendre ton enfant. Cette femme est-elle venue te prévenir afin que tu empêches ça ?

— Oui. Elle veut que je sois un père pour ma fille, même si cela signifie qu'elle devra renoncer à Hattie, une enfant qu'elle aime comme si c'était la sienne. Elle préfère que ce soit moi qui aie sa garde plutôt que l'État.

Il prit une grande inspiration et attendit la réaction de sa grand-mère.

— Tu as une petite fille, répéta Myra. Je suis l'arrière-grand-mère d'une petite fille. Quel âge a-t-elle, dis-tu ?

— Quatorze mois, répéta-t-il patiemment, lui laissant le temps d'enregistrer ces premières informations avant de lui en donner d'autres.

— Tu l'as vue ?

— Oui. Elle ressemble aux Duncan.

— Oh ! Seigneur ! C'est vrai ? Alors, tu vas élever une petite fille. Je suis sous le choc, Nick.

— Ce n'est pas tout. Talia Barton est une mère pour Hattie sur tous les plans, sauf sur le plan biologique et juridique.

Il déglutit, puis se lança.

— J'ai demandé Talia en mariage. Elle sait que je ne suis pas amoureux d'elle, mais ce mariage lui permettra d'avoir la garde de Hattie. Et ainsi, Hattie aura auprès d'elle la maman qu'elle adore.

— Nick, tu as perdu l'esprit ? Tu ne peux pas épouser une inconnue parce qu'elle sait comment s'occuper d'un bébé !

— Je lui ai déjà demandé sa main. Hattie aura une mère qui l'aime plus que tout.

— Nick, mais qu'est-ce qui ne va pas chez toi ? s'exclama-t-elle en élevant la voix. Tu ne connais pas du tout cette femme !

— Je la connais un peu. Elle enseigne les arts plastiques dans une université, ce qui tend à prouver qu'elle est sérieuse et fiable. Et surtout, je sais qu'elle adore ma fille. Elle est venue me trouver alors que rien ne l'y obligeait. Sans Talia, je ne saurais même pas que j'ai un enfant.

— Tu ne sais rien de cette personne, sauf ce que tu viens de me dire, et elle ne sait rien de toi.

— Si, elle sait des choses sur moi. Elle a engagé un détective privé pour enquêter sur mon compte.

— Quoi ? s'écria sa grand-mère.

Il se contenta de hocher la tête.

— Nick, tous les Texans connaissent notre famille ! Nous vivons ici depuis le siège de Fort Alamo.

Il s'intima d'être patient. Sa grand-mère réagissait exactement comme il l'avait prévu.

— Non, grand-mère, tous les Texans ne nous connaissent pas. Talia voulait s'assurer que Hattie serait en sécurité avec moi. Si elle avait découvert que je n'étais pas une personne responsable, elle aurait laissé l'État lui prendre Hattie.

— Oh ! ma parole ! pesta-t-elle, fronçant les sourcils et se frottant les mains. Ne sois pas si stupide ! Épouser une parfaite étrangère, c'est aller au-devant de toutes sortes d'ennuis.

— J'ai invité Talia à dîner. Je veux que mes frères et toi fassiez sa connaissance, ensuite tu pourras me dire ce que tu penses d'elle. Tu verras Hattie, aussi.

Il marqua un temps puis ajouta :

— Talia est très gentille. Elle est intelligente, et elle fera une excellente mère. Et maintenant, tu as une arrière-petite-fille.

— Cette enfant n'a pas besoin de cette femme. Elle a juste besoin d'une personne aimante pour s'occuper d'elle. Une personne comme toi. Nous serons tous très gentils avec elle. Elle aura une famille, donc tu n'as pas besoin de te marier avec une inconnue. Après avoir perdu Regina et le petit Arthur, il est impossible que tu sois heureux avec cette femme. N'épouse pas cette Talia.

— Je pense qu'elle te plaira.

— Je ne vois pas ce qui te fait dire ça. Et tu ne connais rien aux petites filles.

Nick ignora la remarque de sa grand-mère.

— J'aimerais organiser un dîner familial vendredi soir. Qu'en dis-tu ? J'enverrai la limousine te chercher. Nous dînerons chez moi, au ranch.

— Nick, je suis très heureuse que tu aies une petite fille. Elle sera une grande source de joie, dit-elle, se parlant davantage à elle-même qu'à lui. Nous pourrons nous occuper d'elle. Je te le répète, tu n'as pas besoin d'épouser cette femme. Je regrette vraiment que tu te sois déjà engagé. Il faut que tu reviennes sur ta demande en mariage.

— Attends de la rencontrer pour te faire une opinion. Maintenant, il faut que je file. Je retourne à Dallas, car Talia et Hattie viennent dîner chez moi ce soir.

— Tu n'as rien écouté de ce que je viens de dire ! Je t'en prie, ne te précipite pas, sinon tu pourrais le regretter pendant des années.

Il déposa un baiser sur sa joue.

— Je t'aime, grand-mère, et je sais que tu veux le meilleur pour moi. Je sais que tu aimeras Hattie, et je pense que tu aimeras Talia aussi.

Sa grand-mère secoua la tête.

— Nick, je me ferai du souci pour toi chaque jour, si tu épouses cette femme.

Il rit.

— Tu t'inquiètes toujours trop, grand-mère. Je sais que c'est parce que tu m'aimes. Tu les verras vendredi.

Sur quoi, il lui envoya un baiser et sortit de la véranda.

Il songea à la soirée qui l'attendait, durant laquelle il reverrait Talia. Sur bien des plans, il était heureux que Talia ait accepté sa demande en mariage, même si c'était un mariage de façade. Talia adorait trop Hattie pour manquer cette opportunité de devenir pour toujours sa mère sur le plan juridique. D'un autre côté, il éprouvait une pointe de culpabilité, car il aimait encore Regina. Elle lui manquait toujours, tout comme Artie. Sans doute allait-il, au fil du temps, apprendre à aimer Hattie aussi, mais pour l'heure, elle ravivait trop de souvenirs douloureux. Personne ne pourrait jamais prendre la place de son épouse et de son fils dans son cœur.

Il repassa par la cuisine, et sans même qu'il ait à dire un mot, Braden lui donna un plat emballé.

— Voici votre rôti.

— Merci, Braden. Il sent diablement bon, et je suis impatient de le déguster.

— Mlle Myra a mélangé le contenu de la cocotte toutes les heures.

— Je n'en doute pas, dit Nick en riant. Et je parie qu'elle y a goûté à chaque fois.

Braden sourit.

— Oui, en effet.

— Merci encore.

Tandis qu'il rejoignait sa voiture, il songea aux mises en garde de sa grand-mère.

Il était le père de Hattie, et il comptait bien l'élever. Épouser Talia était la meilleure solution possible, pour lui comme pour Hattie.

Il adorait sa grand-mère, mais cette fois, elle se faisait du souci pour rien.

Plus tard dans l'après-midi, alors qu'il travaillait dans son bureau de Dallas, Nick entendit son téléphone vibrer. Il venait de recevoir un message de Talia : elle annulait leur dîner car elle devait voir les parents d'un de ses étudiants. Elle n'avait pas encore trouvé de baby-sitter, et elle préférait reporter leur rendez-vous.

Il lui envoya un message pour lui proposer de venir manger du rôti de bœuf avant son rendez-vous professionnel, et de laisser Hattie avec lui. Talia répondit qu'il serait plus facile pour elle de manger un morceau avant de partir. En revanche, elle apporterait le dîner de Hattie, et Nick pourrait la faire manger.

Il se rappela le baiser qu'il avait partagé avec Talia — ce qu'il faisait environ toutes les heures. Le seul souvenir de leur étreinte suffisait à le plonger dans un état d'excitation certain. Les baisers de Talia le consumaient, lui donnaient envie de l'emmener dans son lit et d'oublier tout le reste. Ce mariage allait lui apporter bien plus qu'il ne l'avait escompté. Il avait voulu une mère aimante pour Hattie. À présent, il savait qu'il aurait une épouse dont les baisers promettaient les ébats les plus torrides qu'il ait jamais connus. Il tenait à ce que ce mariage ait lieu bientôt. Il voulait Talia dans son lit, pour chasser la souffrance et la solitude qui lui tenaient compagnie depuis bien trop longtemps.

Il s'était réjoui à l'idée de passer cette soirée avec Talia. Mais finalement, il allait devoir s'occuper seul de Hattie. Il devrait pouvoir donner à manger à Hattie, mais il n'avait pas encore de chaise haute.

Il quitta son bureau de Dallas, rentra chez lui, puis appela son avocat et lui donna pour instruction d'ouvrir des trusts pour Talia et Hattie. Quand le soir arriva, il sortit sur le perron pour attendre Talia et Hattie. Tandis qu'il faisait les cent pas, il fut assailli par des souvenirs des jours où il avait attendu Regina et Artie, après un après-midi dans les boutiques ou un rendez-vous chez le médecin. Cesserait-il jamais de penser à sa femme et à son fils adorés ?

Plus inquiétant, se précipitait-il la tête la première dans un mariage qui serait une énorme erreur, comme sa grand-mère l'avait prédit ?

Talia se gara et sortit Hattie de son siège auto. Nick se dirigea vers elle, ses longues jambes parcourant rapidement la distance. Elle sentit son cœur s'accélérer tandis qu'elle l'observait. Avec son jean, ses bottes, et son polo noir, il semblait plein d'énergie, sexy et attirant. Elle regrettait de ne pas pouvoir passer toute la soirée avec lui.

Quand Nick prit Hattie dans ses bras, il effleura les mains de Talia au passage, et elle ressentit un courant d'excitation familier, qui lui fit penser à leur baiser ardent. Elle leva les yeux vers lui, et quand leurs regards se rencontrèrent, cela lui fit l'effet d'une caresse sensuelle.

Il se tourna vers Hattie et sourit.

— Bonsoir, Hattie.

— soi', dit la petite fille en lui souriant.

— C'est sa façon de dire « bonsoir », précisa Talia, tapotant le bras de Nick.

Sous ses doigts, elle sentit ses muscles fermes.

— Je suis navrée, j'ai eu un après-midi très chargé et je suis passée chercher Hattie plus tard que d'habitude. Je lui aurais bien donné son dîner, mais j'avais peur d'être en retard pour mon rendez-vous.

— Ce n'est rien. Je devrais pouvoir m'en sortir.

— J'ai apporté une chaise haute. Elle est dans le coffre de la voiture. Si vous voulez bien la sortir, je m'occupe de Hattie.

— Bien sûr. Ne vous faites pas de souci pour nous, nous allons très bien nous entendre elle et moi.

— Vous n'aurez qu'à réchauffer les carottes moulinées et à lui donner un peu de lait. J'ai apporté sa tasse antifuite. Comme elle adore les fraises, j'en ai prévu quelques morceaux. Vous verrez, tout est dans le sac. J'ai aussi mis quelques jouets. Je suis désolée, je dois filer. Appelez-moi si vous avez des questions.

Il la retint en posant une main sur son bras.

— Talia, je prendrai bien soin d'elle. Ne vous inquiétez pas.

Elle se perdit dans son regard, intensément consciente de leur contact physique. Elle observa ses lèvres un instant, puis se souvint de ce qu'il venait de dire.

— Je suis sûre que vous vous en sortirez à merveille, déclara-t-elle, la voix légèrement rauque.

Comment Nick pouvait-il provoquer une réaction aussi forte avec un simple contact, un simple regard ? Elle n'avait qu'une envie, l'embrasser. Allait-elle tomber amoureuse de lui, si elle le côtoyait souvent ? S'ils se mariaient et couchaient ensemble, pourrait-elle éviter d'avoir le cœur brisé ? Cette question prenait de l'importance, car ses réactions avec lui s'intensifiaient chaque fois qu'elle le voyait.

— Je dois filer, répéta-t-elle, encore hypnotisée par son regard intense.

Elle savait qu'il pensait à leur baiser, lui aussi. Elle en eut une nouvelle preuve quand il reporta son regard sur sa bouche.

Au prix d'un gros effort, elle se détourna et grimpa derrière le volant.

— Je vous verrai dans quelques heures. Appelez-moi si vous avez la moindre question ou la moindre difficulté.

— D'accord. Mais rassurez-vous, nous n'aurons pas de difficultés.

Il sourit à Hattie, qui passait les doigts sur son menton.

— Elle aime ma barbe, on dirait.

— Vous la fascinez. Vous êtes le premier homme dans sa vie, et c'est une découverte pour elle. Vous serez un bon père, Nick.

— Je suis content que vous ayez confiance en moi, et j'espère que votre confiance est contagieuse. D'habitude, j'aime relever les défis, mais celui-ci me désarçonne. Je ne connais rien aux petites filles. Tu t'en soucies, Hattie ? demanda-t-il, et la petite fille rit tout en passant les doigts sur sa mâchoire. Je suis content que mon visage la divertisse.

— Je vais être en retard si je ne pars pas maintenant, dit Talia, s'adressant davantage à elle-même qu'à Nick. Peut-être que vous devriez la distraire pour qu'elle ne me voie pas partir. Elle est à un âge où elle n'aime pas que je la quitte. Si vous l'emmenez dans la maison et que vous sortez les jouets que je lui ai apportés, elle ne pensera plus à moi.

Elle regarda Nick retourner vers la maison tout en parlant avec Hattie. Puis elle démarra.

Elle tenta de se concentrer sur la route, mais elle n'arrivait pas à chasser Nick de ses pensées. Après son mariage désastreux, elle n'avait pas voulu retomber amoureuse. Et elle ne voulait certainement pas tomber amoureuse de Nick. À l'évidence, le cœur de Nick était cadenassé. Bien sûr, il y avait une alchimie explosive entre eux, mais cela ne constituait pas la base d'un mariage solide. L'amour, oui. Mais Nick était encore amoureux de sa défunte femme.

Combien de fois devrait-elle se rappeler ce fait ?

Tandis qu'elle tournait à l'angle d'une rue, elle s'efforça de se concentrer sur des pensées plus gaies. Elle se réjouissait que Hattie devienne bientôt sa fille, de manière officielle. Pour elle, ce mariage de convenance avait bien plus d'avantages que d'inconvénients. Comme l'avantage de pouvoir partager les nuits de Nick.

Elle espérait que son rendez-vous serait bref, car elle avait hâte de retourner voir Nick et Hattie. Malgré ses mots rassurants, il semblait nerveux à la perspective de s'occuper seul de sa fille. En souriant, elle secoua la tête. Nick avait été père. Il était intelligent, compétent, il gérait toutes sortes de situations difficiles au ranch. Il se débrouillerait très bien avec sa fille, et Hattie aimerait sans doute passer du temps avec son père. Comment pourrait-il être dépassé par une petite fille de quatorze mois ?

— Trésor, voici un sac de jouets que ta maman a préparé spécialement pour toi. Voyons ce qu'il y a dedans, dit Nick, s'asseyant sur le sol face à Hattie.

Il ouvrit le sac et en sortit un petit ourson en peluche de couleur blanche.

— Regarde, Hattie, ton ourson.

— Son, répéta-t-elle, et elle l'attrapa pour le serrer contre elle.

Puis elle le jeta sur le côté et plongea la main dans le sac. Elle saisit une petite balle, qu'elle lança aussitôt dans la pièce. Ensuite, elle passa au jouet suivant. Nick tenait le sac et observait la petite fille, émerveillé à la pensée que c'était son enfant. Hattie sortit une boîte colorée munie d'une poignée. Quand elle tourna la poignée, la boîte émit de la musique.

— J'aurais dû être au courant de ton existence, petit trésor, depuis le jour de ta naissance. Je suis heureux que tu fasses partie de ma vie désormais. J'ai beaucoup de choses à apprendre sur toi.

Hattie sortit un autre jouet qu'elle jeta sur le côté, et fouilla dans le sac pour en trouver un autre. Les jouets volèrent dans différentes directions, et Nick la laissa agir à sa guise. Tout au fond du sac, elle trouva un livre et le lui montra.

— Tu veux que je te lise *Pierre Lapin* ? Viens, nous allons le lire ensemble.

Il se leva, prit Hattie dans ses bras et alla s'installer dans un fauteuil à bascule. Il se rappela avoir bercé Artie dans ce fauteuil. Son fils était si petit, comparé à Hattie.

— C'est un lapin, dit-il, montrant le lapin sur la couverture.

— Pin, répéta-t-elle, et elle regarda autour d'elle.

Elle quitta son giron et se tint à sa jambe le temps d'attraper une chaise.

— Pin, dit-elle avec plus d'insistance.

D'un pas tremblant, elle attrapa un pied de table puis lâcha la chaise.

Elle ouvrit et referma sa petite main plusieurs fois, et Nick comprit enfin. Elle désignait le lapin rose sur le sol. Il traversa la pièce pour le ramasser et le lui donna.

— Voilà ton lapin. C'est ce que tu cherchais, je crois, dit-il, la portant de nouveau dans ses bras.

Puis elle lui montra le rocking-chair.

— Tu sais ce que tu veux, on dirait. Allons lire l'histoire de ce lapin.

Il se balança dans le fauteuil tout en faisant la lecture à Hattie.

Il espérait devenir un bon père. Avec l'aide de Talia, il pensait pouvoir y arriver.

Après avoir fini le livre, il songea de nouveau à Talia. Elle était en train de le ramener à la vie. Ses baisers torrides avaient ravivé son désir, son envie de séduire. Mais à la minute où ils feraient l'amour, des émotions viendraient compliquer son existence, qui n'était déjà pas simple. Or, pour l'instant, il luttait pour surmonter son deuil, et pour composer avec sa paternité nouvelle. Il était maintenant papa d'une petite fille, qui pointait le doigt vers le livre qu'il tenait.

Pin, répéta-t-elle.

Elle voulait qu'il lui relise le livre, supposa-t-il.

— J'imagine que Talia te fait beaucoup la lecture. D'accord, dit-il, rouvrant le livre. Voyons encore une fois ce que fabrique Pierre Lapin.

Il était presque 21 heures quand Nick se leva, portant Hattie, pour aller accueillir Talia.

— Pardon pour mon retard, dit-elle.

Elle regarda Hattie, endormie dans ses bras.

— Tout s'est bien passé pour elle ? s'enquit-elle.

— Ne vous inquiétez pas pour Hattie. Demandez-moi plutôt si j'ai survécu. Tout allait bien tant que je ne sortais pas de son champ de vision et que je lui accordais cent pour cent de mon attention. Elle a l'énergie d'une équipe entière de football américain. Pour une petite personne qui peut à peine marcher, elle est très énergique, et cette maison n'est pas adaptée à un bébé. Nous sommes peut-être en sécurité dans la pièce principale maintenant, parce qu'elle a jeté tout ce qu'elle pouvait attraper avant que je puisse l'en empêcher. Elle dort depuis environ cinq minutes...

Il s'interrompit quand il vit Talia sourire.

— Vous vous moquez de moi, devina-t-il.

— Je souris parce que je suis heureuse que vous ayez passé une bonne soirée tous les deux. Je pense que vous serez un excellent papa. Vous allez prendre le coup de main, il vous faut juste un peu de temps.

— Je sais que vous vous moquez de moi. J'étais complètement dépassé, et je n'ai pas trouvé d'astuce pour réussir à lui faire avaler son repas et éviter qu'elle le répande partout. Elle n'a pas beaucoup apprécié les carottes.

— D'habitude, elle les aime. J'ai choisi ses aliments préférés. Elle n'avait peut-être pas très faim. On dirait que vous avez un peu de son dîner sur vous, remarqua-t-elle, effaçant de minuscules taches orange sur sa mâchoire.

Il fut très conscient de ses doigts sur son visage. Talia sentait merveilleusement bon, et elle était splendide dans une robe rouge droite qui moulait ses courbes, et qui lui faisait oublier les embûches de sa soirée.

— Mon fils aurait-il été ainsi ? demanda-t-il. Il était calme, sauf pendant la nuit. L'un de nous devait le porter en marchant pour qu'il puisse se rendormir.

— Nick, il n'avait que deux mois. Il ne pouvait pas ramper ou marcher dans la maison. Vous vous habituerez à Hattie. Vous commencez à peine votre apprentissage, fit-elle valoir, prenant un mouchoir et retirant des morceaux de carottes sur sa chemise.

— Ne vous embêtez pas, je mettrai tout ça au lavage.

Il huma une autre bouffée de son parfum exotique. Talia était tout près, et elle était en train de le toucher. Il aurait aimé pouvoir poser Hattie pour prendre Talia dans ses bras.

— Vous vous moquez de moi, je le sais.

Elle posa sur lui des yeux bleus pétillants.

— Non, pas du tout, rétorqua-t-elle en souriant. Je suis contente que tout se soit bien passé entre vous.

Elle lança un regard circulaire dans la pièce. Il y avait des miettes de biscuits pour bébé éparpillés sur les meubles et sur le sol.

— Vous avez été formidable, Nick. Nous allons rentrer chez nous à présent.

— Ah, non ! Vous n'allez pas partir maintenant. Je veux avoir une conversation avec une adulte. Nous avons encore le temps.

Asseyez-vous un instant avec moi, je vous en prie. Vous voulez boire quelque chose ? Un verre de vin, ou un soda ?

— Je m'occupe des boissons. Qu'est-ce que vous prendrez ?

— Rien pour l'instant. J'ai les mains pleines.

Pendant qu'il s'installait dans le fauteuil à bascule, il regarda Talia aller vers le bar et se servir un verre d'eau glacée. Elle éteignit toutes les lampes sauf une, avant de revenir vers lui. Nick observa chacun de ses mouvements quand elle s'assit face à lui et croisa les jambes. Le seul son dans la pièce était le faible bruit du fauteuil qui se balançait. La lumière de l'unique lampe allumée se reflétait dans les cheveux longs et soyeux de Talia. Ses cils épais semblaient plus longs que jamais. Quand il arrêta son regard sur ses lèvres rouges et pleines, il songea à leur baiser. Talia était une femme d'une extrême beauté, et une fois de plus, il s'étonna qu'elle soit célibataire. Elle méritait l'amour d'un homme formidable, qui la chérirait. Il se rendit soudain compte de ce qu'elle perdrait en acceptant un mariage de convenance dépourvu d'amour. Néanmoins, se rappela-t-il, elle allait obtenir ce qu'elle voulait désespérément, tout comme lui obtiendrait ce qu'il voulait.

— Talia, pourriez-vous étaler la couverture de Hattie sur le sol pour que je puisse la poser ?

— Bien sûr.

Quand elle s'agenouilla et étala la couverture, il vit sa robe s'étirer sur son postérieur sexy. Par la petite fente du vêtement, il eut un bel aperçu de ses longues jambes splendides.

Il s'agenouilla à côté d'elle, déposant Hattie sur la couverture. Encore endormie et tenant son lapin contre elle, la petite fille se tourna sur le côté.

Nick prit la main de Talia et l'aida à se relever.

— Juste un baiser, Talia. Vous êtes très tentante, et j'ai très envie de vous embrasser.

Le simple fait de l'avoir observée l'avait plongé dans un état d'excitation singulier. Quand elle fixa sa bouche, il sentit son cœur s'emballer. Il glissa un bras autour de sa taille fine, l'attirant contre lui. Il se pencha pour l'embrasser, doucement d'abord, puis avec plus d'ardeur. Talia était douce, attirante et sensuelle, et il rêvait de passer le reste de la soirée à l'embrasser. Puisque ce n'était pas possible, il se contenterait d'un seul baiser. Lorsqu'il finit par détacher ses lèvres des siennes, Talia avait les yeux clos, et elle était fermement pressée contre lui. Après une seconde, elle ouvrit les yeux.

— Vous m'avez ramené à la vie, Talia, murmura-t-il, effleurant son sein. J'ai envie de vous. Je vous veux nue dans mes bras, toute la nuit. Je veux embrasser chaque partie de votre corps. Marions-nous au plus vite, pour que vous puissiez emménager chez moi.

— Je suis d'accord, murmura-t-elle.

— Donnez-moi une date. Quand pourrons-nous nous marier ?

5

Comment pouvait-elle réfléchir ? Alors que Nick la couvrait de baisers et qu'elle frémissait de désir ? Elle était incapable de former une pensée cohérente, d'autant plus que les mains de Nick descendaient vers son dos, sur son postérieur, l'attirant contre lui pour qu'elle puisse sentir à quel point il était excité.

— Quand, Talia ? murmura-t-il contre son cou.

Sa question pressante l'arracha à ce brouillard sensuel, et elle recula pour le regarder. Elle ignora le feu du désir dans ses yeux verts et se força à se concentrer.

— Que diriez-vous du premier samedi de juin ? Les cours seront finis, et je serai en vacances.

— Cette date me convient, dit-il d'une voix râpeuse.

Il saisit son menton et la regarda dans les yeux.

— J'ai envie de vous, Talia. Vous m'avez fait renaître.

— Vous réalisez mon souhait le plus cher, alors je suis contente de faire quelque chose pour vous en échange, murmura-t-elle, déposant des baisers légers sur ses lèvres, sur le coin de sa bouche, sur sa gorge.

— Restez ici ce soir.

— Je ne peux pas. Je travaille demain, et vous n'avez pas de lit pour enfant. Attendons le mariage. À ce moment-là, nous aurons des meubles et…

Elle s'interrompit quand il posa la bouche sur la sienne et resserra son étreinte. Quand il glissa la langue entre ses lèvres entrouvertes, elle oublia tout à fait ce qu'elle s'apprêtait à dire.

Elle ne put que savourer les sensations. Sa langue caressant la sienne, son entrejambe rigide pressé contre elle, qui l'invitait à plaquer les hanches contre lui.

Sans trop savoir comment, elle parvint à se dégager et rouvrit les yeux. Nick respirait de manière aussi saccadée qu'elle, et son regard s'était assombri, prenant une teinte émeraude brûlante.

— Nick, je ferai de mon mieux pour que ce mariage fonctionne, pour nous trois, parvint-elle à dire. Ce sera merveilleux pour Hattie.

— Je suis d'accord. Je veux que vous fassiez la connaissance de ma famille, alors je vais organiser un dîner au ranch. Je peux vous envoyer la limousine, et vous prévoirez des affaires pour que Hattie et vous puissiez passer la nuit chez moi. Que diriez-vous de ce vendredi, si mes frères sont libres ?

N'importe quel jour lui convenait. Tout ce qu'elle voulait, c'était passer une nuit dans le lit de Nick.

— Vendredi me va très bien.

— Pourrez-vous choisir un lit pour enfant demain, après vos cours ? Appelez-moi quand vous l'aurez trouvé, je l'achèterai et je veillerai à ce qu'il soit livré et installé d'ici à vendredi.

— Volontiers. Vous avez l'habitude que les choses soient faites comme vous le souhaitez, n'est-ce pas ?

— En général, oui. Mais je n'ai rien pu faire pour Regina et Artie.

Elle s'attendit à voir de la tristesse dans ses yeux, comme chaque fois qu'il parlait des êtres qu'il avait perdus. Le désir dans son regard avait disparu, laissant place à une gravité déterminée. Mais au moins, ce n'était pas de la tristesse.

— Talia, il faut que je vous mette en garde. Quand vous rencontrerez grand-mère, elle sera grincheuse, parce qu'elle désapprouve le fait que j'épouse une inconnue. Mais je crois qu'elle aimera avoir une arrière-petite-fille.

— Je l'espère. J'aime tellement Hattie que je veux que tout le monde l'aime aussi. En particulier vos frères et votre grand-mère, qui sont sa famille biologique. C'est moi qui n'ai pas de lien de sang avec elle.

— Je suis sûr qu'ils vont l'adorer.

— Je m'en réjouis. Il se fait tard, Nick. Je ferais mieux de rentrer avec Hattie.

Il secoua la tête.

— Restez encore un peu. Nous avons d'autres points à voir.

Incapable de lui dire non, elle s'assit dans un fauteuil face à lui.

Il se pencha et lui prit la main.

— Quand j'ai perdu Artie, je me suis débarrassé de ses meubles. J'ai fermé la porte de sa chambre et je ne suis jamais retourné dans cette pièce. Vous avez carte blanche pour la redécorer. En fait, j'aimerais que vous changiez tout, si vous le voulez bien. Je veux que cette chambre soit celle de Hattie à présent. Quand pourrez-vous commencer ?

— Je pourrai voir la chambre vendredi soir. Et samedi, je pourrai choisir des meubles et les faire livrer. Cela pourrait se faire très vite.

— Excellent.

— Je veux que ce soit fait dès que possible, moi aussi, dit-elle, consciente qu'à la minute où elle deviendrait Mme Nick Duncan, elle serait la belle-mère de Hattie. Nous pourrons nous marier et faire installer un lit d'enfant dans ma chambre en attendant que la chambre de Hattie soit terminée. Dès que nous serons mariés, je souhaite lancer la procédure d'adoption. Je parlerai toujours à Hattie de sa mère, mais je veux qu'elle devienne mon enfant officiellement.

— Ça me convient. Tout comme le fait de nous marier dès que possible. Le plus tôt sera le mieux. Mon avocat se chargera de traiter avec l'agence d'État.

Talia regarda Hattie, qui dormait paisiblement sur la couverture, et elle fut envahie par une vague d'amour. Elle agissait pour le bien de Hattie. Nick allait aimer sa fille avec le temps. Tout comme sa famille. Mais allaient-ils l'accepter, elle ? Alors que Nick ne l'aimait pas et qu'il la connaissait à peine ? Combien d'entre eux avaient tenté de le dissuader de l'épouser ? Quel genre d'avenir aurait-elle dans cette famille, dans ces circonstances ?

Vendredi après-midi, comme promis, Nick envoya une limousine chez Talia et Hattie, à Dallas. Le chauffeur, Dusty Jones, mit les bagages dans le coffre, et quand Hattie fut attachée dans son siège auto tout neuf, ils se mirent en route.

Lorsque la voiture ralentit en approchant du ranch, Talia admira la vaste maison dans laquelle elle allait bientôt vivre avec Hattie. Faite de bois et de pierre, elle était bien moins conventionnelle que la demeure somptueuse de Nick à Dallas. Talia considérerait-elle un jour cette maison comme son foyer ?

Assis sur le perron, Nick se leva et descendit les marches. Talia sentit son pouls s'accélérer, comme chaque fois qu'elle le voyait. Dans sa chemise à manches longues de style Western, son jean et ses bottes, il était d'un charme dévastateur. Il ne portait pas de chapeau, et ses cheveux châtains dansaient dans la brise. Dusty coupa le moteur et vint ouvrir la portière de Talia, mais Nick l'avait précédé. Il tendit les bras vers Hattie, effleurant les mains de Talia au passage. Aussitôt, elle sentit son ventre palpiter.

— Voilà papa, dit-elle tandis que Nick sortait Hattie de son siège avec aisance et tendait la main à Talia pour l'aider à descendre.

— Pa, dit Hattie, touchant son menton.

— Je vous avais bien dit qu'elle aimait ma barbe, souligna-t-il.

Il sourit à Hattie, qui lui rendit son sourire.

— Pa.

— C'est ça, mon trésor.

Il se tourna vers Talia.

— Venez, je vous emmène voir votre suite. Le nouveau lit pour bébé est installé, et la chambre est prête à vous accueillir.

— C'est formidable, Nick. Je suis impatiente de rencontrer votre famille, mais je me sens nerveuse.

— Vous rencontrez... Quoi ? Une centaine de nouveaux étudiants au début de chaque semestre ? Je doute que cela vous rende nerveuse. Mes frères ont hâte de faire votre connaissance, et ma grand-mère aussi, même si elle refuse de l'admettre. Ils sont tous ravis de voir Hattie.

— Rencontrer des étudiants au début de l'année, c'est tout

à fait différent. Ils doivent m'accepter en tant qu'enseignante, et je ne vais pas vivre avec eux. En l'occurrence, il s'agit d'un mariage qui durera peut-être toute la vie. Alors, bien sûr, je suis nerveuse. Votre grand-mère me fait un peu peur, car il est évident qu'elle ne veut pas de moi dans la famille.

— Mais moi, si. C'est tout ce qui compte. Grand-mère devra s'y faire.

Il se dirigea vers un vaste escalier menant au premier étage.

— Et attendez qu'elle rencontre Hattie. Je sais que grand-mère va l'adorer. Par ricochet, elle vous appréciera aussi, alors cessez de vous inquiéter. Quant à mes frères, lui lança-t-il par-dessus son épaule, ils vous trouveront merveilleuse.

Elle rit.

— J'espère que vous avez raison.

Il s'arrêta devant une porte au haut de l'escalier.

— Voici votre suite. La mienne est à côté, juste là, dit-il, désignant la droite. Et la chambre de Hattie est de l'autre côté, à gauche. En fait, votre suite communique avec sa chambre.

Quand il ouvrit la porte de la suite, elle aperçut la chambre d'enfant adjacente, entièrement vide. L'espace salon de la suite était immense et invitait à s'y prélasser. Il y avait un canapé en tissu, orné de coquelicots rouges et bleus sur fond blanc. Des fauteuils bleu foncé se trouvaient de chaque côté du canapé, autour d'une table basse circulaire en verre trempé.

— C'est si joli, Nick !

— Vous pouvez changer les meubles si vous le souhaitez. J'ai fait redécorer la pièce l'an dernier, dit-il.

Elle entendit la tension dans sa voix. Elle remarqua aussi qu'il ne l'emmena pas dans la chambre d'enfant. Au lieu de cela, il prit la direction opposée.

— Voici votre chambre, dit-il.

Elle le précéda dans une grande pièce. Le vaste lit était recouvert d'une courtepointe du même motif que le canapé. À côté trônait un lit d'enfant blanc.

— C'est merveilleux, Nick. Je crois que toute ma maison tiendrait dans cette suite, et il y aurait encore de la place.

Consciente que ce devait être difficile pour lui d'être près de la chambre d'enfant, elle décida de lui offrir une échappatoire.

— J'ai besoin de temps pour changer Hattie et pour me préparer avant l'arrivée de votre famille. Alors, ouste.

Elle lui sourit et ne put s'empêcher de remarquer à quel point il semblait soulagé quand il ferma la porte derrière lui.

Peu avant 18 heures, Talia vérifia son reflet dans le miroir pour la énième fois. Elle avait opté pour des escarpins à talons aiguilles et une robe turquoise au col arrondi, aux manches courtes et à la coupe droite. Pour ce qui était des bijoux, elle avait choisi un bracelet, des créoles et un collier en argent. Elle avait laissé ses cheveux détachés, ses boucles encadrant son visage. Même si Nick avait tenté de la rassurer, elle était toujours nerveuse. Elle espérait pouvoir plaire à la grand-mère de Nick et, bien sûr, elle voulait que toute la famille aime Hattie.

Elle lança un regard vers la petite fille.

Portant une robe rose et des rubans roses assortis dans ses cheveux, Hattie jouait sur le sol avec une grande balle transparente remplie de papillons en plastique.

Talia entendit les bottes de Nick résonner sur le parquet de chêne du couloir. Son cœur manqua un battement quand il entra dans la pièce. Il portait une chemise blanche, une cravate texane turquoise, un pantalon anthracite et ses habituelles bottes noires.

— Regarde, voilà ton père, dit Talia joyeusement.

Elle avança vers lui et le serra dans ses bras.

— Bonjour, charmant papa, dit-elle.

C'était le plus bel homme qu'elle ait jamais connu. Et le plus sexy, incontestablement.

— Eh bien, bonjour, chérie. Ma journée vient de s'améliorer.

Il sourit et glissa un bras autour de sa taille.

— Je veux apprendre à Hattie à faire des accolades aux gens et à être amicale avec la famille, expliqua-t-elle.

— Je suis tout à fait pour, dit-il, la serrant contre lui.

Il arrêta son regard sur ses lèvres. Elle recula prestement

avant qu'il puisse l'embrasser, car elle avait besoin de garder la tête froide ce soir.

Elle alla vers Hattie et la porta.

— Voilà ton papa, dit-elle, posant la main sur l'épaule de Nick.

— Pa, dit Hattie en souriant.

Nick prit sa fille dans ses bras, puis observa Talia de pied en cap.

— Vous êtes superbe, commenta-t-il.

— Merci. J'avoue que je suis toujours nerveuse. Je veux qu'ils m'apprécient.

— Je vous l'ai dit, tout le monde va vous adorer.

— J'espère que vous avez raison. Et l'amie de votre grand-mère ?

— Ida Corwin ? Elle est si discrète que vous remarquerez à peine sa présence. En général, elle n'assiste pas aux événements familiaux. Elle arrivera après le dîner pour garder un œil sur grand-mère.

Calant Hattie sur sa hanche, Nick prit Talia par la main et l'entraîna dans l'escalier.

Elle eut à peine le temps de se calmer, car les frères de Nick arrivèrent. Nick les lui présenta, et Talia remarqua qu'ils avaient des traits de famille en commun. Stan était plus petit et plus robuste que Nick. Adam était celui qui ressemblait le plus à son frère aîné. Quant à Blake, il avait des cheveux châtain foncé et non châtain clair comme ses frères. Mais tous avaient les yeux vert et or des Duncan.

Quand Nick tira légèrement son bras, Talia se retourna et se retrouva face à une grande femme aux cheveux gris. Nick lui présenta sa grand-mère, Myra Pierce. La vieille dame ne souriait pas. Elle fit un salut glacial à Talia et alla s'asseoir dans un fauteuil. Nick présenta ensuite à Talia une autre femme plus petite et plus jeune, au regard noisette amical et aux cheveux courts striés de mèches grises.

— Talia, voici Ida Corwin. Ida, je vous présente Talia Barton.

Il se pencha vers Hattie, qui jouait sur le sol, et la prit dans ses bras.

— Et voici la raison pour laquelle nous sommes tous ici ce

soir. Grand-mère, je te présente Hattie Prentiss. Bien entendu, elle s'appellera bientôt Hattie Duncan.

Il avança vers Myra.

— Tu as eu un arrière-petit-fils. Hattie est ta première arrière-petite-fille.

— Mon arrière-petite-fille, répéta Myra en observant Hattie. C'est une belle enfant. Et elle ressemble aux Duncan.

— Je trouve aussi, dit Talia tandis que Nick lui confiait Hattie.

— Je vais discuter avec mes frères pendant que vous présentez grand-mère à Hattie, dit Nick, et il les laissa avant que l'une d'elles puisse protester.

Ida s'éclipsa à son tour, et Myra reporta son attention sur Talia.

— Vous êtes très heureuse d'épouser Nick, dit-elle d'une voix froide.

— Oui. Mon mariage avec Nick fait de moi la mère de Hattie, dit Talia en souriant à la petite fille.

Stan vint les rejoindre.

— Talia, Nick m'envoie vous dire qu'il a quelque chose à vous montrer. Croyez-vous que Hattie me laissera la porter ?

— Je pense qu'elle sera ravie, répondit-elle, tendant Hattie à Stan. Hattie, je te présente ton oncle Stan. Si vous voulez bien m'excuser, Myra, je vais voir ce que veut Nick et je reviens.

Seul près d'une fenêtre, Nick l'observa tandis qu'elle le rejoignait.

Son regard était si intense que Talia oublia tout pendant un instant. Elle voulait se blottir dans ses bras, mais ce n'était pas le moment.

— Stan m'a dit que vous vouliez me voir.

— J'ai toujours envie de vous voir, avoua-t-il d'une voix rauque.

Son cœur s'emballa, et elle prit une grande inspiration pour se calmer.

Il saisit son poignet.

— Venez, je veux vous montrer quelque chose.

— Nous laissons vos invités ?

— Juste une minute. Venez.

Ils quittèrent la pièce et arpentèrent le couloir pour gagner un petit salon élégant. Nick ferma la porte derrière eux. Que tramait-il ? se demanda-t-elle.

— En fait, j'ai demandé à Stan de divertir Hattie et grand-mère, et j'ai dit à mes autres frères de trouver quelque chose à faire pendant quelques minutes. Je voulais être seul avec vous, parce que vous êtes irrésistible.

Son compliment provoqua un délicieux frisson en elle. Elle sourit.

— Nick, c'est très gentil, mais nous devons retourner là-bas. Je viens à peine d'être présentée à votre famille. Nous ne pouvons pas disparaître et...

Il approcha.

— Ne vous avisez pas de m'embrasser et de me décoiffer, l'avertit-elle.

— Vous ne voulez vraiment pas que je vous embrasse ? demanda-t-il d'une voix sensuelle, tout en caressant doucement sa nuque.

La lueur malicieuse dans son regard avait disparu, laissant place à une lueur de désir. Talia n'arrivait pas à lui dire qu'elle ne voulait pas qu'il l'embrasse. D'ailleurs, elle mentirait si elle disait cela. Ce qu'elle voulait vraiment, c'était se presser contre lui et l'embrasser.

Son désir s'intensifia quand elle vit son expression avide.

— Ah, Nick... Je ne peux pas vous dire non. Pas quand vous me regardez de cette façon. Vous allez...

— Oui, je vais vous embrasser.

Il l'attira fermement contre lui, sa bouche approchant de la sienne.

Les sensations vrillèrent au creux de son ventre, brûlantes et insistantes. Elle voulait ses baisers, ses caresses, ses mains et son corps sur elle. Elle le voulait en elle. Elle noua les bras autour de son cou, se hissa sur la pointe des pieds et laissa ses lèvres lui dire tous ses désirs.

Elle ne savait pas combien de temps ils s'embrassèrent, mais quand elle le sentit baisser la fermeture à glissière de sa robe, elle s'écarta.

— Nick, arrêtez. Je vous rappelle que c'est un dîner de famille. Nous devons y retourner, et je dois reprendre mes esprits.

Il reprit son souffle.

— Vous avez raison, Talia. Vous me faites perdre la tête. Mais nous allons nous marier bientôt. Si nous nous éclipsons pour nous embrasser, ce n'est pas choquant.

— Ça l'est pour moi, répliqua-t-elle.

Il sourit.

— J'aurais pu dire la même chose avant de vous connaître, avoua-t-il. Je ne ressentais plus rien depuis longtemps, jusqu'à ce que je vous rencontre.

— J'étais dans le même cas que vous. Notre attirance est mutuelle.

— Elle l'est depuis le premier regard.

Il la prit par la main et l'entraîna dans le couloir.

— Allons voir comment grand-mère et Hattie s'entendent.

— Je pense que tout se passe bien, sinon nous aurions entendu Hattie broncher.

Il sourit et enlaça sa taille.

— Ce mariage de raison est la meilleure idée que j'aie eue depuis longtemps.

Il passa le doigt d'avant en arrière sur son poignet. Une caresse anodine, qui affola pourtant son pouls.

Ils regagnèrent le grand salon, et Talia constata que les frères de Nick étaient tous assis autour de Myra et de Hattie. Stan portait Hattie sur ses genoux, et la petite fille riait. C'était bon signe.

— Je crois que votre grand-mère va accepter Hattie, murmura-t-elle à Nick.

— Je pense qu'elle va l'adorer. Vous verrez. Voulez-vous que je vous apporte quelque chose à boire ? Du vin, une bière, un cocktail ?

— Je prendrai un vin blanc.

— Bien. Allez les rejoindre, je m'occupe des boissons.

Lorsque Talia rejoignit le groupe, tous les hommes se levèrent.

— Je vous en prie, restez assis, dit-elle, prenant une chaise offerte par Adam.

Pendant quelques instants, elle regarda la famille de Nick interagir avec Hattie. Et elle se détendit peu à peu.

— Tu as une magnifique petite fille, qui ressemble aux Duncan, dit Myra à Nick quand il les rejoignit, un verre de vin blanc et une bière dans les mains.

Il donna le verre de vin à Talia, puis s'assit.

— Sa mère m'a toujours dit que c'était une enfant facile, souriante et rarement grincheuse, dit Talia. Elle n'a pas changé, malgré les épreuves qu'elle a traversées.

Kirby, le cuisinier, apparut à la porte.

— Ah, je crois que le dîner est prêt, conclut Nick.

Il saisit le lapin rose de Hattie et reprit la petite fille dans ses bras.

— Je vais l'installer dans sa chaise haute, dit-il.

Dans la salle à manger, Nick s'assit à un bout de la table et Myra à l'autre. Talia était à la droite de Nick, et Hattie était installée entre eux sur une chaise haute en bois. Nick lui avait dit qu'elle avait été utilisée par ses frères et lui, et par leur mère avant eux.

Pendant le dîner, elle ressentit avec acuité son attirance pour Nick. Elle l'observa pendant que ses frères et lui racontaient des souvenirs d'enfance amusants. Elle ne pouvait le quitter des yeux, et lui aussi semblait incapable de détacher son regard d'elle. À plusieurs reprises, elle songea à la nuit à venir. Elle attendait avec impatience les baisers qui allaient sûrement arriver. Sans nul doute, il y aurait plus que des baisers, et cette pensée lui donnait envie d'être seule avec lui dès maintenant. Pour toute la nuit.

Dans un sursaut, elle se rendit compte que sa plus grande peur devenait réalité : elle était à deux doigts de tomber amoureuse de Nick, or, si cela arrivait, elle aurait le cœur brisé. À la minute où cette pensée survint, elle la chassa. Rien dans ce mariage avec Nick Duncan ne pouvait être une erreur. Car elle allait être la belle-mère de Hattie, puis sa mère adoptive. Elle ne pouvait pas rêver mieux.

Plus tard dans la soirée, Talia retrouva Nick au bar.

— Votre famille a porté Hattie toute la soirée. Stan vient de la reposer sur les genoux de Myra. Je ferais mieux d'aller voir si cela convient à votre grand-mère.

Il attrapa son poignet et l'attira vers lui.

— Les garçons veillent sur Hattie, et c'est sans doute grand-mère qui a demandé à porter Hattie. Elle est très heureuse d'avoir enfin une autre enfant à chérir.

— C'est vrai, elle semble heureuse avec Hattie. Et, étonnamment, elle est amicale avec moi, ce qui me réjouit.

— Il est évident qu'elle aime Hattie, alors vous n'avez pas à vous en faire. À mon avis, ma grand-mère va aimer chaque minute pendant lesquelles Hattie et vous serez au ranch. Et elle ne sera pas la seule.

Elle sourit tandis que son cœur palpitait de plaisir.

— Ce mariage va me permettre de réaliser mon rêve, et je pense que je vais être plus heureuse que je ne l'ai jamais été.

— J'en suis ravi. C'est peut-être un mariage sans amour, mais nous sommes amis. Et nous serons amants. C'est une surprise fantastique, dit-il d'une voix grave, le désir brillant dans ses yeux émeraude.

Il avança vers elle.

— Je suis prêt à mettre un terme à cette réunion de famille, afin que nous puissions être seuls. J'étais impatient d'être à ce soir, et ce n'était pas à cause du dîner.

Des picotements d'excitation la traversèrent. Elle laissa son regard dériver sur ses épaules larges, puis sur sa bouche. Enfin, elle rencontra son regard. Un regard si brûlant qu'elle se sentit rougir.

— Nous ferions mieux de changer de sujet, Nick.

— C'est le meilleur sujet possible. J'aime parler de vous embrasser et de vous enlacer. Je peux renvoyer tout le monde bientôt.

— Ne faites pas ça. C'est ma première rencontre avec eux, je dois les rejoindre et apprendre à les connaître.

— Vous apprendrez à les connaître, je vous le promets. Mais ce soir, je veux votre attention, décréta-t-il d'une voix rauque.

L'espace d'un instant, elle oublia les autres et ne pensa plus qu'à Nick.

— Attention, Nick. Quand vous vous montrez si attirant, si sexy, vous prenez le risque de compliquer notre relation. Aucun de nous ne veut cela.

— Non, en effet. Mais je pense que nous pouvons éviter que cela se produise tout en ayant une vie conjugale géniale, plaida-t-il d'une voix sexy et rocailleuse, qui lui fit l'effet d'une caresse.

Elle ne connaissait pas Nick depuis longtemps, mais elle devinait qu'il essayait de la séduire.

— Nous ferions mieux de nous reprendre, lâcha-t-elle d'une voix essoufflée, incapable de cacher son trouble. Vous avez des invités, et nous devons leur accorder de l'attention.

Il sembla amusé.

— D'accord, si vous promettez que nous pourrons revenir à cette conversation.

Elle pencha la tête et lui caressa la main.

— Bien sûr, nous reparlerons de séduction. Vous pouvez compter là-dessus, susurra-t-elle.

Il prit une profonde inspiration, et elle vit du désir dans son regard.

— Bon sang ! s'exclama-t-il. J'aimerais vous emmener dans ma chambre maintenant.

— Allons plutôt voir votre famille, conseilla-t-elle.

Elle ouvrit la voie. Nick savait-il à quel point son cœur battait vite, à quel point elle était excitée ? Elle voulait ses baisers, ses mains sur elle, et elle savait que son souhait serait exaucé une fois que Hattie serait endormie. Elle était impatiente que ce moment arrive.

Stan fut le dernier à partir. Une fois près de la porte, il se tourna vers Nick et regarda le bébé endormi dans ses bras.

— Tu as une belle petite fille, Nick. Je crois que ça va me plaire d'être de nouveau oncle.

— Tant mieux. Hattie a l'air de t'apprécier.

Stan sourit.

— Elle aime tout le monde. Elle a conquis grand-mère.

Stan reporta son attention sur Talia.

— Nous sommes heureux que vous rejoigniez la famille, Talia. Et merci pour ce délicieux dîner, grand frère.

— Merci, Stan. Pour un célibataire, tu te débrouilles pas mal avec les enfants.

— Que veux-tu ? Mon expérience avec les veaux est un plus, plaisanta-t-il.

Sur quoi, il sortit.

Dès qu'ils furent seuls, Talia demanda :

— Voulez-vous que je prenne Hattie ?

— Non. Je vais la poser dans son lit, ensuite vous pourrez prendre le relais.

Elle le suivit à l'étage, en marchant à pas feutrés pour ne pas réveiller le bébé.

— Merci, Nick, de m'avoir présentée à votre famille. Tout le monde a été formidable, et je suis très heureuse de les connaître.

— Mes frères et moi sommes proches, alors après notre mariage, vous les verrez sans doute souvent. Grand-mère sera très gentille avec Hattie, et elle la couvrira de cadeaux. Un peu trop, même.

— Dit l'homme qui a déjà offert à Hattie un lapin rose, son premier cadeau venant d'un Duncan, souligna-t-elle, amusée.

— Je peux vous promettre qu'il y en aura d'autres. On ne peut pas gâter une enfant aussi jeune. Un enfant plus grand, oui, mais pas un bébé de quatorze mois. Selon moi, les bébés devraient être entourés d'amour.

— Oh ! Nick, c'est adorable.

Ne pas tomber amoureuse de lui s'avérait plus difficile qu'elle ne l'avait cru.

— Ne soyez pas trop gentil. Je ne veux pas tomber amoureuse, car je sais que vous ne serez jamais amoureux de moi.

— C'est vrai, approuva-t-il, d'une voix soudain sombre et grave. Je suis heureux que la situation vous convienne.

— Elle me convient parce que je ne cherche pas l'amour, moi non plus. Mon précédent mariage n'a pas été une réussite, et je ne veux pas revivre ce que j'ai vécu avec mon ex-mari. Tout ce que j'espère, c'est que nous soyons compatibles sur le plan physique. Jusqu'ici, il semble que ce soit le cas.

En vérité, ils étaient plus que compatibles. La moindre caresse de Nick affolait ses sens.

Depuis leur baiser, elle était bien plus troublée quand ils étaient ensemble. À présent, ils étaient seuls, dans le ranch de Nick, à une heure tardive. Elle songea au baiser qu'ils avaient partagé et sentit son pouls s'accélérer.

Elle ouvrit la porte de sa suite. Nick alla poser Hattie dans son lit. Une fois que ce fut fait, il se retourna vers Talia.

— Maintenant, je vous laisse faire. Quand vous aurez fini, venez me voir pour que nous puissions discuter, et peut-être faire quelques plans pour notre mariage. Plus vite nous serons mariés, mieux ce sera.

— Je suis d'accord. À ce propos, Nick… Vous êtes un homme riche, mais c'est un mariage de convenance, alors une cérémonie simple me suffira. Je n'ai pas besoin d'une bague de fiançailles, car nous n'allons pas être fiancés plus de quelques jours. Un solitaire en diamant n'aura de sens pour aucun de nous.

Il sourit.

— Talia, je crois qu'il y a très peu de femmes qui me tiendraient ce discours. Cela me va, si ça vous va.

Elle hocha la tête.

— J'arrive dans une minute. Je veux juste m'assurer que Hattie dort profondément avant de vous rejoindre, dit-elle.

— Vous voudrez boire quelque chose ?

— Un verre d'eau fraîche, merci.

— Entendu.

Lorsqu'il fut sorti, elle enfila des vêtements confortables puis observa Hattie, qui avait à peine bougé. Elle la regarda dormir et sourit en songeant que la petite fille avait été accueillie à bras ouverts dans sa nouvelle famille.

Dans une semaine, le semestre se terminerait. Ensuite, Nick et elle se marieraient.

Des picotements la parcoururent à cette pensée. Était-ce de l'excitation… Ou de l'appréhension ?

Elle espérait que Nick ne la ferait pas souffrir. Il ne serait jamais amoureux d'elle, et elle ne voulait pas tomber amoureuse d'un homme qui ne l'aimerait jamais en retour. Elle devrait simplement protéger son cœur.

Mais avec un beau Texan aussi séduisant, et aussi sexy... C'était plus facile à dire qu'à faire.

6

Juin était déjà là, et Talia avait l'impression que le temps était passé très vite. Elle se tenait à côté de Nick et répétait des vœux de mariage. Elle portait une robe bleu pâle en lin, à la coupe droite et au col en V, et elle avait relevé ses cheveux sur les côtés, ses longues boucles blondes tombant librement dans son dos. Nick lui avait envoyé un petit bouquet d'orchidées blanches, qu'elle avait accroché sur une épaule de sa tenue. Ils se tenaient devant l'autel d'une petite chapelle, dans une grande église de Dallas, en présence de la famille de Nick.

Quand il glissa l'alliance à son annulaire, elle observa le bijou avec émotion, car il signifiait qu'elle était désormais la belle-mère de Hattie. Une vague de gratitude et de joie l'envahit.

Puis ce fut le moment pour Nick de l'embrasser. Ses yeux verts étaient froids, et il la regarda à peine avant d'effleurer brièvement ses lèvres. Ils furent déclarés mari et femme, et la cérémonie fut terminée.

Talia observa Nick, et elle comprit qu'il souffrait. Ce mariage ravivait des souvenirs douloureux, certainement. Nick s'était marié avec Regina dans cette même église, même si ce n'était pas dans la même partie du bâtiment.

Il portait un costume gris anthracite, une chemise blanche à poignets mousquetaire, des bottes noires et une cravate texane en argent. Il était incroyablement séduisant, mais sa mine sombre l'attristait. Elle aurait aimé qu'il soit aussi heureux qu'elle en ce jour capital.

— Merci, Nick, dit-elle en se tournant vers lui.

— C'est à moi de te remercier, Talia. Tu seras une excellente mère pour Hattie, et je n'aurai pas à m'inquiéter constamment pour elle. Et ma famille l'entourera aussi d'amour.

— Je m'en réjouis.

Mais elle ignorait s'il l'avait entendue. Il semblait préoccupé, distrait.

Il saisit son bras le temps de poser pour une photo. Ils avaient d'abord décidé de ne pas faire de clichés, mais ensuite, ils avaient changé d'avis : Hattie pourrait avoir des photos du mariage de ses parents quand elle serait grande.

Toute la famille se retrouva dans la maison de Dallas de Nick pour la réception.

Bien qu'il n'y ait que la famille de Nick et quelques amis proches, il y avait une bonne vingtaine de personnes. Nick avait porté Hattie pendant presque toute la première heure, afin de la présenter à tout le monde. Talia n'avait pas cessé de le suivre du regard. Qu'y avait-il chez lui qui l'attirait tant ? Dès la première minute, il lui avait paru sexy, excitant. Selon elle, Nick était le plus bel homme de la pièce. Surtout quand il portait un bébé.

Hattie portait une robe rose ornée de petits boutons de rose brodés ainsi qu'une écharpe vert pâle. Un nœud rose assorti retenait ses petites anglaises. Elle avait autour du cou un médaillon que Myra avait porté enfant.

Un délicieux buffet avait été dressé dans le salon, et des tables avaient été installées dans la pièce et sur le patio. Nick avait engagé Paula Fletcher, l'épouse de son cuisiner, Kirby, pour surveiller Hattie, car il tenait à ce que Talia puisse de profiter de cette journée. Elle était touchée par cette attention, mais s'occuper de Hattie n'avait jamais été une corvée pour elle, encore moins aujourd'hui. Elle était la belle-mère de Hattie maintenant, et Nick avait promis qu'ils lanceraient la procédure d'adoption dès lundi. Ils avaient déjà rencontré l'avocat de Nick, qui avait rempli la demande d'adoption. La fortune dont disposait Nick leur permettrait d'accélérer la procédure, et cette pensée la comblait de bonheur.

Dans l'après-midi, Talia put s'isoler un instant, près d'une table sur laquelle se trouvaient des tranches du gâteau de mariage. Mais elle ne resta pas seule très longtemps, car Nick ne tarda pas à la rejoindre.

— Nous avons une magnifique petite fille, dit-il.

Ses mots lui firent chaud au cœur.

— Cela sonne merveilleusement bien, Nick. Je ne pourrai jamais te dire à quel point je suis heureuse.

Elle jeta un regard circulaire dans la vaste pièce

— Je t'avais confié Hattie, alors qui s'occupe d'elle ?

— Paula. Mais ma famille est en train de la divertir. Personne ne la laissera mettre un pied à terre aujourd'hui.

— Je suis contente que tu aies fait installer une clôture autour de ta piscine, remarqua-t-elle, jetant un coup d'œil vers la fenêtre qui donnait sur le jardin.

— Ne nous inquiétons pas pour Hattie pour l'instant.

Il la prit dans ses bras et lui donna un baiser passionné.

Elle oublia tout hormis son nouvel époux. Elle s'accrocha à lui, lui rendant son baiser, déjà brûlante de désir.

Enfin, il détacha ses lèvres des siennes.

— Je t'ai dit à quel point tu étais belle aujourd'hui ? demanda-t-il d'une voix râpeuse.

Elle lui sourit.

— Oui.

— Alors je vais te le redire. Tu es une magnifique mariée.

— Merci. Tu es un magnifique marié, rétorqua-t-elle d'un ton malicieux.

Quand elle l'avait vu devant l'autel, elle l'avait trouvé aussi beau qu'une star de cinéma. Mais elle se garderait de le lui dire.

Puis elle se souvint de son air sombre.

— Je suis désolée, Nick, si ce mariage te rappelle ton premier mariage et si cela rouvre des vieilles blessures.

— Je vis avec ces blessures chaque jour, alors, il n'y a rien de nouveau. La vie me rappelle constamment Regina et Artie. Chaque jour, chaque mois, je calcule l'âge qu'aurait Artie. Et, je ne vais pas te mentir, cette journée m'a fait penser à mon mariage avec Regina.

Elle eut de la peine pour lui. Mais avant qu'elle puisse lui offrir des paroles de réconfort, il changea de sujet.

Mais je m'inquiète davantage pour toi. Tu es lésée dans ce mariage. Tu devrais épouser un homme qui t'aime et que tu aimes. J'espère qu'un jour, Hattie mesurera combien tu l'aimes et quelle part de ta vie tu as sacrifiée pour pouvoir être sa mère. Quand elle sera assez grande, je le lui expliquerai, mais j'ai l'impression que c'est encore très loin. Tu as fait un immense sacrifice pour lui donner ton amour et devenir sa mère.

— Ce n'est pas un sacrifice, Nick. Être sa mère était mon rêve. Je te serai toujours reconnaissante de l'avoir réalisé, dit-elle, et elle était sincère.

Elle posa les mains sur son torse, sentant les muscles durs sous ses doigts, entretenus par son travail physique au ranch.

— Je veux te donner quelque chose en échange, Nick. Je veux te rendre heureux. J'aimerais que nous soyons heureux ensemble.

Elle scruta son regard, mais ne parvint pas à le déchiffrer. L'espace d'un instant, elle songea à lui demander à quoi il pensait, mais elle n'eut pas à le faire car Nick déclara :

— Je ne crois pas que ce sera difficile d'être heureux ensemble, Talia. Je suis certain que ce mariage sera bénéfique pour nous deux.

Le sourire qu'il lui offrit n'atteignit pas son regard, mais elle le lui rendit malgré tout.

C'était l'un des plus beaux jours de sa vie. Elle regrettait seulement que Nick ne partage pas sa joie.

Elle n'en revenait toujours pas que son souhait le plus cher ait été exaucé. Elle allait pouvoir élever Hattie à plein temps, comme elle en avait toujours rêvé. Sa démission avait déjà été acceptée par l'université. Et bien qu'elle ait dit que c'était inutile, Nick avait ouvert pour Hattie et pour elle des trusts incroyablement généreux, qui assureraient leur sécurité financière à vie.

Une fois encore, comme elle l'avait fait devant l'autel quelques heures plus tôt, elle se promit de rendre son mari tout aussi heureux qu'elle.

Ils rejoignirent leurs invités, et en milieu d'après-midi, les seules personnes encore présentes étaient les frères de Nick. Ils étaient installés sur le patio, et Nick semblait passer un bon moment avec eux, aussi Talia s'éclipsa-t-elle pour emmener Hattie faire sa sieste.

Quand elle revint, Adam et Blake étaient partis, et Stan prenait congé. Comme d'habitude, il était le dernier à partir.

— Eh bien, nous avons réussi, dit Nick après avoir refermé la porte derrière son frère.

Il posa les mains sur les épaules de Talia.

— Tu es désormais Mme Duncan, belle-mère d'une enfant de quatorze mois.

Ses mains caressaient ses épaules d'avant en arrière, faisant jaillir des étincelles dans leur sillage.

Elle était l'épouse de Nick. Et elle était prête à l'aimer ce soir, comme seule une épouse pouvait le faire.

Des sirènes retentirent dans son esprit, mais elle les ignora. Une relation sexuelle ne suffirait pas à la rendre amoureuse. Ou se dupait-elle ? Était-elle déjà en train de tomber pour son séduisant mari ?

Il était plus de 22 heures quand Hattie fut enfin endormie et qu'ils la couchèrent dans son lit. Sa sieste tardive avait décalé son heure d'endormissement habituelle. Une fois qu'ils furent sortis de la chambre, Nick prit Talia par la taille.

— Viens prendre un verre avec moi. Je ne pourrais pas dormir maintenant, même si je le voulais.

— D'accord, dit-elle en souriant.

Il la conduisit hors de la suite, sans la lâcher. Il voulait la prendre dans ses bras, l'emmener dans son lit. Talia l'excitait terriblement. Mais il se sentait coupable. Car il avait le sentiment que sa loyauté et son amour ne devraient appartenir qu'à Regina, qui avait été sa meilleure amie et son épouse jusqu'à sa mort. Talia et Hattie ne remplaceraient jamais Regina et Artie, pourtant, il se sentait coupable de désirer Talia.

Il avait cru que ses blessures commençaient à se refermer, mais cette journée les avait rouvertes. La perte de sa première épouse et de son fils était encore douloureuse, très douloureuse.

Talia savait qu'il n'y avait pas d'amour entre eux, que leur union était un pur mariage de convenance, toutefois elle n'aurait pu avoir une plus belle journée. Nick avait eu l'intention de tout faire pour que ce soit le cas, mais ce matin au réveil, il n'avait souhaité qu'une chose : que la cérémonie et la réception se terminent au plus vite.

Il était content pour Talia. À présent, elle était sûre de ne pas perdre la garde de Hattie. Elle méritait son bonheur, et Hattie méritait une mère comme Talia.

Tandis qu'ils se dirigeaient vers l'escalier, il ne put s'empêcher de penser qu'il aurait dû en faire plus pour Talia. Elle ne devrait pas se marier par convenance. Elle devrait avoir un mari qui l'aime. Étant une si belle femme, elle méritait un homme qui lui offrirait tout son amour et toute son attention. Nick se sentait coupable vis-à-vis Talia, et pour d'autres raisons, vis-à-vis de Regina.

Néanmoins, son désir pour Talia était plus fort que sa culpabilité. Talia n'avait pas eu un vrai mariage… Mais voudrait-elle d'une vraie nuit de noces ? Il n'y avait qu'une façon de le découvrir.

— Les babyphones du salon sont allumés, alors nous entendrons Hattie si elle se réveille. Allons prendre ce verre.

Les babyphones munis de caméras avaient été l'un des premiers achats de Nick. Ici, dans sa maison de Dallas, c'était une nécessité.

— D'accord, Nick, si tu y tiens. Mais si tu fais cela uniquement pour moi, il ne faut pas.

Elle savait qu'il souffrait et qu'il était encore plongé dans les souvenirs de son premier mariage.

Il lui sourit.

— Je le fais parce que je veux être avec toi.

— Dans ce cas, je n'ai rien à redire.

Tandis qu'ils descendaient l'escalier, elle fut intensément consciente de sa main au creux de son dos. Elle lui lança un regard furtif. Il avait retiré sa veste et sa cravate, et les premiers boutons de sa chemise étaient ouverts. Après cette longue journée, ses cheveux étaient ébouriffés et semblaient supplier qu'une main féminine les remette en place. Il était bien trop charmant, et il y avait de nombreuses choses qu'elle aimerait faire avec lui plutôt que de discuter.

Lorsqu'ils furent dans le salon, elle remarqua un seau à glace contenant une bouteille. Intriguée, elle traversa la pièce avec Nick, et prit la bouteille pour l'observer.

— Du champagne ? Comment est-il arrivé là ?

— J'ai demandé à Kirby de le préparer, expliqua-t-il, lui prenant la bouteille des mains.

Après avoir fait sauter le bouchon, il remplit deux flûtes de cristal et lui en donna une. Il remit la bouteille dans le seau, puis leva son verre.

— À notre mariage, dit-il. Même si c'est un mariage de raison, j'espère qu'il sera heureux et qu'il durera très longtemps.

Elle fit tinter sa flûte contre la sienne, et ils burent tous les deux en silence. Quand elle lui lança un regard, elle remarqua qu'il l'observait avec intensité. Il n'avait plus cet air fermé qu'il avait arboré toute la journée.

Elle leva son verre à son tour.

— Que ce mariage t'apporte la joie et le bonheur qu'il m'apporte.

Il fit tinter leurs verres, et ils burent une autre gorgée de breuvage pâle. Puis Nick saisit une télécommande et mit de la musique. Il posa leurs flûtes sur la table, la prit par la main et l'entraîna dans une danse.

— C'était difficile pour moi d'aller au bout de la journée, lui chuchota-t-il à l'oreille. Tu t'es montrée très compréhensive.

Il plongea son regard dans le sien.

— J'aurais dû faire plus d'efforts pour cacher mes sentiments, admit-il. J'aimais Regina de tout mon cœur. Je ne peux pas occulter ça. Par certains côtés, j'ai l'impression de la trahir. Le bon sens m'indique que c'est faux, mais je n'arrive pas à chasser cette impression. Et Arthur... J'adorais mon fils.

— Tu n'as pas besoin d'expliquer que tu les aimes. Je comprends.

Elle percevait sa douleur, et elle était touchée qu'il essaie de lui expliquer la situation.

Elle-même avait pleuré des torrents de larmes quand elle avait perdu ses parents et fait ses fausses couches.

— Je ne pouvais pas m'empêcher de penser à mon mariage avec Regina.

— Je t'assure, je comprends.

— Je sais que oui, Talia, et tu as été merveilleuse.

Il désigna la bouteille de champagne.

— C'est ma façon de te dire merci.

Il la fit tourbillonner autour de la pièce au rythme de la musique douce, puis la fit pencher par-dessus son bras quand la chanson d'amour se termina. Son regard dériva sur elle, de son visage vers ses seins, et elle eut l'impression qu'il l'avait caressée, et pas seulement regardée.

Son cœur cogna si fort qu'elle crut que Nick pourrait l'entendre dans le silence précédent la prochaine chanson.

Nick fixa ses lèvres, et elle supposa qu'il allait l'embrasser. Au lieu de cela, il murmura :

— Tu aurais dû avoir davantage.

Elle se redressa et prit son visage entre ses mains.

— Nick, cesse de t'inquiéter du fait que nous ne sommes pas amoureux. Aujourd'hui, tu m'as donné l'essentiel : cette douce enfant que j'aime comme si c'était la mienne.

— En partie seulement, objecta-t-il, l'air sérieux. Je t'ai donné ce que tu voulais, mais j'ai déjà été amoureux, Talia. Je me suis marié par amour et j'ai eu un bébé, que nous avons aimé sa mère et moi. C'est bien plus que ce que tu as obtenu. L'amour crée un monde rempli de joie et de bonheur. Je ne pouvais pas t'offrir ça.

— Mais je suis heureuse, Nick, alors arrête de te faire du souci.

Il voulut protester, mais elle posa l'index contre ses lèvres.

— Nick, la vie est pleine de risques. Nous avons tous les deux pris des risques aujourd'hui. J'ai pris le risque de contracter un mariage « de convenance » et j'ai obtenu ce que je voulais. Tu as pris le risque de m'épouser, et tu as quelqu'un qui s'occupera de Hattie. C'est ce que je compte faire pour les prochaines dix-huit années, à une ou deux années près.

Il étudia son visage.

— Comment est-ce possible que j'aie eu assez de chance pour te trouver ? Ou plutôt, pour que tu me trouves ? Je te suis très reconnaissant, Talia.

Il prit ses mains dans les siennes et l'observa de pied en cap, son regard la brûlant à travers ses vêtements.

— À présent que ma conscience est apaisée, je peux te le dire : tu es splendide dans ta belle robe bleue.

Elle sourit.

— Merci. Tu n'es pas mal non plus.

Elle le pensait, même si elle essayait d'ignorer le charme de Nick. Il le fallait, si elle voulait éviter de tomber amoureuse de cet homme étonnant et si sexy. Elle savait bien que ce mariage ne le comblait pas. Il aurait certainement préféré continuer à mener sa vie comme avant, sans avoir à s'encombrer d'une épouse qu'il n'aimait pas. Mais elle faisait partie de sa vie à présent, et tant qu'il serait un bon père pour Hattie, Talia serait heureuse. Elle espérait seulement ne pas tomber amoureuse, car Nick était encore amoureux de sa défunte épouse.

Quand la musique reprit, Nick avança vers elle. Elle crut qu'il allait la prendre dans ses bras et se remettre à danser, mais au lieu de cela, il fixa ses lèvres. Il inspira profondément et leva les yeux vers elle. Ce fut à cet instant qu'elle le vit.

Le désir.

Il brillait dans ses yeux verts, qui avaient pris une teinte émeraude foncée.

Tandis que son cœur commençait à s'emballer, il cerna sa taille pour l'attirer vers lui.

— Tu es splendide, sexy et attirante, et il est temps que tu saches que tu es appréciée sur bien des plans.

Tandis qu'il la tenait contre son corps ferme, il se pencha, tout doucement, lui coupant le souffle, jusqu'à ce que, enfin, sa bouche se pose sur la sienne. Leurs langues se mêlèrent dans une danse languide, un supplice tentant qui la fit trembler. En gémissant, elle l'étreignit et lui rendit son baiser.

Elle jeta la prudence aux orties. À cet instant, elle ne pensait qu'à ce baiser, à son corps ferme moulé contre le sien, à ses mains sur elle. Elle avait dansé et ri avec lui aujourd'hui, elle l'avait épousé, et maintenant, enfin, elle pouvait l'embrasser. Elle n'allait pas s'en priver.

Mais elle voulait davantage. Elle le désirait — totalement. Il avait dû lire dans son esprit, car il se mit à suivre la courbe de son dos, jusqu'à son postérieur. Même à travers ses vêtements, elle pouvait sentir ses caresses tandis qu'il explorait l'arrière de ses cuisses avant de remonter vers sa taille. Elle le sentit jouer avec les boutons sur le devant de sa robe. Quand elle posa la main sur la sienne, il interrompit leur baiser pour l'interroger du regard.

— Nous ne sommes pas obligés de coucher ensemble dès ce soir, Nick. Nous avons tout le temps devant nous. Tu as eu une journée riche en émotions et moi aussi, alors si tu fais cela par devoir, sache que tu n'as aucune obligation.

Il sourit et défit un premier bouton.

— Talia, je peux te l'assurer, je n'ai absolument pas le sentiment d'avoir un devoir à remplir.

Elle perçut l'amusement dans sa voix.

Il défit un autre bouton, écarta les pans de sa robe et baissa les bonnets de son soutien-gorge, caressant d'un doigt la naissance de son sein.

Son sourire s'évanouit peu à peu.

— Ce n'est pas une corvée pour moi, affirma-t-il, la voix soudain éraillée et essoufflée.

— Tu vas nous compliquer la vie dès le premier soir, avertit-elle.

— Peut-être bien, admit-il, son regard avide exacerbant son désir. Nous l'avons compliquée en nous mariant, mais ça a commencé dès notre premier baiser.

— Nick...

Il l'attira tout contre lui, et elle porta son attention sur ses lèvres, le cœur battant. Elle ne pouvait le nier, elle avait envie de sentir son corps nu contre le sien. Ils étaient mari et femme, et elle voulait tout de lui. Et à cet instant, elle était suffisamment téméraire et excitée pour mettre son cœur en danger.

— Nick, je te désire, mais je t'avertis, il y a un cœur à l'intérieur de mon corps, et des émotions. Tu prends un risque, tout autant que moi.

— Après avoir entendu : « je te désire », je suis prêt à prendre tous les risques, murmura-t-il tandis qu'il couvrait sa gorge de baisers, descendant jusqu'à ses seins.

— Je t'aurai prévenu. Mais je ne vais pas résister davantage. J'ai envie de toi, et cela depuis notre premier baiser.

C'était peut-être ce que Nick voulait entendre, car il passa la langue sur son téton durci tout en prenant son sein en coupe. Elle ne put retenir le souffle qui s'échappa de ses lèvres.

— Tu es si douce, murmura-t-il. Le seul fait de te toucher est magique.

Elle prit son visage avec ses mains, sentant sa barbe naissante chatouiller ses paumes.

— Nick, personne ne m'a jamais embrassée comme tu le fais. Et je pense que personne ne m'a jamais fait l'amour comme tu vas le faire. Je veux que ça dure toute la nuit.

Cette fois, elle était certaine qu'il était avec elle, dans l'instant présent, et non perdu dans ses souvenirs.

— Je veux te caresser et t'embrasser tout autant que je veux être caressée et embrassée.

— C'est un excellent plan, approuva-t-il.

Descendant sa robe jusqu'à sa taille, il promena ses lèvres sur son cou gracile.

— Je veux t'embrasser et te caresser pendant des heures, dit-il. Nous avons toute la nuit pour nous donner du plaisir, pour découvrir ce que nous aimons.

Il se redressa pour la regarder dans les yeux, et le désir qui brûlait dans ses pupilles provoqua des frissons exquis en elle. Enfin, il l'attira contre lui pour l'embrasser.

Il prit possession de ses lèvres, explorant sa bouche avec sa langue, attisant son désir. Elle voulait davantage. Elle voulait qu'il lui fasse tout oublier.

Elle déboutonna sa chemise et la lui ôta. Elle embrassa son épaule puissante, enfonça les doigts dans l'épaisse toison de son torse, puis arriva à sa ceinture, qu'elle déboucla et retira d'un geste vif. Nick continuait de la déshabiller, et bientôt, elle n'eut plus sur elle que son slip de dentelle. Il serra ses hanches et s'écarta un peu pour la contempler.

— Dès l'instant où je t'ai vue, j'ai su que tu étais splendide. Tu es parfaite, murmura-t-il en la dévorant du regard. D'une beauté à couper le souffle.

Il glissa les mains sous la taille de son slip, le faisant glisser le long de ses jambes jusqu'à ce qu'il tombe à ses pieds. Il explora avec douceur ses courbes enfin dévoilées. Il prit ses seins en coupe, taquinant leurs pointes avec sa langue. Puis il la contempla entre ses yeux mi-clos, tandis que ses mains continuaient de découvrir son corps, l'une glissant sur son bas-ventre pendant que l'autre épousait ses fesses galbées.

Elle poussa un gémissement de plaisir et s'accrocha à lui quand il glissa la main entre ses cuisses.

— C'est magique, Talia. Tu me donnes envie de tout découvrir de toi.

Il acheva de se dévêtir, retirant le dernier de ses vêtements. Son corps était chaud, ferme et excitant, et elle trembla tandis qu'elle posait les mains et les lèvres sur lui.

Elle explora son ventre plat et ferme, ses cuisses puissantes, puis caressa sa virilité pulsante, ce qui provoqua une onde de chaleur au creux de son intimité. Elle voulait qu'il soit en elle. Elle voulait se donner, sentir qu'il faisait partie d'elle, qu'il était aussi proche d'elle que possible.

— Nick, j'ai envie de toi…

— Ne sois pas si pressée. Nous venons de commencer. Je veux te donner du plaisir, te faire grimper sur les sommets, découvrir ce que tu préfères, te savourer et te combler, murmura-t-il pendant qu'il emplissait ses mains de ses seins doux et gorgés de désir.

Il taquina chacun de ses mamelons, avec une lenteur délibérée, faisant déferler sur elle des vagues de sensations. Ses seins étaient enflés et réclamaient sa bouche. Elle avait envie qu'il soit en elle, pour qu'ils puissent enfin trouver le plaisir suprême ensemble. Chacune de ses caresses, chacun de ses coups de langue humides exacerbaient les pulsations au creux de son ventre.

— Ah, Nick !

Elle referma la main autour de sa verge engorgée, la caressant de manière intime, avant de faire de même avec ses lèvres et sa langue.

Fermant les yeux, il plongea la main dans sa chevelure et gémit de plaisir. Il la ramena vers lui brusquement, lui donnant un baiser ferme et possessif, qui révélait que son désir était aussi fort et impérieux que celui qu'elle éprouvait.

— Nick... Le lit.

— Bientôt, promit-il, ses mains dérivant vers ses cuisses soyeuses puis explorant ses replis féminins pendant qu'elle criait et s'accrochait à lui.

Tout en l'embrassant, il la porta et l'emmena enfin dans sa chambre. Il écarta les draps et la posa sur le lit, puis se cala entre ses jambes.

— Tu es si belle, Talia. Parfaite des pieds à la tête.

Elle tendit les bras vers lui, mais il les repoussa. Il lui souleva les jambes et les appuya sur ses épaules, tandis qu'il jouait avec son intimité et taquinait le centre de son plaisir, la rendant folle de désir.

Les sensations la bombardèrent. Elle cria qu'elle en voulait davantage, puis s'agenouilla devant lui. Elle prit son sexe durci dans sa main, jouant avec lui comme il avait joué avec elle.

Il la plaqua sur le ventre, passant ses mains et sa bouche sur elle pendant qu'elle s'agitait de plaisir et d'envie. Sans crier gare, elle se retourna et se redressa pour l'embrasser, croisant ses longues jambes autour de lui et l'entraînant avec elle quand elle retomba sur le lit. Il retira un préservatif du tiroir de son chevet et s'agenouilla entre ses jambes le temps de le mettre en place.

— Je te veux maintenant, dit-elle en le regardant dans les yeux.

Il entra en elle lentement, partiellement, s'arrêtant et se retirant, la mettant au supplice.

— Nick, je te veux en moi, maintenant !

Il s'inséra en elle, l'emplissant de sa virilité épaisse et brûlante, puis se retira tout en l'embrassant. Elle se cambra et resserra les jambes autour de lui pour l'attirer vers elle.

— Nick, je veux tout de toi, insista-t-elle, pressant son corps contre le sien.

Enfin, il la pénétra jusqu'à la garde, et elle se mit à onduler des hanches.

— Fais-moi l'amour, ordonna-t-elle dans un souffle.

Elle tenta de l'attirer encore plus près, de cambrer les hanches pour rencontrer chaque coup de reins quand il commença à accélérer le rythme. Poussant des cris de plaisir et de désir, elle accompagna chacun de ses mouvements puissants, qui se firent plus rapides, plus intenses, jusqu'à ce qu'elle explose enfin. Quelques secondes plus tard, elle le sentit trembler entre ses bras, secoué par un orgasme tout aussi fort que le sien.

Pourtant, il continua à aller et venir en elle. Elle sentit le désir monter de nouveau et s'accrocha à ses larges épaules, ondulant en rythme parfait avec lui. Après quelques secondes, elle fut balayée par un autre orgasme tout aussi puissant. Secouée de spasmes, elle le sentit atteindre la jouissance à son tour.

— Ah, Talia..., murmura-t-il entre deux souffles saccadés. Tu es la créature la plus sensuelle qui soit.

En guise de réponse, elle ne put que sourire. Elle baignait dans l'euphorie, et elle ne voulait pas parler, penser ou faire quoi que ce soit d'autre que de savourer ce moment. Le poids de Nick sur elle lui assurait qu'elle n'était pas en train de rêver, et qu'il était bien dans ses bras. Il releva légèrement la tête pour l'observer.

— Tu ne dis plus rien. Tout va bien ?

— Très bien. J'ignorais que le sexe pouvait être aussi ahurissant. J'ai du mal à parler, à penser. J'ai l'impression que chaque os de mon corps a fondu, et je ne veux plus jamais sortir de ce lit ni te laisser partir.

Il se mit à rire, et elle sentit son torse vibrer contre elle.

— J'espère que tu ne quitteras pas mon lit cette nuit, dit-il. J'ai eu tort de croire que nous ne voudrions pas de nuit de noces, sans parler de la lune de miel.

— Une lune de miel me semblait ridicule, puisque nous ne sommes même pas amoureux et que nous n'avions pas vraiment prévu de faire l'amour ce soir. Je me sens trop épuisée pour en parler.

Il déposa une série de petits baisers sur son visage.

— Eh bien, j'ai manqué de clairvoyance, car je savais ce que c'était que de t'embrasser, je savais à quel point tu étais belle et sexy. J'imagine que je suis resté engourdi depuis trop longtemps.

Elle sourit.

— Tu étais loin d'être engourdi ce soir.

Elle se blottit contre son corps chaud.

— Tiens-moi fort, et je serai heureuse.

— Ça, je peux le faire, ma chère.

Elle ignorait depuis combien de temps ils étaient restés allongés dans les bras l'un de l'autre quand Nick brisa le silence.

— Talia, ce soir, nous avons connu des ébats spectaculaires, époustouflants, torrides, mais je ne peux pas te promettre que ça suffira à me faire oublier mes blessures et ma peine. J'ai toujours des moments difficiles. Avec le temps, j'espère apprendre à contenir mon chagrin et à ne pas gâcher tes journées quand je traverserai des périodes difficiles.

— Ne t'inquiète pas. Je te l'ai dit, tout cela vaut la peine puisque, grâce à ce mariage, je vais devenir la mère officielle de Hattie. Et quand tu la connaîtras mieux, tu seras un père aimant pour elle, j'en suis certaine. Je ne peux rien te demander de plus. Le reste, c'est la cerise sur le gâteau et, crois-moi, ces ébats torrides étaient bien mieux qu'une cerise sur le gâteau.

Il se mit sur le côté pour lui faire face, et écarta les mèches blondes qui barraient son visage.

— Le jour viendra où j'aimerai la petite Hattie comme j'aimais Artie, j'en suis sûr.

Elle entendit le chagrin, mais aussi l'espoir, dans sa voix.

— Je suis désolée que tu aies perdu ta femme et ton fils, Nick.

Tu pensais sans doute avoir tout ce que tu désirais au monde, et le destin t'a tout repris. Si j'avais perdu Hattie comme je le craignais, je serais anéantie. Quand j'ai pensé que l'État pourrait la prendre, je ne mangeais plus et je ne dormais plus. Grâce à toi, je peux garder Hattie, mais crois-moi, je comprends ta peine, et je peux l'accepter.

Il déposa un tendre baiser sur son front.

— J'ai de la chance de t'avoir, Talia. Hattie ne pourra jamais prendre la place d'Artie, mais elle aura sa propre place.

Ils restèrent dans les bras l'un de l'autre, sans dire un mot, jusqu'à ce que Nick reprenne la parole.

— Je suis content, Talia. Très content. Merci encore d'être toi et d'avoir été compréhensive aujourd'hui.

— Je te l'ai dit : tu m'as donné ce que je désirais le plus. Peu de gens peuvent s'en vanter. Tu as fait de moi une femme très heureuse, Nick.

— Je m'en réjouis.

Ils se turent de nouveau, et elle songea que la situation était meilleure qu'elle ne l'avait escompté.

La famille de Nick les avait accueillies Hattie et elle, et désormais, elle était Mme Nicholas Duncan. L'épouse de Nick, et la mère de Hattie. Elle se tourna pour partager sa joie avec Nick. Il avait les yeux clos, mais elle ne le pensait pas endormi. Comme s'il avait deviné ses pensées, il mit un bras autour d'elle et l'étreignit.

— Tu as été géniale aujourd'hui.

— Merci.

Il était sans doute temps qu'elle aille rejoindre son propre lit, songea-t-elle.

Elle voulut s'écarter, mais il resserra son étreinte, alors elle renonça. Si Hattie se réveillait, Talia le saurait grâce au babyphone. Elle se blottit contre Nick et ferma les yeux.

Elle se réveilla en sursaut. Nick la serrait fort et parlait dans son sommeil.

— Regina, Regina, marmonnait-il.

7

Talia se réveilla tout à fait. Nick était en train de faire un mauvais rêve, et il parlait sans doute de sa défunte épouse, Regina.

— Nick, murmura-t-elle.

Se redressant soudain, il regarda autour de lui, en respirant fort.

— Nick, tu étais en train de rêver.

Il lui lança un regard, l'air ébahi. Se rappelait-il qu'il l'avait épousée quelques heures plus tôt ?

Il se frotta la nuque.

— Désolé.

Elle sortit du lit et ramassa sa robe sur le sol.

— Je vais aller vérifier que Hattie dort, et je vais finir la nuit dans ma chambre.

Elle quitta la pièce et ferma la porte derrière elle, sans pouvoir ignorer la vague de déception qui la submergeait. Nick ne lui avait pas demandé de revenir ou de rester avec lui. Se rappelait-il qu'il avait rêvé de sa première épouse ? Et demain, se souviendrait-il de ce rêve, ou l'aurait-il oublié ?

Elle entra dans sa chambre et, guidée par la lumière d'une petite veilleuse, traversa la pièce jusqu'au lit de Hattie. Elle observa l'enfant, et son cœur s'emplit de joie. Elle adorait Hattie, et elle deviendrait bientôt sa mère officielle. Elle ne pouvait pas en vouloir à Nick de pleurer l'épouse qu'il aimait ou le petit garçon qu'il avait perdu. Le temps guérirait ses blessures, jusqu'à un certain point. Mais il y aurait toujours des souvenirs douloureux, et un grand vide. Si des rêves de son ex-femme survenaient, il n'y pouvait rien. Talia pouvait comprendre sa douleur, et elle regrettait qu'il soit triste alors que leur mariage la comblait de bonheur. Toutefois, elle gardait espoir : quand Nick apprendrait à connaître Hattie, son amour pour elle l'aiderait à soulager sa peine.

Elle grimpa dans son lit, en espérant que Nick dormait paisiblement. Leur incroyable alchimie sexuelle était un élément de plus qui leur permettrait de se lier. Elle n'attendait pas de Nick qu'il tombe amoureux d'elle, mais leur existence pourrait être formidable malgré tout, à condition qu'elle ne tombe pas folle amoureuse de lui et qu'elle n'ait pas besoin qu'il l'aime en retour. Sinon, elle finirait par avoir le cœur brisé. Si elle pouvait envisager le sexe comme le faisait Nick, sans attaches émotionnelles, sans amour, alors leur relation serait solide. Pourrait-elle y arriver ? Pourrait-elle éviter de mettre ses sentiments en jeu ?

Le bon sens lui commandait de rester sur ses gardes, mais à la façon dont elle réagissait quand Nick la prenait dans ses bras ou quand il l'embrassait, elle devinait que la tâche ne serait pas aisée. Nick était bien trop charmant. Elle soupira et secoua la tête. Pourrait-elle tenir Nick à distance en permanence ? Le voulait-elle ? Ils étaient mariés, après tout. Gagner l'amour de Nick valait peut-être la peine de prendre quelques risques.

Ou allait-elle simplement connaître un immense chagrin d'amour ?

Les jours suivants, Talia passa ses nuits sans Nick. Mais depuis leur nuit de noces, le désir entre eux faisait rage. Un regard, un simple contact physique suffisaient à provoquer des courants électriques entre eux. Encore plus maintenant qu'ils avaient partagé des ébats enfiévrés. Des moments auxquels elle pensait constamment, qu'elle soit avec Nick ou non.

Dimanche, Talia et Hattie étaient allées à l'église avec Nick, ses frères, Myra et Ida. Ils avaient tous déjeuné dans un restaurant, et le soir, Nick et ses frères avaient passé du temps dans l'écurie.

Lundi, Myra avait demandé à Talia de lui rendre visite avec

Hattie. Nick avait insisté pour qu'elle y aille en limousine, ce que Talia avait trouvé ridicule, mais elle n'avait pas protesté.

Le soir, Nick accompagna de nouveau ses frères dans l'écurie, pour voir quelques nouveaux chevaux. Quand Talia monta coucher Hattie, elle crut être seule dans la maison. Toutes les lampes étaient éteintes, à l'exception d'une petite lampe pour enfant décorée de personnages de comptines. Mais après quelques minutes, Nick frappa doucement à la porte et entra.

— Elle dort ? demanda-t-il.

— Oui, répondit Talia. Elle a eu une grosse journée. Et elle s'est bien amusée avec ta grand-mère.

— Tu ne peux pas imaginer à quel point ma grand-mère est heureuse grâce à Hattie. Nous sommes tous stupéfiés. Je ne me souviens pas l'avoir vue aussi joyeuse avec mon fils, mais il faut dire qu'Artie était très petit et qu'il ne parlait pas encore.

— Je suis contente. Hattie le sent, j'imagine, parce qu'elle semble vraiment aimer ta grand-mère.

Il captura son poignet.

— Hattie dort à poings fermés. Viens, chuchota-t-il.

Un délicieux frisson la parcourut.

Ils sortirent de la chambre pour gagner le petit salon adjacent. Nick attrapa une mèche de ses cheveux. Un geste anodin s'il avait été fait par un autre, mais avec Nick, ce simple contact l'électrisait de part en part.

— Je ne peux pas contrôler mes rêves, dit-il sans préambule. Je rêvais de Regina l'autre nuit, mais ça n'avait rien à voir avec nous.

— Je sais, Nick. Je comprends, et ça ne m'a pas dérangée. Je me suis simplement dit qu'il valait mieux que je dorme avec Hattie les premiers temps. C'est un nouvel environnement, je veux être présente si elle se réveille.

— D'accord. Je ne voulais pas te blesser. Le fait est que je rêve souvent de Regina et d'Artie. Je dors mal depuis l'accident d'avion.

— Je suis désolée, et je peux imaginer ta peine. Tu n'as pas à t'excuser en ce qui concerne Regina et Artie. Tu as vécu une tragédie terrible, et dévastatrice.

Il détourna le regard et garda le silence un instant.

— Regina se rendait chez ses parents avec Artie dans le Montana. Ils étaient à bord de l'un de mes avions, mais ce n'était pas un petit appareil. Il s'est écrasé à cause d'un orage, et tout le monde a été tué. Le pilote, le copilote, Regina, sa sœur et Artie.

— Je suis vraiment navrée, Nick. Ne t'excuse jamais de rêver d'eux ou quoi que ce soit de ce genre. Tu les aimais.

Il l'attira vers lui, et elle se laissa volontiers faire. Elle noua les bras autour de sa taille et le serra fort, espérant lui apporter un peu de réconfort, de chaleur humaine. Et elle se dit que Hattie lui apporterait de l'amour et de la joie.

— Je vais dormir dans ma chambre ce soir, Nick. Je ne veux pas me précipiter dans une relation physique que nous pourrions tous les deux regretter.

— Je ne regretterai jamais de faire l'amour avec toi. Talia, tu ne peux pas imaginer l'effet que tu me fais.

Il traça un chemin de petits baisers sur sa gorge, et passa la langue sur la courbe de son oreille tout en caressant sa nuque.

Une onde de chaleur naquit au creux de son ventre. Elle prit une profonde inspiration et enroula les bras autour de son cou.

— Nick, tes frères sont encore là, non ?

— Oui, j'imagine. Je les ai laissés dans l'écurie. Mais je m'en moque. Ils savent que nous sommes de jeunes mariés.

— Nick..., commença-t-elle à protester.

Mais il posa les lèvres sur sa bouche, fit glisser sa langue sur la sienne, caressa son sein.

Elle gémit de plaisir, et fut incapable de protester davantage. Elle était perdue dans une myriade de sensations, et elle avait envie de ne faire plus qu'un avec lui.

Au prix d'un effort, elle détacha ses lèvres des siennes.

— Je n'avais pas l'intention de faire cela ce soir, chuchota-t-elle.

— Moi non plus, mais maintenant je n'ai aucune envie d'arrêter.

Il reprit possession de sa bouche, tout en descendant la fermeture à glissière au dos de sa robe et en lui retirant le vêtement.

— Nick, nous devrions être raisonnables et...

— Chut.

Il dégrafa son soutien-gorge qui tomba au sol. Il prit ses seins nus dans ses mains et les caressa avec douceur, ses pouces encerclant ses tétons dressés, avant de les taquiner avec sa langue. Elle haleta et plaqua les hanches contre lui. Elle qui s'était promis de garder ses distances et de ne pas refaire l'amour avec Nick avant longtemps, elle avait déjà oublié toutes ses bonnes résolutions. Elle avait envie que Nick soit en elle. Ses baisers et ses caresses lui faisaient perdre la tête. Tremblante et pantelante, elle gémit de plaisir tandis que ses mains exploraient son corps et continuaient de la dévêtir.

— Je n'avais pas l'intention de faire ça, répéta-t-elle, comme si elle pouvait se convaincre elle-même.

En guise de réponse, Nick la porta et l'emmena dans sa chambre.

Avant qu'elle puisse émettre une objection, il prit la parole.

— Le babyphone est allumé, alors nous pourrons entendre Hattie si elle se réveille.

Une fois dans sa chambre, il reposa Talia au sol et acheva de la déshabiller, tout en ôtant ses propres vêtements et en continuant de la couvrir de baisers.

Elle plongea une main dans ses cheveux, et avec son autre main, elle caressa son épaule puissante, son dos, sa taille, puis ses fesses, dures et musclées comme le reste de son corps. Elle sentit son membre engorgé se presser contre son ventre.

Nick la porta, et elle enroula les jambes autour de sa taille tandis qu'il prenait l'un de ses seins en bouche.

Elle s'accrocha à lui pendant qu'il la faisait descendre sur son sexe dressé. Elle poussa un cri et serra les jambes autour de lui, adaptant parfaitement son rythme à celui de Nick qui allait et venait en elle. Bien vite, elle cria de nouveau, secouée par un orgasme dévastateur. Nick continua ses assauts, accélérant le rythme et la puissance de ses coups de reins pour atteindre sa propre libération.

Après quelques secondes, ou quelques minutes — elle n'aurait su le dire — elle fut de nouveau excitée. Elle ondula avec lui, et connut un second orgasme explosif.

Quand ils furent tous les deux rassasiés, elle avait perdu toute notion du temps. Elle se laissa glisser le long de son corps et reposa les pieds au sol. Lorsque Nick plongea son regard dans le sien, elle eut l'impression qu'un lien venait de se créer entre eux, un lien né de ces moments exaltants et intimes qu'ils venaient de partager. Bien sûr, ce n'était qu'une impression fugace, mais on aurait dit que Nick éprouvait pour elle quelque chose qui allait au-delà du simple désir. Il l'attira vers lui et lui donna un baiser ardent, comme s'ils ne venaient pas de faire l'amour, comme si elle n'avait pas eu plusieurs orgasmes qui lui coupaient le souffle rien que d'y penser.

Elle se pencha pour lui chuchoter à l'oreille :

— Je ne comptais pas faire cela. Je comptais être raisonnable, prudente, apprendre à te connaître.

Il déposa un baiser au creux de son cou.

— Talia, tu ne mesures pas l'effet que tu as sur moi, murmura-t-il. Tu m'as ramené à la vie. Dès notre premier baiser, ma raison s'est envolée. La vie est emplie de souffrances, alors, quand on a la chance d'éprouver une telle attirance, un tel plaisir, je dis qu'il faut foncer.

— C'est vrai. La vie est pleine de risques, Nick. Nous avons tous les deux pris de grands risques avec ce mariage sans amour. Nous n'avions pas prévu ces baisers stupéfiants.

— Et nous n'avions pas prévu que le sexe serait aussi torride. Talia, il devrait y avoir un panneau d'avertissement sur toi.

— Je ne crois pas que ce soit moi. Je crois que c'est *nous*.

— Si c'est « nous », alors nous allons avoir des problèmes.

— J'espère que non.

Il la porta pour la poser sur son grand lit, puis s'étendit à côté d'elle. Il l'attira contre lui, entrelaçant leurs jambes.

Baignant encore dans la félicité, elle caressa doucement ses épaules et son torse. Nick avec un corps incroyablement puissant et viril.

— Tu sais, je pourrais rester ainsi avec toi pour toujours. Dans tes bras, à te caresser et…

Elle s'interrompit soudain et émit un son horrifié.

— Qu'y a-t-il ? demanda-t-il.

Elle se redressa brusquement.

— Tes frères ! Nous sommes allongés là... nus, et si ça se trouve, ils sont quelque part dans la maison, à attendre que tu les rejoignes.

Il sourit et lui tapota l'épaule.

— Crois-moi, Talia, ils ne sont pas là. Ils ont assez de bon sens pour ça. Ils sont partis, et ils ne pensent plus à nous.

Il jeta un coup d'œil au babyphone posé sur la table de chevet.

— Hattie dort, tu es nue dans mes bras, alors je vais avoir envie de te faire l'amour une nouvelle fois.

Il l'attira vers lui, et dès qu'elle sentit la chaleur de son corps, elle se détendit.

— J'avais justement la même idée, murmura-t-elle, se frottant avec sensualité contre lui.

Le corps déjà en feu, elle caressa son entrejambe. Comme si elle n'avait pas déjà connu le plaisir par deux fois déjà, elle avait encore envie de lui.

— Oh ! oui, Nick, susurra-t-elle.

Elle se mit à califourchon sur lui.

— Tu es une femme très avide.

Mais elle savait qu'il n'était pas en train de se plaindre. Nick n'avait pas besoin d'être cajolé pour participer à de nouveaux ébats.

D'une main, il joua avec ses seins tandis que de l'autre, il caressait l'intérieur de ses cuisses, s'approchant petit à petit du cœur de sa féminité, sans jamais lui donner la satisfaction dont elle rêvait. Elle ondula des hanches, s'offrant à lui, laissant son corps lui dire ce qu'elle voulait, ce dont elle avait besoin.

Avec douceur, il l'amena vers lui, plaçant sa verge turgescente contre ses replis secrets. Elle émit un son de désir et dansa sur lui, savourant la sensation de son sexe contre le sien tandis qu'elle attisait le plaisir de Nick. Mais ce n'était pas suffisant. Elle voulait qu'il aille et vienne en elle, jusqu'à ce qu'elle crie de plaisir dans un orgasme éblouissant.

Prenant les choses en main, elle le conduisit là où elle le voulait. Nick n'eut pas besoin d'autres instructions. D'un mouvement fluide, il entra en elle jusqu'à la garde, lui arrachant un long gémissement. Elle le chevaucha avec frénésie, jusqu'à ce qu'elle ne puisse plus supporter une seconde de plus de cet exquis supplice. Il lui donna un dernier coup de reins, et ils jouirent à la même seconde. Dans un soupir, elle s'effondra sur lui.

Il l'enlaça, et elle s'allongea sur lui, savourant la sensation de l'avoir encore en elle. Jamais elle ne s'était sentie aussi bien. Aussi satisfaite. Blottissant la tête contre son torse, elle s'abandonna au sentiment de félicité qui l'enveloppait.

Lorsque Talia ouvrit les yeux, son regard fut aussitôt attiré par la seule source de lumière de la pièce, le réveil de Nick. Il était près de 4 heures du matin, et ils avaient fait l'amour de manière sauvage et passionnée des heures durant. Elle avait cessé de compter le nombre de fois, mais elle avait adoré chacune de leurs étreintes.

Qu'en était-il de l'homme qui l'avait emmenée sur les cimes du plaisir ?

Elle regarda Nick, endormi à côté d'elle. Jusqu'où allaient ses sentiments pour lui à présent ? Elle n'aurait su le dire. Tout ce qu'elle savait, c'était que chaque jour passé avec lui, chaque instant intime dans ses bras volaient son cœur. Ici, dans l'obscurité de sa chambre, elle admit enfin ce qu'elle avait craint depuis le début. Malgré sa prudence, malgré ses bonnes résolutions, elle n'était pas de taille : il était impossible qu'elle ne tombe pas amoureuse de Nick Duncan.

Elle lui serait toujours reconnaissante de lui avoir offert l'occasion de devenir la mère de Hattie, et pour cette raison, elle se réjouissait de l'avoir épousé. Mais en sécurisant l'avenir de Hattie, elle avait mis autre chose en danger. Son cœur.

Nick s'agita, et ses bras la cherchèrent aveuglément. Elle se blottit contre lui, et elle sut qu'elle était dans de beaux draps.

Pour la seconde fois cette semaine, la grand-mère de Nick avait demandé à Talia de lui rendre visite avec Hattie. Talia sirotait un café dans la maison de Myra, plus petite que celle de Nick, pendant que Hattie jouait avec une maison de poupées à côté de son aïeule.

Talia trouvait que Myra semblait plus gaie et plus aimable quand elle était en présence de Hattie. Et la petite fille aimait jouer avec elle, apparemment.

— J'ai une chose à vous demander, Myra, dit Talia. Cela vous ennuierait si je peignais un tableau de vous avec Hattie ? J'adore réaliser des portraits, et j'aimerais beaucoup en faire un de vous deux.

Tenant une petite poupée à la main, Myra leva les yeux.

— Je suis d'accord. Ça me plairait, mais comment allez-vous faire pour que Hattie reste sagement assise pour un portrait ?

Talia sourit.

— Je ne vais pas la faire poser. J'aimerais prendre une photo et peindre à partir du cliché. Elle a l'habitude de rester immobile quelques secondes quand je prends des photos d'elle.

Talia avait d'innombrables photos de Hattie stockées dans son téléphone.

— J'adorerais avoir un portrait de nous deux, dit Myra en souriant. Pourriez-vous l'habiller avec la tenue qu'elle portait pour votre mariage ? Elle lui allait à ravir.

— En fait, j'ai une belle photo de vous deux, prise lors de la fête. Je vais vous la montrer.

Elle fit défiler les photos sur son téléphone jusqu'à ce qu'elle trouve le cliché qu'elle cherchait, puis le montra à Myra.

— Ah, j'aime beaucoup celle-ci ! commenta Myra.

Sur la photo, Hattie, son lapin rose dans les mains, était assise sur les genoux de Myra, et toutes deux souriaient devant l'objectif.

— Alors, c'est réglé, je ferai un portrait à partir de cette photo.

— Je suis impatiente de voir le résultat, répondit Myra.

Elle marqua un temps puis reprit la parole.

— Vous savez, Talia, j'aime vous avoir ici au ranch. Toutes les deux. Et j'ai comme l'impression que maintenant que vous êtes là, je vais voir Nick beaucoup plus souvent.

Hattie se mit debout et se tint à la jambe de Myra. Elle émit un petit rire en attrapant la petite poupée que son arrière-grand-mère tenait.

— Tu es une belle petite fille, Hattie, dit Myra en se penchant pour l'embrasser sur la joue. J'ai dû attendre longtemps pour avoir un autre bébé dans la famille, mais je n'aurais pas pu rêver d'une enfant plus délicieuse.

Talia savait maintenant que toutes ses inquiétudes étaient infondées. Elle n'avait pas à craindre que la famille de Nick n'accepte pas Hattie. La petite fille était pleinement acceptée, et elle était aussi aimée de tous.

Myra se redressa et observa Talia.

— Vous savez, Talia, je serai la première à admettre que je n'approuvais pas ce mariage. Mais maintenant, je suis très heureuse que Nick et vous soyez mariés. Vous lui faites du bien, et Hattie est une source de joie. Toutes les deux, vous apaisez son chagrin, et je vous en suis très reconnaissante.

Talia éprouva de la gratitude pour la grand-mère de Nick. Un autre de ses soucis venait de se dissiper. Apparemment, la matriarche de la famille Duncan l'avait acceptée, elle aussi.

— Merci, Myra. Nick a fait en sorte que je sois la mère de Hattie, et pour cela, je lui serai éternellement reconnaissante.

— Soyez patiente avec lui. Hattie et vous allez effacer sa peine.

C'était la seule chose qui inquiétait encore Talia : que Nick souffre toujours de la disparition de sa femme et de son fils. Elle ne pourrait jamais effacer totalement la douleur, mais peut-être pourrait-elle la rendre plus supportable, un jour.

Elle tapota la main de Myra et répondit :

— Je l'espère.

Talia avait les mains tremblantes.

Tandis qu'elle attachait ses cheveux à l'aide d'une pince, elle s'intima de se calmer. Elle lissa le costume bleu marine et le chemisier blanc en soie qu'elle avait choisi de porter et observa une dernière fois son reflet dans le miroir doré de sa suite à Dallas.

Elle avait du mal à croire que le grand jour était enfin arrivé !

Elle avait peur, et en même temps, elle était impatiente d'aller au tribunal pour sa demande d'adoption. Prenant une profonde inspiration, elle sortit de la pièce et alla chercher Hattie.

Elle lui avait mis sa plus belle tenue, celle qu'elle avait portée au mariage. Hattie n'avait aucune idée de l'importance de cette journée. Ce qui n'était pas plus mal, songea Talia.

Elle porta Hattie et descendit l'escalier pour aller retrouver Nick et Stan dans la bibliothèque. Le frère de Nick les avait accompagnés à Dallas afin de s'occuper de Hattie pendant l'audience. Les deux hommes portaient des costumes gris anthracite, des bottes noires et des chapeaux. Celui de Stan était de style Western, tandis que celui de Nick avait une coupe classique. Talia trouvait que Stan était un beau cow-boy, mais c'était Nick qui lui coupait le souffle. Le simple fait de le voir la faisait chanceler et lui faisait penser au plaisir incroyable qu'il lui donnait nuit après nuit.

Mais aujourd'hui, elle avait d'autres pensées en tête. Si tout se passait bien, elle serait officiellement la mère adoptive de Hattie à midi.

Elle salua Stan, qui prit Hattie dans ses bras et sortit de la pièce pour leur laisser un peu d'intimité, à Nick et à elle.

— Tu es superbe, la complimenta Nick. Je suis sûr qu'après un seul regard, le juge te donnera tout ce que tu veux.

Il consulta sa montre.

— Nous sommes pile à l'heure. Horace nous retrouvera au tribunal. Selon lui, l'audience devrait être brève.

Il posa une main au creux de son dos pour la guider vers le couloir, mais Talia n'arrivait pas à bouger.

— Nick, j'ai peur.

— Il ne faut pas. Horace m'a assuré que tout se passerait bien. Crois-moi, il est bien placé pour le savoir. Allons nous débarrasser de cette audience, pour que tu puisses enfin te détendre et être heureuse.

Il la prit par la main et l'escorta jusqu'à la voiture.

Elle avait l'esprit embrumé quand ils entrèrent dans la salle d'audience vide en compagnie de l'avocat de Nick. Stan s'installa avec Hattie sur un siège au premier rang. Il avait dans ses poches quelques jouets pour divertir la petite fille. Talia avait les nerfs à vif, et elle tenta de respirer profondément pour se calmer. Elle regarda Hattie, qui était tranquillement assise sur les genoux de Stan, comme si elle sentait que c'était un moment capital de son existence.

Bientôt, le juge apparut, l'air très solennel dans sa robe noire. Un peu hébétée, Talia répondit à ses questions et écouta Nick répondre à celles que le juge lui posait. La peur la tenaillait, mais elle espérait avoir l'air calme. Elle expliqua comment elle avait fait la connaissance de Hattie, comment elle s'était occupée d'elle, et à quel point elle avait été proche de Madeline, la mère biologique de Hattie. Elle avait imprimé toutes les photos d'elle avec Hattie et Madeline, prises avec son téléphone et sa tablette.

Le juge Wentworth voulut qu'on lui amène Hattie, ce que Talia fit. À son grand soulagement, Hattie se comporta très bien, comme souvent lorsqu'elle se trouvait dans un environnement nouveau. Le juge Wentworth se détendit et sourit pour la première fois. Quand il parla à Hattie, la petite fille se retourna vers Talia et serra son cou. Talia l'étreignit, touchée par ce témoignage d'affection, et sourit au juge.

Le temps parut s'étirer à l'infini. Au comble de la nervosité, Talia confia de nouveau Hattie à Stan le temps que Nick et elle signent des documents.

Enfin, le juge annonça :

— Félicitations. Vous avez une magnifique petite fille.

Talia se sentit enivrée tant elle était heureuse. Elle considéra le document officiel qui la désignait comme la mère de Hattie. Des larmes de joie et de soulagement lui piquèrent les yeux. Elle sourit à Nick et lui donna une accolade.

— Merci, lui murmura-t-elle à l'oreille.

Il l'étreignit à son tour et lui sourit.

— Merci à toi, Talia. Hattie a besoin de toi.

L'avocat de Nick la félicita et leur souhaita beaucoup de bonheur à tous les trois.

Elle ne put retenir ses larmes plus longtemps quand Stan vint avec Hattie pour la féliciter. S'essuyant prestement les yeux, elle saisit Hattie et la serra contre elle.

— Je t'aime, mon trésor. Tu es mon bébé, maintenant, murmura-t-elle à Hattie, sans même savoir si Hattie l'avait entendue ou si elle l'avait comprise.

Hattie s'agita, aussi Stan la porta-t-il de nouveau.

Nick serra Talia contre lui, et elle pleura de nouveau.

— Merci, Nick Je te serai éternellement reconnaissante.

— Tu l'as toujours aimée comme si elle était ta fille. Je suis content qu'elle soit ton enfant légalement, désormais. C'est la meilleure solution, pour nous tous. C'était ce que je souhaitais quand je t'ai proposé ce mariage de convenance. Hattie a besoin de ton amour.

Elle regarda Stan, qui montrait à Hattie quelque chose par la fenêtre tout en lui parlant. Talia prit soudain conscience que quand il était là, Stan accordait plus d'attention à Hattie que Nick. Et elle s'interrogea. Nick traiterait-il vraiment Hattie comme son enfant un jour ?

Son regard se reporta sur Hattie, et elle sourit. Hattie était vraiment sa fille à présent. Rien ne pourrait gâcher le bonheur qu'elle ressentait aujourd'hui.

Talia avait prévu de passer toute la semaine à Dallas. Elle devait choisir un papier peint et des éléments de décoration pour les deux chambres de Hattie, à Dallas et au ranch. Nick avait déjà contacté son entrepreneur pour les deux chantiers. Et quand Talia le voudrait et qu'elle en aurait le temps, elle pourrait décider de ce qu'elle souhaitait pour son atelier d'artiste. Nick tenait à ce qu'elle ait un atelier à Dallas ainsi qu'au ranch, elle n'allait donc pas le contredire. L'entrepreneur commencerait les travaux dès que Talia lui aurait donné ses instructions. Un point de plus sur sa liste de choses à faire pour ce week-end.

Pendant qu'elle séjournerait à Dallas, Nick serait au ranch. C'était aussi bien qu'ils soient séparés. Cela leur laisserait l'occasion de s'adapter à leur nouvelle vie. Les nuits avec Nick étaient fabuleuses, mais faire l'amour avec lui signifiait aussi qu'elle s'impliquait davantage sur le plan émotionnel. Si cela menait à un conflit entre eux, cela pourrait faire du mal à Hattie. Or, Talia voulait à tout prix préserver la petite fille.

Vêtu d'un jean et d'une chemise de coton blanche, Nick attendait sur le perron de son ranch le retour de Talia et de Hattie, après leur semaine à Dallas. Elles lui avaient beaucoup manqué — ce qui l'avait surpris. Il avait pourtant cru qu'elles ne faisaient pas partie de sa vie depuis assez longtemps pour qu'elles lui manquent un tant soit peu. Pour être tout à fait franc, il devait admettre que Talia lui manquait constamment, surtout la nuit. Leurs ébats l'avaient sidéré. Talia était une amante séduisante, attirante, incroyable. Elle l'avait ramené à la vie, grâce au déferlement de désir qu'elle avait provoqué en lui.

Après la disparition de Regina et d'Artie, il s'était jeté à corps perdu dans les tâches manuelles du ranch, qu'il avait toujours appréciées. Il travaillait tard puis rentrait chez lui pour s'occuper de la paperasse. En dehors d'être membre du conseil directeur, il n'avait plus de rôle actif dans l'entreprise énergétique familiale de Dallas. Cependant, depuis qu'il avait épousé Talia, il commençait le travail plus tôt, afin de pouvoir rentrer plus tôt chaque fois que c'était possible. Les soirs où il ne pouvait pas se libérer pour dîner avec elle, elle le rejoignait plus tard, et ces moments étaient précieux. Le seul fait d'être en sa compagnie le comblait. Il ignorait ce que cela signifiait, mais Talia semblait l'attirer comme un aimant.

Autre fait étrange : depuis qu'elle était entrée dans sa vie, il faisait moins de mauvais rêves. Les horribles cauchemars où il revivait la douleur d'avoir perdu sa femme et son bébé et après lesquels il se réveillait en sueur s'étaient espacés.

Il se mit à faire les cent pas sur le perron et consulta sa montre. Que fabriquaient Talia et Hattie ?

Toute la semaine, il avait compté les heures qui le séparaient de leur retour. Talia lui manquait tellement qu'il était stupéfié de l'importance qu'elle avait prise dans sa vie. De plus, il se sentait coupable, parce qu'il aimait toujours Regina et Artie. Il tentait de se rassurer en se disant que Regina voudrait qu'il continue sa vie, mais cela ne soulageait pas sa culpabilité. En fait, elle augmentait en même temps qu'augmentait son attirance pour Talia. Par certains côtés, il était difficile pour lui de se lier à une petite fille, mais Talia compensait tout manque d'amour venant de lui, car elle entourait Hattie de toute son affection. Tout comme ses frères et sa grand-mère.

Il observa la route en plissant les yeux, guettant le moindre nuage de poussière qui signalerait son arrivée. Il espérait que Talia arriverait bientôt. Il l'emmènerait au lit dès que possible.

Durant cette semaine de séparation, ils s'étaient parlé au téléphone plusieurs fois, et plus d'une heure à chaque fois. Et ils avaient échangé des flots de messages. Mais ce n'était pas la même chose que d'avoir Talia auprès de lui. Et d'avoir Hattie auprès de lui.

Il expira quand la limousine apparut enfin. Il descendit les marches en courant et arriva devant le véhicule au moment où Talia en sortait. Elle portait une robe bordeaux qui s'arrêtait juste au-dessus de ses genoux, dévoilant ses longues jambes galbées. Elle détacha Hattie de son siège puis se tourna vers lui.

Nick lui donna une brève accolade, respirant une bouffée de son parfum aux notes exotiques. De nouveau, il fut surpris d'être aussi heureux de revoir Talia et Hattie.

Quand il porta sa fille pour lui faire un câlin, elle glissa son petit bras autour de son cou et se blottit contre lui, puis elle se redressa et dit :

— T'aime.

Nick sentit son cœur se serrer.

— Oh ! ma douce petite, je t'aime aussi.

Une boule se forma dans sa gorge tandis qu'il regardait les yeux verts de Hattie, si semblables aux siens, et son doux visage qui le touchait tant. Cela lui faisait encore mal de savoir qu'il n'entendrait jamais Artie lui dire ces mots, mais au moins, il pouvait entendre sa petite fille les prononcer.

— Je suis content que vous soyez de retour toutes les deux, dit-il. J'ai des cadeaux pour toi, Hattie.

La petite fille rit et passa sa petite main potelée sur ses joues.

— Allons voir ces cadeaux, dit-il.

Il glissa un bras autour des épaules de Talia. Dès qu'il plongea son regard dans le sien, le désir se réveilla en lui. Il ne comprenait pas cette alchimie entre eux. Tout ce qu'il savait, c'était que cette attraction lui coupait le souffle et que, comme à chaque fois, elle lui donnait envie d'emmener Talia dans sa chambre aussi vite que possible.

— Je n'ai pas pu m'empêcher d'être ému par Hattie, lui dit-il. Ce qu'elle m'a dit me rappelle que je n'entendrai jamais Artie me dire ces mots.

— C'est vrai, mais tu peux entendre Hattie te les dire. Si tu la laisses faire, elle conquerra ton cœur et l'ajoutera à sa collection. Elle est tellement adorable.

— Je suis content que vous soyez de retour, et les autres aussi. Stan nous invite tous à dîner dimanche. Grand-mère est impatiente de voir Hattie, et je lui ai promis que vous passeriez la voir demain.

— Tu as bien fait. Je serai contente de la voir.

— J'ai toutes sortes de projets pour plus tard, dit-il, soutenant son regard bleu azur.

— Moi aussi, répondit-elle, et il sentit son pouls s'accélérer.

Lorsqu'ils furent dans le salon, Nick prit une boîte enveloppée de papier rouge. À côté se trouvait un autre cadeau emballé de papier bleu.

— Tiens, Hattie, c'est un cadeau pour toi, dit-il en lui tendant le paquet.

La petite fille sourit et commença à déchirer l'emballage. Elle tira sur le nœud collé et le jeta par terre. Comme elle n'arrivait pas à ouvrir la boîte, Nick l'aida.

— Oupée ! s'écria-t-elle, saisissant une belle poupée aux longs cheveux blonds en robe de satin rose.

Elle la serra contre elle.

— Merci, dit Talia à Nick, lentement et clairement, sans doute pour que Hattie l'entende et apprenne ce mot.

Hattie sourit à Nick et étreignit de nouveau sa poupée.

Nick l'observa, ému. Il était heureux d'avoir rendu Hattie heureuse.

Il se tourna vers Talia et lui prit la main. Le contact de sa peau douce lui donna envie de caresser toutes les parties de son corps voluptueux.

— Merci de l'avoir fait entrer dans ma vie, Talia. Sans toi, je n'aurais jamais su qu'elle existait.

Ils échangèrent un regard. Nick ne savait pas exactement ce que Talia pensait, mais elle se disait peut-être qu'elle avait bien failli perdre Hattie.

Ils la regardèrent jouer avec sa poupée. Puis Nick lui donna son autre cadeau, un livre. Avec son langage bien à elle, Hattie demanda aussitôt à Talia de lui faire la lecture.

Tandis que Nick regardait la mère et la fille découvrir cette nouvelle histoire, une seule pensée occupa son esprit : la vie était belle.

Il était presque 21 heures quand ils mirent Hattie au lit. Une fois qu'ils furent sortis de la chambre, Nick prit la main de Talia.

— Viens par là, dit-il.

— Nick...

— Chut. Viens avec moi, insista-t-il, et il l'entraîna vers sa suite, dans laquelle il avait laissé une lampe allumée. Hattie n'est pas la seule pour qui j'ai prévu un cadeau.

Il lui donna une boîte enveloppée de papier blanc et entourée d'un ruban de satin bleu.

Talia le regarda avec de grands yeux.

— Pour moi ? Nous sommes en juin, pas en décembre ! Pourquoi ces cadeaux, Nick ?

— J'ai offert des cadeaux à Hattie parce que c'est ma fille. Et je t'offre ce cadeau parce que tu es ma femme et que tu as été patiente, compréhensive et gentille. Tu as été lésée sur certains plans, même si tu as obtenu ce que tu voulais, c'est-à-dire la garde de Hattie. Quoi qu'il en soit, voici un petit témoignage de ma reconnaissance.

Elle attira son visage vers le sien pour lui donner un petit baiser. Ses lèvres douces comme du velours étaient une pure tentation.

— Je n'ai pas été lésée, murmura-t-elle. Je suis heureuse, Nick. Je te l'ai dit, mon rêve s'est réalisé. À présent, je peux avoir Hattie auprès de moi. Tu ne peux pas imaginer à quel point j'avais peur de la perdre, surtout avant que je ne te rencontre.

— Chut, dit-il, encerclant sa taille. Tout ça est derrière toi. C'est ta fille désormais, et pour toujours.

Il resserra son étreinte et l'embrassa pour de bon. Elle ne mit qu'une seconde à réagir. Elle mêla sa langue à la sienne, mettant tous ses sens en alerte. Puis, soudain, elle recula.

— J'ai un cadeau à ouvrir, murmura-t-elle en brandissant le paquet.

— Je croyais que mon baiser te ferait oublier le cadeau, plaisanta-t-il.

Elle sourit.

— Je reviendrai vers toi dans une minute, dit-elle d'une voix sensuelle qui fit battre son cœur à coups redoublés.

Elle dénoua le ruban, déchira le papier et ouvrit la boîte. Elle émit un son de surprise quand la lumière se refléta sur le pendentif en diamant.

— Nick, ce bijou est absolument splendide ! Aide-moi à le mettre, s'il te plaît, et elle se tourna pour qu'il puisse attacher le collier autour de son cou.

Il accéda à sa requête, tout en déposant de petits baisers sur sa nuque. Une fois le collier attaché, Talia se retourna vers lui.

— C'est magnifique. Merci, dit-elle, et elle l'embrassa de nouveau.

Il glissa les mains jusqu'à son chemisier pour le déboutonner. Il désirait Talia avec une force qui le sidérait.

— Je suis très content que tu sois de retour, Talia.

Il fit glisser le chemisier sur ses épaules.

— Tu es si belle.

Il la porta jusqu'à son lit et écarta les draps.

— Laisse-moi te montrer à quel point tu m'as manqué, dit-il.

Talia s'accrocha à Nick. Elle le désirait, et en même temps, elle retenait les mots qu'elle avait envie de dire, les mots qui lui révéleraient à quel point elle tenait à lui, à quel point il était devenu important pour elle. Mais ce n'était pas le moment. Pas alors qu'il faisait des choses à son corps qui annihilaient toute pensée cohérente.

Elle ne put que gémir de plaisir et d'envie tandis qu'une onde de chaleur se propageait dans son ventre et que le désir accélérait son rythme cardiaque. Il caressa ses seins, et elle sentit ses tétons se durcir sous ses doigts. Dans une seconde, elle ne serait plus capable d'arrêter son assaut sensuel. Elle était tiraillée entre son désir pour lui et son envie de protéger son cœur. Elle savait qu'elle risquait de souffrir, mais les baisers brûlants de Nick étaient des flammes qui consumaient sa prudence et ses bonnes résolutions.

Pendant quelques minutes ou quelques heures — elle n'aurait su le dire — elle lui rendit ses baisers. Elle voulait tout de lui : qu'il l'embrasse, qu'il l'étreigne, qu'il lui fasse l'amour toute la nuit. Elle avait décidé de prendre des risques avec Nick. La vie était pleine de dangers, et cela valait la peine de prendre un risque avec son mari, qui avait été si merveilleux avec Hattie et avec elle. Ils avaient échangé des vœux lors de leur mariage, et elle avait le sentiment que chacun d'eux les respecterait, ce qui signifiait qu'ils allaient passer leur vie ensemble. Alors même que cette pensée lui traversait l'esprit, les mains et les lèvres de Nick chassèrent toute pensée cohérente, mais une petite voix lui murmurait toujours qu'elle devait prendre garde de ne pas se brûler les ailes. Sur le plan émotionnel, elle était tiraillée. Sur le plan physique, elle désirait Nick plus que jamais. Quand il souligna la courbe de sa hanche puis trouva le centre de son désir, elle sut qu'elle ne pourrait pas refuser à son propre corps ce qu'il brûlait d'avoir.

Enhardie, elle déboutonna la chemise de Nick et la lui retira. Après quelques instants, il fut nu devant elle. Quand elle tendit la main vers son sexe durci et enroula les doigts autour, elle entendit le halètement de Nick, et ses propres battements de son cœur.

— Tu es si belle, répéta-t-il, prenant ses seins en coupe.

Il la regarda un instant avant de prendre son téton entre ses lèvres, traçant des cercles humides et chauds avec sa langue. Elle soupira de plaisir, fermant les yeux et le relâchant pour s'accrocher à ses biceps fermes. Il embrassa son oreille, la courbe de son cou, son sein, tandis que ses doigts taquinaient ses tétons avec la douceur d'une plume.

Elle poussa de doux gémissements. Il lui en fallait plus, bien plus.

— Tu m'as manqué, Nick. Je te veux, murmura-t-elle. Maintenant. En moi.

— Pas encore. Je veux te donner du plaisir. Je veux que nous prenions notre temps, murmura-t-il, ponctuant chaque mot par un baiser — des mots qu'elle entendit à peine par-dessus les battements désordonnés de son cœur.

Elle frotta ses seins contre lui.

— Oh ! Talia, tu me rends fou...

Il la porta et l'étendit sur le lit, puis s'agenouilla entre ses jambes, passant doucement les mains sur l'intérieur de ses cuisses, ses doigts l'effleurant intimement. Quand il fit de même avec sa langue, les sensations la bombardèrent.

Elle gémit, se cambra de plaisir. Nick la rendait folle, pourtant elle n'avait pas envie que cela se termine ainsi. Alors, elle le repoussa puis monta à califourchon sur lui. Elle passa la langue sur son torse tout en promenant ses doigts sur lui.

— Tu es sans nul doute la femme la plus sexy de la Terre.

Elle passa le bout de la langue sur la toison qui descendait vers son sexe pulsant de désir. Elle dessina un chemin de baisers humides sur sa verge, mais quand elle ouvrit la bouche pour l'accueillir en elle, il l'arrêta. En un éclair, il fut sur elle et la pénétra, tandis qu'elle se cambrait pour aller à sa rencontre.

Enroulant ses longues jambes autour de lui, elle le serra fort. Elle poussa un cri, levant les hanches tandis qu'il s'enfonçait doucement, prenant son temps.

Bientôt, elle perdit tout contrôle et ondula frénétiquement avec lui jusqu'à atteindre les cimes du plaisir. Secouée de spasmes, elle poussa un cri libérateur, et il jouit en même temps qu'elle. Elle sentit la semence de Nick se répandre en elle. Haletante, elle s'accrocha à lui tout comme il s'accrochait à elle, et ils continuèrent à se mouvoir, en quête de nouvelles vagues de plaisir.

Nick, l'étreignit, solide et rassurant, tandis qu'ils ondulaient ensemble et partageaient ce moment. Avec un cri, elle s'atomisa de nouveau. Enfin elle cessa de bouger, et s'efforça, comme lui, de retrouver son souffle.

Il écarta de longues mèches humides de son visage et caressa sa joue.

— C'était sans doute l'orgasme le plus époustouflant que j'aie jamais connu, Talia. Tu es fantastique.

Lui aussi était fantastique. Et c'était bien là le problème.

— Nick, nous ne pouvons pas faire ça chaque soir.

Il secoua la tête et la dévisagea, comme s'il n'en croyait pas ses oreilles.

— Ah, non ? Pourquoi ?

— Parce que l'un de nous pourrait tomber amoureux et que l'autre ne le serait pas.

Apparemment, ses paroles n'eurent aucun effet sur lui, car il resta en elle.

— Je ne veux pas que cette nuit se termine, Talia. Je veux t'embrasser, te caresser, t'explorer, te serrer dans mes bras pendant tout le week-end. Promets-moi que tu ne quitteras pas mon lit.

— Je crains de ne pas pouvoir te faire cette promesse, mais je suis là, pour l'instant.

Le corps de Nick était chaud, dur, puissant. Ce n'était pas raisonnable, mais elle avait envie de le caresser, de l'explorer en détail, de mémoriser tout ce qu'elle pourrait découvrir.

— Reste avec moi ce soir, dit-il. Je veux t'avoir dans mes bras.

Il lui donna un tendre baiser. Puis il pivota sur le côté, l'entraînant avec elle.

Elle s'endormit dans ses bras. Pendant la nuit, elle se réveilla et se tourna pour le regarder dormir.

Et elle prit soudain conscience qu'elle était amoureuse de lui.

Il était trop tard pour faire marche arrière à présent. Chaque jour qui passait, elle l'aimait un peu plus. Et il était probable que Nick ne l'aime jamais en retour.

Le 4 juillet, Nick et ses frères organisèrent un barbecue au ranch. Tous les employés, la famille, les voisins et les amis étaient invités. En compagnie d'autres mamans, Talia regarda Hattie jouer avec d'autres enfants qui vivaient au ranch, mais ce qu'elle préféra dans cette journée, ce fut de voir Nick porter Hattie sur ses larges épaules, et Hattie plonger les mains dans les cheveux épais de son père en riant. Talia aurait aimé que Nick passe davantage de moments comme celui-ci avec sa fille. Elle savait que tous les deux avaient besoin de temps pour s'apprivoiser, et qu'ils finiraient par s'adapter, mais Nick travaillait souvent très tard, et il pouvait passer plusieurs jours sans voir Hattie. Il savait que Talia entourait Hattie de son amour, et il semblait croire que c'était suffisant, mais Talia voulait que Hattie ait l'amour et l'attention de son père. Chaque fois qu'elle s'inquiétait du peu de temps que Nick passait avec sa fille, elle se rappelait qu'il avait sans doute besoin de plus de temps.

Tandis qu'elle les regardait jouer, elle songea qu'elle retrouverait Nick ce soir, et un éclair d'excitation la traversa, chassant toutes ses préoccupations.

Le reste de la semaine, Talia passa le plus clair de son temps à organiser son atelier et à surveiller l'avancée des travaux dans la chambre d'enfant. Elle avait aussi commencé le portrait de Myra et de Hattie. Vendredi soir, Nick rentra plus tôt, et ils dînèrent dans le patio. Après quoi, ils allèrent jusqu'à la maison de sa grand-mère pour une courte visite, car Myra adorait voir Hattie.

Il était plus de 1 heure du matin quand Nick et Talia se retrouvèrent au lit. Talia était blottie contre Nick. Elle se sentait satisfaite et heureuse.

— Je suis ravie que tu sois rentré assez tôt pour dîner avec nous, et que tu aies pris le temps de jouer avec Hattie.

— Ça m'a plu, à moi aussi. J'essaierai de rentrer tôt plus souvent. Mais il y a toujours des choses à faire, dans un ranch.

— Il y a une petite fille qui a besoin de ton amour.

— Mais elle reçoit de l'amour. Tu l'entoures de ton amour toute la journée. De ce côté-là, elle n'aura pas de manque. Ni toi, conclut-il en l'embrassant.

— Serais-tu en train de mélanger sexe et sentiments ?

— Serais-tu en train de te plaindre ? rétorqua-t-il d'une voix amusée.

— Absolument pas.

Elle ne lui avouerait pas qu'elle souhaitait souvent qu'il montre davantage d'affection à Hattie.

— Il faut que je me lève et que j'enfile ma chemise de nuit, dit-elle, passant les doigts sur sa barbe naissante.

Elle caressa ses épaules puis ses biceps.

— Quels muscles tu as !

— Si tu continues, tu vas de nouveau m'exciter.

— Nous verrons si j'y parviens, dit-elle en souriant. Mais d'abord, je dois retrouver ma chemise de nuit.

— Tu n'en as pas besoin. J'aime quand tu es nue, quand je peux sentir ton corps chaud et doux contre le mien. Si je me réveille la nuit et que j'ai envie de te prendre dans mes bras, je veux qu'il n'y ait aucun obstacle entre nous.

Elle sourit.

— Je parie que tu réussiras à me l'enlever très vite.

Avant qu'il puisse répondre, son téléphone sonna.

— Il est presque 2 heures du matin, s'étonna-t-il. C'est fichtrement tard pour un coup de fil. Ce ne sont sans doute pas de bonnes nouvelles.

Il saisit l'appareil et consulta l'écran d'un air préoccupé. Elle espérait qu'il n'y avait rien de grave.

Il s'assit sur son lit.

— Nick à l'appareil.

Il resta muet pendant un moment, puis prit une profonde inspiration.

— Oh ! non ! s'exclama-t-il. J'arrive. Et je vais prévenir mes frères.

Des frissons d'angoisse la parcoururent, et elle sortit du lit pour attraper le vêtement le plus proche, qui se révéla être chemise de Nick. Elle l'enfila et la serra autour d'elle, car elle avait soudain très froid.

8

— Je te verrai dans vingt minutes, dit-il juste avant de raccrocher.

Talia savait ce que cela signifiait. Vingt minutes, c'était le temps qu'il fallait pour gagner la maison principale du ranch. Il s'était donc passé quelque chose là-bas.

Il prit de profondes inspirations puis, soudain, jeta le téléphone, qui heurta une chaise et rebondit sur le sol avec fracas.

— Que se passe-t-il ? demanda-t-elle, devinant que c'était une très mauvaise nouvelle.

— Je dois partir. Avant ça, je dois téléphoner à mes frères.

Mais il ne bougea pas. Il resta assis sur le lit, tête baissée.

Elle attendit, patiemment. Il lui parlerait quand il serait prêt.

Après un instant, elle l'entendit dire tout bas :

— Ma grand-mère est morte hier soir. Elle est allée se coucher et... elle est morte. Elle a cessé de respirer.

— Oh ! Nick ! s'exclama Talia. Je suis désolée.

— Quand Ida est allée la voir pour s'assurer que tout allait bien, elle s'est rendu compte que grand-mère ne respirait plus. Ida a appelé une ambulance, qui ne devrait pas tarder à arriver.

Il se tourna vers elle. Son visage était tendu, ses yeux sombres. Plus que tout, elle voulait le prendre dans ses bras, mais sa posture indiquait que ce n'était pas le moment.

— Juste au moment où elle avait une raison de vivre, lâcha-t-il d'une voix blanche. Grand-mère était heureuse, enthousiaste et pleine d'énergie depuis que Hattie était entrée dans sa vie. Elle adorait Hattie, et Hattie semblait l'aimer aussi. Je voulais que ma fille apprenne à connaître son aïeule.

Son regard s'embua, et il essuya ses larmes du bout des doigts.

— Il y a trop de décès dans ma vie. Trop de deuils. Nous étions tous si heureux… Nous n'avions pas vu grand-mère ainsi depuis des années.

Il donna un coup de poing rageur dans le matelas puis se leva.

— Bon sang ! Un autre décès, juste au moment où nous avions enfin un peu de bonheur et de joie.

Talia savait qu'il n'y avait rien qu'elle puisse faire ou dire pour l'aider. Elle pouvait simplement être là pour lui.

— Je dois téléphoner à mes frères, et je veux être là-bas avant qu'ils n'emmènent le corps au funérarium. Je devrais sans doute appeler le shérif, puisqu'elle est morte subitement chez elle. Du moins, je crois. J'en saurai plus quand l'ambulance arrivera.

— Est-ce que je peux faire quoi que ce soit ?

— Veille sur Hattie.

Il enfila son caleçon et son jean avant de ramasser son téléphone.

Talia rassembla ses vêtements éparpillés sur le sol.

— Pauvre Hattie ! dit-il en soupirant. Elle a perdu sa mère, et maintenant son arrière-grand-mère. Au moins, elle nous a toi et moi. Aujourd'hui, nous sommes là. Qui sait ce qu'il en sera dans un mois ? gronda-t-il.

Elle savait bien que c'était la souffrance qui le faisait parler ainsi.

— Je vais aller m'habiller, dit-elle.

Elle alla dans la salle de bains, consciente qu'elle ne pourrait pas consoler Nick, et qu'il voulait sans doute rester seul pour l'instant.

Elle prit une douche rapide puis s'habilla. Ensuite, elle alla voir Hattie. La petite fille dormait sur le côté, sa nouvelle poupée dans ses bras et son lapin rose près d'elle.

Talia retourna vers la chambre de Nick, et s'arrêta devant la porte. Assis sur le lit, Nick était au téléphone avec l'un de ses frères.

— Je te verrai là-bas, Blake. Je vais appeler M. Morton au funérarium.

Elle patienta pendant qu'il passait d'autres appels. Enfin, il leva les yeux et la vit.

— J'ai parlé à mes frères ainsi qu'aux policiers. Je vais chez grand-mère. Merci de rester avec Hattie.

— C'est normal. Je vis ici, Nick.

Elle avança jusqu'à lui.

— Je suis désolée.

— Merci. C'est un chagrin de trop, Talia. J'ai envie de m'arracher le cœur et de ne plus jamais aimer, parce que cela me fait beaucoup trop mal de perdre les gens que j'aime. Beaucoup trop. Tu serais peut-être plus en sécurité si tu restais loin de moi.

Elle avait l'impression qu'un mur invisible de colère le cernait et la tenait à distance. Mais si Nick la mettait à distance, cela signifiait qu'il mettait aussi Hattie à distance.

— Je suis là si tu as besoin de moi, dit-elle.

Il la prit sur ses genoux et l'étreignit.

— Elle était si heureuse avec Hattie, dit-il, et Hattie l'aimait.

— Oui, c'est vrai, approuva-t-elle en lui caressant la nuque. Au moins, elles ont pu se connaître. Ta grand-mère a pu faire des cadeaux à Hattie. Nous aurons des photos d'elles ensemble, que nous pourrons montrer à Hattie quand nous lui parlerons de son arrière-grand-mère.

— Peut-être, mais ce n'est pas suffisant pour moi. Il y a eu trop de morts, trop de chagrins. J'ai eu mon compte. Je ne veux plus aimer une autre personne, sinon je la perdrai. Je dois filer, nous en reparlerons demain. Tu peux retourner te coucher.

Elle quitta son giron, et il se leva.

— Tu sais bien que je ne retrouverai pas le sommeil, dit-elle. Si tu veux que je t'accompagne chez ta grand-mère, je peux emmener Hattie. Elle pourra continuer sa nuit là-bas.

— Non. Inutile de vous traîner Hattie et toi là-bas, et si Hattie se réveille, elle cherchera grand-mère. Bon sang !

Il passa la main dans ses cheveux en bataille.

— Elle était autoritaire, et elle m'en a fait voir quand j'étais jeune, mais je l'adorais et je l'admirais, car c'était une forte femme. Quand mes frères et moi étions jeunes, elle passait un savon à mon père quand elle le surprenait en train de boire.

Il soupira.

— Je ferais mieux d'y aller. Je vais peut-être rester là-bas toute la soirée avec mes frères.

Il saisit son portefeuille et ses clés sur la commode, puis se dirigea vers la porte.

Avant de sortir, il se retourna vers elle.

— C'est impossible d'imaginer la vie sans grand-mère. Elle a toujours été présente, contrairement à mes parents.

Puis il s'en alla.

Quatre jours plus tard, au ranch, Nick campait devant la fenêtre de sa bibliothèque. De là, on pouvait voir le cimetière familial. Un emplacement avait été creusé afin d'accueillir le cercueil de sa grand-mère dans l'après-midi. Nick souffrait, et ce décès ravivait trop de souvenirs de la mort de Regina et d'Arthur. Il pensait ce qu'il avait dit à Talia : il comptait protéger son cœur et s'empêcher d'aimer, car c'était trop dur de perdre ceux qu'il chérissait. Il n'avait pas envie de se rapprocher davantage de Hattie et de Talia. Pas à ce stade de sa vie. Talia et lui étaient liés par un mariage de raison, mais l'amour n'avait jamais fait partie du contrat. Et il veillerait à ce que cela ne change pas.

Il songea à ses nuits passionnées avec Talia. Les nuits les plus torrides qu'il ait jamais connues. Talia et lui pourraient en avoir d'autres. Durant ces moments intimes, aucun mot d'amour n'avait été prononcé, ni par lui ni par elle. Il leur suffirait de s'en tenir à une relation purement physique.

Et Hattie ? C'était une petite fille adorable, qui avait charmé son cœur et l'avait rendu aussi vulnérable à la souffrance qu'Arthur l'avait fait. Son petit garçon avait charmé son cœur lui aussi, alors qu'il ne parlait pas encore. Nick avait aimé Artie de tout son être. Il lui arrivait encore de pleurer quand il pensait à lui, et il avait le sentiment qu'il en serait ainsi pour le restant de ses jours. Tout comme avec Regina.

Plus jamais il ne donnerait son cœur à quelqu'un, enfant ou adulte.

Il entendit des bruits de pas, et se retourna. Il eut le souffle coupé quand il découvrit Talia. Elle portait une robe noire sans manches de coupe droite et des escarpins noirs. Ses cheveux étaient rassemblés en un chignon bas. Elle était très peu maquillée, mais elle était splendide.

Et elle lui manquait. Ces derniers jours, ils s'étaient évités, et il n'avait pas beaucoup vu Hattie non plus. Sa petite fille était dans les bras de Talia, et dès qu'elle le vit, elle lui tendit les bras. Il la porta et aussitôt, elle lui sourit, passant ses petits doigts sur son menton.

Il rencontra le regard de Talia.

— Tu es très belle, même en ces circonstances.

— Merci.

— Si elle était ici, ma grand-mère me ferait un sermon. Elle me dirait d'être reconnaissant de t'avoir dans ma vie.

Elle posa une main sur son épaule.

— Tu traverses des moments difficiles, Nick. Tu es solide, et tu vas surmonter cette épreuve. Ensuite, la vie reprendra son cours.

— Allons-y et finissons-en avec cet enterrement.

La cérémonie funéraire avait lieu dans une petite ville non loin de chez Nick. La famille et les amis se retrouvèrent ensuite au cimetière du ranch, où étaient enterrés les membres de la famille de Nick : son grand-père, ses arrière-grands-parents, une tante, un oncle, deux cousins, sa mère, ainsi que sa première épouse et son petit garçon. Le pasteur prononça un discours, puis les gens se mirent en file indienne pour présenter leurs condoléances à Nick et au reste de la famille.

Talia resta à l'écart avec Hattie. Quand ce fut fini, ils regagnèrent en limousine la maison de Nick où était organisé le repas. Les gens mangèrent tout en partageant des souvenirs de Myra, et Nick eut l'impression qu'il se passa une éternité avant qu'ils ne s'en aillent enfin. Le soir, bien après le coucher de Hattie, les frères de Nick partirent à leur tour.

Nick ferma la porte derrière eux et fit face à Talia.

— Merci, encore une fois, de m'avoir aidé. D'avoir été là, simplement. Hattie et toi étiez des rayons de soleil dans cette journée de cauchemar.

Talia hocha la tête.

— C'était une belle cérémonie. Tes frères et les amis de Myra ont tous fait son éloge.

— Tu finiras le portrait de grand-mère avec Hattie, dis-moi ?

— Bien entendu.

— Je suis passé à ton atelier, et je l'ai vu. C'est un beau tableau. J'aurais aimé que grand-mère puisse le voir, il lui aurait beaucoup plu. Aujourd'hui, c'était une journée de douleur et de deuil. Mais je veux oublier cela. Je veux t'embrasser, te faire l'amour, me sentir en vie.

Il l'enlaça et l'embrassa, sa langue réclamant la sienne. Après quelques secondes, un désir impérieux monta en lui. Il porta Talia dans ses bras et gagna sa chambre d'un pas déterminé.

Dès qu'il eut reposé Talia au sol, il lui retira sa robe noire. Il passa les mains sur sa peau soyeuse, savourant la douceur de son corps, la désirant de tout son être. Il voulait se perdre dans des ébats torrides avec elle, et tout oublier. Avec elle, il pourrait y parvenir. Il recula un peu pour la regarder. Il contempla ses grands yeux azur, ses lèvres entrouvertes.

— Tu es si séduisante, Talia, si sensuelle. Je veux tout de toi ce soir, parce que tu chasses mes démons et que tu me donnes le sentiment d'être vivant.

— Et je veux te montrer que la vie vaut la peine d'être vécue parce que c'est vrai, Nick. Il faut prendre des risques, et tout le monde souffre à un moment ou à un autre, mais la vie est belle.

— Le sexe avec toi, voilà ce qui est beau — très beau. Je te veux, maintenant.

Nick l'embrassa avec ardeur, et elle répondit à son désir avec une passion égale.

Pour une fois, leurs ébats furent rapides. Talia le laissa établir le rythme, sachant que c'était ce dont il avait besoin ce soir.

Il retira ses vêtements et la retrouva sur le lit. Il avait déjà déroulé un préservatif sur lui. Il se glissa entre ses cuisses et, tout en prenant possession de ses lèvres, entra en elle. Elle enroula ses longues jambes autour de lui et ondula avec lui. Ses mains la parcouraient, attisant son désir, la poussant vers l'orgasme tandis qu'elle se cambrait sous lui. D'un coup de reins puissant, il la projeta dans un océan de plaisir suprême, et elle s'atomisa entre ses bras. Il continua à aller et venir en elle avec frénésie, et après quelques minutes, elle fut secouée par un second orgasme tandis qu'il jouissait à son tour.

— Ah, Nick, je t'aime...

Les mots lui avaient échappé. Elle les avait prononcés dans le feu de la passion, mais elle ne pouvait pas les reprendre. D'ailleurs, elle n'en avait pas envie.

Vaguement, elle remarqua qu'il n'avait pas répondu à sa déclaration d'amour, mais cette pensée disparut rapidement tandis qu'elle savourait son orgasme spectaculaire.

Leurs corps humides entrelacés, il la couvrit d'une pluie de petits baisers et écarta les cheveux qui lui barraient le visage.

— Tu es si belle, Talia. Et notre alchimie sexuelle est fantastique. Je veux t'avoir dans mon lit chaque soir.

C'était presque une déclaration d'amour, se dit-elle. Mais elle n'attendait pas de vraie déclaration, encore moins ce soir.

Nick s'endormit rapidement dans ses bras, et tandis qu'elle fixait l'obscurité, elle songea qu'elle était la seule responsable de la situation. Elle savait qu'elle aurait dû protéger son cœur, consciente que Nick avait dressé un mur d'acier autour de lui. Mais elle n'avait pas écouté la raison. Elle était tombée amoureuse... Mais Nick ne voulait que le sexe. Elle voulait partager sa vie, mais lui ne voulait partager que son lit.

En tombant amoureuse, elle avait commis l'impensable. À présent, pourrait-elle se contenter de ce que Nick lui offrait, et être heureuse ?

À son réveil, Nick sentit que le lit était vide. Talia avait sans doute regagné sa chambre durant la nuit. En général, elle restait pourtant avec lui jusqu'au matin.

Cela faisait longtemps qu'il n'avait pas vu Hattie, et elle lui manquait. Jusqu'à récemment, il avait l'habitude d'entrer à pas de loup dans sa chambre le matin, pour la regarder dormir. Il l'admirait, émerveillé à l'idée qu'elle soit sa petite fille, songeant à quel point elle était précieuse. Mais il avait cessé d'aller la voir. Il souffrait, et le fait d'aimer Talia et Hattie faisait de son cœur un otage. Hattie ne savait pas qu'il était venu la voir tous ces matins, alors cela ne lui manquerait pas maintenant qu'il avait cessé de le faire.

Parfois, malgré lui, il passait toute la journée à penser à Talia et à leurs ébats passionnés. Cela lui donnait envie de rentrer tôt pour la retrouver, mais il s'abstenait de le faire.

Il se noyait dans le travail et ne rentrait chez lui que tard ; il refusait de se rapprocher davantage de Talia et de Hattie. Il avait connu tant de chagrins, tant de deuils, qu'il voulait simplement surmonter sa souffrance et continuer sa vie. Un jour, peut-être, il prendrait de nouveau le risque d'aimer, mais pas maintenant. Il avait entendu Talia lui déclarer son amour, mais c'était dans le feu de la passion. Après tout, ils s'étaient engagés dans ce mariage en sachant très bien qu'ils n'étaient pas amoureux l'un de l'autre.

Perdrait-il Talia à cause de son manque d'attention durant la journée ? Il espérait bien que non. D'ailleurs, elle avait besoin de lui en tant que père pour Hattie.

Et puis, ils partageaient toujours leurs nuits.

Talia ne pouvait pas plus lui résister qu'il ne pouvait lui résister. Quand il se glissait dans le lit de Talia, ou qu'il la portait pour l'emmener dans sa chambre, il pouvait chasser toutes ses hésitations d'un simple baiser.

Il avait retourné la situation mille fois dans sa tête, et il arrivait toujours aux mêmes conclusions. Pendant quelque temps, il comptait protéger son cœur pour ne pas connaître d'autre chagrin. Hattie étant petite, elle ne souffrirait pas du manque. Et Talia et lui avaient toujours leurs nuits de sexe enfiévrées, qui leur faisaient oublier tout le reste. Serait-il capable un jour de lâcher prise de nouveau, et d'aimer d'autres personnes sans craindre de les perdre elles aussi ?

Nick lui manquait, songea Talia. Le Nick qu'elle avait connu avant qu'il ne perde sa grand-mère lui manquait. Depuis la mort de Myra, il s'était jeté à corps perdu dans le travail, partant avant l'aube et ne revenant que tard le soir. Quand il voulait faire l'amour, il venait la chercher dans sa chambre pour l'emmener dans la sienne, l'embrassant dès qu'elle se réveillait. Toute protestation de sa part s'évanouissait à la seconde où les lèvres de Nick se mêlaient aux siennes.

Durant la journée, elle se sermonnait, parce que leur relation n'était pas celle qu'elle souhaitait, parce que Nick fuyait sa souffrance et évitait Hattie. Mais le soir, quand il l'emmenait dans son lit, elle fondait entre ses bras, et tous les arguments qu'elle avait préparés s'envolaient. Elle était incapable de lui résister, et le sexe entre eux était aussi torride et spectaculaire que jamais.

Un soir d'août, Nick rentra chez lui à 22 h 30 et trouva Talia en train de l'attendre. Il ne l'avait pas vue depuis plus d'une semaine, et il se dit qu'elle était plus belle que dans son souvenir. Ses cheveux blonds se répandaient en spirales autour de son visage. Elle portait une simple chemise de coton bleu dont les premiers boutons étaient ouverts, révélant sa peau laiteuse, la courbe de ses seins, et il se rappela les moments où il avait tenu ses seins doux et pleins dans ses mains.

— D'habitude, tu ne veilles pas si tard, remarqua-t-il. Je ne t'ai jamais vue dans cette tenue. Tu es superbe.

— Non, tu ne m'as pas vue dans cette tenue, et merci pour le compliment. Je ne suis pas sûre que Hattie te reconnaisse à présent. Elle aussi, tu la vois rarement, Nick. Tu n'es vraiment plus un père pour elle, murmura-t-elle.

— Je paie les factures, et je sais que tu prendras soin d'elle.

Une vague de culpabilité l'envahit car, oui, il les évitait, mais il songea de nouveau aux tragédies de sa vie, aux êtres chers qu'il avait perdus.

— Je rentrerai plus tôt demain, et je passerai du temps avec elle.

— Nous ne serons pas là, répliqua-t-elle froidement. Je l'emmène à Dallas pour quelques semaines.

Ses mots lui firent l'effet d'un coup de poignard dans le ventre.

Nick semblait blessé, mais Talia passa outre.

— Je vais prendre un appartement, déclara-t-elle.

Elle avait déjà contacté un agent immobilier qu'elle connaissait en ville.

— Tu n'as pas besoin de louer un appartement. Tu peux habiter chez moi, ou encore aller dans un hôtel et m'envoyer la note.

Il traversa la pièce pour la rejoindre, prit ses mains entre les siennes et la fit se relever.

— Ne pars pas, Talia. Je veux que vous restiez auprès de moi, Hattie et toi. Les nuits avec toi sont merveilleuses. Elles me permettent de tenir bon.

— Nick, ce n'est pas une vie.

Elle était trop consciente de ses mains chaudes autour des siennes, de sa bouche si près de la sienne.

Le moindre contact physique avec Nick réveillait son désir, mais le sexe ne lui suffisait pas. Hors de la chambre, Nick l'écartait de sa vie. Il était déjà sorti de la vie de Hattie, et c'était cela qu'elle ne pouvait pas supporter. Elle ne pouvait pas prendre le risque que Hattie souffre.

— Nick, quand nous avons décidé de contracter un mariage de convenance, tu m'as prévenue que tu ne serais pas amoureux de moi, et j'ai accepté en toute connaissance de cause. Mais tu as dit aussi que tu aimerais ta fille et que tu serais un père pour elle. Or, tu ne te comportes pas en père avec elle. Tu l'évites.

— Je serai un père pour elle. Je peux rentrer plus tôt le soir pour être avec Hattie et toi. Je le ferai demain.

— Je ne veux pas que tu fasses cela un seul soir, et qu'ensuite tu sois de nouveau absent pendant des semaines. Je sais que tu souffres beaucoup après avoir perdu Regina, Arthur, et Myra. Mais la mort fait partie de la vie. Or, tu t'es mis en retrait de la vie, et tu t'es éloigné de Hattie. Elle ne signifie plus rien pour toi.

— J'ai le sentiment que si je donne mon amour à une autre personne, je vais la perdre aussi. Je ne pourrais pas supporter une autre disparition. Je ne peux pas oublier toutes mes souffrances d'un claquement de doigts.

— Non, je suppose, mais tu délaisses Hattie. Or, elle est trop précieuse pour avoir ce genre de père. Nous séjournerons à Dallas quelque temps elle et moi, et tu pourras décider de ce que tu veux et de qui tu veux avoir dans ton existence.

— Je vous veux toutes les deux dans ma vie. Je croyais avoir été très clair là-dessus.

Il posa une main sur sa taille et l'autre sur sa nuque, qu'il caressa doucement. Elle prit une profonde inspiration et tenta de rester concentrée.

— Je ne veux pas continuer ainsi. Nick, la vie est risquée, mais la plupart des gens, et j'en fais partie, considèrent que la vie vaut la peine de prendre ces risques. Tu sais ce que ta grand-mère penserait si elle savait que tu négliges Hattie. Elle te dirait que ce n'est pas ainsi que tu devrais vivre, et que ça ne fait aucun bien à ta fille. Hattie a besoin d'un papa qui l'aime, qui la soutient. Je sais que tu as été généreux sur le plan financier, mais ce n'est pas de ton argent dont elle a besoin. C'est de ton amour.

Elle soutint son regard vert, assombri par la colère. Mais elle tint bon.

— Je prendrai la limousine pour me rendre à Dallas. Je dois penser à l'avenir, et je refuse de continuer à vivre ainsi. Je serai partie quand tu rentreras demain soir, mais tu sais comment me joindre. Et je n'irai pas dans ta chambre ce soir. Merci pour tout ce que tu as fait, Nick. Tu m'as donné Hattie, tu m'as fait connaître ta famille, et je t'en serai éternellement reconnaissante.

Il baissa les bras, et pendant un instant, il la fixa en silence.

— Fais-moi savoir si tu as besoin de quoi que ce soit, finit-il par dire.

Puis il s'éloigna, et elle eut l'impression qu'il emportait son cœur avec lui. Elle songea à Hattie, qui dormait paisiblement dans son petit lit, inconsciente de l'orage qui avait éclaté, et du fait que sa vie allait changer de nouveau.

Talia attendit que Nick ait rejoint sa chambre, puis elle mit la tête entre les mains et fondit en larmes. Elle aimait Nick, et elle savait qu'il souffrait, mais la façon dont il agissait ne faisait qu'empirer les choses. Perdre Myra avait détruit Nick, mais sa grand-mère aurait été la première à lui intimer de se reprendre et de continuer à vivre.

Talia essuya ses larmes. Continuer à vivre. C'était justement ce qu'elle devait faire.

À la fin de la semaine suivante, la vie de Talia s'était de nouveau transformée. Elle avait passé des entretiens dans deux universités, qui offraient toutes les deux des postes intéressants pour la rentrée prochaine. Grâce à l'assurance-vie de ses parents et à ses économies, Talia avait assez d'argent pour prendre soin de Hattie sans toucher aux trusts que Nick avait ouverts pour elles. Elle avait utilisé une partie de son argent pour louer un appartement. Nick lui manquait et elle tentait de s'occuper pour ne pas penser à lui, mais tout lui rappelait son mari. De surcroît, Nick n'était pas un homme facile à oublier. Il lui manquait, et parfois, elle lui en voulait de s'être renfermé et d'avoir rejeté Hattie. Les journées étaient difficiles, mais elle pouvait se changer les idées en s'occupant de Hattie. Les nuits, en revanche... Les nuits étaient pires car elle avait envie que Nick la prenne dans ses bras, qu'il l'embrasse, qu'il lui fasse l'amour. Bien trop souvent à son goût, elle s'endormait en pleurant. Et en même temps, elle détestait l'idée de ne pas réussir à oublier Nick.

Au bout de quelques jours, elle remarqua qu'elle avait du retard dans ses règles.

Assis sous la véranda, Nick s'efforçait de se concentrer sur l'horloge qu'il essayait de réparer, mais ses pensées ne cessaient de dériver vers les deux personnes qui manquaient dans sa vie. Talia et Hattie. Elles lui manquaient en permanence, et encore plus le soir. Les nuits sans Talia étaient un enfer. Et les rires de Hattie lui manquaient, comme ses petits bras autour de son cou et ses joyeux « T'aime ». Parce qu'il s'était focalisé entièrement sur sa douleur, il les avait repoussées, et il les avait perdues, presque comme il avait perdu Regina et Artie. Mais cette fois, il était seul responsable de la situation. Talia avait souffert du décès de sa grand-mère, et il n'avait fait qu'ajouter à sa souffrance. Pire encore, l'idée qu'il ait fait du tort à Hattie lui était insupportable.

Mais comment aurait-il pu agir autrement ?

Il batailla avec les nombreuses pièces de l'horloge, étalées sur la table devant lui. Une horloge à l'image de sa propre vie : en morceaux. Il n'allait sans doute pas réussir à refaire marcher cette machine, pas plus qu'il ne réussirait à remettre sa vie en ordre.

Sans Hattie et Talia, il était malheureux. Très malheureux. Mais que pouvait-il faire ?

Il entendit un bruit de moteur et releva la tête. Il vit le pick-up de Stan qui approchait. Son frère sortit de son véhicule et vint le rejoindre sous la véranda.

— Bonjour, grand frère. Qu'est-ce que tu fabriques ?

— Comme tu vois, j'essaie de réparer cette vieille horloge.

— J'ai des affaires de grand-mère dans mon coffre, trouvées dans son grenier. Je les ai apportées pour que Talia et toi y jetiez un coup d'œil. Peut-être que vous voudrez garder quelque chose pour Hattie.

— D'accord. Merci. Dépose-les sur la table, et je les donnerai à Talia.

Il se remit à sa tâche.

— Où est Hattie ? questionna Stan. Je voudrais lui faire un petit coucou. Je ne l'ai pas vue depuis des semaines, c'est bien trop long. Elle va finir par m'oublier.

Avec un long soupir, Nick repoussa sa visseuse.

— Elle n'est pas là. Elle est à Dallas.

— Oh ! d'accord. Quand revient-elle ? J'ai un petit jouet pour elle. Un chaton mécanique qui roule sur le sol.

— C'est gentil de ta part, Stan. Mais il va falloir que tu ailles à Dallas pour le lui donner.

— Comment ça ?

Nick leva les yeux vers son frère, qui semblait intrigué.

— Talia est partie, et elle a emmené Hattie avec elle. Fin de l'histoire.

— Ça, c'est ce que tu dis. Qu'est-ce que tu as fait ?

— Ce que je fais avec ma femme, c'est mon affaire.

— Non, ça nous touche tous, Nick. C'est sans doute toi qui les as chassées, puisque deux jours avant la mort de grand-mère, Talia me disait à quel point c'était merveilleux pour Hattie de faire partie de cette famille. Et elle semblait heureuse de faire partie de notre famille, elle aussi. Alors qu'est-ce que tu as fait ?

— Tu parles exactement comme grand-mère. Mais toi, je peux t'envoyer paître.

— Tu as rejeté Talia. Pourquoi ? Nous pourrons le découvrir par elle, alors autant tout me raconter.

Nick se leva et fit face à son frère.

— Je suis fatigué que les gens que j'aime meurent. Ma femme est morte. Mon bébé est mort. Et maintenant, grand-mère est morte. Je ne veux m'attacher à personne pour l'instant, et ça inclut Hattie et Talia.

— Bon sang ! Tu as peur de la vie, Nick !

Stan retira son chapeau et passa la main dans ses cheveux, puis s'assit à côté de son frère.

— Cette fois, ta peur va te coûter quelque chose de très précieux. Depuis quand es-tu comme ça ?

— Depuis que ceux que j'aime disparaissent.

— Ça fait partie de la vie. Grand-mère a eu une belle existence, elle avait quatre-vingt-sept ans. On souffre, mais on se reprend, on va de l'avant, et on ne rejette pas une adorable enfant comme Hattie ou une femme comme Talia. En parlant de Talia, où est-elle ?

— À Dallas, mais j'ignore où au juste. Tout ce que je sais, c'est qu'elle ne vit pas dans ma maison de Dallas.

— J'espère qu'elle ne sort pas déjà avec quelqu'un. Si ce n'est pas le cas, ça le sera bientôt. En fait, je pourrais moi-même aller la voir et lui conseiller de divorcer pour m'épouser. Je la traiterais bien. Blake et Adam auront sans doute la même idée, et elle pourra choisir entre nous trois. On ne te laissera même pas rendre visite à Talia ou Hattie. Ça te servira de leçon.

Stan se leva et dévala les marches deux par deux.

— Amuse-toi bien dans ta vie de solitaire !

— Où est-ce que tu vas ?

— À Dallas, idiot ! Prépare-toi à recevoir une demande de divorce.

Nick fusilla du regard son frère, qui avait le dos tourné.

— Tu n'oserais pas la demander en mariage, et elle refuserait de toute manière !

Stan ne se retourna pas et répondit par-dessus son épaule :

— Mais quelqu'un d'autre le fera.

Il grimpa dans son pick-up et s'éloigna dans un nuage de poussière.

— Bon sang ! marmotta Nick.

Stan était assez impulsif pour demander Talia en mariage, mais Nick espérait que Talia avait assez de bon sens pour décliner sa proposition. Néanmoins, son frère avait raison : il pourrait bien y avoir un homme à qui elle ne dirait pas non.

L'idée qu'elle divorce et qu'elle en épouse un autre lui était insupportable.

Il considéra les pièces de l'horloge éparpillées sur la table, et sut ce qu'il devait faire. Remettre sa vie en ordre.

Il téléphonerait à Talia une fois de plus, mais elle n'allait sans doute pas répondre, tout comme elle n'avait pas répondu à ses dizaines de coups de fil. Si elle ne décrochait pas, il irait la voir en personne.

Il voulait que Talia revienne dans sa vie. Car il venait de prendre conscience que c'était elle qui avait raison : la vie était pleine de risques, mais certains risques valaient la peine. Il était encore plus malheureux depuis qu'elle était partie. Il voulait qu'elle revienne, et que sa petite fille revienne. Car, bien qu'il n'ait pas envie de l'admettre, il aimait sa femme et sa fille.

Talia jeta un coup d'œil vers son téléphone portable, qui sonnait de nouveau. Nick avait appelé plus d'une douzaine de fois aujourd'hui, mais elle ne voyait pas l'intérêt de discuter avec lui. Il faudrait bien qu'elle lui parle un jour, mais pour l'instant, elle n'était pas encore prête.

Quand son téléphone sonna encore, elle consulta l'écran et eut le ventre noué en voyant que c'était Stan qui cherchait à la joindre. S'il l'appelait, c'était peut-être parce que quelque chose était arrivé.

Elle décrocha sans attendre.

— Talia ? C'est Stan. Je peux passer te voir ? Je suis à Dallas.

— Bien sûr. Tout va bien ?

— Oui, tout va bien. J'ai un cadeau pour Hattie.

Rassurée, elle laissa échapper le souffle qu'elle retenait et sourit. Stan lui manquait. Tout comme Nick et les autres.

— Je serai très contente de te voir, Stan. Je te donne mon adresse.

Elle la lui communiqua, puis raccrocha et alla se changer.

Elle troqua son pantalon de yoga, qu'elle avait enfilé pour déballer ses cartons, contre un pantalon à pinces rouge, qu'elle assortit à un chemisier de coton rouge et à des sandales à talons. Puis elle coiffa ses boucles. Une fois prête, elle habilla Hattie d'une grenouillère jaune.

— Ton oncle Stan va venir te voir. Il a une surprise pour toi.

— P'ise ?

— Oui, c'est ça. Tes oncles te couvrent de cadeaux presque autant que ton papa le faisait.

— Pa, répéta Hattie.

À cet instant, le téléphone de Talia sonna de nouveau. L'appel provenait de Nick. Cette fois, elle décida de décrocher.

— Bonjour, Talia. Je suis à Dallas, et j'aimerais venir te parler.

Elle ferma les yeux. Elle était encore meurtrie par les mots qu'ils s'étaient lancés au visage. Et puis, il y avait sa grossesse. Elle n'avait pas encore trouvé quand et comment lui annoncer la nouvelle. Car Nick avait affirmé qu'il ne voulait plus d'enfants.

— Talia ? Tu es toujours en ligne ? J'ai vraiment envie de te voir. Où es-tu ?

— Stan est en chemin. Il va arriver d'une minute à l'autre. Il sait que tu viens ?

— Non, il n'est pas au courant. Donne-moi ton adresse.

Ce qu'elle fit, et il répondit qu'il serait là bientôt avant de raccrocher.

Elle ne pouvait pas encore parler à Nick de sa grossesse, s'avisa-t-elle. Pas en présence de Stan.

Au bout de vingt minutes, on sonna à la porte. Tenant Hattie par la main, Talia alla ouvrir. En guise de salut, Stan l'embrassa sur la joue, puis s'agenouilla pour porter sa nièce.

— Comment va ma jolie Hattie ? demanda-t-il.

Elle appuya son petit doigt contre son torse puis noua les bras autour de son cou.

— Hé, elle se souvient de moi !

— Bien sûr qu'elle se souvient de toi, répondit Talia en souriant.

— Hattie, je t'ai apporté un cadeau.

Il lui donna un petit sac rose, orné d'un nœud de soie rose auquel étaient accrochées de petites clochettes. Elle secoua le sac, faisant tinter les clochettes, et se mit à rire.

— Hattie, il y a un cadeau dans le sac, précisa Stan.

— Je crois que tu lui as apporté un sac très fascinant. Il lui faudra un moment avant d'arriver au cadeau.

Talia conduisit Stan dans le salon. Ils s'installèrent tous les trois sur le canapé.

— Nick m'a téléphoné après ton appel, dit-elle. Il ne va pas tarder à arriver. Tu savais qu'il venait ?

— Non. Quand je lui ai parlé tout à l'heure, il ne savait pas encore qu'il te rendrait visite. En fait, nous nous sommes disputés. Je lui ai dit que j'allais venir te trouver pour te conseiller de divorcer et te demander en mariage. Je suis sûr que mes frères feraient la même chose que moi.

Avant qu'elle puisse répondre quoi que ce soit, Stan ajouta :

— Nick souffre, et il n'a pas les idées claires. S'il a décidé de venir te parler, j'imagine que je l'ai secoué, alors je vais m'en aller. Ne quitte pas notre famille trop vite. Nous voulons tous que tu reviennes au ranch, et Hattie nous manque.

Elle l'embrassa sur la joue.

— Tu es génial, Stan. Rassure-toi, je ne vais pas encore quitter la famille, mais pour ce qui est de Nick, j'ignore encore ce que je vais faire.

— Eh bien, si tu n'es plus mariée avec lui, sache que tu peux faire ton choix entre Blake, Adam et moi. Mais c'est moi le plus drôle.

Elle rit.

— C'est une proposition presque irrésistible, Stan. Merci.

Il se leva.

— Je file. Montre à Hattie son cadeau quand elle aura fini de jouer avec le sac. Je n'ai pas envie de croiser Nick maintenant.

— Ah, je crois qu'elle l'a trouvé toute seule, observa Talia.

Hattie venait de sortir un chaton en peluche du sac et le serrait contre elle en poussant de petits cris de joie.

— C'est un jouet mécanique, Hattie, expliqua Stan.

Il tendit le bras pour lui montrer comment le faire fonctionner. Mais Hattie refusait de lâcher son cadeau.

— Apparemment, elle préfère l'avoir dans ses bras, conclut-il.

Il se dirigea vers la porte.

— Bonne chance avec mon frère, Talia. Rappelle-toi, il y a trois autres Duncan qui t'aiment.

Elle sourit.

— Merci, Stan. Je suis flattée.

Il lui rendit son sourire.

— Au revoir, Hattie. Je t'adore.

Cela ne faisait pas vingt minutes qu'il était parti que le carillon résonna de nouveau. Talia ouvrit la porte et se retrouva face à Nick.

9

— Entre, dit-elle.

À son grand désarroi, elle était troublée. Nick était plus séduisant que jamais dans son jean, sa chemise Western à manches longues couleur sable et ses bottes noires. Plus que tout, elle voulait se blottir dans ses bras, mais elle savait qu'elle l'avait quitté pour de bonnes raisons. Pourquoi était-il venu ?

Dès qu'il fut dans l'appartement, Hattie se précipita vers lui en tendant ses petits bras.

— Pa !

— Hattie, dit-il, la portant et la serrant contre lui. Je t'aime, ma chérie.

Même si elle était fâchée contre lui, Talia ne put s'empêcher d'avoir de la peine pour lui. Comment pouvait-il ne pas entourer sa fille de tout son amour ?

Une douleur sourde monta en elle. Elle avait envie que Nick l'étreigne, qu'il l'embrasse, qu'il promène ses mains si sensuelles sur tout son corps.

— Talia.

La voix de Nick s'infiltra dans le brouillard de ses pensées, et elle reporta son regard vers son visage.

Il approcha, l'observant de près. Tenant Hattie d'un bras, il posa son autre main sur l'épaule de Talia.

— Je veux que Hattie et toi reveniez vivre avec moi. Je t'aime, Talia, et j'aime Hattie.

Talia n'en revenait pas. Nick venait de prononcer les mots

qu'elle avait tant voulu entendre. Pourtant, elle n'arrivait pas à les croire.

— Nick, ne me déclare pas ta flamme si tu n'es pas totalement sûr de tes sentiments. Quand j'ai quitté le ranch, tu n'étais pas du tout amoureux. Ou si tu l'étais, tu n'avais pas envie de l'être, et tu ne voulais pas le reconnaître.

Elle tenta de ne pas songer à leurs nuits ensemble, à ces moments dans ses bras, leurs corps entrelacés, quand il ondulait en elle, quand il l'emmenait dans un monde de félicité.

— À mon avis, c'est Stan qui t'a poussé à venir.

Elle s'efforça d'ignorer son charme magnétique. Il fallait qu'elle tienne bon.

— J'ai reçu deux propositions d'emploi intéressantes dans deux universités différentes, dit-elle. Et j'ai un endroit où vivre. Je crois que nous devrions faire une pause et nous laisser le temps de réfléchir. Si, l'été prochain, tu veux encore de nous, nous aviserons.

— Ce n'est pas Stan qui m'a convaincu de venir te voir. Je suis ici parce que tu me manques, et parce que sans toi, je suis malheureux. Tu avais raison, Talia. Il faut accepter de prendre des risques, parce que ça fait partie de la vie. Les deuils font partie de la vie, mais j'espère que le bonheur compense le malheur. J'ai besoin de ton amour et de celui de Hattie. Ils compensent les tragédies de mon existence.

— Pa ? dit Hattie.

Nick sourit quand la petite fille promena ses doigts sur son menton.

— Pour elle, je suis « Pa ».

Il reporta son attention sur Talia, et elle crut voir ses yeux briller.

— Quand elle m'appelle « Pa », je me dis que je ne peux pas rentrer au ranch sans vous. Tu m'as manqué, Talia, plus que je ne l'aurais jamais cru possible. Jamais je n'aurais dû vous laisser partir, Hattie et toi.

Son cœur s'emballa. Elle avait envie de croire Nick, mais avant de prendre la moindre décision, elle devait d'abord être certaine qu'il disait vrai. Elle devait prendre cette précaution non seulement pour Hattie, mais aussi pour l'enfant qu'elle portait.

— Il faut qu'on parle, Nick, déclara-t-elle d'un ton sérieux, aussi sérieux que la situation le requérait. Mais nous ne pouvons pas discuter librement de choses importantes pendant que Hattie est là. Si tu jouais un peu avec elle ? Elle va bientôt faire sa sieste, ensuite nous pourrons parler.

Elle se dirigea vers le petit salon de son appartement, et Nick lui emboîta le pas.

— Puis-je vous emmener dîner toutes les deux ?

— Merci, Nick, mais la réponse est non. Je suis encore en pleine installation et j'ai des cartons à déballer.

— Je peux t'envoyer des employés du ranch pour t'aider, mais je préférerais que tu reviennes vivre avec moi.

Elle ne répondit pas. Au lieu de cela, elle lui tendit l'un des jouets préférés de Hattie. Saisissant le message, Nick s'assit sur le sol et se mit à jouer avec sa fille.

— Je vais aller chercher des rafraîchissements, dit-elle. Qu'est-ce que tu veux boire ?

— Une bière, si tu en as ?

— Désolée, je n'en ai pas.

— Alors un verre d'eau.

Ce ne fut qu'une heure plus tard, en fin d'après-midi, que Hattie s'endormit enfin. Tout ce temps, Talia était restée à là, à regarder Nick et Hattie. Et sa résolution n'avait pas cessé de faiblir. Voir le père et la fille ensemble faisait fondre son cœur. Nick avait été captivé par chaque geste, chaque son émis par Hattie, occupée avec sa poupée et son lapin. Talia ne voulait pas l'admettre, mais elle ne pouvait se mentir plus longtemps : elle était toujours amoureuse de son mari.

Quand Nick emmena Hattie dans son lit puis revint dans le salon, Talia était à bout de résistance. Il lui prit la main pour l'aider à se lever. Il l'enlaça, et quand elle plongea le regard dans ses yeux émeraude, elle sentit son cœur battre à coups redoublés.

Une vague sensuelle jaillit en elle, brûlante, insistante. Talia voulait les baisers de Nick, ses caresses, son corps contre le sien.

Les vestiges de sa réserve et de sa froideur se dissipèrent. Un seul regard de lui, et déjà, elle se consumait de désir.

— Talia, tu m'as manqué. Rentre à la maison, lui chuchota-t-il à l'oreille. Je te veux auprès de moi.

Elle le désirait. À cet instant, chaque once de son corps réclamait le sien. Mais elle devait d'abord songer à Hattie.

Elle recula d'un pas.

— Et Hattie ? Es-tu vraiment prêt à lui donner ton amour, ton attention et ton temps ? À rentrer à la maison avant qu'elle soit couchée ? Tu as suffisamment d'argent pour te tourner les pouces jusqu'à la fin de tes jours. Pourtant, tu pars travailler à l'aube avant le réveil de ta fille, et tu rentres bien après qu'elle est couchée. On dirait qu'elle ne compte pas pour toi. Que tu ne l'aimes pas. Je n'attendais pas d'amour pour moi, mais j'en attendais pour ta fille.

— Je suis vraiment navré, Talia. Je l'aime vraiment, et elle me manque. Chaque jour avec elle compte, car elle grandit si vite. Je l'aime, et je le lui montrerai chaque jour. Je partirai après son petit déjeuner, et je rentrerai à temps pour dîner avec elle. Qu'en penses-tu ?

— Tu penses vraiment ce que tu dis ? demanda-t-elle, le cœur battant.

— Oui, vraiment. Je te le promets. J'aime Hattie, et je passerai mes journées à te le prouver. Et à le lui prouver.

Elle le dévisagea, incertaine. Allait-il tenir cette promesse ?

— Et je t'aime, Talia, murmura-t-il, prenant son visage entre ses mains.

Elle scruta ses yeux vert et or, et sentit l'émotion la gagner. Toutefois, elle devait être fixée…

— Nick, ne me dis pas ces mots à moins que tu ne sois sûr de toi.

— Je suis très sûr de moi. J'ai failli te perdre parce que je m'apitoyais sur mon sort et que je pensais trop à ma petite personne. Mais j'ai changé, Talia. Je t'aime, et tu me manques. Si tu rentres à la maison, je te montrerai à quel point.

Elle ne put rien répondre, car il pressa les lèvres sur les siennes.

C'était un baiser passionné, possessif, qui la fit chanceler et intensifia le désir qui brûlait au creux de son ventre. Elle rêvait d'avoir ses mains et sa bouche partout sur elle.

Nick la désirait aussi ; elle sentait son sexe ferme contre sa cuisse. Mais cela changerait-il quand il apprendrait la nouvelle ? Voudrait-il encore qu'elle rentre avec lui ?

Luttant contre ses pensées et contre ses peurs, elle le repoussa. Le souffle court, elle reprit la parole.

— Nick, j'ai une nouvelle à t'annoncer. Assieds-toi, s'il te plaît.

Il la porta et s'assit avec elle sur une chaise.

— À mon avis, tu ne vas pas être content, et dans quelques minutes, tu voudras sans doute me dire au revoir et rentrer seul chez toi.

Il secoua la tête et reprit son visage entre ses mains.

— Il n'y a rien que tu puisses me dire qui changera mes sentiments pour toi. Je t'aime, et je veux que tu fasses partie de ma vie, pour toujours.

— Je vais faire comme si tu n'avais rien dit, et je vais te laisser une chance de te rétracter, une fois que tu auras entendu ce que j'ai à t'apprendre.

Elle prit une grande inspiration, puis se lança.

— Nick, j'attends un enfant de toi.

Il la dévisagea, comme s'il n'arrivait pas à comprendre ses paroles.

— Je porte ton enfant, dit-elle. Je sais que tu ne voulais pas d'autres enfants. J'ai fait deux fausses couches, alors j'ignore si je mènerai cette troisième grossesse jusqu'à son terme. Il n'y avait pas d'explication à mes fausses couches, mais le médecin dit que pour l'instant, tout va bien cette fois. Le bébé devrait naître au printemps et…

Se rendant compte qu'elle parlait trop, elle s'interrompit. Elle observa Nick, tentant de lire dans ses pensées. Mais elle n'y parvint pas. Quand, enfin, il reprit la parole, elle se prépara à subir un rejet. Elle savait bien qu'il allait revenir sur sa promesse et ses déclarations d'amour éternel.

— Je veux que tu rentres avec moi, déclara-t-il, et que tu me laisses prendre soin de toi et de notre bébé. C'est ce que je désire, de tout mon cœur.

Elle le dévisagea, n'en croyant pas ses oreilles.

Il voulait ce bébé ? Et il voulait bien d'elle ?

— Nick, ne me dis pas cela si tu ne le penses pas.

— Je le pense.

Il se fendit d'un sourire et l'étreignit.

— Talia, nous allons avoir un bébé ! Je suis fou de joie. Et je veux que tu rentres à la maison avec moi.

— C'est un revirement complet.

— C'est vrai. Ces semaines terribles sans Hattie et sans toi m'ont ouvert les yeux. À présent, je suis prêt à prendre le risque de vivre et d'aimer.

Son cœur cognait si fort qu'elle crut qu'il allait exploser. Mais avant qu'elle puisse lui montrer à quel point elle était heureuse, il se leva et l'installa avec douceur sur la chaise.

— Je dois aller chercher quelque chose dans mon pick-up. Je reviens dans une minute.

Elle alla à la fenêtre, et le vit dans son pick-up, en train de regarder un objet qu'il tenait entre ses mains. Quand il fut de retour, elle demanda :

— Qu'est-ce que tu fais ?

Il traversa la pièce pour la rejoindre.

— Talia Duncan, je t'aime de tout mon cœur. Et j'aime la petite Hattie. Je veux que vous reveniez toutes les deux vivre avec moi, pour que je puisse prendre soin de vous. Et je veux notre bébé. *Notre bébé* — ça sonne merveilleusement bien. Hattie va avoir un petit frère ou une petite sœur.

Les larmes aux yeux, Talia s'avança vers lui et noua les bras autour de son cou.

— Nick, tu ferais mieux de penser ce que tu dis, murmura-t-elle avant de l'embrasser.

Il ceignit fermement sa taille d'un bras.

— Demain, tu appelleras ton médecin pour savoir si nous pouvons faire l'amour pendant ta grossesse.

Elle émit un petit rire.

— Ce n'est pas ça qui a provoqué mes fausses couches. Je peux te répondre : oui, nous pouvons faire l'amour. Je ne suis qu'au tout début de ma grossesse.

— Tant mieux.

Il brandit un petit sac.

— J'ai apporté un cadeau pour Hattie. Et j'en ai un pour toi aussi.

Elle sourit.

— Nick, cesse d'acheter tant de choses pour Hattie. Elle va être trop gâtée.

— Non, impossible. Elle est bien trop adorable.

Il sortit du sac une petite boîte enveloppée de papier blanc et entourée d'un ruban de soie bleue.

— Voici ton cadeau, Talia.

— Oh ! Nick !

D'après la taille de la boîte, elle supposait que c'était un bracelet assorti au pendentif qu'il lui avait offert. Elle retira l'emballage et ouvrit la boîte, qui contenait un petit écrin élégant, qu'elle ouvrit. À l'intérieur, un solitaire en diamant étincelant se dressait sur un lit de velours noir.

— Nick, elle est magnifique !

Il sortit la bague de son écrin.

— Nous nous sommes mariés par convenance, et je ne t'ai offert qu'une alliance. À présent, il s'agit d'un mariage d'amour, et cette bague est un gage de mon amour. Je veux que le monde entier sache que je t'aime et que tu es ma femme.

Il glissa la bague à son doigt.

— Oh ! Nick, je l'adore ! s'exclama-t-elle.

Elle se jeta à son cou et l'embrassa.

De nouveau, il enlaça sa taille et lui donna un long baiser passionné. Puis il recula et l'observa.

— Talia, tu pleures ?

— Ce sont des larmes de bonheur. Je n'aurais jamais cru t'entendre dire que tu m'aimais, pourtant c'est arrivé. Je t'aime de tout mon cœur, et je sais que nous allons former une merveilleuse famille. Regina, Artie, ta mère et ta grand-mère te manqueront toujours, mais Hattie, notre bébé et moi, nous te couvrirons d'amour.

Il posa la main sur son ventre encore plat, comme pour tenir leur bébé à naître.

— J'ai failli commettre la plus grande erreur de ma vie, dit-il, mais j'étais déjà en train de me remettre sur la bonne voie, car j'ai fait faire cette bague pour toi il y a deux semaines.

Elle sonda ses yeux verts, et sentit son cœur se gonfler de joie.

— Nick, je sais que je ne ferai pas de fausse couche cette fois. Nous aurons cet enfant, et Hattie aura un petit frère ou une petite sœur. Tu m'as donné tout ce dont je pouvais rêver quand tu m'as épousée : ton amour, Hattie, un nouveau bébé, l'amour de ta famille. Tu es à la tête d'une fortune, mais moi, je possède les vraies richesses de la vie.

Elle prit son visage entre ses mains et déposa une série de baisers sur son visage.

— Tant que nous nous avons l'un l'autre, et que nous avons nos enfants, nous serons comblés, dit-elle. Nous aurons tout ce qui vaut la peine de prendre des risques dans la vie.

Elle déposa un dernier baiser sur ses lèvres.

— Je t'aime, Nick.

— Et je t'aime aussi, ma chérie, de tout mon être. À présent, je vais pouvoir dire à mes frères qu'aucun d'eux ne réussira à te convaincre de me quitter pour lui.

Elle rit puis l'embrassa.

— Je suis tout à toi, mon beau cow-boy texan.

BRENDA JACKSON

En mission séduction

Traduction française de
AGNÈS JAUBERT

PASSIONS

HARLEQUIN

Titre original :
AN HONORABLE SEDUCTION

Ce roman a déjà été publié en 2019.

Prologue

La Naval Amphibious Base Coronado,
San Diego, Californie

David Holloway, alias Flipper pour ses coéquipiers des forces spéciales de la Marine de guerre américaine, les SEAL, regarda les quatre hommes qui l'entouraient. Ils étaient comme des frères pour lui. Plus d'une fois, ils avaient risqué leur vie les uns pour les autres et ils continueraient à se protéger, en service ou pas. Ce lien qui les unissait expliquait leur air inquiet. Mais comment diable savaient-ils qu'il avait été convoqué au bureau de l'amiral qui commandait la base ?

Il se frotta le visage d'une main et déclara :

— Espérons que je n'ai pas d'ennuis, Mac.

Certes, il était curieux de savoir ce qui lui valait cette convocation. En général, l'amiral ne recevait que s'il avait une raison de vous réprimander. Or, il ne cherchait jamais les ennuis. Du moins, rarement. Fils d'un officier supérieur des forces spéciales de la Marine de guerre, benjamin de quatre frères qui en faisaient tous partie, il avait été à bonne école.

— Comme tu es le seul célibataire de nous tous, il veut peut-être te demander d'escorter sa fille à une réception à la base, suggéra Coop avec un sourire espiègle.

N'appréciant pas spécialement la blague, il ne lui rendit pas son sourire. Ils connaissaient tous Georgianna Martin. À vingt-trois ans, la fille de l'amiral était très belle. Mais tous avaient entendu les réflexions horrifiées de leurs coéquipiers qui s'étaient vus contraints de lui servir de cavalier à certaines occasions. Georgianna était gâtée pourrie, d'un égoïsme forcené et d'une arrogance détestable. Pourvu, surtout, que ce ne soit pas la raison pour laquelle l'amiral voulait le voir.

Il n'était pas surpris que ce soit Mac qui lui ait demandé s'il avait des ennuis. Avec ses cinq années d'ancienneté, le plus âgé d'entre eux, Thurston McRoy — nom de code Mac —, s'attribuait volontiers le rôle du grand frère protecteur. Pour un peu, on aurait pu croire qu'il prenait ses quatre cadets pour des têtes brûlées. Et il ne manquait jamais une occasion de leur prodiguer ses conseils gratuits.

Brisbane Westmorland, alias Bane, Gavin Blake, nom de code Viper, et Laramie Cooper, ou Coop, complétaient leur section.

David jeta un coup d'œil à sa montre.

— Vu que j'ai encore deux heures avant l'entretien avec l'amiral, allons manger quelque chose, suggéra-t-il.

— Bonne idée ! approuva Bane.

Moins d'une heure plus tard, tous les cinq étaient attablés devant des hamburgers, des frites et des milk-shakes dans l'un des restaurants les plus populaires de la base. Profitant de la belle journée de mai, ils avaient préféré une table en terrasse à l'intérieur bondé.

Il se félicita de constater que personne n'abordait le sujet de sa convocation chez l'amiral et de l'éventualité qu'il se voie contraint d'escorter Georgianna quelque part. Ils avaient des sujets de conversation plus importants.

Bane, dont la femme, Crystal, avait donné naissance à des triplés l'année précédente, fit passer son téléphone à la ronde pour leur montrer leurs photos.

Viper qui, à son tour, serait père dans quelques mois, jubilait d'avance. Crystal, sa femme, attendait un garçon qui serait baptisé Gavin Blake IV.

Quant à Mac, marié et père de quatre enfants, il avait lui aussi des photos à partager. Sans oublier Coop qui, six mois auparavant, à la suite d'une rencontre fortuite avec son ex, avait découvert qu'il avait un fils de deux ans. Depuis, ils s'étaient mariés et la petite famille baignait dans le bonheur.

De retour d'une importante mission en Afrique du Sud, les cinq coéquipiers venaient d'apprendre par leur supérieur qu'ils étaient sur le point de démarrer une permission de quatre mois. David, qui allait pouvoir rentrer chez lui, à Dallas, se réjouissait déjà de fêter l'anniversaire de sa mère en famille. À brûle-pourpoint, il lança :

— Vous pouvez faire tous les projets que vous voudrez pour votre permission, tant que vous n'oubliez pas l'anniversaire de ma mère. Sauf Viper, bien sûr, avec la naissance qui approche. Mais les autres, vous n'avez pas d'excuses.

— Reçu cinq sur cinq ! acquiesça Bane avec un sourire. Et tu peux compter sur nous.

Viper commanda un autre hamburger, s'attirant des boutades sur le fait que c'était plutôt sa femme qui devrait manger pour deux. Puis la conversation porta sur la façon dont ils comptaient occuper leurs quatre mois de vacances.

Deux heures plus tard, David entrait dans le bureau de l'amiral. Surpris d'y trouver également le capitaine de vaisseau Shields, son commandant, il salua ses deux supérieurs.

— Repos. Je vous en prie, asseyez-vous, lieutenant Holloway.

— Merci, amiral, répondit-il en s'exécutant.

Il avait l'habitude de l'intensité avec laquelle son amiral scrutait ses hommes. Mais la lueur qui brillait dans le regard vert et vif de l'amiral Norris Martin le mettait mal à l'aise.

— Vous avez été chaudement recommandé par votre chef de section, lieutenant Holloway. Et si je vous convoque aujourd'hui, c'est que nous avons besoin de vous. Votre pays a besoin de vous.

— Et qu'attendez-vous de moi, amiral ? demanda-t-il.

Il se réjouissait de pouvoir coopérer. Si, tout comme son père et ses frères, il s'était engagé dans le corps d'élite des SEAL, c'était pour servir et protéger son pays.

— D'après le rapport préliminaire des agents du Bureau renseignement de la Marine, Key West serait le théâtre d'actes d'espionnage. Quelqu'un transmet des informations Secret-Défense à la Chine.

Un instant, David garda le silence.

Rien ne lui inspirait plus d'aversion que les traîtres. Hélas, il avait découvert qu'un certain nombre de citoyens américains étaient prêts à trahir pour de l'argent. S'il était parfaitement conscient des faits, il ne comprenait pas le but de cet entretien. Il était officier des forces spéciales de la Marine américaine. Il ne travaillait pas au Bureau renseignement de la Marine.

Sa perplexité devait se lire sur son visage, car l'amiral Martin reprit :

— Le rapport m'a été remis, mais je n'en crois pas un mot.

Surpris, David demanda :

— Vous doutez de l'authenticité d'un rapport sur des documents classés secrets échangés à Key West, amiral ?

— Non. Je ne conteste pas le rapport. Mais je refuse de croire que le suspect est le coupable.

— Y a-t-il une raison, amiral ?

À son tour, le commandant Shields prit la parole.

— Voilà l'information, déclara-t-il en lui tendant un dossier.

David l'ouvrit, dévoilant une photo de vingt sur vingt-cinq centimètres représentant une très belle femme. De vingt-quatre ans environ, elle avait de magnifiques yeux d'un noir velouté, des lèvres bien dessinées et pulpeuses. Une masse de boucles brunes aux reflets acajou cascadaient sur ses épaules, encadrant un visage métissé. Ses oreilles étaient parées de créoles en or, assorties au collier qui ornait son cou.

Il avait beau avoir conscience qu'il n'aurait pas dû rester en contemplation devant ce visage, il était incapable d'en détacher le regard. Elle était d'une beauté à couper le souffle.

Non sans réticence, il examina alors l'arrière-plan. La végétation tropicale à travers laquelle il aperçut la mer, dans un coin du cliché, lui indiqua qu'il avait été pris sur une île. Trois lignes s'étalaient au bas de la photo :

Tu me manques, parrain.
Je t'embrasse.
Swan.

Swan ? C'était un prénom peu banal mais qui lui allait bien.

Il passa alors au document suivant. Une petite photo de famille y était attachée. Elle montrait un couple : un homme de haute taille, de type caucasien, avec des cheveux châtain clair et des yeux marron, se tenait à côté d'une très belle femme qui ressemblait à s'y méprendre à la dénommée Swan. Sa mère, sans aucun doute. Devant eux, se tenait une ravissante fillette de huit ans environ.

En observant le visage de l'enfant, il reconnut à son visage en forme de cœur et à ses yeux en amande la femme sublime de la première photo. Enfant, elle avait déjà de longs cheveux bouclés.

Le profil de la jeune femme complétait le cliché représentant la famille. Comme il l'avait deviné, elle avait vingt-quatre ans. Elle s'appelait Swan Jamison. Américaine, née à Key West, elle était actuellement propriétaire d'une boutique de bijoux sur l'île. Le document n'en précisait pas plus.

Lorsqu'il releva les yeux, ses deux supérieurs le regardaient fixement.

— Je suppose qu'il s'agit de la personne que le Bureau renseignement de la Marine soupçonne d'actes de trahison.

— Oui, acquiesça l'amiral Martin. C'est ma filleule. Je suis son parrain numéro un.

— Et c'est aussi la mienne, renchérit le commandant Shields. Je suis son parrain numéro deux.

Perplexe, David les regarda tour à tour.

— Je vois.

L'amiral Martin hocha la tête.

— Son père, Andrew Jamison, faisait partie de notre section. C'était notre meilleur ami.

David hocha la tête. Il avait en effet entendu dire que le capitaine de vaisseau Shields et l'amiral Martin avaient été autrefois membres de la même unité.

— Andrew était le meilleur. Il a sacrifié sa vie pour sauver la nôtre, raconta alors Shields. Mais, avant de mourir, il nous a fait promettre de nous occuper de sa femme, Leigh, et de sa fille, Swan.

Il s'interrompit, puis poursuivit :

— Il y a vingt-huit ans, alors que nous étions en permission à la Jamaïque, Andrew a rencontré Leigh, une mannequin jamaïcaine. Un an plus tard, ils se sont mariés et il l'a installée à Key West où notre section était basée. Après la mort d'Andrew, Leigh est rentrée à la Jamaïque. Mais dès que Swan a eu son bac en poche, elle est retournée sur les Keys et s'est installée dans la maison de ses parents.

— Quel âge avait-elle quand elle a perdu son père ? demanda-t-il.

— Quinze ans, répondit l'amiral Martin. Swan était très proche de son père. Leigh était tellement anéantie par la mort d'Andrew qu'elle ne voulait pas rester aux États-Unis sans lui. D'où sa décision de retourner chez elle. Elle y est morte il y a deux ans, d'un cancer de l'estomac.

Le commandant Shields enchaîna :

— Juste avant de mourir, elle nous a fait venir pour nous confier Swan. Ce qui, pour nous, coulait de source. Nous n'avions jamais perdu contact avec elles deux. En fait, même après le retour de Leigh à la Jamaïque, Swan a continué à passer tous ses étés dans nos deux familles, tour à tour. Nous prenions nos rôles de parrains très à cœur. Nous étions même là quand elle a eu son bac, puis son diplôme universitaire.

— Swan a-t-elle des grands-parents aux États-Unis ?

Les deux hommes se rembrunirent.

— Oui. Mais ses grands-parents paternels n'approuvaient pas le mariage de leur fils avec Leigh, expliqua le commandant Shields.

— Donc ils n'ont jamais accepté leur petite-fille ?

— Exactement, confirma l'amiral Martin qui poursuivit, comme s'il préférait éviter le sujet : Le parrain numéro trois de Swan étant un haut gradé du Bureau renseignement de la Marine, nous avons pu négocier un délai d'un mois afin de faire éclater la vérité au grand jour. Notre temps est donc compté :

nous avons trente jours pour prouver l'innocence de Swan et pour identifier le traître. C'est là que vous intervenez. Au lieu de vous accorder une permission pour rentrer chez vous, comme aux autres membres de votre section, nous vous assignons à une mission spéciale, lieutenant Holloway. Vous êtes envoyé à Key West.

1

Key West, Floride

Au comble de l'excitation, Swan Jamison ouvrit l'énorme boîte sur son bureau. Même si elle ne contenait que ses fournitures destinées à ses créations de bijoux, le paquet confirmait que si, après l'ouragan qui avait frappé l'île huit mois auparavant, certains secteurs étaient toujours en phase de reconstruction, partout ailleurs la vie avait repris son cours.

Rafe, son locataire, passa la tête par la porte du bureau.

— Y a-t-il quelque chose pour moi ?

L'emplacement de sa boutique, située dans un quartier très branché, lui permettait de tirer profit des touristes et des vacanciers en croisière. Mais les coûts d'exploitation, élevés, l'avaient poussée à louer l'une des grandes pièces du fond, convertie par Rafe en salon de tatouage. D'ailleurs, certains jours, il recevait plus de clients qu'elle.

— Rien pour toi, Rafe. Juste des fournitures pour moi. Tu es en avance aujourd'hui, constata-t-elle en jetant un coup d'œil à sa montre.

En général, il n'ouvrait pas avant midi.

— J'ai un rendez-vous important à 10 heures et j'ai besoin de préparer mon encre.

Sur ces mots, il s'éclipsa. Rafe n'était loquace qu'avec ses clients.

La sonnette de la porte retentit, lui signalant l'arrivée d'un client. Jamila, sa vendeuse à mi-temps qui ne venait que le matin, avait pris sa journée pour se pomponner : coiffeur, manucure, pédicure, épilation... la totale. Son petit ami travaillait sur un bateau de croisière qui devait faire escale le lendemain. Swan s'en réjouissait pour son assistante. Et pour elle-même. En effet, enthousiasmés par ses créations originales, les passagers des bateaux comptaient parmi ses meilleurs clients.

Elle sortait de son bureau quand elle avisa un homme qui inspectait la vitrine près de la porte. Tant mieux. Elle allait profiter de son intérêt pour les bijoux pour l'observer à son insu.

Elle admira la beauté de son profil. Son T-shirt mettait en valeur sa large carrure et son jean laissait deviner les muscles d'airain de ses cuisses. Ses cheveux châtain clair étaient bien coupés et la taille de ses mains en harmonie avec sa stature imposante.

À voir son dos très droit et son port de tête, il était sûrement militaire. Et ses jambes légèrement écartées, comme s'il devait garder l'équilibre, même à terre, semblaient indiquer qu'il était dans la Marine.

Dommage ! Elle ne sortait pas avec les militaires. Pour être honnête, depuis quelque temps, elle évitait même les aventures. Elle était bien trop occupée.

Et puis, le divorce de Candy l'avait refroidie. Bien sûr, elle n'aurait pas dû laisser l'infortune de sa meilleure amie assombrir sa vision de l'amour. Mais elle avait pour habitude d'invoquer n'importe quel prétexte dans le seul but d'avoir la paix. Or, en ce moment, celui-ci lui convenait parfaitement.

Décidant qu'elle avait assez observé le visiteur, elle s'avança. Elle avait besoin de faire sa première vente de la journée.

— Puis-je vous aider ?

Il se tourna pour la regarder et, soudain, elle sentit toutes ses terminaisons nerveuses en alerte. Seigneur ! Elle avait déjà vu des yeux bleus, mais jamais d'une nuance cobalt aussi intense. Happée par l'acuité de son regard, elle avait l'impression d'être dans le champ d'un rayon laser. Quant à son visage aux pommettes saillantes, il était tout simplement sublime... Elle sentit le souffle lui manquer. Toutes les femmes devaient se retourner sur son passage en salivant de convoitise.

— Oui, vous pouvez m'aider.

Un lent frisson l'électrisa. Non content d'être un véritable Adonis, il avait une voix magnifique. Au son de son timbre rauque et profond, elle sentit sa gorge se dessécher.

S'obligeant à reprendre ses esprits, elle s'avança vers lui.

— Très bien.

Il fallait qu'elle se ressaisisse. L'ouragan l'ayant contrainte à fermer la boutique pendant deux mois, elle devait rattraper ses ventes, maintenant que les touristes revenaient.

— Et en quoi puis-je vous aider ?

Son regard admiratif ne lui échappa pas. Pas plus que la lueur d'intérêt qui dansait dans ses prunelles. Elle n'y voyait pas le moindre inconvénient. Sa mère lui avait appris à tirer fierté de son physique. Après une carrière de mannequin, Leigh Rutledge Jamison pensait que l'apparence était essentielle.

À la pensée de sa mère, elle sentit son cœur se gonfler de tristesse. Comme elle lui manquait !

— Je cherche un cadeau pour quelqu'un.

Avec un hochement de tête, elle s'approcha de lui, un peu grisée par la délicieuse odeur de son après-rasage. Non seulement il était beau et avait une belle voix, mais en plus, il sentait bon. Elle baissa les yeux sur sa main. Il ne portait pas d'alliance. Sans doute cherchait-il un cadeau pour sa petite amie ou pour sa future fiancée.

— Vous aviez une idée ?

— Que suggérez-vous ?

— Eh bien, ça dépend, répondit-elle en plongeant les yeux dans les profondeurs azur des siens.

— De quoi ?

— Des goûts de la personne à qui vous destinez le cadeau. Je crée mes bijoux à partir de pierres fines. Mais, comme vous pouvez le constater, l'éventail des nuances, des couleurs et des styles est vaste.

Il sourit et, devant la fossette qui se creusait dans l'une de ses joues, elle sentit des papillons au creux de son ventre.

— Je ne sais franchement pas ce qu'elle aime. Ses goûts varient d'année en année. Il est difficile de suivre.

Swan hocha la tête.

— J'ai l'impression que vous vous connaissez depuis un moment, tous les deux.

Le sourire de l'homme s'élargit encore.

— En effet. J'avoue que je connais ma mère depuis toujours.

— Votre mère ?

— Oui. Son anniversaire tombe le mois prochain. En passant devant votre boutique, je me suis dit que j'allais entrer voir ce que je pourrais trouver.

Pour commencer, un cœur qui battait la chamade.

Ainsi, celle à qui il destinait les bijoux était sa mère.

— Je me félicite de votre visite. Laissez-moi vous montrer ce que je peux vous proposer.

— D'accord. Je vois que vous avez beaucoup de jolis modèles.

Sensible à son compliment, elle répondit :

— Merci. Je crée quasiment tous mes bijoux.

— Vraiment ? Pourriez-vous me les montrer ?

Elle le précéda dans la partie réservée aux Exclusivités Swan.

— Voilà. La plupart des pierres viennent d'Inde, d'Argentine et d'Afrique.

Il se pencha pour les examiner, puis la complimenta.

— C'est du très beau travail.

Celui qui avait affirmé que la flatterie, surtout venant d'un bel homme, pouvait mener à tout savait de quoi il parlait.

— Merci.

— Je m'appelle David, à ce propos. David Holloway.

Il lui tendit la main. Elle la prit et essaya d'ignorer les sensations troublantes qui se propagèrent en elle à son contact. Comme si son corps était soudain parcouru d'une myriade de décharges électriques.

— Enchantée de faire votre connaissance, David, dit-elle en la relâchant vivement. Je suis Swan.

— Le nom de la boutique.

— Exactement.

— C'est un prénom très original.

— Je sais. C'était l'avis de mes parents. Pour leur premier rendez-vous, mon père a emmené ma mère de la Jamaïque à New York pour assister à une représentation du *Lac des cygnes* — « *Swan Lake* » en anglais.

— Quel beau rendez-vous !

— Je suis bien d'accord. Il essayait de l'impressionner.

— J'avais compris.

Swan laissa échapper petit rire.

— Figurez-vous, qu'en plus, c'était lui qui pilotait l'avion. Il avait sa licence de pilote.

— Là, je suis vraiment impressionné !

Même si elle évitait de mettre sans cesse en avant la personnalité exceptionnelle de son père, il lui arrivait de ne pas pouvoir s'en empêcher.

— Il était dans l'armée de l'air. C'est là qu'il a appris à piloter. Puis il est entré dans la Marine avant de décider de s'engager dans les forces spéciales de la Marine de guerre. Et il a rencontré maman lors d'une mission de son unité SEAL à la Jamaïque. Donc, jusqu'au jour où il a loué un avion pour l'emmener à New York, elle ne soupçonnait pas son passé de pilote.

Elle ne se reconnaissait pas elle-même. Pourquoi lui racontait-elle tout ça ? En général, elle n'était pas si bavarde.

— Que pensez-vous de celui-ci ? demanda-t-elle alors qu'ils passaient à une autre vitrine. J'ai baptisé cette création « Enchantement ».

— Pourquoi ?

Se penchant vers la vitre, elle suggéra :

— Regardez-la.

Il l'imita.

— C'est l'un de mes bijoux préférés. La pierre précieuse en forme de larme ressemble beaucoup à ma toute première création.

Il était inutile de lui préciser qu'elle avait dessiné ce bijou pour sa propre mère.

— C'est magnifique.

Quelque chose dans l'intonation de son visiteur la poussa à le regarder. Indifférent au collier, il avait les yeux rivés sur elle. Leurs regards s'enchaînèrent, s'attardant un peu trop longtemps. Enfin, elle détourna les yeux et, la voix un peu râpeuse, elle demanda :

— Alors, ce bijou… vous intéresse ?

Elle voulait ignorer le tourbillon de sensations qui faisait naître en elle un trouble infini, mais elle en était incapable.

— Plusieurs de ces bijoux m'intéressent, Swan, mais je vais commencer par prendre celui-là.

Swan Jamison était encore plus belle que sur la photo qu'il avait vue la semaine précédente.

Le photographe n'avait pas entièrement capturé la couleur crémeuse de sa peau. Et la teinte du rouge à lèvres qu'elle portait aujourd'hui semblait accentuer le dessin de ses lèvres pulpeuses. Les rendre plus appétissantes.

Mais qu'importait sa beauté. Il avait lu le dossier la concernant. Bien entendu, l'amiral Martin et l'amiral Shields espéraient la laver de tous soupçons en raison de leur lien personnel avec elle. Mais ce n'était pas son cas. Il avait une mission à remplir. Si Mlle Jamison avait vraiment trahi la patrie, il allait le découvrir. Et si elle n'était pas celle qui communiquait des informations secrètes à la Chine, il démasquerait le vrai coupable.

— Alors, vous voulez acheter ce bijou ?

Sa question le ramena au présent.

— Oui.

— Magnifique ! Je pense qu'il plaira à votre mère.

— J'en suis convaincu. Et vous auriez des boucles d'oreilles ?

Elle haussa des sourcils étonnés.

— Des boucles d'oreilles ?

— Oui. Des boucles d'oreilles à assortir au collier ?

— Non. Mais je peux vous en confectionner.

Il avait espéré qu'elle lui ferait cette proposition.

— Pour quand ?

— Ça prendra quelques jours. Le bateau de croisière fait escale demain, je vais donc avoir beaucoup de clients. Si vous pouvez patienter deux jours, ce serait l'idéal. À moins que vous ne soyez plus pressé.

Il la regarda ouvrir la vitrine et en sortir le collier. Sa mère allait adorer.

— Si vous voulez bien remplir cette fiche, reprit-elle alors. Et je vous demanderai un règlement d'avance pour les boucles d'oreilles.

— Pas de problème, répondit-il en lui prenant le papier.

Quand il le lui tendit complété, elle y jeta un coup d'œil.

— Ainsi, vous venez du Texas ?

— Oui. De Dallas. Vous connaissez ?

— J'y suis allée une fois. C'est une très belle ville.

— C'est vrai. J'y suis né et j'y ai été élevé.

— Et qu'est-ce qui vous amène à Key West ?

— Le travail. Du moins, pour le mois à venir.

Ce n'était pas totalement un mensonge.

— Vous faites partie des équipes d'aide pour gérer les dégâts après l'ouragan ?

— Quelque chose dans ce genre.

— Vous êtes militaire ?

— Je l'ai été. Mais plus maintenant.

Il préférait lui faire croire qu'il avait quitté l'armée.

— Je l'ai su immédiatement.

— Comment ? demanda-t-il, un peu surpris.

Avec un haussement d'épaules, elle répondit :

— Je n'ai aucun mal à reconnaître les militaires.

— Parce que votre père est dans l'armée ?

— Il l'était. Papa est mort il y a des années, en mission.

— Je suis désolé.

Il avait toujours un pincement au cœur en apprenant qu'un frère d'armes avait perdu la vie.

— Merci. Votre commande sera prête dans deux jours, David.

J'ai votre numéro de portable sur la fiche que vous avez remplie. Si je finis plus vite, je vous appelle.

— Deux jours, c'est parfait. Je repasserai.

Après avoir pris congé, il fit volte-face et sortit de la boutique.

Bien entendu, il brûlait d'envie de l'inviter à déjeuner. Mais il savait qu'il ne pouvait pas brusquer les choses. Il avait besoin de l'apprivoiser, de gagner sa confiance. Il n'avait même pas trente jours pour prouver son innocence et découvrir l'identité de celui qui n'avait aucun scrupule à la faire passer pour coupable.

Ce même soir, Swan rentra chez elle d'humeur très enjouée. Les ventes du jour avaient été meilleures que la normale. Un groupe de New-Yorkais s'étaient retrouvés sur l'île pour dépenser de l'argent. Elle avait été heureuse de pouvoir les y aider.

Elle avait pris des risques en décidant de se mettre à son compte et d'ouvrir une bijouterie. Mais son audace avait payé. Après avoir décroché un diplôme de commerce à l'université de Miami, elle était revenue à Key West en tant que directrice de l'un des plus beaux hôtels de l'île. Le travail, certes, lui plaisait, mais elle avait eu le sentiment qu'il lui manquait quelque chose. Elle n'exploitait pas son talent de créatrice de bijoux.

Or, elle avait fait la promesse à sa mère mourante qu'elle trouverait un jour le moyen de mettre ce talent à profit.

Après avoir réglé les frais d'obsèques, il lui était resté largement assez d'argent pour acheter une petite boutique. Et grâce à son emplacement, cela s'était avéré un bon investissement. Même si, aux journées particulièrement animées comme aujourd'hui, pouvaient succéder des jours plus calmes.

Maintenant, elle était prête pour une soirée de détente bien méritée. Après avoir relevé ses cheveux en queue-de-cheval et enfilé ses ballerines préférées, elle se dirigea vers la cuisine pour boire un verre de vin. Sans qu'un instant la pensée de son premier client de la journée ne quitte son esprit.

David Holloway.

C'était vraiment un très bel homme. Et le souvenir du bleu intense de ses yeux l'avait poursuivie presque toute la journée.

Et puis, elle trouvait tellement adorable qu'il soit entré dans sa boutique pour acheter un cadeau d'anniversaire à sa mère. Cette dame avait bien de la chance. Nombre d'hommes auraient oublié. Et un homme qui manquait de considération pour sa mère n'en avait généralement pas beaucoup pour sa petite amie. Voilà pourquoi elle n'avait jamais construit de relation durable avec ceux qu'elle avait fréquentés. Elle ouvrit les portes-fenêtres pour sortir dans le patio. Quels yeux il avait ! Au souvenir des sensations qu'ils avaient éveillées en elle quand elle les avait croisés, un frisson la parcourut. Jamais des yeux d'homme n'avaient produit un tel effet sur elle.

C'était perturbant.

Elle se rabroua. Qu'est-ce qui ne tournait pas rond chez elle ? Beau gosse ou pas, en général, elle ne se laissait pas épater par un homme. Elle avait une aventure au gré de ses envies, même si, ces derniers temps, personne n'avait trouvé grâce à ses yeux. Du moins pas depuis que Candy avait quitté Key West pour Boston. Sa meilleure amie n'avait pas pu supporter de rester sur l'île qu'habitaient son ex et sa nouvelle femme. Donald Knoll ne s'était-il pas remarié à peine les papiers du divorce signés ?

Refusant de s'appesantir sur la muflerie de cet homme, elle se perdit dans la contemplation de la mer. Ce soir, l'océan était étale. Quand l'ouragan l'avait obligée à évacuer Key West, elle y était revenue sans avoir la moindre idée de l'étendue des dégâts qui auraient frappé sa maison et sa boutique. Heureusement, ils avaient été moins importants que ce qu'elle craignait.

Perdre la maison de son enfance, celle où, à peine marié, son père avait amené sa mère, l'aurait anéantie. Elle y avait tant de souvenirs : leur bonheur à chaque fois qu'il rentrait de l'une de ses missions ; leur chagrin le jour où il n'était pas revenu.

Elle sentit sa gorge se nouer. Ce jour-là, l'étincelle qui brillait dans les yeux de sa mère s'était éteinte à jamais. Elle l'entendait encore lui dire que, le jour où vous rencontriez celui qui allumait cette étincelle dans vos yeux, vous saviez que c'était l'homme de votre vie.

Le trouverait-elle jamais ?

Elle étouffa un soupir. Elle avait bien le temps. En outre, elle avait besoin de reconsidérer son opinion sur les hommes. Si ce que Don avait fait subir à Candy ne suffisait pas à la convaincre de rester célibataire, elle devait se rappeler William Connors, l'homme d'affaires rencontré quand elle travaillait à l'hôtel.

À l'époque, l'ayant convaincue qu'il était célibataire et sans attaches, il avait affirmé vouloir l'épouser un jour. Pour une raison quelconque, elle s'était méfiée et avait demandé à l'un de ses amis, détective privé, d'enquêter sur son compte. À sa grande déconvenue, l'enquête avait révélé qu'il existait déjà une Mme William Connors et trois petits Connors.

William l'avait menée en bateau. Et lui avait donné une sacrée leçon. Son seul regret était d'avoir couché avec lui. Elle était jeune à l'époque, naïve et impressionnable. Mais jamais il n'aurait dû être son premier amant.

Sa naïveté n'était plus qu'un lointain souvenir. Désormais, quand elle démarrait une relation, elle faisait preuve de la plus grande prudence, au point d'en devenir soupçonneuse. Pourtant, sa mère lui avait dit un jour que la méfiance était un sentiment négatif.

Elle but une nouvelle gorgée de vin. Oui, elle allait devoir réapprendre à faire confiance. Malheureusement, elle n'avait pas encore atteint ce stade.

— Alors, comment ça s'est passé, Flipper ?

— Tu l'as déjà rencontrée ?

— Elle a une tête de traître ou c'est juste une jolie fille ?

— Tu penses pouvoir prouver qu'elle est innocente ?

Tout en défaisant sa valise, il écouta la salve de questions. Son téléphone portable sur haut-parleur, il était en conférence téléphonique avec ses quatre coéquipiers.

— J'ai l'impression que ça s'est plutôt bien passé, Mac. Et oui,

Viper, j'ai rencontré Swan Jamison aujourd'hui. Je suis allé dans sa boutique de bijoux pour acheter le cadeau d'anniversaire de ma mère.

Tout en ouvrant l'un des tiroirs de la commode pour y ranger son T-shirt, il poursuivit :

— Elle n'a pas une tête de traîtresse et ce n'est pas juste une jolie fille, Coop. Elle est tout simplement sublime. D'une beauté à couper le souffle. Et oui, j'espère prouver son innocence, Bane. Parce que le commandant Shields et l'amiral Martin la croient vraiment innocente.

— Et toi, quelle est ton impression ? demanda Viper.

Il s'adossa à la commode et réfléchit un instant.

— Trop tôt pour le dire, finit-il par répondre.

— Tu l'as invitée à dîner ? demanda Coop.

La voix de son fils de deux ans retentissait en bruit de fond.

— Non, pas encore.

Son attirance pour elle avait été immédiate. Violente. Il l'avait sentie à la seconde même où leurs regards s'étaient croisés. Et le fait de discuter d'elle n'arrangeait rien. Cela ne servait qu'à réveiller le souvenir de la beauté de cette femme en compagnie de laquelle il allait être obligé de passer du temps pour découvrir la vérité.

— Dans ce cas, comment comptes-tu la revoir si tu ne l'invites pas ? s'enquit Mac, interrompant le fil de ses pensées.

— J'ai commandé des boucles d'oreilles assorties au collier pour maman. Elles devraient être prêtes dans deux jours. Et là, je compte passer à l'action.

— Mais si elle refuse ton invitation ? demanda Viper.

— Ce n'est pas une option. J'ai moins de trente jours pour régler cette affaire.

— Nous devrions être sur place, avec toi, pour te surveiller, lança Bane.

— Non, vous êtes là où vous devez être, autrement dit chez vous, en famille. Je gère.

— En tout cas, certains membres de nos familles n'apprécient pas trop de nous avoir à la maison, grommela Mac.

Il leva les yeux au ciel. Il avait déjà entendu Mac se plaindre. À la fin de chaque longue mission, ses coéquipiers devaient passer par une phase de réadaptation pour renouer avec leur femme et retrouver leur position de chef de famille. Ce qui n'était pas toujours simple. Car Mac et sa femme, Teri, étaient deux fortes personnalités.

— Va-t-il falloir vous envoyer au coin, Teri et toi ? plaisanta-t-il.

— Bon sang, je n'ai rien fait ! s'exclama Mac.

— Oui, c'est ça, gloussa David. Tu ferais bien de te reprendre. Aucune autre femme ne supporterait tes idioties.

— Bien sûr. Et maintenant, qu'as-tu remarqué au sujet de la boutique ?

Voyant que Mac éludait la question, il n'insista pas.

— Tout correspond au rapport de l'architecte qu'on m'a remis. Même après les réparations dues à l'ouragan, les changements étaient minimes. La porte d'entrée. La porte de sortie. Les hautes fenêtres. La vitrine de la façade. Pas de caméras dehors. L'une des pièces du fond est louée en salon de tatouage. Je n'ai pas vu le tatoueur. Je pense que j'y retournerai farfouiller un peu ce soir, ajouta-t-il en enfilant son T-shirt noir.

— Sois prudent, Flipper, lui conseilla Viper. Ce n'est pas parce que tu n'as pas vu une seule caméra qu'il n'y en a pas.

— Je sais. C'est pour ça que je porte mon équipement Pilf.

Son amour de la technologie était de notoriété publique. En plus des derniers équipements utilisés par l'armée, il avait conçu certains gadgets high-tech lui-même, d'aucuns si élaborés que le gouvernement avait déposé leurs brevets sous le nom de Pilf, soit Flip à l'envers. À plus d'une occasion, il s'était vu proposer un poste au département Recherches et Développement du ministère de la Défense. Mais il avait toujours refusé, invoquant le fait qu'il ne voulait pas quitter les forces spéciales de la Marine.

— Tu peux te pavaner tout nu, ce soir, Flipper, si ça te fait plaisir. Tout ce qu'on te demande, c'est de rester prudent.

Mac avait pris son ton de grand frère.

— D'accord. Message reçu, je serai prudent.

— Appelle pour nous dire que tu es bien rentré, ajouta Bane.

— Il sera tard et je ne veux pas réveiller vos bébés ou une femme enceinte. Je vous enverrai un texto.

Quelques instants plus tard, vêtu de son équipement indétectable sous ses vêtements, il quittait l'hôtel par l'escalier.

2

Deux jours plus tard, Swan accepta la proposition de Jamila de lui rapporter son déjeuner de la sandwicherie du coin de la rue. Elle avait beau essayer de se convaincre que sa décision de rester à la boutique n'avait rien à voir avec le fait que David Holloway devait revenir chercher sa commande, elle savait bien qu'elle se mentait.

Et son impatience était telle que chaque fois que la sonnette de la porte tintait, son cœur s'emballait et ne se calmait que quand elle voyait que ce n'était pas lui. Elle jeta un coup d'œil à sa montre. La boutique devait fermer d'ici une heure. Et s'il n'arrivait pas avant la fermeture ? Et si... ? La sonnette carillonna et son cœur faillit s'arrêter de battre. David Holloway venait d'entrer.

Elle avait essayé de se convaincre qu'il ne pouvait pas être aussi beau que dans son souvenir, elle voyait maintenant que si. En fait, il était même encore plus beau. Peut-être était-ce la barbe naissante qui couvrait son menton. Cela donnait invariablement aux hommes un certain sex-appeal. Ou bien son visage bronzé, indiquant qu'il avait dû passer les deux derniers jours à lézarder au soleil. À la plage, il y avait sans doute été accompagné, mais n'avait-il pas dit qu'il était dans les Keys pour travailler ?

Elle reprit le contrôle de ses pensées indisciplinées. Qu'est-ce que cela pouvait bien lui faire, de toute façon ?

Il marchait d'une démarche assurée qui alluma des flammes dans ses veines. Son bronzage faisait ressortir les mèches blondes dans ses cheveux châtains et le bleu perçant de ses yeux. Il était tout simplement à croquer. Un Délice avec un D majuscule.

Mais elle devait rester prudente. Le D majuscule était aussi la première lettre de « Danger ». Ou de « Désillusion », si elle ne reprenait pas le contrôle de ses sens. Pour le moment, elle allait choisir la sécurité : D était tout simplement la première lettre de David. Aussi tentant que ce soit, elle ne pouvait pas s'emballer.

— Bonjour, David, le salua-t-elle avec un sourire. Vous avez un joli hâle.

— Vous aussi.

Son sourire s'élargit.

— Oui, mais le mien est permanent.

— Je sais et ça me plaît beaucoup.

Elle garda le silence. Elle comprenait ce qu'impliquaient ses paroles. Il était en train de lui faire comprendre que les relations interraciales ne lui posaient aucun problème. Pas plus qu'à elle. Ni à son père d'ailleurs qui, faisant fi de la désapprobation de sa famille, n'avait pas hésité à épouser sa mère. Elle réprima un soupir. Inutile de repenser à ces gens qui ne les avaient jamais acceptées, sa mère et elle. C'était une perte de temps.

— J'espère que les boucles d'oreilles vont vous plaire.

Prenant une boîte derrière le comptoir, elle l'ouvrit pour lui montrer le résultat final.

— Waouh ! s'exclama-t-il.

D'un doigt, il caressa la pierre dont la couleur se rapprochait le plus du bleu de ses yeux.

— Vous avez un talent fou, la complimenta-t-il.

— Merci. Et j'espère que votre mère va les aimer.

— J'en suis convaincu. Cette fois, je crois bien que j'ai surpassé mes frères.

Elle referma l'écrin et le rangea dans un sac avec celui du collier.

— Vous avez des frères ?

— Oui, quatre. Je suis le benjamin.

— Mon Dieu ! Et des sœurs ?

— Aucune. Mais trois de mes quatre frères étant mariés, j'ai des belles-sœurs. Je les adore toutes.

— Et votre quatrième frère est toujours célibataire ?

— Il est divorcé et papa d'une ravissante fillette. Mes parents ont six petits-fils, mais c'est leur seule petite-fille.

— Votre famille semble bien sympathique. Vous avez toujours votre père ?

— Oui. Maman et lui ont une société de matériel médical.

Avec un hochement de tête, elle lui tendit le sac.

— Voilà, David. Et merci encore pour vos achats.

— Merci, dit-il en s'en emparant. Et maintenant que la question est réglée, je voudrais vous demander quelque chose.

— Quoi ? demanda-t-elle, surprise.

— Accepteriez-vous de dîner avec moi, ce soir ?

Flipper était généralement assez doué pour déchiffrer les gens. Pourtant, il avait du mal à cerner Swan. Or, il avait absolument besoin d'y remédier. Même si le capitaine de vaisseau Shields et l'amiral Martin étaient tous les deux convaincus de l'innocence de leur filleule, il devait se faire sa propre opinion. L'impartialité était de mise, les faits, pas les spéculations.

Ces deux derniers soirs, il avait fouillé le périmètre autour de sa boutique. Y entrer sans déclencher l'alarme n'avait pas été simple, mais il y était parvenu. Une fois qu'il avait trouvé l'emplacement des caméras de sécurité, il lui avait été facile de les esquiver jusqu'à ce qu'il les ait désactivées pour faire ce qu'il avait à faire.

— Dîner avec vous ? répéta-t-elle.

— Oui.

Visiblement, elle réfléchissait à son invitation. Il allait lui laisser le temps de se décider. L'observer en attendant ne lui posait aucun problème. Aujourd'hui, elle était encore plus jolie que l'autre jour. Sans doute un effet des lumières de sa boutique.

— D'accord. Donnez-moi le nom du restaurant et je vous y retrouverai.

Elle n'avait visiblement nulle intention de lui dévoiler son adresse. Mais sa prudence ne lui posait pas de problème. Elle était loin de se douter qu'il la connaissait déjà et qu'il s'était rendu chez elle, la veille, pendant qu'elle était à la boutique. Elle possédait une maison ravissante, face à la mer. Il avait trouvé l'intérieur impeccablement rangé, son lit fait.

— J'ai remarqué un restaurant sur la jetée. Le Summer Moon. Et depuis que je suis ici, je n'en entends dire que du bien.

En outre, il savait qu'elle pouvait s'y rendre à pied de chez elle.

— Tout ce que vous avez entendu est vrai. Le Summer Moon est un restaurant fabuleux, l'un de mes préférés d'ailleurs. Je serai ravie de vous y retrouver. À quelle heure ?

— 19 heures ?

Étant donné qu'il faisait jour jusqu'à 21 heures, il n'aurait pas à s'inquiéter de la savoir arriver dans la nuit. Après le dîner, malgré la courte distance qui séparait le restaurant de son domicile, il la raccompagnerait ou lui appellerait un taxi.

— 19 heures, c'est parfait.

— Très bien. Je vous y retrouve ce soir.

Songeuse, Swan le regarda sortir de sa boutique.

David avait le genre de fesses qui faisaient naître mille fantasmes chez une femme.

Un claquement de doigts la ramena à la réalité.

— Qu'est-ce qui te prend ? demanda-t-elle à Jamila.

— Je voulais t'éviter d'avoir un orgasme au beau milieu du magasin.

Swan leva les yeux au ciel. Manifestement, la blonde aux yeux verts estimait que rien n'était plus facile. Pour sa défense, elle n'avait que vingt-deux ans.

— Il faut plus que reluquer un homme pour grimper aux rideaux, Jamila.

— Je ne sais pas. Tes yeux semblaient prêts à sortir de leur orbite et tu respirais bizarrement.

— Tu t'imagines des choses.

— J'imagine surtout que le déni est bon pour l'âme. Alors, qui est-ce ?

Sa relation avec Jamila allait au-delà d'une simple relation employeur-salariée. Leur amitié était née deux ans plus tôt quand la jeune femme, fraîchement arrivée sur l'île, était devenue l'une de ses clientes. Aimant les jolies choses, elle fréquentait assidûment la boutique. L'année précédente, après avoir perdu son poste de capitaine de bateau d'excursions à la journée, elle avait cherché du travail.

Swan partait du principe que sa vendeuse n'était pas responsable de l'incident qui lui avait coûté son poste. Un jour, elle avait repoussé les avances d'un client ivre d'un coup de pied dans les testicules. L'homme avait dû subir une intervention chirurgicale et intenté un procès à la compagnie de croisière. Et même si les deux parties avaient fini par trouver un arrangement à l'amiable, elle avait été remerciée.

Jamila avait alors pris son propre avocat. Pour éviter toute publicité négative, son ex-employeur et le client ivre — qui souhaitait étouffer l'affaire pour des raisons personnelles — étaient prêts à se montrer très conciliants. Si tout allait dans son sens, Jamila n'aurait plus besoin de travailler à la boutique.

— C'est un client qui est venu acheter un cadeau pour sa mère.

— Sa mère ? Pas sa femme ?

— Il a bien dit sa « mère ».

Avec un reniflement dédaigneux, Jamila répliqua :

— Les hommes passent leur temps à mentir.

Swan poussa un soupir résigné. Elle était bien placée pour le savoir. Mais pourquoi diable Jamila s'en prenait-elle aux hommes, aujourd'hui ? Elle avait déjà lancé plusieurs commentaires de ce genre, depuis son arrivée, ce matin. Son humeur maussade était-elle liée à la visite de son petit ami ? Le bateau de croisière sur lequel travaillait Horacio avait fait escale deux jours auparavant.

Swan se retint de lui poser la question. Elle n'avait pas besoin de gâcher son rendez-vous de ce soir avec David par une nouvelle histoire d'amour déçu. C'était un rendez-vous dont elle se réjouissait vraiment d'avance. Tant qu'elle gardait la tête froide, dîner avec lui ne devrait présenter aucun risque. Car elle savait ce qui pourrait arriver si elle baissait sa garde.

Flipper arriva délibérément tôt au Summer Moon. Il voulait voir entrer Swan. Au moment où il l'aperçut au coin de la rue, il sentit une sensation étrange lui nouer l'estomac.

Du calme, s'intima-t-il.

Elle portait une robe imprimée à bretelles et des sandales à talons hauts. Mais ce qui attira tout particulièrement son attention, ce furent ses longues jambes au galbe parfait. Elles semblaient interminables. Comme il aimerait voir où elles s'arrêtaient sous cette robe. Il essaya de repousser cette pensée.

Il devait se ressaisir.

Mais plus Swan approchait, plus son fantasme le taraudait. Il devrait y faire barrage. Il était en mission et cette femme faisait l'objet d'une enquête. Elle ne devait surtout pas représenter une tentation. La moindre défaillance pourrait se révéler dangereuse et il la paierait très cher. Qu'importait à quel point elle avait l'air innocent, qu'importait sa beauté, il ne devait surtout pas se laisser griser. Pourtant, cette femme était vraiment sublime.

Tous les hommes, même ceux qui étaient accompagnés, la suivaient des yeux. Il essaya de refouler sa colère, même s'il n'avait pas le droit d'être contrarié. N'était-il pas le premier à l'admirer ? La meilleure solution pour contrôler sa réaction insensée était de détourner le regard. Il baissa les yeux sur sa bouteille de bière et réfléchit aux rapports qu'il venait de lire sur l'employée et sur le locataire de Swan.

Jamila Fairchild travaillait pour Swan depuis un an. David connaissait tout de son poste précédent : la raison de son renvoi, le litige qui l'opposait à son ancien employeur et au passager responsable de tout ce grabuge. Le Bureau renseignement n'avait omis aucun détail dans le rapport sur Mlle Fairchild, dont elle sortait blanchie de tout soupçon. Il allait vérifier si c'était bien le cas.

Venait ensuite Rafe Duggers, le tatoueur. Afin d'éviter de

traverser la boutique, ses clients accédaient à son salon par une porte arrière. David n'avait pas encore pu inspecter les lieux, mais il avait l'intention d'y faire une petite incursion d'ici quelques jours. Rafe était trop irréprochable pour être honnête.

Quoi d'étonnant à ce que, pour le Bureau renseignement de la Marine, Swan soit la coupable idéale ? D'une façon ou d'une autre, il avait été établi que des informations Secret-Défense transitaient par sa boutique. Mais comment ? Quand ? Il était rentré bredouille de ses recherches.

Il avait pourtant fouillé partout : son bureau, la petite cuisine, la salle de bains et une autre pièce qu'elle utilisait comme atelier de création pour ses bijoux. Même son ordinateur n'avait strictement rien révélé. Alors sur quelles bases reposait cette accusation ?

Le serveur l'escortant jusqu'à la table, il se leva.

— Bonsoir, Swan. Vous êtes très jolie.

— Merci. Vous n'êtes pas mal non plus. J'ai essayé d'arriver en avance, mais vous m'avez précédée.

Elle prit place en face de lui.

— J'avais soif, expliqua-t-il en se rasseyant et en lui montrant la bière.

Maintenant qu'elle était assise juste en face de lui, il avait plus que soif. S'il ne faisait pas attention, il allait se voir terrassé par ce désir incontrôlable. Elle avait des épaules magnifiques, une peau à l'aspect satiné qu'il devinait très douce.

Sentant ses pensées dériver de nouveau vers des eaux dangereuses, il s'empressa de se ressaisir. Le mieux était de bavarder comme si de rien n'était.

— Vous êtes venue à pied. Vous habitez donc à proximité ? demanda-t-il de son ton le plus innocent.

— Oui, pas loin, acquiesça-t-elle.

Sa réponse évasive ne le surprit pas.

Le serveur lui apporta une nouvelle bière avant de leur donner les menus.

— Que buvez-vous, mademoiselle ? lui demanda-t-il.

— Un verre de moscato, s'il vous plaît.

L'homme s'éloigna et elle prit son menu.

— Malgré votre travail, vous prenez quand même le temps de profiter des Keys, j'espère ? s'enquit-elle en lui jetant un coup d'œil curieux.

— Je me partage entre travail et loisirs. Je dois reconnaître que la mer est très belle, ce soir.

Un sourire éclairant son visage, elle approuva :

— Je la trouve très belle tous les soirs.

Il hocha la tête et but une nouvelle gorgée de bière.

— Êtes-vous née ici ou récemment établie dans l'île ?

— Je suis née ici. Sur l'île et dans la maison que j'habite. Ma mère n'est pas arrivée à l'hôpital à temps.

— Vraiment ? s'étonna-t-il.

— Non. Elle venait d'une partie de la Jamaïque où l'on estimait qu'il était préférable d'avoir recours aux services d'une sage-femme que d'un obstétricien. Mon père avait promis de lui en trouver une. Sinon, elle aurait insisté pour me faire naître à la Jamaïque. Ce qu'il ne voulait pas. Il voulait que je naisse aux États-Unis.

— Et il a pu trouver une sage-femme ?

— Oui, mais je suis arrivée avec quelques semaines d'avance et la sage-femme n'était pas là.

— Qui vous a aidée à naître, alors ?

— Mon père, avec l'aide de ses plus proches amis de l'armée. Ils étaient postés sur la base de Key West et ils étaient venus chez mes parents regarder un match de football. Inutile de vous dire qu'au fil des années j'ai eu droit à quatre versions différentes de ce qui s'est passé cette nuit-là. Ma mère n'en conservait aucun souvenir. Hormis qu'il avait fallu quatre hommes pour me faire naître. Même si parrain Un affirme que mon père est tombé dans les pommes en essayant de couper le cordon ombilical.

David se mit à rire.

— Parrain Un ?

— Oui, les trois hommes qui ont aidé mon père cette nuit-là, ses trois meilleurs amis, sont devenus mes parrains. C'est ma façon de les distinguer. Parrain Un, parrain Deux, parrain Trois.

Il hocha la tête. Rien d'étonnant à ce que les trois hommes aient des liens aussi forts avec elle.

— Vous avez de la chance d'avoir trois parrains. Je n'en ai aucun.

Le serveur revint et posa le verre de vin devant elle.

— Oui, j'ai de la chance, acquiesça-t-elle. Après la mort de papa, ils ont été des piliers pour ma mère et pour moi. Surtout quand mes grands-parents sont venus à l'enterrement avec, pour seul but, de causer des problèmes.

Puis, comme si elle se rendait soudain compte qu'elle s'était trop confiée, elle demanda vivement :

— Alors, qu'allez-vous prendre ?

Swan se félicitait du choix de David. Summer Moon était l'endroit idéal pour dîner. Quand il lui demanda de lui recommander un plat du menu, elle lui suggéra les acras maison. Comme toujours, ils étaient délicieux. La salade de mangues était exquise et, après le dîner, ils s'attardèrent pour écouter l'orchestre.

À la fin de la dernière chanson, elle lui jeta un coup d'œil. Il la dévisageait. Troublée par l'intensité de son regard de braise, elle but une gorgée de vin.

— Merci pour ce dîner, David.

— Merci d'avoir accepté mon invitation. Ils sont sur le point de fermer. Vous êtes prête à partir ?

— Oui. Si vous avez encore un peu d'énergie, j'aimerais vous montrer quelque chose, ajouta-t-elle, devinant qu'il allait lui suggérer de la raccompagner chez elle.

— Quoi ? fit-il, un peu surpris.

— Un spectacle laser qui lance officiellement la saison d'été. Ce n'est pas loin d'ici.

En outre, étant donné que le spectacle avait lieu à l'autre bout de l'île, elle n'aurait aucun mal à trouver ensuite un taxi pour rentrer. Seule.

Avec un sourire, il fit signe au serveur de lui apporter l'addition.

— Dans ce cas, bien sûr, allons-y !

Une fois le spectacle commencé, il ne fallut pas longtemps à Swan pour décider que David était de merveilleuse compagnie. Manifestement, il appréciait les jeux de laser autant qu'elle.

Elle assistait à l'événement tous les ans et, d'année en année, les démonstrations semblaient s'améliorer. Chaque spectacle avait pour thème un État différent. Ce soir, New York était à l'honneur. Les New-Yorkais du public témoignaient leur jubilation à grand renfort de sifflements et de clameurs. Et quand une immense statue de la Liberté éclatante de couleurs s'afficha dans le ciel, elle resta bouche bée d'admiration.

À la fin du spectacle, les producteurs prirent le temps d'honorer les militaires présents avec un salut aux couleurs. Au souvenir de son père et de son amour pour cette patrie à laquelle il avait fini par donner sa vie, elle sentit les larmes lui monter aux yeux.

David l'attira à lui. Il avait dû remarquer son émotion.

— Je suis désolée, murmura-t-elle. Nos militaires me rendent très émotive. Tout particulièrement ceux qui ont sacrifié leur vie pour le pays.

— Vous me semblez très patriote.

Elle recula et, étonnée, le regarda.

— Bien entendu. Pas vous ? Ne m'avez-vous pas dit que vous aviez été dans l'armée ?

— Oui, moi aussi je le suis, renchérit-il en nouant ses bras autour d'elle.

Elle réprima un soupir d'aise. Mieux valait ne pas remarquer à quel point ils étaient vigoureux et puissants.

— C'est bien ce que je pensais. Néanmoins, votre surprise m'a fait penser que vous doutiez de mon patriotisme.

— Je suis désolé. C'est un malentendu. Je me réjouis de voir à quel point vous aimez votre pays.

D'un signe d'assentiment, elle lui indiqua qu'elle acceptait ses excuses. Puis, balayant les lieux du regard, elle ajouta :

— Ils servent du vin frais, là-bas. Allons boire un verre.

— Bonne idée ! approuva-t-il en posant une main dans son dos.

À son contact, elle sentit une vague d'un désir si implacable que, l'espace d'un instant, le souffle lui manqua. Elle lui jeta un coup d'œil en coin. Lui aussi semblait troublé. Mais, au lieu de retirer sa main, il accentua la pression pour l'entraîner avec fermeté loin de la foule, en direction d'un bouquet de palmiers aux feuilles tombantes. Une fois à l'abri de leur obscurité, il la fit pivoter dans ses bras. Puis, après l'avoir dévisagée un long moment, il s'empara de ses lèvres.

Sans prendre le temps de les picorer, il insinua la langue dans sa bouche, et la pensée qu'elle avait eue un peu plus tôt lui retraversa l'esprit. Il était Délicieux — et Dangereux — avec un D majuscule. Non seulement sa bouche avait le goût de la bière qu'il avait bue au Summer Moon, mais sa voracité témoignait d'un tempérament fougueux. Elle avait deviné à quel point il était sensuel et son baiser le confirmait.

Quand elle y répondit, l'enlaçant à son tour, il enroula les bras autour d'elle et son baiser se fit plus profond, plus intense.

Sa fougue ne la dérangeait pas. En fait, elle savourait le plaisir de son avidité, de son goût, de ce baiser qui devenait de plus en plus provocant à chaque caresse de sa langue. Il y avait un moment qu'elle n'avait pas été embrassée et David réveillait en elle des sensations qu'elle croyait anesthésiées, la poussant à s'accorder aux exigences de ce ballet fougueux de leurs deux langues qui se pourchassaient. C'était la première fois qu'un homme l'embrassait avec une telle passion, une telle possessivité.

Elle aurait été bien incapable de dire combien de temps ils restèrent ainsi enlacés. Ce ne fut qu'en entendant le bruit des feux d'artifice que leurs bouches se séparèrent comme à regret. Elle leva les yeux vers le ciel embrasé de gerbes multicolores. Au lieu de l'imiter, il faisait courir sa langue humide le long de son cou et de sa clavicule.

— Dis-moi que tu dîneras de nouveau avec moi, Swan.

Il lui était impossible de refuser. Elle le regarda et vit la flamme de désir qui dansait au fond de ses prunelles cobalt.

— Oui, je dînerai de nouveau avec toi.

— Bien.

Reprenant ses lèvres, il l'embrassa de nouveau.

David avait tout essayé pour trouver le sommeil. Il avait compté les moutons à l'endroit, puis les avait comptés à l'envers, pendant une bonne demi-heure. Il était même allé jusqu'à essayer de s'auto-hypnotiser. En vain. Leur baiser imprégné dans son esprit, rien ne semblait pouvoir effacer le goût de Swan sur sa bouche.

Le corps tendu par le désir, il réprima un soupir. Jamais une femme ne l'avait mis dans un tel état d'excitation. Et à 4 heures du matin, il était toujours bien éveillé.

Certes, ce baiser allait compliquer sa mission. Mais il n'avait pas joué la comédie. Bien au contraire, il y avait longtemps qu'il n'avait pas vécu une expérience aussi réelle. Il avait voulu ce baiser. Il en avait eu besoin. Ça avait été inévitable.

Assis en face d'elle pendant le dîner, il avait senti un brasier s'allumer dans son ventre chaque fois qu'il regardait le mouvement de sa bouche et son érection s'était douloureusement durcie. Il lui était impossible d'ignorer l'attirance qui semblait les aimanter l'un vers l'autre.

Une attirance renforcée par ses yeux brillants de larmes, à la fin du spectacle. Sans oublier son engagement auprès de la municipalité pour loger les vétérans sans abri. Et il préférait ne même pas penser à quel point elle était belle et sexy, ce soir.

Ce baiser avait embrasé tous ses sens, l'avait fait vibrer d'une convoitise tellement dévorante que, son pouls s'affolant, il s'était senti emporté dans un tourbillon d'une volupté indescriptible, attisée par une énergie sexuelle qu'il n'avait pas ressentie depuis longtemps.

Il l'avait embrassée, se fichant bien d'être vu. Il avait même été tenté de l'entraîner sur le sol à cet instant précis. Seigneur ! Comment allait-il pouvoir la laver de tout soupçon quand il n'avait qu'une seule envie, la déshabiller ?

Il avait pourtant toutes les femmes qu'il voulait. Certaines étaient folles de l'uniforme. Et les aventures d'une nuit ne lui avaient jamais posé le moindre problème. C'était le style de relation qu'il prisait. Il aimait sa vie de célibataire, libre comme l'air, sans autre responsabilité que lui-même.

Et il y avait bien longtemps qu'il n'avait pas perdu le sommeil à cause d'une femme. C'était extrêmement pénible.

S'emparant de son téléphone, il tapa un texto :

Si l'un de vous est réveillé, qu'il m'appelle.

À peine quelques secondes après, la sonnerie retentit et le nom de Bane s'afficha à l'écran.

— Qu'est-ce qui se passe, Flipper ?

— Pourquoi ne dors-tu pas ? se contenta-t-il de répondre.

— C'est l'heure du biberon des triplés. Crystal et moi prenons des tours. Et toi, que fais-tu encore debout ?

David s'étira de tous ses membres.

— Je ne pouvais pas dormir. J'ai tout essayé. Même l'autohypnose.

Bane eut un petit rire.

— Je suppose que ça n'a pas marché.

— Non, ça n'a pas marché.

— Alors quelle est la cause de ton insomnie ?

Quel que soit son interlocuteur, il n'était pas du genre à faire des révélations. Aussi se contenta-t-il de répondre :

— Mon enquête ne progresse pas du tout. Or, notre commandant et l'amiral comptent sur moi.

— Peut-être n'auront-ils d'autre choix que d'accepter le rapport du Bureau renseignement stipulant qu'elle est coupable.

— Je ne la crois pas coupable. Elle a pleuré, ce soir, raconta-t-il après un court silence.

— Que veux-tu dire par là ?

— Chaque année, Key West célèbre le premier jour de l'été par un spectacle laser. Et ce soir, le spectacle mettait New York à l'honneur, avec une incroyable réplique de la statue de la Liberté. Puis il y a eu un hommage à l'armée américaine. Elle était émue aux larmes. Bon sang, Bane ! Un traître à son pays ne pleure pas pour ses soldats. Tu peux toujours me dire que je me laisse attendrir, mais je suis convaincu qu'elle n'est pas coupable.

— Dans ce cas, c'est à toi de le prouver. Et les deux personnes qui sont à sa boutique ?

— Son assistante et le tatoueur ? Ils n'ont pas des profils de coupables. Pourtant, je vais continuer à creuser. Je n'ai pas le choix.

— D'accord, mais fais bien attention à ne pas t'embarquer dans une histoire que tu ne pourras pas gérer.

— Pardon ?

— Tu m'as très bien compris, Flip. Tu as été envoyé là-bas pour prouver son innocence. Pas pour prouver la passion dont elle est capable. Ne l'oublie pas. Sur ce, bonne nuit !

Bane raccrocha. Pensif, David se frotta le visage. Bane était loin de se douter qu'après ce soir il avait envie de bien plus que de prouver son innocence ou la force de sa passion.

Il voulait posséder Swan totalement.

Et il avait le sentiment que ce désir n'était pas à sens unique. Il avait remarqué l'expression dans son regard pendant le dîner. Il avait senti la manière dont son corps avait répondu à ses caresses. Et il était sûr qu'elle partageait son trouble. L'embrasser avait été inévitable. Ils l'avaient tous les deux voulu, avec le besoin d'assouvir cette envie dévorante.

Le génie du désir était sorti de sa lampe et, en toute honnêteté, il ignorait comment l'y faire rentrer.

3

Swan repoussa la chaise de son bureau et prit une nouvelle gorgée de limonade glacée. Elle était dans cet état depuis le début de la journée. Au lieu de se concentrer sur les commandes en ligne qu'elle avait besoin de remplir et d'expédier, elle était incapable de chasser de son esprit le baiser de la veille.

Il lui suffisait de fermer les yeux pour s'en rappeler chaque détail, chaque caresse de sa langue pourchassant la sienne. Même en cet instant, ce simple souvenir faisait naître en elle une myriade de sensations, lui procurant un plaisir indicible.

En entendant frapper à sa porte, elle leva les yeux.

— Oui ?

Jamila passa la tête dans l'embrasure.

— M. Te-provoque-un-orgasme-immédiat est de retour.

Inutile de lui demander davantage de précisions.

— Et pour quelle raison ne le servirais-tu pas ?

— J'aurais bien aimé, ironisa son assistante avec un sourire coquin, mais il insiste pour que tu t'occupes de lui.

— J'arrive dans une minute.

— Très bien. Je transmets.

Elle prit une nouvelle gorgée. Même si elle ne voulait pas l'admettre, elle risquait de ne plus pouvoir se passer de David, après leur baiser de la veille. Non seulement, elle avait avalé trois litres de limonade, mais elle avait passé la journée à s'agiter sur sa chaise, en proie à des pensées très coquines. Si sa langue pouvait se montrer aussi habile dans sa bouche, elle préférait ne pas penser au plaisir qu'elle pourrait lui apporter... sur d'autres parties de son corps.

Chassant les images que son esprit cherchait à lui imposer, elle se leva d'un bond et sortit de son bureau. Arrivée sur le seuil de la boutique, elle s'arrêta net.

Vêtu d'un bermuda kaki et d'un débardeur, David lui tournait le dos. Devant ses muscles sculptés et ses jambes puissantes, elle étouffa un gémissement. Alors qu'elle avait pensé qu'il ne pourrait être plus sexy, il lui prouvait le contraire.

Il se retourna et lui sourit. Sans doute avait-il entendu le bruit de ses pas.

— Bonjour, David, le salua-t-elle avec affabilité. Tu es venu faire de nouvelles emplettes ?

Elle espérait lui faire comprendre qu'elle ne s'attendait pas à le voir passer sans raison.

— Oui. J'ai besoin de tes conseils. Je voudrais des bijoux pour mes trois belles-sœurs.

Elle esquissa un sourire. Elle aimait vendre. Quoi de plus naturel pour une commerçante ?

— Je serai ravie de t'aider à choisir des bijoux pour elles.

Une heure plus tard, elle enregistrait les achats de David. Avec son aide, il avait choisi quelques très beaux colliers. Elle s'était fiée à la description des goûts de chacune de ses belles-sœurs pour le conseiller sur les couleurs des pierres. Il avait ensuite commandé de nouvelles boucles d'oreilles assorties qu'il régla d'avance. Comme ils avaient consacré beaucoup de temps au choix des colliers, ils décidèrent d'attendre le lendemain pour en choisir les pierres. La boutique devait fermer dans moins d'une heure.

Elle avait compris à leur conversation que les Holloway formaient une famille très soudée. Rayonnant de fierté, il lui avait même montré des photos de sa nièce et de ses neveux sur son téléphone. Quand il le rangea, elle lui demanda :

— Pas de pression pour te marier ?

— Aucune. Mes parents sont mariés depuis plus de quarante ans et ils sont toujours très amoureux. Et ils font en sorte que leurs enfants et petits-enfants le sachent. Mais ils estiment ne pas avoir à intervenir dans nos choix. Ils partent du principe que chacun sait quand le moment est venu pour lui. Tout ce qu'ils veulent, c'est voir leurs enfants heureux.

Elle hocha la tête.

— J'aime cette vision des choses. Je veux croire que si mes parents avaient vécu ils auraient eu la même. Papa me répétait toujours qu'il voulait que je choisisse ma voie et que maman et lui seraient toujours là pour moi. Profite de tes parents, David, ajouta-t-elle, soudain submergée par un profond sentiment d'abandon. Ce n'est qu'après les avoir perdus que l'on comprend à quel point ils étaient formidables. Même si, en toute franchise, je pense avoir toujours su que j'avais des parents exceptionnels.

La prenant totalement au dépourvu, il s'empara de sa main.

— Visiblement, c'était le cas. Je sais qu'ils sont fiers de ta réussite.

Sa réaction lui allait droit au cœur. Mais ne souhaitant pas s'appesantir sur sa gentillesse, elle fit glisser le sac contenant ses achats vers lui et lui tendit le ticket de sa carte de crédit. Il le signa et le lui rendit.

— Que dirais-tu d'aller boire un verre chez Danica avec moi ?

Cette conversation sur ses parents lui faisait cruellement ressentir à quel point ils lui manquaient. Et ce n'était pas d'aller boire un verre chez Danica qui comblerait leur absence. Il lui en aurait fallu beaucoup plus pour qu'elle retrouve sa joie de vivre.

Certes, elle n'était pas malheureuse. Mais il lui arrivait de se demander si elle n'était pas en train de passer à côté de sa vie. Peut-être s'était-elle installée dans une routine qui l'empêchait de voir les possibilités qui s'offraient à elle. Même si elle n'avait pas la moindre idée de ce qu'elles pouvaient être.

— C'est une excellente idée. Mais je te souhaite bonne chance pour trouver une table chez Danica. Le café sert les meilleurs manchons de poulet cajun et il est toujours pris d'assaut. Tout particulièrement pour la *happy hour*. Je pense que toute l'île s'y retrouve à 17 heures.

— Sachant que c'est ton heure de fermeture, que dirais-tu de nous y retrouver à 17 h 30 ? Je te garantis que tu auras un endroit pour t'asseoir.

— Hum... J'ai comme l'impression que vous avez des relations, monsieur Holloway.

— Nous verrons.

Sur ces mots, muni du sac contenant ses cadeaux, il fit demi-tour et sortit. Et, comme tout à l'heure, elle le suivit des yeux jusqu'à ce qu'il ait disparu.

— Waouh ! Tu as vraiment des relations, dis-moi ? s'exclama Swan en se juchant sur un tabouret de bar. Je suis souvent venue ici, mais je n'ai jamais trouvé mieux qu'une table en terrasse.

David sourit. Comme au Summer Moon, il était arrivé le premier, l'avait attendue et l'avait regardée avec délectation avancer sur le trottoir.

Plus belle que jamais, elle portait aujourd'hui un short et un joli haut. Tout en admirant ses longues jambes galbées, il les imaginait le ceinturant pendant que...

Mais il ne devait pas laisser ces pensées s'infiltrer en lui. Depuis ce baiser, il se faisait violence pour les chasser. Il s'empressa de les canaliser et, essayant de contrôler son esprit rebelle, expliqua :

— Je connais personnellement Danica.

Elle haussa les sourcils.

— Vraiment ? s'étonna-t-elle. Comment ?

Il n'était pas question qu'il lui raconte toute l'histoire. Danica était la marraine de Nick Stover, un ancien SEAL. Quelques années auparavant, quand sa femme avait eu des jumeaux, Nick avait quitté les forces spéciales de la Marine de guerre pour entrer au département de la Sécurité intérieure. Il lui donna donc une version modifiée des faits.

— Son filleul et moi étions collègues de travail.

— Oh !

Ils furent interrompus par le barman venu prendre leur commande. Une fois que l'homme se fut éloigné, elle demanda :

— Je sais que tu as été dans l'armée. Mais que fais-tu aujourd'hui ?

Sachant que, tôt ou tard, elle lui poserait cette question, il avait préparé sa réponse.

— Je suis spécialisé en océanographie. Une occupation qui m'amène à parcourir le globe.

— Ça doit être intéressant.

— En effet ! acquiesça-t-il, tout en réprimant son envie de rire.

Le barman revint avec deux bières et une grande assiette de manchons de poulet cajun qu'ils attaquèrent avec appétit.

Au bout de quelques instants, mine de rien, il remarqua :

— Ton assistante a l'air sympa. J'espère ne pas l'avoir vexée en demandant à être servi par toi.

— Rassure-toi, elle n'est pas du genre susceptible. Tu peux me faire confiance.

— Tu la connais depuis longtemps ? poursuivit-il, s'appliquant à prendre son ton le plus innocent.

Si sa question lui sembla étrange, Swan ne releva pas.

— J'ai rencontré Jamila il y a environ deux ans, quand elle est venue habiter sur l'île. La première fois qu'elle est entrée dans ma boutique, elle a failli la dévaliser. Elle voulait des cadeaux de Noël pour toutes les femmes de sa famille. Comme toi, elle vient d'une grande tribu d'un État du Nord. Grâce à elle, en une journée, j'ai fait mon quota de ventes du mois. Et je suis devenue son amie pour la vie.

Son attention soudain aux aguets, il but une longue gorgée de bière. Ce que Swan venait de lui raconter était intéressant. En effet, s'il se référait au rapport du Bureau renseignement, Jamila n'avait aucune famille. Ni parents, ni frères, ni sœurs, ni oncles, ni tantes, ni cousins. Ses parents adoptifs avaient été tués dans un accident de voiture quand elle était en terminale. Et ils ne vivaient pas dans le nord des États-Unis, mais sur la côte ouest, en Californie.

Pourquoi avait-elle menti ?

Feignant la désinvolture, il afficha un sourire et plaisanta :

— Alors, tu l'as engagée le jour même.

— Non. À ce moment-là, elle travaillait comme capitaine d'un bateau d'excursions à la journée. Quand les choses ont mal tourné pour elle, je l'ai engagée à mi-temps.

Le rapport décrivait également les raisons de son renvoi ainsi que ses procès en cours, qu'elle avait de grandes chances de gagner.

— Et elle travaille à mi-temps parce qu'elle est étudiante ? poursuivit-il, toujours aussi désinvolte.

— Plus ou moins. Quand elle a vu combien gagnait Rafe et…

— Rafe ? répéta-t-il, feignant la surprise.

Swan n'avait pas besoin de savoir qu'il voyait parfaitement à qui elle faisait référence.

— Oui, Rafe. Il loue une pièce de la boutique, où il tient un salon de tatouage. Comme il est doué, grâce au bouche-à-oreille, son salon ne désemplit pas. Il a même des clients qui viennent en avion spécialement pour le voir. Jamila a décidé de lui faire concurrence en devenant tatoueuse à son tour, ajouta-t-elle après une gorgée de bière. Je dois reconnaître qu'elle a un certain talent. Mais cela ne semble pas inquiéter Rafe. Il lui permet même de l'assister de temps en temps. Il l'a prise sous son aile, en quelque sorte. C'est sympa de sa part.

— Oui, c'est sympa. Vraiment sympa, approuva-t-il, de plus en plus intrigué.

Plus tard, ce même soir, alors qu'ils attendaient un taxi à la station, elle se tourna vers lui.

— J'ai passé une merveilleuse soirée.

Une fois de plus, elle avait apprécié sa compagnie et détestait savoir que ce moment qu'ils partageaient touchait à sa fin.

Elle n'était pas surprise de voir que leur alchimie sexuelle était plus explosive que jamais. Le baiser qu'ils avaient échangé la veille au soir avait allumé une étincelle en elle. À voir le regard brûlant dont David l'enveloppait, elle devinait qu'il en allait de même pour lui.

Plus d'une fois, au cours du dîner, ses jambes nues avaient frôlé les siennes. Le contact sensuel du duvet qui les couvrait avait provoqué en elle une bouffée de désir.

Les premières fois, elle avait reculé. Pour, finalement, y renoncer. Il lui avait lancé un regard entendu qui semblait dire : « Je sais que tu le fais exprès. » Avec un sourire innocent, elle avait continué à boire sa bière.

En sortant du restaurant, quand il avait pris l'initiative du contact physique suivant, elle avait deviné qu'il cherchait à attiser la sensualité qui couvait en elle. Mais, avec ses sens déjà embrasés, la sensation de ces doigts entrelacés aux siens n'avait fait qu'exacerber le désir qu'il lui inspirait. Consciente de chaque détail de son physique, elle s'était laissé guider. À cause de ses longues jambes, elle avait du mal à s'adapter à son pas, même s'il avait plus d'une fois essayé de ralentir.

Bien sûr, elle aurait pu rentrer à pied. Mais il aurait proposé de la raccompagner. Peut-être faisait-elle preuve d'une prudence excessive. En effet, quand elle avait quitté la Jamaïque pour venir s'installer seule ici, sa mère l'avait mise en garde contre le danger de dévoiler son adresse trop vite à un homme. Et même si son cœur lui soufflait qu'avec David elle ne courait aucun risque, néanmoins...

S'extirpant de ses pensées, elle reprit :

— Je suis contente d'avoir rencontré Mme Danica. Malgré toutes mes années à Key West, je ne la connaissais pas. Elle est gentille.

— Très.

— Et j'apprécie vraiment son cadeau, ajouta-t-elle en brandissant le sac de poulet cajun.

— Je pense qu'elle a remarqué à quel point tu avais apprécié son poulet au dîner.

Elle eut un petit rire.

— Tu as sans doute raison.

— Et qu'as-tu prévu pour plus tard ? demanda-t-il, sa voix se faisant plus rauque.

— La fin du mois approche et je dois préparer les livres de comptes pour mon comptable.

Elle n'avait pas besoin de lui préciser qu'elle avait déjà entamé la corvée, mais que le souvenir de leur baiser l'avait empêchée de se concentrer.

— Et pour le dîner, demain soir ?

Sans répondre immédiatement, elle baissa les yeux vers le trottoir. Ne s'étaient-ils pas assez vus, ces derniers jours ? Où tout cela allait-il les entraîner ? Ne devait-il pas quitter les Keys dans moins d'un mois ?

Elle lui jeta un coup d'œil.

— Pourquoi ? Nous sommes déjà sortis deux fois ensemble. Je m'en voudrais d'accaparer tout ton temps.

— Ce n'est pas le cas. Et la raison pour laquelle je veux sortir de nouveau avec toi, c'est parce que j'apprécie ta compagnie.

C'était certes réciproque.

— Je peux te demander quelque chose, David ?

— Oui, acquiesça-t-il avec un hochement de tête.

Après son fiasco avec William, elle aurait sans doute dû lui poser la question avant même d'accepter sa première invitation à dîner. N'avait-elle pas découvert à ses dépens que, de nos jours, un homme qui ne portait pas d'alliance n'était pas forcément libre ?

— Que veux-tu savoir, Swan ? insista-t-il.

Dans l'espoir d'y lire la vérité, elle plongea les yeux dans les profondeurs de son magnifique regard.

— Es-tu marié ? As-tu quelqu'un qui compte dans ta vie ?

Loin de trahir la moindre culpabilité, la lueur qui s'alluma dans le bleu intense de ses prunelles exprimait la surprise.

— Non. Je ne suis pas marié et je ne l'ai jamais été. Pendant plusieurs années, j'ai vécu une relation avec une femme. Mais mes voyages trop fréquents l'ont poussée à rompre. Une rupture qui remonte à plus de six ans. Et toi, Swan ? demanda-t-il à son tour, après s'être appuyé contre un poteau. Tu as été mariée ? As-tu quelqu'un qui compte ?

— Bien sûr que non ! s'insurgea-t-elle.

Hochant lentement la tête, il poursuivit :

— Je suppose donc que tu as une bonne raison pour me demander si je ne suis pas libre.

— J'avais besoin de m'en assurer.

Sans rien ajouter, il la regarda comme s'il réfléchissait à sa réponse. Puis, insistant, il répéta :

— Encore une fois, tu dois avoir une bonne raison pour me poser cette question.

— En effet.

Néanmoins, elle n'avait nulle intention de se lancer dans une explication.

— Eh bien, je peux te garantir qu'il n'existe aucune Mme David Holloway nulle part. Pas plus qu'une femme portant ma bague de fiançailles. Satisfaite ?

— Oui.

Un taxi s'arrêtait devant eux.

— Merci encore pour le dîner, lança-t-elle alors.

Elle était sur le point de monter dans le véhicule quand, la prenant par la main, il l'attira vers lui et déposa un baiser bref mais résolu sur sa bouche.

— À demain, chuchota-t-il contre ses lèvres.

— Demain ? répéta-t-elle, étourdie par son baiser.

— Oui, nous sommes censés regarder des modèles de boucles d'oreilles. Tu te souviens ?

L'esprit confus, un peu grisée, elle peinait à rassembler ses idées.

— Oui, c'est vrai.

— Dans ce cas, à demain.

Elle hocha la tête. Il lui ouvrit la portière et elle s'empressa de monter dans le taxi et rentra chez elle. Seule.

À peine entré dans sa chambre d'hôtel, David se dirigea vers le petit réfrigérateur sous le bar et en sortit une bière. Il se fichait bien d'en avoir déjà bu deux chez Danica. Encore sous le choc de sa soirée avec Swan, il lui en fallait une troisième. Elle faisait naître en lui des émotions enfouies que jamais aucune autre femme n'avait éveillées. Et, ce soir, il avait vraiment apprécié sa compagnie.

Quand il avait été convoqué au bureau de l'amiral Martin, ses coéquipiers rentraient à peine d'une mission de deux mois en Afrique du Sud. Plus que tout, il avait eu besoin de se détendre. Ce qu'il serait en train de faire chez lui, si cette mission ne lui avait pas été assignée.

Pourtant, même s'il était à Key West en mission officielle et que Swan était au cœur de son enquête, il adorait passer du temps avec elle.

Le souvenir de leur rencontre avec Danica le fit sourire. À voir l'enthousiasme de Swan, on aurait pu croire qu'il venait de lui présenter une célébrité de Hollywood. Tout de suite à l'aise, les deux femmes avaient alors bavardé comme deux vieilles amies.

Il avait savouré le son de sa voix caressante, aussi douce que sexy. Et, pour la première fois depuis son retour aux États-Unis, il s'était autorisé à lâcher prise et à se détendre. Totalement sous le charme de sa personnalité envoûtante, il s'était laissé séduire par la sensualité qui émanait de tout son être, faisant écho à ses réactions les plus primitives.

Ce qui ne lui disait rien qui vaille !

Se désaltérant d'une longue gorgée de bière, il reprit le contrôle de ses pensées récalcitrantes. Il ferait mieux d'analyser ce qu'elle lui avait raconté au sujet de Jamila et de Rafe. Il sortit son téléphone de sa poche de pantalon et, d'un clic, se connecta avec son ami, Nick Stover.

— Tu as intérêt à me raconter des trucs intéressants, Flipper ! lui lança ce dernier en guise de salutation. Natalie a un cours d'art à la fac, ce soir, et je garde les enfants.

Flipper ne put se retenir de sourire. Tout comme Bane, Nick avait des triplés et, s'il se fiait au tapage en bruit de fond, il était dépassé par sa progéniture.

— Arrête de geindre. S'occuper de trois enfants de trois ans ne doit pas être si terrible.

— Dans ce cas, ne te gêne pas pour venir me remplacer.

— Désolé, je suis en mission.

— C'est ce que j'ai entendu. Dans les Keys, si je ne me trompe pas ?

Sachant que Nick avait dû obtenir l'information de l'un de ses quatre coéquipiers, il répondit :

— Oui, à Key West.

— Profites-en pour passer voir Danica et embrasse-la de ma part.

— C'est déjà fait. Ce soir, en fait.

— Parfait.

— Je pense qu'elle a plus de photos des triplés que toi.

— Je n'en doute pas. Alors si tu ne peux pas venir me dépanner avec les enfants, que me vaut l'honneur de ton appel ?

— Quand tu arriveras à ton poste si confortable au département de la Sécurité intérieure demain, je voudrais que tu te renseignes sur deux personnes pour moi. J'ai lu les rapports du Bureau renseignement, mais certaines informations ne se tiennent pas. Tu vas me dire que je suis trop méfiant, mais depuis l'histoire des taupes démasquées au sein même de divers services, je ne veux prendre aucun risque.

Il lui exposa alors les contradictions entre le contenu des rapports et la version de Swan.

— Quelqu'un ment. Soit Jamila n'a pas dit la vérité à Swan, soit le rapport a été falsifié. Je veux en avoir le cœur net.

4

— Il est revenu ! s'exclama Jamila.

Swan se leva de son bureau. Elle n'avait pas besoin de demander à qui son assistante faisait référence.

— Je l'attendais, répliqua-t-elle sur un ton qu'elle espérait professionnel. Il est venu regarder des modèles de boucles d'oreilles.

— Si tu le dis... Je te l'envoie.

Swan s'apprêtait à lui préciser qu'ils pouvaient utiliser l'ordinateur de la boutique, mais Jamila était déjà partie, refermant la porte derrière elle.

Elle prit une profonde inspiration. Comment avait-elle pu venir à bout de ses comptes, la veille ? Après leur soirée au restaurant, la pensée de David avait tourné à l'obsession. Et quand elle était allée se coucher, elle avait rêvé de lui. Certes, ce n'était pas la première fois. Mais les rêves de la nuit dernière avaient été si érotiques qu'elle s'étonnait de n'avoir pas mis le feu à ses draps.

Elle prit une profonde inspiration. Il venait de frapper.

— Entre.

La porte s'ouvrit et elle sentit l'air lui manquer. Il était encore plus sexy que la dernière fois.

La veille, afin de rester concentrée sur ses comptes, elle avait invoqué toutes les raisons possibles de résister à l'attirance qu'il lui inspirait, toutes les raisons pour lesquelles une relation avec lui était vouée à l'échec.

Elle était allée jusqu'à invoquer le problème racial. Qu'elle avait immédiatement écarté au souvenir de ses parents et de l'infini bonheur qu'ils avaient partagé. Pourtant, elle ne pouvait pas oublier que c'était la raison pour laquelle son père s'était vu rejeté par les siens. La famille de David aurait-elle la même réaction ? Elle n'avait aucune raison de penser le contraire. Mais ne s'emballait-elle pas un peu ? Il n'avait jamais été question d'amour entre eux.

— Bonjour, David.

— Bonjour, Swan. Tu es occupée, ajouta-t-il en balayant du regard les nombreux dossiers étalés sur son bureau.

— Tout va bien. Et puis, je dois m'occuper de ta commande de boucles d'oreilles.

Maintenant qu'il avait vu son bureau, il serait tout à fait logique de suggérer qu'ils utilisent l'ordinateur de la boutique pour les dessiner. D'un autre côté, elle n'avait nullement l'intention de profiter de sa présence ici pour faire des bêtises.

— Assieds-toi, je t'en prie. Le temps que je range le bureau.

Aujourd'hui, il portait un jean. Elle ne put s'empêcher de remarquer la fluidité de ses mouvements alors qu'il prenait place sur la chaise réservée aux visiteurs. Gênée, elle s'empressa de détourner les yeux. Qu'il ne la surprenne surtout pas à le lorgner.

— Sympa, ton bureau !

— Merci.

Elle referma les dossiers et les posa dans le plateau de classement. Quand elle releva les yeux, elle le surprit à l'observer. Elle suivit son regard et ne tarda pas à comprendre ce qu'il fixait.

Elle portait une jupe et un chemisier au col en V qui, quand elle s'était penchée pour ranger ses dossiers, avait dévoilé la naissance de ses seins. Son intérêt flagrant était infiniment troublant.

Elle s'empressa de s'asseoir.

— Et maintenant, si tu veux bien approcher ta chaise, je suis tout à toi.

Se rendant compte un peu tard de ce que cela pouvait impliquer, elle s'empressa d'ajouter :

— Pour regarder des modèles.

Soulevant la chaise, il contourna le bureau et vint se placer juste à côté d'elle. Il se rassit, collant une de ses jambes à la sienne. Elle décida d'ignorer le contact du denim sur sa peau nue. Se déplacer aurait paru trop évident.

— Et maintenant, commença-t-elle, en essayant de ne pas remarquer à quel point il sentait bon, que penses-tu de ceux-là ?

Elle fit apparaître divers modèles à l'écran.

Surprise par son silence, elle lui jeta un coup d'œil. Il était en train de la contempler avec l'air de vouloir la retenir captive de ses yeux bleu laser. Le souffle soudain court, elle sentit ses joues s'embraser, le corps en proie à un désir impérieux que le brasier qui couvait dans le regard de David accentua encore.

— Puis-je faire une suggestion ? demanda-t-il d'une voix vibrante de sensualité.

— Cela dépend de la suggestion, s'entendit-elle répondre.

Se penchant un peu plus près, il chuchota :

— Je veux t'embrasser encore. Le seul problème, c'est que j'aurai du mal à m'arrêter. Et je ne sais pas si mon besoin sera jamais assouvi.

Elle l'écouta, incapable de détacher les yeux de ses lèvres. Lentement, elle les releva vers son visage. Devant son regard brûlant de convoitise, sa respiration s'accéléra. La tension entre eux était palpable. Elle voulait ce baiser.

— Je ne sais pas quoi dire.

— Ne dis rien, Swan. Contente-toi d'approcher ta bouche de la mienne.

Bien sûr, ce n'était pas une bonne idée. Pourtant, elle se surprit à obéir.

Il poussa un profond soupir d'aise. Les lèvres de Swan frôlaient presque les siennes. Il surprit son petit cri quand, du bout de la langue, il lécha ses lèvres.

— Qu'est-ce que tu fais ? demanda-t-elle d'une voix tremblante.

— Puisque tu poses la question...

Il s'empara de sa bouche et quand, étouffant un gémissement, elle ferma les yeux, il prit sa tête dans ses paumes et l'embrassa avec une frénésie qu'il ne se soupçonnait même pas.

Pourquoi cette femme éveillait-elle en lui ces instincts primaires qui, il le savait, ne seraient satisfaits que quand il lui aurait fait l'amour ? Était-ce parce qu'elle obsédait ses pensées le jour et ses rêves la nuit ? Ou était-ce dû à cette flèche fulgurante qui le transperçait à chaque fois qu'il la voyait ? Elle mettait ses nerfs à vif, lui inspirant un désir que jamais il n'avait éprouvé avec aucune autre femme.

Sans parler de tout le reste.

Pour le moment, il ne savait comment faire marche arrière. Aussi, n'écoutant que son instinct, il s'abandonna au feu qui le dévorait, à l'attirance qui les aimantait.

Leurs lèvres se soudèrent en un baiser frénétique, torride, faisant rouler son sang dans ses veines en un torrent furieux. Il ne lui en faudrait pas beaucoup pour perdre tout contrôle et lui faire l'amour à même le bureau. En cet instant précis, tout son corps était raidi par ce besoin implacable, par la fascination qu'elle exerçait sur lui.

La sonnerie du téléphone mit un terme à leur baiser. Ils se séparèrent à regret, un peu haletants. Elle pressa le bouton du combiné.

— Swan, j'écoute.

Après un court silence, une voix masculine grave demanda :

— Swan ? Tout va bien ? Tu as l'air hors d'haleine.

Il la regarda reprendre son souffle. Puis, un sourire se dessinant sur ses lèvres, elle répondit :

— Je vais bien, parrain Un. Et toi ?

Devinant qui était l'interlocuteur de Swan, David sentit une vague glacée le submerger. La réalité le rattrapa soudain et il se souvint de la raison de sa présence à Key West. Si l'amiral Martin apprenait qu'il venait d'embrasser sa filleule, que ce n'était pas leur premier baiser et qu'il rêvait d'aller beaucoup plus loin, il le ferait passer en cour martiale.

Elle coupa le haut-parleur. Il n'entendait plus qu'une partie de la conversation. Mais, au timbre enjoué de la voix de Swan, il devina que ce coup de téléphone la réjouissait.

Sentant une certaine tension entre ses jambes, il se leva et se dirigea vers la fenêtre. Si elle pouvait produire cet effet sur lui avec un simple baiser, il ne voulait pas penser à ce qui arriverait s'il devait lui faire l'amour. À la simple pensée de s'enfouir en elle, son estomac se noua et il sentit de nouveau son corps s'enflammer de désir.

Sachant qu'il avait besoin de se distraire l'esprit, il leva les yeux vers le ciel. C'était une très belle journée. Lundi, on célébrerait *Memorial Day*. Avait-elle des projets pour ce jour férié ? Il avait entendu parler d'un défilé et, contrairement à beaucoup d'endroits aux États-Unis, s'accordant à l'atmosphère détendue des lieux, les commerçants de Key West fermaient leurs négoces.

Il aimait les Keys. Quand il prendrait sa retraite de la Marine, il s'imaginait très bien y habiter toute l'année. Il adorait la mer et vivre sur une île le séduisait. Mais s'il choisissait de s'installer ici, il lui faudrait d'abord réfléchir à sa relation avec Swan. Même s'il pouvait prouver qu'elle n'était pas coupable d'espionnage, elle risquait de le détester pour les soupçons qu'il avait nourris à son égard.

— Je suis désolée, David.

Il se retourna, se fichant bien qu'elle remarque son érection. Même en essayant, il ne pourrait pas la cacher. Était-elle désolée d'avoir été interrompue ou regrettait-elle leur baiser ? Il espérait que la première supposition était la bonne, car il s'imaginait mal regretter un jour de l'avoir embrassée.

— Si je comprends bien, c'était l'un de tes parrains ? demanda-t-il, connaissant déjà la réponse.

Elle fixait son entrejambe. Après avoir entendu sa question, elle leva lentement les yeux vers son visage.

— Oui, c'était l'un de mes parrains. Les deux autres vont me téléphoner plus tard dans la journée. C'est leur habitude. Ils appellent tous les trois à vingt-quatre heures d'intervalle.

Il hocha la tête et, lentement, regagna sa chaise.

— Je sais que tu es très occupée. Alors regardons les modèles.

Était-ce un éclair de déception qu'il avait surpris dans son regard ? Voulait-elle qu'ils reprennent là où ils avaient été interrompus par la sonnerie du téléphone ? N'avait-elle pas conscience qu'ils jouaient à un jeu dangereux et qu'ils pourraient vite s'y brûler les ailes ?

Inexplicablement, ils parvinrent à passer la demi-heure suivante à examiner des modèles de boucles d'oreilles. Comme pour les colliers, il voulait que chaque paire reflète la personnalité de ses trois belles-sœurs.

Une fois satisfait de ses choix, il se leva. Il avait besoin de se précipiter à l'hôtel pour prendre une douche froide. La proximité de Swan l'avait mis au supplice.

Elle était si féminine que toutes ses terminaisons nerveuses étaient en alerte. Sa présence, son parfum lui faisaient l'effet d'une drogue puissante dont il ne pouvait se sevrer. Et le même désir lancinant persistait à le tarauder.

— Je te dois un peu plus d'argent, je suppose, déclara-t-il.

Le prix de certains des modèles qu'il avait sélectionnés dépassait le montant de son devis.

— Oui. Je t'indiquerai la différence une fois que ta commande sera prête.

Il avait remarqué que, dès qu'il s'était levé, ses yeux s'étaient immédiatement reposés sur son entrejambe. Espérait-elle encore y voir une proéminence gonfler son jean ? Si c'était le cas, elle n'allait pas être déçue. Le simple fait de la regarder pouvait provoquer chez lui une érection.

Et pourquoi choisit-elle cet instant pour s'humecter les lèvres ? N'avait-elle pas la moindre idée de l'effet torride qu'elle produisait en lui ?

Flageolant sur ses jambes, le sexe durci à l'extrême, il contourna son bureau et la regarda.

— Hier, je t'ai demandé si tu voudrais bien dîner de nouveau avec moi. Mais tu ne m'as pas donné de réponse.

D'un autre côté, devant son état d'excitation flagrant, il était peu probable qu'elle la lui donne maintenant.

— Je pensais que nous pourrions dîner ensemble ce soir, déclara-t-elle à brûle-pourpoint.

Un peu interloqué, il répliqua :

— D'accord, tu choisis le restaurant.

Elle prit une feuille sur son bureau, y nota quelques mots et la lui tendit. Devant son silence abasourdi, elle précisa :

— C'est mon adresse, David. Je t'invite à dîner chez moi, ce soir.

Son regard incrédule allait de la feuille à son visage. Puis, tout en essayant de refouler la vague torride qui enflait en lui, il demanda :

— Dois-je apporter quelque chose ?

— Non, juste toi.

L'estomac noué par l'appréhension, Swan inspecta son intérieur. Pourvu qu'elle n'ait pas commis une erreur en l'invitant ici.

Cela faisait une semaine exactement qu'ils s'étaient rencontrés. Or, si elle devait continuer à le voir pendant son séjour sur l'île, elle ne pouvait pas profiter de ses attentions, ni s'attendre à ce qu'il l'invite au restaurant, sans lui rendre la pareille. En outre, et surtout, elle avait besoin de mettre un peu de distance entre eux. De se souvenir qu'elle voulait partager un bon moment avec lui et que cela n'irait pas plus loin.

Elle ne voulait rien de plus.

Un jour, elle serait prête à envisager un avenir avec un homme. Mais le moment n'était pas encore arrivé. Elle aimait sa liberté et appréciait de n'être responsable que d'elle-même.

Elle savait par Candy, sa meilleure amie, qu'une relation sérieuse exigeait une grande implication. Et qu'en dépit de tout vous pouviez construire sur du sable. Car la personne qui partageait votre vie pouvait, un beau jour, tirer sa révérence et vous briser le cœur.

À l'exemple de Don, l'ex-mari de Candy, qui l'avait quittée pour l'hôtesse de l'air avec qui il la trompait. Une fois son infidélité révélée, non seulement il n'avait rien nié, mais il avait demandé le divorce. Que Candy lui avait accordé sans l'ombre d'un regret.

Toutefois, après la trahison de Don, rester vivre à Key West avait été au-dessus des forces de Candy, quand bien même son amie avait été aussi attachée qu'elle à leur île.

Swan essayait néanmoins de se convaincre que tous les hommes n'étaient pas des salauds comme Don ou William. Le souvenir de son père suffisait à lui rappeler qu'il existait aussi des hommes bien.

Andrew Jamison était sa référence. Elle avait vu comment il traitait sa mère, elle avait été témoin de la beauté et de la sincérité de leur amour. Sentant une bouffée soudaine de tendresse, elle esquissa un sourire. Ses parents étant tous deux démonstratifs, elle les avait souvent interrompus au milieu d'un baiser passionné.

Les murs, le sol de cette maison restaient imprégnés de cet amour dans lequel elle avait baigné toute son enfance et qui persistait à faire vibrer les lieux. Quelle chance qu'elle n'ait pas été vendue à la mort de son père, quand sa mère avait pris la décision de rentrer à la Jamaïque. Sachant qu'un jour sa fille voudrait revenir à Key West, Leigh avait décidé de la garder. Et même si elle était un peu trop spacieuse pour une personne seule, jamais elle ne la vendrait ni ne déménagerait. Cette maison comblait tous ses désirs.

De sa chambre, elle voyait la mer. Et, la nuit, elle dormait la fenêtre ouverte, apaisée par le parfum de l'océan.

Même si elle avait choisi de ne pas s'y installer, sa pièce préférée était l'ancienne chambre de ses parents. Éclairée de baies vitrées du sol au plafond, elle était agrémentée d'un balcon sur lequel, tous les matins, elle buvait son café. Quelques années auparavant, elle y avait fait poser un filet pour empêcher les oiseaux d'entrer dans la maison. Mais elle aimait se faire réveiller par leurs chants, à l'aube.

Si ses parents ne lui avaient jamais raconté leur histoire en détail, elle savait que son père était issu d'une famille riche qui l'avait renié quand il était tombé amoureux de sa mère et qu'il avait refusé de renoncer à elle. Swan avait découvert la suite dans un magnifique journal, relié de cuir, que Leigh lui avait fait promettre d'ouvrir après sa mort.

Pendant les semaines qui avaient suivi ce décès, restée seule avec sa peine, elle s'était plongée avec ravissement dans cette histoire d'amour qui, pour elle, était la plus belle du monde. Et la lecture de ce compte rendu quotidien de la vie de sa mère, de son amour pour son père l'avait aidée à rester saine d'esprit. Malgré son chagrin, elle était heureuse de les savoir désormais réunis.

L'histoire de ses parents avait fait naître en elle le désir de connaître un homme de la qualité de son père, de vivre un amour aussi fort. Peut-être était-ce ce qui l'avait poussée à croire en William. Et depuis qu'elle avait découvert sa duplicité, c'était sans doute ce qui l'avait rendue si réticente à s'engager à nouveau dans une relation sérieuse.

Sa lecture lui avait aussi appris que Leigh avait été très reconnaissante à son mari d'avoir accepté qu'ils s'installent à Key West. Sa mère avait été refroidie par l'expérience de la base navale en Virginie où ils vivaient auparavant : les regards haineux qu'elle suscitait quand elle sortait avec lui. Les grimaces désapprobatrices. Les paroles cruelles.

Son père, qui n'avait rien toléré de tout cela, n'avait jamais hésité à braver quiconque n'acceptait pas sa femme. Néanmoins, pour éviter les problèmes, Leigh avait préféré habiter Key West où la population, très bienveillante, était ouverte aux couples mixtes.

Cela ne l'avait jamais empêchée de quitter l'île pour rejoindre Andrew chaque fois que celui-ci le lui demandait. La plupart du temps, Swan était du voyage et toutes deux allaient retrouver son père au gré de ses missions, pendant plusieurs semaines d'affilée.

Le tintement de la sonnette l'arracha à ses souvenirs. Elle prit une profonde inspiration. Il était temps de fermer la porte du passé. Ses seuls projets pour ce soir étaient de savourer le repas qu'elle avait préparé avec son invité, avant, plus tard, de savourer sa compagnie.

Quoi qu'ils décident pour occuper la suite de leur soirée, elle était partante.

— Bonsoir, David. Bienvenue chez moi.

Il préférait ne pas imaginer la réaction de Swan si elle apprenait que ce n'était pas sa première visite chez elle. Savoir qu'il avait envahi son espace à son insu ne lui ferait certainement aucun plaisir. Mais si jamais elle découvrait la vérité, comprendrait-elle qu'il avait été motivé par les meilleures intentions ? À savoir, lui éviter de croupir en prison après avoir été accusée d'un délit qu'elle n'avait pas commis ?

Chassant ces pensées de son esprit, il sourit. Dans sa jupe portefeuille et son chemisier jaune, elle était d'une beauté à couper le souffle.

— Bonsoir. Je sais que tu m'avais dit de ne rien apporter, mais ça n'aurait pas été poli, déclara-t-il.

Il lui tendit une bouteille de vin et un bouquet de fleurs.

Il avait toujours eu l'intention d'apporter du vin, mais en passant devant un fleuriste de rue, la beauté et la fraîcheur des fleurs lui rappelant Swan, il n'avait pas pu résister.

— Merci. Les fleurs sont magnifiques et c'est mon vin préféré, affirma-t-elle en s'écartant pour le laisser entrer.

Il eut un petit rire.

— Je sais. Je m'en souviens. C'est ce que tu as bu l'autre soir, au restaurant.

Bien entendu, il se garderait bien de préciser qu'il avait vu plusieurs bouteilles de moscato dans son cellier à vin, lorsqu'il avait inspecté sa maison.

Affichant son air le plus dégagé, il jeta un coup d'œil à la ronde, comme s'il visitait les lieux pour la première fois.

— C'est délicat de ta part de t'en être souvenu. Si tu es d'accord, nous allons prendre l'apéritif dans le patio, proposa-t-elle. Je pense que tu apprécieras mes délicieux acras.

— Tes délicieux acras ?

— Oui, c'est la recette secrète de ma mère. Tu ne seras pas déçu, ajouta-t-elle.

Le précédant, elle franchit la porte-fenêtre. Il lui emboîta le pas. Le patio qui surplombait la mer offrait une vue magnifique sur le large. C'était sans nul doute le meilleur point de vue de l'île pour admirer l'océan dans toute sa splendeur.

Un souvenir lui traversa l'esprit. Quand, enfant, il rendait visite à ses cousins en Californie, il rêvait d'habiter un jour sur une plage. Ces dernières années, basé près de San Diego, il avait quasiment réalisé son rêve. Il avait fait l'acquisition d'un appartement à proximité de la base, d'où il pouvait se rendre à la plage à pied.

Mais la vue de sa terrasse n'avait rien de comparable avec celle qui s'offrait à ses yeux. La maison de Swan donnait sur la plage. Elle n'avait qu'à sortir par sa porte arrière pour fouler le sable blond. S'il vivait ici, il irait nager tous les jours.

Se tournant vers elle, il s'exclama :

— Quelle vue splendide !

— J'adore cette maison. Je suis heureuse que ma mère ne l'ait pas vendue quand, après la mort de mon père, elle a décidé de retourner vivre à la Jamaïque. Et tu peux me croire, elle a eu des offres. Et moi aussi, d'ailleurs. Elle disait qu'il lui était trop douloureux de rester ici sans papa. Mais elle savait que je le vivrais différemment. Pour moi, c'était tout l'opposé. Le fait d'être ici avec mes souvenirs du temps où nous habitions tous les trois me comble de bonheur.

En entendant le chagrin dans sa voix, il prenait toute la mesure de sa chance d'avoir toujours ses propres parents.

Colin et Lenora Holloway avaient toujours été les plus grands fans de leurs fils. L'amour qui les unissait était un exemple pour chacun d'entre eux. Ses frères n'avaient jamais douté du mariage et ils avaient tous réussi les leurs. À l'exception de son frère Liam.

Quand Bonnie avait attendu son enfant, Liam s'était comporté en homme d'honneur en l'épousant. Mais la jeune femme, qui était une fêtarde, n'avait pas modifié son style de vie. Et pendant que son mari se battait avec les SEAL quelque part dans le monde, elle ne se gênait pas pour le tromper.

Personne, pas même Liam, n'avait donc été surpris quand, à son retour d'une mission, elle avait demandé le divorce. Il le lui avait accordé sans la moindre hésitation. Depuis lors, elle s'était remariée, lui causant de nouveaux problèmes : le nouveau mari de Bonnie n'appréciant pas la présence de son ex, Liam était contraint de faire régulièrement appel au tribunal pour pouvoir exercer son droit de visite et voir sa fille.

David n'avait aucun souci concernant le mariage en soi. Mais, pour le moment, il avait bien d'autres préoccupations. Et, en particulier, celle de résister à la tentation que représentait Swan, tout en poursuivant son enquête. C'était le plus important des défis. Plus il passait de temps en sa compagnie, plus elle lui plaisait, plus il voulait prouver son innocence. Garder son objectivité n'était pas une mince affaire.

— Tiens, dit-elle en lui tendant une bouteille de bière fraîche. J'ai pensé que tu préférerais ça au vin.

Il sourit. La bière était de la marque qu'il avait choisie l'autre soir, au Summer Moon. Elle avait donc remarqué elle aussi ses préférences en matière de boisson.

— Merci. Je n'ai jamais aimé le vin.

Elle étouffa un petit rire.

— Mon père non plus. Je savais qu'il n'allait pas tarder à rentrer à la maison quand ma mère mettait ses bières préférées au frais.

Il ouvrit la bouteille, but une gorgée et remarqua qu'elle le regardait. Il se lécha les lèvres, savourant le goût de la bière. Mais elle continuait à le fixer.

— Y a-t-il quelque chose qui cloche ? demanda-t-il, un peu surpris.

Elle sourit.

— Non. Rien du tout. Simplement j'adore te regarder boire ta bière.

Il laissa échapper un petit rire. C'était une première. Jamais aucune femme ne lui avait adressé ce genre de compliment.

— Et comment est-ce que je la bois ?

— De manière très sensuelle.

À l'intonation de sa voix, il essaya d'ignorer la vibration dans ses veines.

— Vraiment ?

— Oui. Et ensuite, tu la dégustes comme si tu en appréciais chaque goutte.

— C'est le cas.

Comme si elle s'en voulait soudain d'avoir trop parlé, elle recula d'un pas.

— Je vais aller chercher les acras pour que tu les goûtes.

Malgré lui, il lui caressa le bras au passage. La tension entre eux était palpable. Posant sa bière, il murmura :

— Attends une minute. Même si j'adore la bière, j'ai découvert que je préférais encore la saveur de ta bouche.

Sans l'ombre d'une hésitation, il s'empara de ses lèvres.

Le moment était parfaitement choisi, songea Swan. Elle avait besoin de ce baiser. Elle l'avait voulu dès l'instant où elle l'avait vu boire à la bouteille. Et maintenant, cette bouche était sur la sienne. Fidèle à ses paroles, il lui montrait qu'il l'appréciait encore plus que sa bière.

Il y avait une certaine précision, une certaine méticulosité dans son baiser. Dès que la langue de David pénétrait dans sa bouche, elle capturait sa langue à elle et entamait un long ballet langoureux, feu d'artifice de sensation frôlant l'insoutenable.

Il l'embrassait à la faire défaillir, à la faire mourir de plaisir. Elle était incapable de se rassasier de sa présence, ne rêvait plus que d'une chose : voir ce moment durer toujours. Le désir roulait en elle comme un nectar divin, alliant le plaisir torride à une passion ardente.

Il plaqua ses cuisses contre les siennes. Son érection était énorme. Instinctivement, elle roula des hanches, voulant le sentir à la jonction de ses cuisses.

Quand, enfin, il la libéra, elle laissa échapper un profond soupir. Sa bouche continuait à palpiter et elle sentait une faiblesse immense dans ses membres.

Le silence semblait accentuer le bruit de son souffle haletant. Sous l'intensité de son regard bleu, un nouveau frisson naquit au creux de son ventre.

Elle s'humecta la bouche et recula d'un pas.

— Tu es prêt pour les acras ?

— Oui, répondit-il en passant la langue sur ses lèvres. Pour le moment.

5

Il la désirait.

Il savait qu'il n'aurait pas dû, mais c'était ainsi. Tout au long du délicieux dîner qu'elle avait préparé, alors qu'ils bavardaient, il avait vraiment dû prendre sur lui pour faire taire le désir qu'elle lui inspirait. Et maintenant que leur repas touchait à sa fin, il reprenait possession de son esprit. Son sexe devenant soudain douloureux, il changea de position sur sa chaise. Bien malgré lui, des images de son corps de déesse nu s'imposaient à lui.

Sa voix au timbre si mélodieux interrompit le fil de ses pensées coquines.

— Tu es prêt pour le dessert, David ? J'ai préparé une tarte au citron vert des Keys.

Pour l'instant, c'était l'envie d'un autre genre de dessert qui lui taquinait les papilles. Il répondit néanmoins :

— Oui, merci. Avec plaisir. À propos, ton dîner était succulent. Tu cuisines très bien. Ma mère t'adorerait.

Il tressaillit. La dernière phrase lui avait échappé. Quelle mouche avait bien pu le piquer ? À voir l'expression ahurie de Swan, elle se posait visiblement la même question. S'empressant de se rattraper, il précisa :

— C'est un vrai cordon-bleu et elle admire les excellentes cuisinières.

Un sourire entendu flottant sur ses lèvres, Swan répondit :

— Tu n'es pas obligé de faire ça, David.

— De faire quoi ?

— D'essayer de m'empêcher de me faire des idées.

Certes, c'était le but de sa précision. Mais pas pour la raison qu'elle imaginait. S'il voulait leur éviter de se bercer d'illusions sur le lien balbutiant entre eux, c'était par prudence. Car quand elle découvrirait la véritable raison de sa présence à Key West, à savoir son travail de contre-espionnage, elle le haïrait. Et puisque, hélas, sa mission l'empêchait de lui dévoiler la vérité, il devait l'empêcher de se projeter dans un avenir quelconque avec lui.

— Et de quelles idées s'agirait-il ? demanda-t-il néanmoins.

— D'idées qui me pousseraient à croire que nous sommes en train d'entamer une relation. Que tu pourrais me présenter à ta mère.

Il posa le verre de thé glacé qui avait accompagné leur dîner.

— Vois-tu une raison qui m'empêcherait de te présenter à ma mère si nous vivions une relation sérieuse ? Ce qui, bien sûr, n'est pas le cas, précisa-t-il.

— « Si nous vivions une relation sérieuse, ce qui, bien sûr, n'est pas le cas » ? Franchement, David, suis-je obligée de répondre à cette question ?

— Oui, je pense que oui.

Elle le dévisagea longuement.

— Je suis tout à fait consciente qu'en matière de relations interraciales toutes les familles ne sont pas tolérantes.

— Ma famille ne tombe pas dans cette catégorie, répliqua-t-il avec un petit rire. Tu peux me faire confiance. Mixte, international, c'est le cadet de leur souci. Mon frère, Brad, a rencontré sa femme Sela quand il travaillait à Séoul, en Corée du Sud, et mon frère Michael a rencontré Gardenia en Espagne. Comme je te l'ai dit, tant qu'une femme rend leur fils heureux, mes parents l'accueillent à bras ouverts, quelles que soient sa croyance, sa nationalité ou sa couleur.

Elle garda le silence. Puis, se détournant, elle baissa les yeux sur son verre de thé. Au bout de quelques instants, elle le regarda de nouveau.

— Ce n'était pas le cas des parents de mon père. Ils l'ont menacé de mille représailles s'il épousait ma mère et ils ont tenu parole. Ils l'ont renié. Pourtant, à sa mort, ma mère les a contactés. Ils sont venus à l'enterrement et, sans le moindre scrupule, lui ont répété qu'ils ne l'accepteraient pas. Mais qu'ils me toléreraient parce que j'étais métisse. Ils ont même essayé d'obliger maman à les laisser m'emmener. C'est à ce moment-là que mes parrains sont intervenus.

Attristé, il secoua la tête. Elle avait beau afficher de l'indifférence, il sentait sa douleur refoulée, l'entendait dans sa voix. Ses grands-parents lui avaient fait beaucoup de mal !

— Comment peut-on se montrer aussi sectaire ? C'est consternant. Au risque d'énoncer un cliché, certains de mes meilleurs amis sont noirs, ajouta-t-il.

C'était le cas pour Bane et Viper. Quant à Coop Mac, métis comme Swan, il était de mère blanche et de père noir.

— Je n'en doute pas un instant, David.

Le croyait-elle ? Il aurait aimé le savoir. Un jour, elle saurait qu'il disait la vérité. Soudain, la réalité le rattrapa. Non, elle ne le saurait pas. Elle n'avait aucune raison de rencontrer ceux qu'il considérait comme ses quatre frères.

Se levant, elle changea de sujet et annonça :

— Je vais chercher la tarte.

Il la regarda quitter la pièce avec le sentiment d'avoir totalement dissipé ses doutes. Ce qui lui tenait à cœur. La pensée qu'elle puisse le prendre pour l'un de ces imbéciles bourrés de préjugés qui jugeaient qu'une couleur était supérieure à une autre le perturbait. Ses grands-parents paternels avaient eu une attitude impardonnable. Et même si elle avait essayé de faire bonne figure en lui cachant sa peine, il savait à quel point elle en avait souffert.

Elle avait besoin qu'il la serre dans ses bras. Et sans attendre.

Il repoussa sa chaise et, à son tour, gagna la cuisine. Au lieu de la trouver en train de préparer la tarte au citron vert, face à la fenêtre, elle avait le regard perdu sur l'océan. Et il vit au tremblement de ses épaules qu'elle pleurait.

— Swan ?

Elle se retourna vivement et essuya ses larmes.

— Je suis désolée, mais, quelquefois, mes parents me manquent tellement que je craque.

Il combla l'espace entre eux. Ses larmes coulaient pour une autre raison, il le savait. Et il avait bien l'intention de lui montrer qu'il comprenait.

— En refusant de te connaître, tes grands-parents n'ont pas su ce qu'ils perdaient, Swan.

Elle leva les yeux vers lui et hocha la tête.

— Je le sais, David. Mais même si papa n'en parlait jamais, il en souffrait beaucoup. Maman et moi en étions conscientes. Et tous les sacrifices auxquels il avait consenti pour ne pas la perdre décuplaient l'amour qu'elle lui portait. Aussi faisait-elle tout ce qui était en son pouvoir pour le rendre heureux. Elle ne voulait pas qu'il puisse avoir un jour le moindre regret. Mais c'était injuste. Mon père était un homme bien, maman une femme bien. Ils se méritaient mutuellement et ils auraient dû être autorisés à s'aimer librement, sans restrictions, sans réserves ni censure. C'était injuste, c'est tout, David !

Elle enfouit le visage contre son épaule et laissa libre cours à ses larmes. L'entourant de ses bras, il la serra contre lui, murmurant à son oreille que tout allait s'arranger. Que ses parents avaient connu un amour exceptionnel, dont elle pouvait être fière et que des grincheux leur avaient envié.

Tout en lui caressant les cheveux, en lui chuchotant des paroles apaisantes, il se sentit submergé par des émotions inattendues. Empêcher deux personnes de vivre librement leur amour était d'une injustice qui lui donnait envie de hurler. Jamais il ne l'avait compris, jamais il ne le comprendrait. Et jamais il n'accepterait cette façon de penser.

Swan savait qu'elle aurait dû s'arracher des bras de David, mais elle en était incapable. Son étreinte était si réconfortante. Au contact de ses doigts qui lui caressaient les cheveux, elle sentait une douce chaleur lui réchauffer le crâne, avant de se propager dans tout son corps. Elle avait l'impression qu'il comblait en elle un besoin qu'elle ignorait. Fermant les yeux, elle savoura l'instant, se grisant de son parfum viril.

Elle aurait été bien incapable de dire combien de temps ils restèrent ainsi, mais elle remarqua soudain que le rythme de leurs respirations avait changé. De réconfortante, la caresse de David s'était faite passionnée, faisant enfler en elle un désir insensé.

Ouvrant les yeux, elle leva la tête pour le regarder. La convoitise qu'elle lut dans le bleu étincelant de ses yeux la laissa pantoise. Une convoitise qui rejaillit sur elle, la faisant chanceler sous la violence de ce besoin irrésistible. Elle avait entendu parler de la passion pure, qui balayait tout sur son passage. Mais jamais elle n'en avait fait l'expérience. Jusqu'à cet instant.

— David, chuchota-t-elle d'une voix voilée.

Un frisson lui parcourut la nuque. Son regard implorant semblait la supplier de s'abandonner à cette passion. Une passion que, contrairement à elle, il semblait comprendre.

— Dis-moi ce que tu veux, Swan, murmura-t-il avec ferveur, tout en lui caressant la joue. Dis-moi.

L'intensité de son regard allumait en elle un brasier qui la dévorait. Elle ne voulait pas qu'il se contente de lui faire éprouver la violence de son érection contre son ventre. Elle voulait sentir son sexe en elle, qu'il la pénètre et qu'il lui fasse l'amour. L'étreinte de ses bras ne lui suffisait plus. Elle avait besoin qu'il l'entraîne sur les chemins de l'extase.

Soudain, prise d'une audace qu'elle ne se soupçonnait pas, elle formula directement sa pensée :

— Je te veux toi, David. Dans mon lit.

David aussi voulait être dans son lit. Plus que tout. Tout lui disait qu'il n'aurait pas dû, mais il le voulait. Il en gérerait les conséquences plus tard. La tension de son corps était telle qu'il renonçait à essayer de lutter contre ses exigences. La soulevant dans ses bras, il sortit de la cuisine d'un pas vif et se dirigea vers la chambre.

— Tu penses savoir où tu vas, David ?

Il ralentit le pas, se rappelant soudain que, officiellement, il n'avait pas la moindre idée de l'agencement de la maison. Il baissa les yeux et croisa son regard. N'y décelant aucune méfiance, il sentit son cœur se gonfler d'allégresse.

— J'ai pensé que tu m'arrêterais si je ne prenais pas la bonne direction.

— Et tu avais raison. Cela dit, tu vas dans la bonne direction.

— Bien.

Se remettant à avancer rapidement, il ne tarda pas à atteindre sa chambre.

Jamais il n'avait prévu que Swan puisse ainsi prendre possession de son être. Il n'avait eu nulle intention de la séduire et jamais il n'aurait dû laisser la situation prendre cette tournure. Mais, à cet instant précis, il préférait ne pas penser aux complications majeures que cela impliquait. Et pas seulement parce qu'elle était la filleule de trois hauts gradés de la Marine.

Comment aurait-il pu s'attendre au miracle qu'il était en train de vivre ? Pour la première fois de sa vie, ses sens et son esprit en parfaite symbiose, il était comme ensorcelé par son désir pour elle. Tout comme son allégeance aux forces spéciales de la Marine, lui faire l'amour était une évidence. Et le simple fait qu'il envisage ce type de comparaison prouvait à quel point il était ébranlé.

Au lieu de l'allonger sur son lit, il la posa à terre, se délectant de la sensation de son corps souple glissant contre le sien, si dur.

— Si tu as des doutes, Swan, c'est le moment de le dire.

Elle secoua la tête.

Il laissa alors échapper un râle et s'empara de sa bouche pour un nouveau baiser. Il avait besoin du contact de ses lèvres autant que de l'air qu'il respirait. Enroulant les bras autour de sa taille, il l'attira plus près de lui, tout en approfondissant son baiser, voulant lui faire éprouver l'évidence du désir qu'elle lui inspirait.

Pourquoi Swan produisait-elle cet effet sur lui ? Il n'en avait pas la moindre idée, cependant jamais une femme ne lui avait inspiré une convoitise aussi violente.

Et pourquoi elle ? Jamais il n'avait été tenté de franchir cette limite avec aucune autre, en mission. Il prenait bien garde à ne pas mélanger travail et plaisir. En outre, il n'avait toujours pas prouvé son innocence. En théorie, pour le Bureau renseignement, elle restait la principale suspecte. Mais à cet instant précis, c'était le cadet de ses soucis, même si, qui sait, peut-être s'apprêtait-il à coucher avec l'ennemie.

Ce qui lui était tout aussi indifférent. Car, dans le fond, il avait l'intuition qu'elle était innocente.

Ce qui se passait entre eux allait totalement à l'encontre de ses habitudes. S'il avait deviné qu'il tisserait des liens avec elle, jamais il n'avait envisagé ce besoin irrépressible de se laisser consumer par les flammes de la passion avec Swan Jamison. Mais c'était ce qu'il voulait et il ne regrettait rien. Et s'il se fiait à ce qu'elle venait de lui dire, elle non plus.

À la seconde même où il mit un terme à son baiser, les mains fébriles de David cherchèrent à lui retirer sa jupe, puis son chemisier. Lorsqu'il la vit debout devant lui, dans son slip et son soutien-gorge de dentelle, il ne put s'empêcher de laisser échapper un grognement de satisfaction. Le rose de son ensemble se détachait sur sa peau noire, elle était diablement sexy ! D'une beauté éblouissante, même.

D'un doigt, il suivit la couture de son slip caleçon.

— Tu aurais dû être mannequin.

Sa voix rauque vibrait de convoitise et d'admiration. Elle avait un corps de déesse.

— Ma mère était mannequin. Être fille de mannequin me suffisait.

— Et une fille de mannequin d'une beauté remarquable, dit-il.

S'agenouillant devant elle, il lui retira son slip. Il brûlait de la toucher, de goûter à sa saveur, de concrétiser tous les fantasmes qui, depuis leur rencontre, peuplaient ses nuits. Son excitation allant croissant, il poussa un profond soupir, tout en faisant glisser le sous-vêtement le long de ses longues jambes fuselées.

Elle était désormais nue à partir de la taille. Sa taille fine, son ventre plat, la forme de ses cuisses, ses longues jambes : elle était la perfection incarnée.

Il se pencha alors et, posant le front sur son ventre, inhala le délicieux parfum de sa peau. Il aimait la façon dont cette odeur s'insinuait par tous ses pores, exacerbant ses sens.

Puis il fit ce dont il avait envie depuis leur premier baiser. De sa langue, il traça un sillon humide sur son ventre pour redescendre sur son nombril. Sa bouche s'aventura plus bas et il savoura le son de ses gémissements.

Lorsqu'il atteignit le centre même de sa féminité, il en cajola les replis, avant de déposer un baiser fiévreux sur son sexe. Il avait l'impression que goûter à sa saveur si exceptionnelle lui était aussi essentiel que l'air qu'il respirait. Lui agrippant fermement les cuisses, il posa la bouche sur son sexe palpitant et caressa de la langue la chair frémissante, brûlante, qui l'attendait.

Il se délecta d'entendre son nom venir mourir sur ses lèvres.

Puis, appuyant sa caresse, il la goûta, la dégusta, la revendiqua. Ce qui, s'il n'avait pas été accaparé par la divine torture qu'il était en train de lui infliger, lui aurait donné matière à réflexion. Jamais il n'avait revendiqué une femme. Et jamais il n'aurait pensé le faire. Mais, avec elle, c'était comme une évidence.

Et il ne voulait pas qu'il en aille autrement. Elle était la première femme qu'il voulait faire sienne. Il s'obligea à repousser de son esprit ce que ce sentiment de possession pouvait impliquer. Le moment était mal choisi pour y réfléchir. Pour l'instant, il voulait se concentrer sur son goût délicieux, succulent, enivrant. Prenant tout son temps, il lui prouva à quel point il aimait lui infliger cette exquise torture. Il voulait qu'elle sente chacune de ses caresses sur sa féminité palpitante. Non seulement qu'elle les sente, mais que ces caresses qui les unissaient s'imprègnent dans ses sens, dans son esprit, dans chaque parcelle de son corps.

Quelques instants plus tard, quand, les cuisses tremblantes, elle enfonça les doigts dans ses épaules, il comprit qu'il avait atteint son objectif. Resserrant son emprise sur ses hanches, il savait que son tour allait arriver et qu'il était prêt.

Il l'entendit hurler son nom à l'instant où, ivre de volupté, elle chavira dans l'extase, tandis que de petits gémissements accompagnaient l'ultime onde de plaisir qui la souleva. Il ne sentit pas la douleur des ongles qu'elle lui enfonça plus profondément dans la peau. Seul comptait son désir inexorable de passer à l'étape supérieure, de s'enfouir en elle et de voir enfin leurs deux corps en fusion n'en faire plus qu'un.

Enfin, il leva la tête vers son visage. Elle avait le regard vague. Sans prononcer une parole, il caressa d'un doigt le cœur de ce sexe de femme qu'il venait d'embrasser et l'y enfonça. Sentant sa moiteur, il comprit qu'elle était prête pour lui. Il jubila. L'orgasme qu'il venait de lui donner n'était rien en comparaison de celui qui l'attendait.

Lentement, il l'aida à se relever, il lui retira son soutien-gorge, se grisant de la vue de ses seins somptueux.

6

Swan peinait à respirer. Les yeux bleus qui la dévoraient ne l'aidaient pas à retrouver son souffle. Jamais elle n'avait vécu une expérience sexuelle aussi étourdissante. Et quand David s'était relevé pour l'embrasser et qu'elle avait goûté sa saveur intime sur ses lèvres, elle avait senti ses jambes flageoler. Mais, approfondissant son baiser, il l'avait retenue par la taille, lui faisant regretter que ce baiser ne dure pas plus longtemps.

Quand il s'arracha à sa bouche, elle laissa échapper un gémissement de déception.

— Ne t'inquiète pas, tu n'es pas au bout de tes surprises.

La soulevant dans ses bras, il la transporta jusqu'au lit, l'y déposa et l'y rejoignit.

— Tu as toujours tes vêtements, fit-elle remarquer en touchant sa chemise.

— Ne t'inquiète pas, plus pour longtemps. Pour le moment, j'ai juste envie de te tenir dans mes bras.

— Tu ne vas pas t'endormir contre moi, j'espère ?

Il eut un petit rire étouffé.

— M'endormir ? En te sachant allongée près de moi en tenue d'Ève ? Dormir est la dernière chose que je serais capable de faire, tu peux me croire !

Après l'orgasme incomparable qu'il venait de lui donner, elle était curieuse de voir ce qu'il lui réservait maintenant. Et elle ne tarda pas à obtenir la réponse à sa question. Il lui prit les seins au creux de ses paumes.

— Tu es la perfection incarnée, répéta-t-il d'une voix rauque.

Ses paroles agirent comme un déclic. Le souvenir de son père murmurant le même compliment à sa mère qui venait de lui préparer un festin surprise pour célébrer un retour de mission.

Mais elle savait qu'elle était loin d'être parfaite. C'étaient juste des mots dans la bouche de David. Pourtant, en les entendant, son cœur se gonfla de joie, malgré elle.

Quand elle sentit les lèvres de David se refermer sur la pointe de l'un de ses seins, le vide se fit dans son esprit. Une flèche d'un plaisir inouï la traversa de part en part, lui arrachant un nouveau gémissement. Et alors qu'elle pensait avoir atteint la limite de ce qu'elle pourrait supporter, il happa son autre mamelon.

Quand, finalement, il se retira, elle ouvrit les yeux pour le regarder se déshabiller. Sa chemise se volatilisa et elle vit les tatouages qui couvraient la peau hâlée de ses avant-bras : des dauphins surgissant d'une mer d'un bleu magnifique. Un autre tatouage de couleur vive ornait son dos. Elle n'avait jamais particulièrement apprécié les tatouages, mais les siens étaient splendides.

— J'aime tes tatouages, le complimenta-t-elle.

Lorsqu'il baissa son short, son regard fut attiré par l'intersection de ses deux cuisses musclées. Devant son érection impressionnante, elle étouffa un petit cri. À la pensée de ce majestueux pénis s'enfonçant en elle, elle sentit son pouls s'affoler.

— Tout va bien ?

Un peu désorientée, elle releva les yeux vers lui, la gorge nouée d'émotion. La gravité qu'elle lut dans ses yeux lui donna l'impression que le lien qu'il comptait tisser entre eux irait bien au-delà d'une simple union physique.

— Oui. Tout va bien.

Émerveillée par la vue qu'il lui offrait, elle continua à l'admirer. Ses abdominaux plats et ses muscles bien dessinés prouvaient qu'il était très sportif.

Elle le regarda sortir un préservatif de son portefeuille et le dérouler sur son sexe. Ses gestes précis étaient d'un tel érotisme qu'elle sentit le creux de son ventre se liquéfier. Puis, d'un pas décidé, il revint vers le lit. Vers elle.

— Je vais faire en sorte que ça aille plus que bien.

La prenant dans ses bras, il l'attira contre lui. Ses seins, encore sensibles des assauts que la bouche de David leur avait infligés, l'entraînèrent dans un tourbillon de sensations indescriptibles quand ils se frottèrent contre son torse.

Peinant à parler, elle demanda néanmoins :

— Qu'est-ce que tu fais ?

— Tu n'imagines même pas, chuchota-t-il.

L'aidant à se rallonger sur le matelas, il se positionna sur elle. Puis, sans la quitter des yeux, il lui écarta délicatement les jambes. Quand elle sentit son sexe lourd frôler les replis du sien, elle tressaillit. Sous la douce friction qu'il opéra, une lave brûlante se mit à déferler dans ses veines.

— Tu essaies de me torturer, David ?

— Non, de te donner du plaisir. Tu es prête ?

La sensation de son pénis contre elle l'empêchait de se concentrer.

— À ton avis ? chuchota-t-elle.

— Je te sens chaude et moite. Je pense donc que oui.

Soudain, d'une poussée de reins, il la pénétra. Et s'arrêta un instant, pour lui permettre d'éprouver la puissance de son sexe en elle. Elle n'avait pas fait l'amour depuis longtemps et elle sentit tous ses muscles se crisper autour de lui.

Le ceinturant de ses jambes, elle agrippa les épaules de David, tandis que ses hanches ondulaient vers lui. Bientôt, il se mit à aller et venir, sur un tempo d'abord lent qui s'accéléra. Elle lui agrippa les cheveux, s'abandonnant à cette frénésie qui la comblait.

— Règle numéro un, Swan. Laisse-toi aller.

Plaisantait-il ? Il ne s'agissait pas de se laisser aller. Il s'agissait plutôt de rester saine d'esprit. David était si viril qu'il lui faisait frôler le point de non-retour à chaque poussée. Chaque cellule de son corps vibrait sous la précision de ses assauts.

— Accroche-toi, chérie. Je vais te transporter au septième ciel.

Il l'avait mise en garde.

Il laissa échapper un râle, alors qu'elle l'accueillait en elle. Il la sentait vibrer à chacun de ses assauts. Et jamais il n'avait voulu à ce point posséder une femme. Il se pencha alors pour dévorer sa bouche, éprouvant des sensations qui dépassaient l'entendement.

Quand enfin, balayée par les vagues de la jouissance, elle hurla son nom, le son résonna dans chaque parcelle de son corps. Les mains de Swan s'agrippaient plus fort à ses cheveux. Il sentit alors des perles de sueur lui piquer les yeux. Il devait s'accrocher à elle pour ne pas tomber du lit.

— David !

Elle cria de nouveau son nom, exacerbant son désir. Sa folie. Renversant la tête en arrière, il sentit ses veines pulser dans son cou. Mais le plaisir l'emportait sur la douleur.

Et, à cet instant, il comprit que jamais aucune femme n'avait compté comme Swan.

Sa vision se brouilla, son souffle se précipita.

Il savait qu'elle était sur le point d'avoir un nouvel orgasme. Dévorant sa bouche, ses seins, il continua à la combler de son désir insatiable. Puis il se laissa enfin aller à une jouissance qui le submergea avec une violence inouïe. Dans un ultime sursaut, il offrit à Swan un orgasme fulgurant, avant d'être lui-même emporté par une lame de sensations divines.

C'était cela, faire vraiment l'amour. Se donner l'un à l'autre sans réserves. Sans restriction. Chaque parcelle de son corps vibrait de vie, épuisée, régénérée. Un parfum de sexe flottait dans la pièce, mais ce qu'ils venaient de partager allait bien au-delà du sexe. Et il sentait son cœur gonflé d'émotions qu'il n'avait jamais ressenties auparavant.

Il s'empressa de les refouler. Hors de question qu'il s'engage dans cette direction. Il ne pouvait se le permettre.

Le bruit rauque de sa respiration profonde poussa Swan à ouvrir les yeux. Toujours lovée contre David, ses membres entrelacés aux siens, sa tête était posée sur le torse vigoureux que soulevait son souffle régulier. Cet homme avait été le plus généreux des amants. Il ne s'était abandonné à sa propre jouissance qu'après l'avoir comblée. Il avait embrassé chaque millimètre carré de sa peau et l'avait engloutie sous des lames de plaisir. Jamais un homme ne lui avait fait l'amour avec une telle intensité.

Il l'avait mise en garde contre le fait qu'ils allaient dépasser les limites. Et ils les avaient plus que dépassées, en effet. Ils avaient laissé tomber toutes leurs inhibitions, avec une fougue animale. Jamais elle n'aurait deviné qu'une passion aussi violente sommeillait en elle. Et maintenant qu'il avait su la lui révéler, elle ne se rendormirait pas de sitôt.

David Holloway l'avait révélée à l'amour.

Avec un sourire de bien-être, épuisée, elle se nicha contre lui et s'endormit.

Lentement, David ouvrit les yeux et s'imprégna de la vision et du parfum de la femme blottie contre son corps. Baignant dans une plénitude qu'il n'avait jamais connue, il resserra les bras autour d'elle.

Les choses échappant à tout contrôle, ils avaient fini par s'endormir, après avoir fait divinement l'amour à quatre reprises.

Et, comme il l'avait pressenti, il avait découvert qu'avec Swan l'expérience était unique.

Généralement, quand il faisait l'amour à une femme, son objectif se limitait à prendre et à donner du plaisir. Mais, avec elle, il avait eu envie de tisser un lien beaucoup plus fort. Pour la toute première fois de sa vie, il avait eu envie de rester enfoui en elle. Comme s'il y avait trouvé sa place. Seul le besoin de changer de préservatif l'avait forcé à se lever. Bon sang ! Toujours obsédé par cette pensée, il sentit son sexe pulser douloureusement.

Il avait un appétit sexuel robuste. Quand on passait sa vie sur le qui-vive, en opérations des forces spéciales, il fallait pouvoir décompresser.

En général, il décompressait toujours dans un lit féminin.

Sans jamais manquer d'avertir sa partenaire qu'il s'agissait d'une aventure d'une nuit. La nature de son métier l'empêchait de s'attacher ou, contrairement à certains de ses coéquipiers, de s'engager à long terme. Sa seule tentative de relation sérieuse s'était soldée par un échec. Désormais, il préférait la solitude. Et le fait d'être le seul célibataire de son groupe ne le dérangeait en rien. Chacun sa vie.

Dans ce cas, comment une simple nuit dans le lit de Swan Jamison pouvait-elle faire naître en lui de telles pensées ? Compte tenu, surtout, de la véritable raison de sa présence à Key West ?

C'était dû à celle avec qui il venait de partager plus de quatre heures d'une passion torride. Désormais, il ne considérait plus Swan comme une simple mission, mais également comme une amante exceptionnelle. Ce qu'il trouvait aussi revigorant que galvanisant. Il était d'une virilité totale et sa féminité était absolue. Au point de lui avoir quasiment fait perdre la raison.

Elle dormait maintenant d'un sommeil paisible, Toujours perdu dans ses pensées, il la regarda. Son sens de l'honneur était mis à l'épreuve. En tant que militaire, il répondait toujours à l'appel de l'honneur. En outre, sa mère lui avait appris, ainsi qu'à ses quatre frères, que le sens de l'honneur ne se limitait pas au service de la patrie. Mais qu'il fallait en faire preuve en toute occasion, et notamment avec les femmes. Il refoula un soupir. Pourquoi cette pensée lui traversait-elle l'esprit maintenant ?

Peut-être parce qu'il avait lu le rapport sur Swan. Il savait que, les week-ends où elle ne travaillait pas, elle rendait visite à des personnes âgées. Il connaissait également son engagement auprès des SDF. Elle travaillait avec le maire pour trouver des fonds et construire des appartements afin de les reloger.

Swan était une femme au grand cœur. Et, le soir du feu d'artifice, il avait été témoin de son amour pour son pays, pour son père. Plus il passait de temps en sa compagnie, plus il était convaincu de son innocence.

Elle émit un petit bruit. Se tournant vers elle, il noya son regard dans les profondeurs mordorées de ses magnifiques yeux noirs. Et il y lut toute sa confiance. Oui, si elle s'était méfiée de lui, pourquoi l'aurait-elle invité dans son lit ?

Quelle serait sa réaction quand elle apprendrait la vérité ? Perdrait-il sa confiance ? Un frisson d'appréhension parcourut son dos. Il ne voulait surtout pas l'envisager maintenant.

Les prunelles embrumées de sommeil, elle lui adressa un sourire éblouissant qui le fit fondre et lui fit regretter de ne pas être venu dans les Keys pour de vraies vacances. Des vacances dont il aurait eu bien besoin. Il regrettait d'être entré dans sa boutique avec des intentions cachées. Comme il aurait aimé n'avoir eu pour tout motif que la nécessité d'offrir un cadeau d'anniversaire pour sa mère ! Certes, il aurait quand même essayé de la séduire, mais tout aurait été différent. Et puis, surtout, il n'aurait pas eu l'impression d'avoir compromis son honneur.

— Tu n'as pas goûté à ma tarte au citron vert, chuchota-t-elle.

— Nous pouvons nous lever et la déguster maintenant, si tu veux.

— Non. Je suis bien. Nous pourrons toujours en manger plus tard… ou même au petit déjeuner.

Il se pencha et effleura ses lèvres d'un baiser.

— Hum. Le petit déjeuner, c'est une bonne idée. Je dois prendre ça comme une invitation à passer la nuit chez toi ?

— Uniquement si tu le souhaites.

Bien sûr qu'il le souhaitait. Et quand il frôla ses lèvres d'un nouveau baiser, il l'embrassa avec une passion destinée à lui faire comprendre à quel point il avait envie de rester.

Il comprit alors que l'amiral Martin et le capitaine de vaisseau Shields n'étaient pas les seuls à porter un intérêt personnel à Swan Jamison. Lui aussi, désormais, lui portait un intérêt très personnel.

7

Le lendemain matin, Swan se réveilla dans sa chambre inondée de soleil, lovée contre un puissant corps masculin.

La nuit dernière avait été spectaculaire. Après avoir encore fait l'amour deux fois, un peu après minuit, ils s'étaient levés pour manger la tarte au citron vert. Puis, une fois la table débarrassée et le lave-vaisselle rempli, David avait suggéré une promenade nocturne sur la plage.

Voilà comment, à 1 heure du matin, ils s'étaient retrouvés, pieds nus dans le sable, longeant la mer main dans la main. La nuit était belle, baignée par la clarté de la pleine lune. La fraîcheur de la brise marine leur avait fourni le parfait prétexte pour s'enlacer. Et ils avaient parlé de sa famille, de l'entreprise d'équipements médicaux de ses parents.

Ils avaient ensuite discuté en détail de son activité de créatrice de bijoux. La curiosité et l'intérêt de David pour son métier lui avaient fait chaud au cœur. C'était la première fois qu'un homme s'intéressait à ses talents de créatrice. Il avait été impressionné en découvrant qu'elle trouvait le temps de fabriquer autant de bijoux tout en gérant ses ventes à la boutique.

Elle lui avait également expliqué qu'un distributeur californien que connaissait Rafe lui vendait des pierres pour un prix défiant toute concurrence et les joignait aux commandes d'encre du tatoueur. Ce qui diminuait ses coûts.

Le sentant changer de position, elle lui jeta un coup d'œil.

Sans se réveiller, il garda les bras autour d'elle. Il dormait d'un sommeil paisible, le visage parfaitement détendu.

Encore sous le choc de l'intensité de ce qu'ils avaient partagé la nuit précédente, elle étouffa un profond soupir. Jamais elle n'avait rien vécu de tel avec un homme. Faire l'amour avec David l'avait bouleversée au plus profond de son être. Et ce qu'il avait éveillé en elle allait bien au-delà de la passion sexuelle. Dans ses bras, elle avait trouvé un havre, s'était sentie en sécurité. Protégée.

Même William n'était pas parvenu à lui faire vivre une expérience d'une telle puissance. Bizarrement, avec lui, elle n'avait pas pu totalement s'abandonner. Elle comprenait maintenant qu'elle avait toujours pressenti sa duplicité.

Mais, égarée par un profond besoin de combler l'absence de sa mère, quand elle l'avait rencontré à l'hôtel où elle travaillait à l'époque, elle s'était convaincue de son honnêteté. Même si tout, à son sujet, semblait un peu trop beau. Heureusement, la méfiance de Candy lui avait mis la puce à l'oreille. Son amie s'était étonnée qu'il ne l'invite jamais dans sa chambre. En outre, il refusait obstinément de se faire prendre en photo avec elle.

Soucieuse de ne pas mêler son directeur et ses collègues de travail à sa vie privée, elle n'y avait pas prêté attention. Mais Candy, échaudée par l'infidélité de Don, avait toujours vu clair dans le jeu de William. Repoussant la pensée des trahisons de leurs ex respectifs, elle se remit à observer David et, malgré elle, repensa au nombre d'orgasmes qu'il lui avait fait vivre. C'était tout simplement ahurissant.

Même sachant qu'il ne faisait que passer, elle savourait leurs moments ensemble. Dans moins d'un mois, il aurait quitté l'île et elle n'entendrait probablement plus parler de lui. Elle le savait, l'acceptait. Elle avait depuis longtemps appris à vivre dans le présent sans s'inquiéter du futur. Surtout quand elle savait ne rien pouvoir y changer.

— Tu es réveillée.

Son regard bleu encore ensommeillé la fit sourire. Et devant le séduisant duvet brun qui lui ombrait le menton, elle tressaillit.

— Oui, je suis réveillée. Je suppose qu'en bonne hôtesse je devrais te préparer ton petit déjeuner avant que tu partes.

— Hum ! Ai-je abusé de ton accueil ?

— Non. Mais nous sommes dimanche et j'ai du pain sur la planche.

— Je peux peut-être t'aider.

— Tu ne connais même pas mon programme.

D'un geste empreint de tendresse, il repoussa ses cheveux de son visage.

— Eh bien, je t'écoute.

— Comme je ferme le dimanche, j'en profite pour aller à la maison de retraite, Golden Manor Senior Place, expliqua-t-elle. Ma mère y faisait du bénévolat quand nous vivions sur l'île, il y a des années. Et je l'y accompagnais dans ses visites dominicales. Une tradition familiale, en quelque sorte, que j'ai décidé de perpétuer.

— C'est magnifique. Les pensionnaires doivent beaucoup apprécier.

— Oui, même si ceux qui connaissaient ma mère sont morts. Cela dit, j'y ai noué de nouvelles amitiés.

— C'est bien ! J'aimerais t'accompagner.

— Vraiment ? s'étonna-t-elle.

— Oui, vraiment. Et ne t'inquiète pas pour le petit déjeuner. Je vais rentrer prendre une douche et me changer chez moi. Je serai de retour dans une heure. Nous pourrons nous arrêter en route, avant d'aller à la maison de retraite. Et ensuite, nous pourrons retourner à la plage. J'ai beaucoup apprécié notre balade nocturne.

Elle aussi l'avait appréciée. À la pensée qu'il veuille passer plus de temps avec elle, son cœur se gonfla d'allégresse.

— Parfait. C'est un excellent programme.

— Tu m'en vois ravi. Mais avant de partir…

— Oui ?

Quand il se pencha pour l'embrasser, n'ayant aucune peine à deviner ce que ce baiser annonçait, elle étouffa un soupir d'aise. Elle semblait incapable de se rassasier de faire l'amour avec lui !

À peine entré dans son appartement, David jeta un coup d'œil à son téléphone que, la veille, il avait délibérément coupé. Il avait plusieurs appels en absence. L'un était de l'amiral Martin qui voulait sans doute faire le point sur la progression de l'enquête. Mais, avant tout, il allait rappeler Nick.

— Flipper, dois-je te demander pourquoi je n'ai pas réussi à te joindre hier soir ?

— Non, je ne préfère pas, répondit-il en se laissant tomber sur la chaise la plus proche.

— Tu connais l'adage qui dit qu'il ne faut jamais mélanger affaires et plaisir ?

Trop tard ! songea-t-il. Sans relever la question de son ami, il reprit :

— J'espère que tu as des informations pour moi. J'aimerais te demander de vérifier autre chose.

— D'accord, et oui, j'ai quelque chose pour toi. J'ai découvert que l'enquête initiale avait été menée par des enquêteurs civils. Autrement dit, que pour le Bureau renseignement de la Marine, ce n'était pas une affaire prioritaire.

David savait parfaitement que seules certaines enquêtes remontaient jusqu'à la bureaucratie gouvernementale. Le Bureau renseignement n'était jamais impliqué par hasard, mais parce que quelqu'un avait pris la peine de lui signaler l'affaire.

— Pourquoi ?

— Je ne suis pas encore sûr. Mais, tout d'abord, parlons de Jamila Fairchild.

Se calant confortablement contre le dossier de sa chaise, David acquiesça :

— D'accord. Qu'est-ce que tu as sur elle ?

— Visiblement, tu fais fausse route. Elle a dit la vérité à Swan. Elle vient d'une famille nombreuse, d'un État du Nord.

— Alors d'où émane l'erreur dans le rapport du Bureau renseignement ? s'étonna-t-il.

— Je l'ignore. Mais il serait intéressant de vérifier. Même si je pense qu'il n'y a rien de louche concernant Mlle Fairchild. Surtout quand tu connaîtras l'identité de sa famille.

— Mais encore ?

— Le grand-père de Swan est le frère aîné de sa mère. Autrement dit, l'oncle de Jamila.

Interloqué, David demanda :

— Le grand-père de Swan, celui qui a renié son fils ?

— Oui, d'après ce que j'ai compris. Les deux femmes seraient donc cousines. Pourtant, jamais son grand-père ne semble avoir essayé de se servir de Jamila pour se rapprocher de Swan.

— Intéressant.

— En effet. Et je suppose que Swan Jamison ne soupçonne rien de ce lien familial avec Mlle Fairchild.

— Elle en ignore tout.

Décidant d'y réfléchir plus tard, David poursuivit :

— Et Rafe Duggers ?

— Si tu veux mon avis, avec le tatoueur, il y a anguille sous roche.

— C'est-à-dire ? le pressa-t-il.

— Pour commencer, certaines parties de son dossier sont sous scellés.

— Sous scellés ?

— Oui. Je pense que si le Bureau renseignement avait une enquête en cours sur Swan, la présence d'un locataire avec un dossier scellé agirait comme un signal d'alarme pour eux. Or, ce manque de réaction de la part du Bureau éveille mes soupçons.

David hocha machinalement la tête. Tout cela devenait de plus en plus louche. Rafe était-il un agent double ? Travaillait-il sous une fausse identité ? Comme infiltré ? Une taupe au sein du Bureau renseignement de la base aurait-il délibérément piégé Swan en la faisant accuser de trahison ? Et, si tel était le cas, dans quel but ?

— Tu n'as rien pu découvrir sur lui ?

Nick eut un rire rauque.

— Je n'ai pas dit ça. Quand tu connais les rouages, tu peux obtenir toutes les informations possibles.

Et Nick connaissait les rouages. S'il avait été un remarquable élément des forces spéciales, ses talents naturels d'enquêteur étaient plus utiles au département de la Sécurité intérieure.

— Quand penses-tu pouvoir m'en dire plus ?

— Donne-moi deux ou trois jours. En attendant, pas un mot à quiconque de mes soupçons sur Duggers.

— Pas même à Shields ou à Martin ?

— Pas même à eux, pour le moment. Connais-tu l'identité du troisième parrain de Swan, celui qui est très haut placé au Bureau renseignement de la Marine ?

— Non. Je n'ai pas posé la question.

— Je n'ai pas eu de mal à la découvrir. Il m'a suffi de retrouver le nom des autres coéquipiers de la section d'Andrew Jamison à l'époque de sa mort et de procéder à des recherches sur leurs fonctions actuelles. Tu le croiras si tu veux, mais le troisième parrain de Swan Jamison n'est autre que Samuel Levart, le directeur du Bureau renseignement de la Marine.

Songeur, David hocha la tête. Si cette information était inattendue, elle n'en était pas moins logique. Seule une personne puissante pouvait suspendre les accusations visant Swan. Tout comme l'amiral Martin l'avait laissé entendre.

— Swan ignore à quel point elle a de la chance d'avoir trois hommes aussi haut placés dans son camp, fit-il remarquer.

— Oui, mais nous savons tous les deux que même si l'un de ses parrains était le Président rien n'empêchera le Bureau renseignement d'engager des poursuites contre elle, si suffisamment de preuves sont réunies.

Nick disait vrai. Maintenant, plus que jamais, il devait démasquer celui qui semblait si déterminé à faire accuser Swan. Et découvrir s'il s'agissait vraiment d'un membre de l'armée. La voix de Nick le ramena à leur conversation.

— Alors que voulais-tu me faire vérifier d'autre ?

— Swan a évoqué l'association de Rafe Duggers avec un énorme distributeur californien. Je voudrais que tu fouilles un peu de ce côté-là.

— Je m'en occupe vite. Je sais que ton temps est compté.

— Merci. J'apprécie ton aide.

— Si tu es si inquiète pour moi, pourquoi ne rentres-tu pas dans les Keys pour me surveiller, Candy ? demanda Swan.

Son téléphone sur haut-parleur dans sa chambre, elle était en train de s'habiller.

— Tu sais bien pourquoi je ne veux pas revenir pour le moment. Néanmoins, j'ai appris quelque chose d'intéressant.

Elle enfila son short.

— Raconte !

— D'après Francola qui le tient de Marshall, Don envisagerait de quitter l'île.

Elle se figea. Elle ne portait pas Francola dans son cœur. Elle et son mari, Marshall, avaient été de très bons amis de Don et de Candy quand ils étaient mariés. Or, parfaitement au courant de l'infidélité de Don, elle n'avait jamais pris la peine d'en informer Candy.

— Si l'information vient de Francola, je me méfierais à ta place, lança-t-elle en passant un débardeur.

— Je sais que tu ne lui as pas pardonné de m'avoir caché la vérité. Pourtant, même si je lui en ai voulu aussi, je comprends maintenant pourquoi elle a préféré garder le silence.

— Vraiment ?

— Oui. L'amitié qui nous lie est bien moins forte que la nôtre, Swan. Nous nous sommes connues par nos maris qui étaient collègues de travail. Et puis, elle aurait pu me raconter n'importe quoi, j'aurais été dans le déni. Nous deux, en revanche, on se connaît depuis l'école. Nous n'avons aucun secret l'une pour l'autre. Si tu avais soupçonné Don de me mentir, tu me l'aurais dit.

— Absolument.

Candy marqua une pause, puis reprit :

— Et maintenant, assez parlé de moi. Dis-moi tout sur ce David Holloway.

Tout en parant ses oreilles de créoles, elle sourit.

— C'est un homme vraiment bien. Attentionné. Plein de considération. Beau comme un dieu.

Elle jeta un coup d'œil vers son lit qu'elle avait refait. Même s'il n'y avait plus la moindre trace de leurs ébats, le souvenir de leur nuit d'amour était bien présent.

— Et c'est un amant extraordinaire. Plus encore, fantastique.

— Je te demanderai juste d'être prudente, Swan. Protège ton cœur.

— Mon cœur ! Ce n'est pas comme si j'étais en train de tomber amoureuse de lui, s'exclama-t-elle en enfilant ses sandales.

— Vraiment ? Il te plaît beaucoup. Je l'entends à ta voix.

Certes, il lui plaisait beaucoup.

— Il continuera à me plaire, mais cela n'ira pas plus loin, affirma-t-elle, essayant de s'en convaincre elle-même.

— Tu peux l'affirmer en toute honnêteté ?

— Oui, parce que je ne le permettrai pas. Il est sur l'île pour raison professionnelle et, dans moins d'un mois, il sera parti.

— Ça n'a pas d'importance.

Si, pour Swan, cela en avait. Elle ne voulait que des histoires courtes. Et surtout pas une relation à long terme. Pas même avec David Holloway.

8

— J'ai beaucoup apprécié ces moments passés en ta compagnie aujourd'hui, Swan, déclara David en la regardant.

Ils avaient fait un brunch au Summer Moon avant de gagner la maison de retraite où ils étaient restés quatre heures. Certains retraités recevant peu de visites, il avait pu constater qu'elle était devenue pour eux comme une petite-fille de substitution. D'un autre côté, étant donné son histoire familiale, peut-être avait-elle besoin de grands-parents de substitution.

Après avoir quitté la maison de retraite, ils avaient déjeuné à la terrasse d'un café, avant de rentrer chez elle et de passer le reste de la journée sur la plage. Puis ils avaient commandé des plats à emporter chez Arness et étaient revenus dîner chez elle.

Mais, ce soir, qu'importait la tentation, il ne comptait pas s'attarder. Dès la tombée de la nuit, il regagnerait son appartement. Préoccupé par l'information concernant les dossiers sous scellés de Rafe Duggers, il avait décidé d'aller fouiner dans le salon de tatouage pour voir ce qu'il pourrait découvrir.

Il jeta un coup d'œil à Swan, assise à table, en face de lui. Le matin, quand il était repassé la chercher, elle l'avait accueilli, fraîche et pimpante, en short et débardeur. Devant ces longues jambes fuselées, il n'avait pu s'empêcher de les revoir enroulées autour de lui, quand ils avaient fait l'amour.

Plus tard, à la plage, il avait de nouveau pu admirer son corps incomparable, vêtu du plus beau bikini qu'il ait jamais vu.

Il avait savouré chaque seconde de cette journée avec elle. Et demain, ils devaient assister ensemble aux festivités de *Memorial Day*, qui démarreraient par le défilé.

Mais il avait besoin d'un peu de temps à consacrer à son enquête. Aussi, invoquant une excuse professionnelle, il lui avait annoncé qu'ils ne pourraient pas se voir pendant deux jours, cette semaine. Le temps filait à toute allure et il n'avait toujours pas trouvé de preuves la lavant de tout soupçon.

Lorsque, la veille, il avait rappelé l'amiral Martin, inquiet de la mise en garde de Nick, il ne lui avait pas tout dévoilé sur la progression de l'enquête. Omettant entre autres les divergences entre les découvertes de son ami et le rapport du Bureau renseignement. Jusqu'à ce qu'il ait la réponse à ses questions, il préférait garder ces informations pour lui.

La voix de Swan interrompit le fil de ses réflexions.

— Même retenu par ton travail, tu seras toujours sur l'île ? demandait-elle.

— Oui, je serai toujours sur l'île. Mais je dois me consacrer au projet pour lequel j'ai été envoyé ici.

Inutile de lui préciser qu'elle était au centre de ce projet.

— Je comprends parfaitement.

Combien il lui était difficile de lui cacher la véritable raison pour laquelle ils ne se verraient pas. Elle était la dernière personne à laquelle il voulait mentir. Mais il n'avait pas le choix. Si son objectif avait toujours été de prouver son innocence, c'était désormais doublement le cas. Ce soir, il allait inspecter le salon de tatouage. Puis, au cours de la semaine, il comptait profiter des heures de travail du tatoueur et de l'assistante pour visiter leurs domiciles respectifs. Jamila avait beau être apparentée à Swan, elle restait suspecte.

Lui caressant tendrement le visage, il reprit :

— Nous avons toujours rendez-vous pour le défilé demain ?

— Bien sûr.

— Et tu veux bien dîner avec moi, vendredi soir ?

Son sourire rayonnant le toucha en plein cœur.

— J'adorerais, David.

— Bien. Je passerai à ta boutique à l'heure de la fermeture, vendredi. Ainsi, nous pourrons directement sortir dîner. Tu choisiras le restaurant.

— Parfait.

— À quelle heure veux-tu que je vienne te chercher pour le défilé, demain ?

— Il commence à 10 heures et nous devons trouver une bonne place. Et si tu passais vers 8 heures ? Je ferai des pancakes.

— Tu es sûre ? Je ne voudrais pas que tu te mettes en frais pour moi.

D'un geste, elle repoussa ses paroles.

— Aucun problème. Je t'ai dit que j'adorais cuisiner.

Le dîner fini, il lui annonça qu'il devait rentrer lire des rapports pour son travail. Ce n'était pas un mensonge. Elle le raccompagna. Sur le seuil de la porte, il inclina la tête vers elle pour l'embrasser, avec pour seule intention d'effleurer ses lèvres des siennes.

Mais à l'instant où il les frôla, au son de son soupir de plénitude, rien ne lui parut plus naturel que de glisser sa langue dans la moiteur sucrée de sa bouche et d'approfondir son baiser. L'enlaçant par la taille, il l'attira tout contre lui et repéra l'instant précis où le baiser déboucha sur plus.

Ce n'était plus un baiser « au revoir, à plus tard ». C'était plutôt l'un de ceux qui signifiaient : « J'ai besoin de te faire l'amour avant de partir. » Et à voir la ferveur avec laquelle elle le lui rendit, Swan semblait partager son envie dévorante.

L'instant suivant, il la soulevait dans ses bras et la portait dans la chambre. Dès qu'il l'eut déposée sur le lit, ils commencèrent fébrilement à se déshabiller.

Elle était devenue comme une drogue, un besoin qu'il ne pouvait assouvir. Son corps, insatiable, la réclamait sans relâche. Elle avait imprégné son âme, toutes les fibres de son être, et il ne pouvait rien y faire, hormis savourer ce qu'ils partageaient aussi longtemps que possible.

Lorsqu'elle fut totalement nue, il sentit le souffle lui manquer. Il avait l'impression d'être face à un chef-d'œuvre.

Plongeant la main dans la poche du short qu'elle l'avait aidé à retirer, il sortit un préservatif de son portefeuille. Sachant qu'elle épiait ses moindres mouvements, il le déroula sur son sexe en érection.

— La prochaine fois, je m'en charge.

— D'accord, acquiesça-t-il en la regardant.

Elle venait ainsi de lui faire comprendre qu'il y aurait une prochaine fois. Il s'en réjouissait. Il en rêvait.

Hélas, quand elle aurait découvert la véritable raison de sa présence sur l'île, il y avait de fortes chances qu'elle ne veuille plus jamais le voir. Il s'empressa de chasser cette pensée de son esprit.

— Tu n'as pas toute la soirée devant toi, tu sais, le taquina-t-elle.

Elle avait raison. Et mieux valait qu'elle ne sache pas pourquoi.

Il fit un pas vers elle.

— Tu es impatiente ?

— C'est le mot ! fit-elle avec un sourire gourmand.

— Dans ce cas, je peux t'aider. Il faut que je te goûte de nouveau, ajouta-t-il en se penchant vers elle.

Sa bouche s'écrasa sur la sienne. Machinalement, elle noua les bras autour de son cou.

Capturant sa langue de la sienne, il entama un lent ballet langoureux, l'enivrant de sensations exquises. Vorace, exigeant, son baiser exprimait toute la violence du désir qu'elle lui inspirait. Quand il s'arracha à ses lèvres, ils restèrent un moment à se dévisager, pantelants.

Posant la tête sur son torse, elle inhala son parfum. Et le contact de son érection alluma un brasier entre ses cuisses. Elle allait de nouveau se laisser emporter par la passion.

Les paroles érotiques qu'il lui chuchota à l'oreille firent courir des éclairs dans ses veines et, quand la paume de sa main se pressa sur son entrejambe, elle laissa échapper un gémissement.

— David, tu me mets au supplice.

Se dégageant, elle le repoussa sur le dos et s'installa sur lui. Puis, sans lui laisser le temps de réagir, elle prit son pénis entre ses lèvres.

— Swan, lâcha-t-il d'une voix rauque,

Ivre de plaisir sous sa caresse experte, il enfonça les doigts dans ses cheveux. Elle savait faire usage de sa bouche de déesse et le lui prouva en lui procurant un orgasme inoubliable.

Consciente de son érection grandissante, Swan sentit une bouffée de triomphe. Ainsi, elle était capable de l'exciter encore. La sensation des mains de David dans ses cheveux la galvanisait tant qu'elle mit la plus grande ferveur dans sa caresse.

— Swan !

Elle sentit les cuisses de David se plier sous ses mains, puis il se pencha en avant. La prenant au dépourvu, il changea de position et elle se retrouva sur le dos. Ses yeux bleus étincelaient d'une convoitise qui fit naître des frissons jusqu'aux tréfonds de son être.

Puis, sans même lui laisser le temps de chuchoter son nom, il se glissa en elle.

— Enroule tes jambes autour de moi, chérie, lui murmura-t-il d'une voix rauque.

Elle obéit et, soudain, sa vision se brouilla. Elle n'était plus que sensations. Rien d'autre n'existait que l'union de leurs deux corps soudés. Elle laissa échapper un cri. Sentant la pulsation s'intensifier dans son ventre, annonçant l'explosion finale, elle s'agrippa à lui. L'orgasme la submergea, la secouant de tremblements avant qu'il la rejoigne dans l'extase.

Elle cria son nom une nouvelle fois alors qu'elle s'abandonnait aux vagues de volupté qui déferlaient, puissantes, inédites, inimaginables.

Il se dégagea et l'allongea à côté de lui. Puis, l'attirant au creux de ses bras, les narines frémissantes, il se grisa de l'odeur de sexe. Un parfum de femme, de cette femme qu'il désirait même après lui avoir fait l'amour.

Il était habitué à la volupté. Il avait eu son lot d'aventures et se doutait que c'était loin d'être fini. Mais avec Swan lovée au creux de ses bras, blottie contre son cœur, il sut que quelque chose avait changé.

Comme envoûté, il ne pouvait plus se passer d'elle.

— Je ne pense pas pouvoir bouger de nouveau, David.

Il esquissa un sourire. Comme il la comprenait ! Pourtant, il devait bouger. Il avait une mission à remplir ce soir, et, même épuisé, il la remplirait.

— Dans ce cas, ne bouge pas. Reste au lit. Tu n'as pas besoin de me raccompagner.

Malgré sa réticence à la laisser, il n'avait pas le choix.

— Tu es bien sûr ? lui demanda-t-elle d'une voix ensommeillée.

— Absolument. Je reviens demain matin pour le défilé. Et nous avons rendez-vous pour dîner vendredi soir.

— Oui. Cette soirée sera la bienvenue. Mercredi soir, je dois faire mon inventaire. Je serai à la boutique jusqu'à 22 heures au moins.

Relâchant son étreinte, il se leva et enfila ses vêtements.

— Avec l'aide de ton assistante ? s'enquit-il d'un ton léger.

— Non, le bateau de croisière fait escale mercredi.

— Quel est le rapport ?

Il sentait les yeux de Swan sur son corps. Incapable de dissimuler l'impact de son regard, il était de nouveau tout excité.

— Le copain de Jamila travaille sur un bateau de croisière. Comme ils ne se voient qu'aux escales, elle prend toujours sa journée afin de pouvoir la passer avec lui.

Il se félicita de cette information. Supposant qu'elle serait à la boutique, il avait eu l'intention d'aller faire un petit tour chez Jamila.

— Je suppose qu'ils se sont réconciliés, poursuivait Swan.

— Réconciliés ? répéta-t-il en enfilant sa chemise.

— Oui. J'ai eu l'impression qu'ils n'étaient pas en très bons termes la semaine dernière. Je ne sais pas exactement ce qui s'est passé. Mais, apparemment, tout s'est arrangé.

— Depuis combien de temps sont-ils ensemble ?

— Environ six mois, maintenant.

Sans rien dire, il continua à s'habiller. Il n'y avait aucune référence à un quelconque petit ami de Jamila Fairchild dans le rapport qu'il avait lu. Encore une divergence. Elles commençaient à s'accumuler un peu trop à son goût et il avait la ferme intention d'en découvrir la raison. En attendant, une chose était certaine, il n'aimait pas savoir Swan seule dans sa boutique tard le soir.

Il revint vers le lit, se pencha et effleura ses lèvres d'un baiser.

— À demain matin.

— J'ai hâte.

Après lui avoir adressé un dernier sourire, il se détourna et partit.

Plus tard, ce même soir, entièrement vêtu de noir, il s'avança dans l'obscurité, prenant bien soin d'éviter les réverbères et les caméras de sécurité. Il avait inspecté le quartier et connaissait leurs emplacements. Plus d'une fois, il dut se cacher derrière un arbuste afin d'éviter des promeneurs nocturnes.

Quand il atteignit les alentours de la boutique de Swan, il entendit des voix. Il se précipita derrière un bâtiment, à l'abri de la pénombre, et aperçut deux hommes qui ne le virent pas.

L'un d'entre eux était Rafe. L'autre type, un peu plus grand, semblait étranger. Leur conversation ressemblait à une dispute dans une langue qui ne lui était pas familière. Pourtant, comme la plupart des SEAL, il en parlait quatre.

Baissant la voix, les deux hommes continuèrent en anglais. Il tendit l'oreille et distingua les mots « encre » et « roses ». Rafe avait-il un client qui prévoyait de se faire tatouer des roses sur le corps ? Si oui, est-ce que cela avait une signification ?

Les deux hommes finirent pas s'éloigner et il s'en félicita. Plus que jamais, il était déterminé à inspecter le salon de tatouage. Au bout d'une demi-heure, certain que les deux hommes ne reviendraient pas, il se mit au travail, après avoir désactivé l'alarme et les caméras de sécurité.

À l'aide d'un passe-partout, il ouvrit la porte arrière et entra dans le salon de tatouage. Puis, muni de lunettes de vision nocturne, il inspecta les lieux.

C'était un salon de tatouage typique. Tout comme ses frères, il en avait fréquenté beaucoup et tirait fierté des dessins qui lui couvraient le corps. Heureusement, Swan ne lui avait posé aucune question les concernant. Il aurait détesté devoir lui mentir au sujet de sa prédilection pour les dauphins.

Il remplaça alors ses lunettes par la caméra de haute technologie attachée à sa ceinture. Ce modèle, développé par ses soins, détectait les objets enterrés et immergés. Après avoir scanné les lieux pendant quelques minutes, la caméra se mit à clignoter.

S'avançant, il la baissa vers le sol. Le clignotement s'accentua, signalant un objet dissimulé sous le parquet recouvert d'un tapis. Le rapport d'architecte qui lui avait été transmis n'avait fait référence à aucune pièce secrète ni placard dérobé.

Après avoir rangé sa caméra, il déplaça le tapis et tâta le sol. Un loquet ouvrait une trappe sous laquelle étaient rangés des bidons d'encre. Il s'étonna. Pourquoi cette encre était-elle cachée ? Les étagères du salon en étaient pourtant couvertes.

Il remarqua alors la différence dans les étiquettes. Qu'avait-elle donc de si particulier, cette encre ? Le seul moyen de le savoir était de faire analyser le contenu d'un des flacons. Mais, au lieu de l'envoyer au Bureau renseignement, il allait le faire parvenir à Nick cette nuit même.

À ce stade, il ne prendrait aucun risque. Il ne se fiait plus qu'à ceux en qui il avait une confiance absolue.

9

Swan venait de finir d'inventorier son dernier article quand elle entendit frapper. Elle traversa la pièce et regarda à travers les persiennes. Agréablement surprise, elle déverrouilla la porte de la boutique.

— David ! Je ne pensais pas te voir avant vendredi.

Il inspecta le magasin vide, avant de déclarer :

— J'ai fini plus tôt que prévu. Et comme tu m'avais dit que tu finirais ton inventaire tard, je voulais m'assurer que tu rentres bien.

Sa sollicitude lui alla droit au cœur.

— Tu n'étais pas obligé de passer.

Mais elle se réjouissait de le voir. Le lundi, ils avaient fêté *Memorial Day* ensemble. Comme convenu, ils s'étaient retrouvés chez elle pour le petit déjeuner, puis ils avaient marché jusqu'à l'endroit d'où le défilé devait partir.

Après y avoir assisté au milieu de la foule des badauds, ils étaient allés au marché du festival de l'île. Les rues étaient bordées de stands divers. Une grande roue complétait les festivités. Enfin, ils s'étaient promenés d'île en île en bateau et avaient déjeuné à Key Largo.

Beaucoup plus tard, chez elle, ils avaient refait passionnément l'amour, avant de se quitter.

Depuis lundi, il occupait toutes ses pensées. Et sa visite inopinée la comblait d'aise.

— Je savais que Jamila serait en congé aujourd'hui, était-il en train de lui dire. Mais le tatoueur ? Son salon aussi ferme le mercredi ?

— Oui, mais il est passé tout à l'heure. Il attendait une livraison d'encre aujourd'hui. Mais comme elle n'est pas arrivée, il était furieux.

— Vraiment ?

— Oui. Apparemment, il attendait une nuance particulière de bleu.

— Je vois. Tu es prête ? ajouta-t-il en jetant un coup d'œil à sa montre.

— Oui. Le temps de prendre mon sac dans le bureau.

Elle était sur le point d'aller le chercher quand elle entendit de nouveau frapper.

— Tu attends quelqu'un ? s'étonna David.

— Non. Je vais voir de qui il s'agit, répondit-elle en retournant vers la porte.

Il lui emboîta le pas. Après avoir vérifié, elle lui indiqua, souriante :

— C'est Jamila et Horacio. Bonsoir, Jamila, ajouta-t-elle en leur ouvrant.

— Bonsoir, Swan. Horacio et moi étions dans le quartier et je me suis souvenue que tu travaillais tard. J'ai décidé de passer te dire bonsoir.

— Horacio, quel plaisir de te revoir ! lança-t-elle, affable.

— Pareillement, Swan, répondit-il avec cet accent prononcé qui lui avait toujours plu.

— Et voilà mon ami, David Holloway. David, tu connais déjà Jamila. Je te présente son ami, Horacio Jacinto.

Quand les deux hommes se serrèrent la main, elle crut déceler une certaine tension chez David. Ou bien était-ce son imagination qui lui jouait des tours ?

— Enchanté, Horacio, le salua-t-il néanmoins. Je ne reconnais pas votre accent. D'où venez-vous ?

— Du Portugal.

— Joli pays, approuva-t-il.

— Merci.

L'air inquiet, Jamila reprit :

— J'espère que tu ne vas pas travailler trop tard, Swan.

— Non. David est venu s'assurer que je rentrerais saine et sauve.

Elle n'habitait qu'à quelques rues de sa boutique, mais d'habitude, quand elle travaillait tard, elle prenait un taxi. Ce soir, elle allait plutôt suggérer à David de rentrer à pied. La nuit était belle et elle avait envie de passer du temps avec lui.

— À plus tard, alors, les salua Jamila. Nous avons dîné au Marty's Diner et maintenant nous allons boire un verre au Summer Moon. Ils ont un orchestre, ce soir.

— Parfait ! Amusez-vous bien. Et j'espère te revoir la prochaine fois que ton bateau fera escale à Key West, Horacio.

— Moi aussi, répondit-il avec un sourire.

Dès qu'ils furent partis, elle alla chercher son sac. Quand elle revint, elle trouva David à l'endroit même où elle l'avait laissé, les yeux rivés sur la porte.

— Tout va bien ? s'étonna-t-elle.

Il se tourna vers elle.

— Oui. Simplement, Horacio me rappelle quelqu'un. Je suis en train d'essayer de me rappeler où je l'ai vu. Peut-être l'ai-je croisé sur l'île.

— C'est possible, convint-elle. Il est chef cuisinier sur le *Century Cruise Line* qui fait escale ici une fois par semaine. Chaque fois, il vient à terre retrouver Jamila. Ne te l'ai-je pas déjà dit ?

— Si. Pourtant, je suis sûr de l'avoir aperçu dimanche soir. Après être parti de chez toi.

Elle secoua la tête.

— Tu dois te tromper. Son bateau n'est arrivé qu'aujourd'hui. D'un autre côté, il paraît que tout le monde a un sosie de par le monde.

Il eut un petit rire.

— Tu as peut-être raison, même si je suis bien convaincu que tu n'as pas de sosie. Pas une autre femme au monde ne peut avoir ta beauté.

Malgré elle, elle se sentit pousser des ailes. Elle n'était pourtant pas née de la dernière pluie. Jamais elle n'aurait dû se laisser embobiner par de tels compliments. S'exhortant à garder la tête froide, elle plaisanta :

— David Holloway, heureusement que je ne suis pas naïve. Il serait facile de devenir vaniteuse avec toi.

— J'espère pourtant que tu me crois, parce que c'est la vérité.

Sur ces mots, la prenant par la main, il l'entraîna vers la porte.

Plus tard, ce même soir, David regagna sa chambre d'hôtel et consulta immédiatement l'écran de son téléphone. Il l'avait entendu vibrer pendant qu'il raccompagnait Swan, mais avait préféré attendre d'être seul pour prendre l'appel.

Quand elle l'avait invité à entrer, il avait refusé, prétextant la tonne de paperasse qui l'attendait à l'hôtel. Ce n'était pas un mensonge. Il s'était plongé dans la relecture de tous les rapports du Bureau renseignement pour essayer de comprendre ce qui avait bien pu pousser les enquêteurs à prendre Swan comme bouc émissaire.

Voyant que Nick avait cherché à le joindre, il s'empressa de le rappeler.

— Qu'est-ce que tu as pour moi ? lança-t-il sans préambule.

— Tu n'imagines même pas ! En tout cas, celui qui a été chargé de cette enquête a fait du beau gâchis.

Ou bien, au contraire, il avait obéi aux ordres, songea-t-il, non sans cynisme.

— Je suppose que tu as une bonne raison d'être arrivé à cette conclusion.

— Une excellente raison, affirma Nick. Cette encre que tu m'as envoyée pour analyse, ce n'est pas du tout ce que c'est censé être.

— Ce n'est pas de l'encre ? fit-il, de plus en plus perplexe.

— Si, mais de l'encre sympathique. Quand tu l'appliques sur la peau, elle peut être révélée grâce à une lumière spéciale. Je devine que c'est le biais par lequel les informations Secret-Défense quittent la boutique de Swan Jamison. Grâce à des tatouages sur des clients de Duggers. Et non via ses bijoux. Or tu ne devineras jamais d'où provient l'encre.

— Du fournisseur de Duggers, en Californie ?

— Dans le mille ! Son siège est situé à quelques kilomètres seulement de la base navale de San Diego. Autrement dit, le fournisseur est de mèche. Une taupe, au sein du bureau Renseignement de la base, lui fait passer des informations Secret-Défense, il les transmet à Duggers avec les livraisons d'encre sympathique. Qui n'a plus qu'à tatouer les informations sur des complices.

La situation devenant soudain limpide, il enchaîna :

— Et en incluant des commandes de pierres fines aux expéditions d'encre, ils prouvent le lien entre le distributeur et Swan, faisant d'elle la suspecte idéale.

— Exactement. C'est un coup monté. Quelqu'un cherche vraiment à la faire accuser, Flipper. À en faire un bouc émissaire.

Il réfléchit. Qui, au Bureau renseignement de la base, avait bien pu prendre Swan pour cible ? Et, surtout, pour quelle raison ?

— Je dois te demander de vérifier autre chose, reprit-il alors.

— Quoi ?

— Le type que j'ai vu se disputer avec Rafe Duggers, l'autre soir. Je l'ai revu aujourd'hui.

— Vraiment ?

— Oui. Il s'appelle Horacio Jacinto et c'est le petit ami de Jamila Fairchild. Ils sont passés dire bonsoir à Swan alors qu'elle allait fermer la boutique.

— Étrange. Je vais voir ce que je peux trouver sur lui. Je serais curieux de savoir si Mlle Fairchild est dans le coup ou si elle n'est qu'un instrument dans toute cette affaire.

— Je ne sais pas, mais je vais faire en sorte de les garder à l'œil, tous autant qu'ils sont.

— Reste prudent, Flipper.

— Compte sur moi.

Quelques heures plus tard, après avoir pris une douche, il était assis au bureau de sa chambre quand son portable sonna. Reconnaissant la tonalité, il répondit :

— Qu'est-ce qui se passe, Coop ?

— C'est à toi de nous le dire.

« Nous ». Autrement dit, Bane, Viper et Mac étaient aussi en ligne.

— Je suppose que Nick vous a téléphoné, avança-t-il.

— Oui. Tout à l'heure, acquiesça Bane. Cette histoire avec Swan Jamison semble vraiment sérieuse. Tu ne penses pas qu'il serait temps de prévenir Shields ?

Pensif, David se frotta le visage. Il jeta un coup d'œil à la pendule au mur. Il était presque 3 heures du matin.

— Si Nick vous a tout raconté, vous savez donc que le traître opère du sein même de la base. Or, jusqu'à ce que je sache à qui je peux faire confiance...

— Tu sais tout aussi bien que nous que tu peux faire confiance à Shields, Flipper, répliqua Viper. C'est notre commandant. Une fois que tu lui auras dit ce que tu as découvert, s'il soupçonne Martin ou Levart de n'importe quelle faute, il saura quelles mesures prendre.

— Je sais. Mais ils sont très proches. Et si Shields était aveuglé par sa loyauté envers ses amis ?

— Tu le connais, Flipper. Tu sais bien qu'il dénoncerait sa propre mère s'il pensait qu'elle trahissait la patrie.

Certes, il le savait, néanmoins...

— Je ne sais pas si Martin ou Levart sont vraiment impliqués. Tout comme Shields, ce sont les parrains de Swan et je détesterais penser qu'ils sont suspects. Je sais juste qu'il y a une taupe à la base et, pour le moment, tout le monde est suspect.

— Nous nous en doutions. Alors, ouvre cette fichue porte ! lui lança Mac.

— Pardon ? fit-il, ahuri.

— Ouvre la porte, répéta Coop.

Quand il entendit frapper à sa porte, il s'empressa d'aller ouvrir et se trouva nez à nez avec ses quatre meilleurs amis.

— Qu'est-ce que vous faites ici ? s'exclama-t-il, ahuri.

— Qu'est-ce que tu crois ? demanda Mac.

L'air triomphant, Bane déclara :

— Nous avons pensé que cinq paires d'yeux valaient mieux qu'une seule. Et puis, nous voulons nous assurer que tu restes concentré sur ton objectif.

— Mais vos familles ? Viper, ta femme va avoir un bébé.

Le futur papa étouffa un petit rire.

— Et j'ai l'intention d'être avec elle pour la naissance. Selon le médecin de Layla, il ne devrait pas naître avant deux mois. Donc, pas de panique.

— Nous aussi avons le feu vert de nos familles, renchérit Coop. Tout le monde sait que nous sommes toujours là les uns pour les autres.

— Teri était même contente de me voir partir, grommela Mac. Peut-être qu'à mon retour elle aura meilleur caractère.

— Ou peut-être auras-tu meilleur caractère, plaisanta Bane.

— C'est ça ! grommela-t-il en prenant le menu du restaurant. Il n'est pas trop tard pour le service d'étage ?

Avec un profond soupir, David referma la porte. Rassemblés autour de la table, ses quatre coéquipiers remontaient déjà leurs manches, prêts à l'aider à dénouer le mystère. Ils étaient si soudés qu'à chaque fois qu'ils faisaient corps ils obtenaient des résultats positifs.

— Avant tout, j'ai quelque chose à vous avouer, déclara-t-il alors.

Tous le dévisagèrent.

— Quoi ? Il est trop tard pour le service d'étage ? demanda Mac d'un ton consterné.

— Entre autres.

— Alors Flipper ? Nous t'écoutons, le pressa Viper, en se calant confortablement contre le dossier de sa chaise.

Prenant appui contre la porte fermée, David commença :

— Enquêter sur Swan Jamison n'est plus juste une mission pour moi. C'est devenu personnel.

Ses amis hochèrent la tête d'un air entendu.

— Parce que tu crois que nous ne sommes pas au courant ? ironisa Coop. C'est la raison de notre présence ici. Quelqu'un essaie de faire accuser la femme que tu aimes et nous allons t'aider à découvrir son identité et son mobile. Mais chaque chose en son temps. Tout d'abord, j'imagine que tu sais ce que tu as à faire.

David les regarda tour à tour. Oui, il le savait ! Sans prendre la peine de répondre, il prit son téléphone sur la table et appela son commandant.

10

Swan avait attendu la fin de la semaine avec une fébrilité grandissante. Et maintenant que le vendredi était enfin là, au fil des heures qui passaient, elle jetait un coup d'œil à la porte de sa boutique, espérant voir David entrer. Elle aurait sans doute dû se satisfaire de sa visite surprise de mercredi. Hélas, elle en était loin.

Elle avait eu deux jours pour réfléchir à son manque de rationalité concernant David Holloway. Il ne semblait pas être le genre d'homme qui s'engageait pour toujours. Et elle ne cherchait pas une relation pour une vie. Alors pourquoi brûlait-elle d'une telle impatience de le revoir ?

Elle ne voyait qu'une explication. Elle avait été seule, privée d'attention masculine pendant si longtemps qu'elle en éprouvait soudain un besoin fébrile. Or, c'était la première fois de sa vie qu'elle était en proie à une convoitise aussi violente.

Le carillon retentit et la porte s'ouvrit sur Rafe. Pourquoi passait-il si souvent par la boutique pour accéder à son salon, depuis quelque temps ? Il semblait avoir oublié que l'usage de la porte principale lui était interdit. Les termes du contrat de location stipulaient que ses clients et lui devaient utiliser uniquement la porte arrière.

Décidant de ne pas y faire allusion aujourd'hui, elle demanda :

— Ta livraison d'encre est-elle enfin arrivée ?

Il s'arrêta et, l'air un peu méfiant, rétorqua :

— Pourquoi ça t'intéresse ?

Quelle drôle de question ! Il avait la mémoire bien courte, soudain.

— Parce que, quand tu es passé mercredi, tu es reparti furieux qu'elle ne soit pas arrivée.

— Je n'étais pas furieux. Et oui, je l'ai reçue.

Elle lui jeta un coup d'œil perplexe. S'il ne voulait pas admettre sa colère, elle n'insisterait pas.

— Bien. Tu m'en vois ravie.

Il se dirigea vers son salon et, songeuse, elle le suivit des yeux. Rafe était d'une humeur massacrante depuis quelque temps. D'un autre côté, sa propre allégresse la poussait peut-être à se montrer plus sensible. En fait, le tatoueur avait toujours été lunatique.

Quelques instants plus tard, alors qu'elle s'occupait d'un client, elle vit Rafe traverser sa boutique en sens inverse pour ressortir. S'il recommençait, elle allait vraiment se voir obligée de lui rappeler leur accord.

Une fois le client parti, elle regarda sa montre. Elle devait fermer dans quelques minutes. En général, David était en avance. Bien sûr, elle comprendrait qu'il ait été retenu. Mais elle espérait que ce n'était pas le cas. Elle avait tellement hâte de le voir.

Son impatience aurait dû l'alarmer. Pourtant, inexplicablement, il n'en était rien. Comme elle l'avait expliqué à Candy, elle n'attendait rien de cette relation. Ils ne s'étaient fait aucune promesse, aucune promesse ne serait donc rompue. Aucun espoir déçu. Ce qu'ils vivaient ensemble suffisait à la combler. C'était un amant exceptionnel, avec qui elle partageait de délicieux moments.

Depuis qu'elle avait rompu avec William, trois ans auparavant, elle avait eu des aventures. Mais jamais elle ne s'était autorisée à s'attacher. Elle avait préféré se concentrer sur le lancement et le succès de sa boutique.

Elle y avait mis tout son cœur. Ainsi, elle ne risquait pas de le voir se briser une nouvelle fois. Pourtant, aujourd'hui, le risque semblait avoir resurgi. Et il portait un nom : David Holloway.

Elle éprouvait des sentiments mitigés. Bien sûr, elle pourrait prendre des mesures pour s'en protéger. David lui avait donné son numéro. Elle aurait pu lui téléphoner et annuler leur soirée. Avant de décider de ne plus jamais le voir. Elle trouverait sûrement une excuse plausible. Mais le voulait-elle vraiment ?

Non !

David serait un test qu'elle passerait haut la main si elle parvenait à vivre cette histoire sans se bercer d'espoirs.

En entendant la clochette de la porte tinter de nouveau, elle leva les yeux. Il était là. Elle le regarda refermer derrière lui, retourner la pancarte « Fermé », puis baisser les stores. Enfin, souriant, il s'avança lentement vers elle de sa démarche sexy. Il portait un pantalon kaki et une chemise blanche, ouverte. Sous l'intensité de son regard bleu cobalt, elle sentit les battements de son cœur s'accélérer.

Elle avait beau avoir pensé à lui toute la journée, tous ses sens étaient aux aguets. Cet homme n'avait pas beaucoup d'efforts à faire pour embraser l'air de sensualité.

Se levant enfin, elle traversa la pièce pour aller à sa rencontre et se jeta dans ses bras. Il pressa son corps contre le sien et elle noua les mains sur sa nuque. Lui enlaçant la taille, il l'attira plus près pour la plaquer contre lui.

— Tu m'as manqué, Swan.

Elle savait qu'elle n'aurait pas dû se laisser affecter par ses paroles. Pourtant, elle sentit soudain le souffle lui manquer.

— Toi aussi, tu m'as manqué.

Et c'était la vérité. Depuis mercredi, il lui avait manqué. Même si elle avait essayé de se convaincre du contraire. Car maintenant, lovée au creux de ses bras, elle savait que c'était une réalité.

— Je suis content de le savoir, mon cœur, susurra-t-il d'une voix grave.

« Mon cœur » ? Le terme la laissa sans défense. Bon sang, elle devait se ressaisir. Mais la sensation de son érection plaquée contre son entrejambe ne l'aidait en rien. Comme c'était bon de le sentir ainsi !

Retrouvant sa voix, elle lui demanda :

— Tu es prêt ?

Il étudia son visage comme s'il la voyait pour la première fois et essayait de s'imprégner de chaque nuance de ses traits. Soudain, un sourire malicieux se dessinant sur ses lèvres, il répondit :

— Quelle que soit ton idée, je suis prêt, Swan.

Des éclairs de plaisir se mirent à courir le long de son dos. Savait-il à quel point sa réponse était suggestive ? Les idées qui se télescopaient en elle étaient si audacieuses, si sensuelles qu'elle sentit ses joues s'enflammer. Qu'importait ! Elle n'avait pas à lui cacher le désir qu'il lui inspirait. Et elle allait s'y abandonner.

Certes, sa raison lui dictait d'attendre. Mais elle savait que le simple fait d'être assise en face de lui pendant le dîner serait un supplice. Le mouvement de sa bouche quand il mangerait, ses mains sur sa bouteille de bière... Des mains qu'il lui suffisait de regarder pour sentir une vague torride la submerger. Jamais elle n'aurait la force de prendre son mal en patience avec David Holloway.

— Tu es sûr, David ?

— Absolument. Tu veux que je te le prouve ?

Le voulait-elle ? Oui, elle le voulait !

— Où ?

— Où tu voudras. Ici, à même le sol, si ça te chante. Mais je te suggère ton bureau.

David voyait à sa façon de le regarder qu'elle réfléchissait sérieusement à sa proposition. Décidant de faire pencher la balance en sa faveur, il l'embrassa. Enivré par la saveur de sa bouche, il eut toutes les peines du monde à retenir sa fougue pour ne pas la dévorer.

Il comprit qu'elle avait cessé de réfléchir quand il la sentit se liquéfier sous l'assaut de ses lèvres et resserrer les bras autour de son cou.

La vie vous offrait parfois des moments époustouflants. Embrasser Swan en faisait partie. Et il y avait bien longtemps, sinon jamais, qu'il n'avait connu un plaisir aussi prodigieux que celui partagé avec elle, ces derniers jours. Sentant soudain les mains de Swan glisser de sa taille pour lui prendre les fesses en coupe, il émit un râle de satisfaction.

Quand, enfin, ils mirent un terme à leur baiser, il enfouit la tête dans le creux de son cou et poussa un soupir d'aise. Cette femme dépassait toutes ses espérances.

S'extirpant de ses bras, elle lui demanda :

— Voulez-vous me suivre, monsieur Holloway ?

— Oui, répondit-il sans l'ombre d'une hésitation.

— Dans ce cas, en route.

Quand elle lui prit la main, il se laissa entraîner sans lui opposer la moindre résistance. Dans son bureau, il fut assailli par le souvenir du baiser torride qu'ils y avaient échangé.

— J'ai bien l'impression que le dîner va devoir attendre, chuchota-t-elle d'un ton suggestif.

Elle avait retiré ses sandales. Après avoir refermé la porte, il s'y appuya et la regarda se déshabiller. Elle portait une robe à fines bretelles orange vif, couleur qui seyait à merveille à son teint et faisait ressortir l'éclat de ses cheveux.

Il n'avait pas beaucoup dormi depuis l'arrivée de ses amis dans les Keys. D'un autre côté, ces derniers n'étaient pas ici pour se reposer. Ils avaient laissé leur famille pour venir déjouer un sinistre plan d'espionnage contre le pays qu'ils aimaient.

Et pour protéger la femme que lui aimait.

Il sentit soudain sa gorge se dessécher. Cette dernière pensée l'avait pris au dépourvu. Tout en regardant Swan se déshabiller, l'évidence le frappa. Le doute n'était plus permis. Il était amoureux d'elle. Il n'essaierait pas de comprendre comment c'était arrivé, mais il allait l'accepter. Maintenant, plus que jamais, il était déterminé à démasquer celui ou ceux qui voulaient la faire accuser.

— Tu vas rester planté là ? demanda-t-elle.

Debout devant lui, elle était complètement nue.

— Non, ce n'est pas du tout mon intention.

Il s'éloigna de la porte et vint se placer à quelques pas, ce qu'il considérait comme une distance raisonnable. S'il s'approchait, il allait être tenté de lui faire l'amour tout habillé. Il retira sa chemise et, d'un geste preste, fit glisser simultanément son pantalon et son boxer.

— J'aime tes dauphins, déclara-t-elle soudain. J'ai souvent voulu te poser la question. Tu avais une raison en particulier de choisir ces poissons ?

Il décida de se montrer aussi honnête que possible. Sachant qu'un jour il devrait lui expliquer pourquoi il lui avait menti sur autant de points.

— Comme les dauphins, j'aime être dans l'eau. Mais mes tatouages rendent hommage à Flipper. Et, si tu te souviens du feuilleton pour enfants, Flipper n'est pas n'importe quel dauphin. D'où mon surnom.

— Flipper ?

— Oui. Comme je viens de le dire, j'adore être dans l'eau.

— Tu ne ressembles guère à Flipper le dauphin.

Il vint s'arrêter en face d'elle.

— Ne dis jamais ça à ma famille ni à mes amis. Ils ne seraient pas d'accord.

D'une main, elle suivit les lignes de ses tatouages, allumant des flammes dans ses veines.

— Ils sont beaux. Tout est beau, chez toi, David.

— Merci.

Soudain, il la souleva et l'assit sur le bureau, tout en lui écartant les jambes.

— T'ai-je dit à quel point tu m'avais manqué ? demanda-t-il en faisant courir les mains sur ses bras.

— Oui. Quand tu es arrivé ici. Et tu me l'avais déjà dit quand tu m'as raccompagnée à la maison, mercredi soir, et que je t'ai invité à rester.

Il perçut la pointe de déception dans sa voix. Si seulement elle avait su à quel point il avait eu envie de rester. Mais quand il avait découvert que Jamila avait prévu de passer le reste de la soirée avec Horacio, il en avait profité pour aller inspecter sa maison.

— Je n'ai pas pu. Mais, dès que nous aurons plus de temps, j'ai bien l'intention de me rattraper.

Il voulait lui faire comprendre que cet intermède, dans son bureau, ne comptait pas. Une fois que tout cela serait fini, il avait prévu de lui consacrer tout son temps et de tout lui avouer.

— Pas ici et pas maintenant ? Comment appelles-tu ça ? lui demanda-t-elle.

Il lui prit les seins au creux de ses mains, s'émerveillant de leur beauté.

— C'est un petit avant-goût rapide.

— Intéressant.

Levant les yeux de ses seins, il reprit :

— Laisse-moi te montrer à quel point cela peut devenir intéressant, Swan Jamison.

Se penchant, il l'embrassa et pressa son érection contre son sexe. À son contact, il sentit un brasier le dévorer.

Et quand elle murmura son nom, il comprit qu'elle aussi sentait les flammes de la passion qui les embrasait.

Swan ceintura David de ses jambes, savourant la sensation de son mouvement en elle. Une passion torride couvait au fond de ses prunelles bleues qui la fixaient.

De ses mains, il la souleva par les hanches pour s'enfouir plus profondément en elle. Étouffant un cri, elle se cambra.

— David, chuchota-t-elle, éperdue.

Soudain, le monde entier se résumait à ce prénom, au plaisir infini que lui procuraient les caresses expertes de David. Son âme était prise au piège.

Elle avait besoin de cela. Elle le voulait. Tout comme lui, elle ne voulait pas attendre. C'était beaucoup plus qu'intéressant. C'était passionné, torride. Elle riva ses yeux aux siens et ce qu'elle lut dans leur profondeur azur la toucha là où ses mains ne pourraient jamais l'atteindre. Une simple étincelle mais qui lui permit de s'abandonner corps et âme et d'alimenter ce feu qui les consumait tous les deux.

Ils étaient unis, en fusion, prolongeant cette félicité indicible. Il se retirait, puis s'immobilisait quelques secondes, à la limite de l'orgasme. À chaque mouvement de hanche, le rythme augmentait.

Jusqu'au moment où, cédant à l'extase, elle cria son nom, tandis que, sur un râle, il la rejoignait dans le plaisir.

Soudain, comme si la réalité les rattrapait tous les deux, ils se dévisagèrent. Voulant s'assurer qu'il ne s'arrêterait pas, elle chuchota :

— Pilule.

Ce simple mot sembla provoquer un nouvel orgasme.

Elle poussa un cri de jouissance, la force de leur rencontre la laissant une nouvelle fois alanguie, noyée dans un océan de volupté. Plus rien n'existait que le va-et-vient de leurs deux corps réunis.

Enfin, grisée de bonheur, elle se blottit dans ses bras. Baignant toujours dans la brume de la volupté, elle le sentit se retirer lentement. Se forçant à rouvrir les yeux, elle accepta la main qu'il lui tendait pour l'aider à descendre du bureau. Une fois sur pieds, les jambes en coton, elle noua les bras autour de sa taille.

— Tout va bien, lui chuchota-t-il à l'oreille, tout va bien. Je te tiens. Je ne te laisserai pas tomber.

Trop tard, songea-t-elle. Elle était déjà tombée. La tête la première, raide dingue amoureuse de lui. Il lui suffisait de penser à lui pour avoir le vertige.

Ne venait-elle pas de se raisonner quelques instants avant son arrivée ? De se répéter qu'elle pouvait savourer sa compagnie, ses talents d'amant, mais que cela ne devait pas aller plus loin ? Qu'elle ne devait pas prendre le risque de lui donner son cœur ?

Que s'était-il donc passé ?

Lovée contre la chaleur de son corps nu, elle comprit. David Holloway avait déboulé dans sa vie. Et même si elle ne l'avait pas voulu, elle était tombée amoureuse.

Peu importait qu'elle ne le connaisse que depuis trois semaines. D'une façon ou d'une autre, qu'il en ait eu l'intention ou pas, il était arrivé dans son monde et l'avait chamboulé. Et une fois sa mission sur l'île terminée, il partirait sans un regard en arrière.

Or même si elle l'avait toujours su, cela ne l'avait pas empêchée de se faire voler son cœur.

— Tu es prête ?

Elle leva les yeux vers lui.

— Tu sais bien que c'est la question qui nous attire des ennuis, David.

Un long moment, il soutint son regard. Puis, avec une infinie tendresse, il lui caressa la joue.

— Ou qui nous entraîne là où nous voulons vraiment aller, en nous poussant à suivre nos désirs les plus profonds.

Sur ces mots, il l'embrassa de nouveau.

11

— Vous avez fait un excellent travail en découvrant cette encre sympathique, lieutenant Holloway, le félicita le commandant Shields. Je savais qu'il était impossible que Swan ait trahi son pays.

— Oui, commandant. Je partage votre avis, répondit-il. Il me paraît évident que le Bureau renseignement doit désormais orienter son enquête sur Rafe Duggers et Horacio Jacinto.

Leur commandant étant sur haut-parleur, ses coéquipiers ne perdaient pas une miette de leur conversation.

— Je suis d'accord. J'ai eu un entretien avec l'amiral Martin et le directeur Levart ce matin. Pour eux, le doute n'est plus permis : il y a une taupe au sein de l'organisation.

David ne put s'empêcher de demander :

— Je suppose qu'en les informant de mes découvertes, vous partez du principe qu'ils sont totalement dignes de confiance ?

— En effet, lieutenant Holloway. Depuis les affaires de taupes au département de la Sécurité intérieure, je comprends votre méfiance. Néanmoins, je vous assure que vous pouvez compter sur nous trois pour protéger Swan. Nous serions prêts à donner notre vie pour elle. Nous n'avons jamais douté de son innocence. Et nous vous avons envoyé à Key West pour la prouver. Ce que vous avez fait. C'est maintenant à nous de découvrir qui orchestre toute cette opération et de faire justice.

— Et en attendant ?

— En attendant, lieutenant, vous pouvez considérer votre

mission terminée. Rentrez au Texas et profitez de la fin de votre permission.

Dans des circonstances normales, une fois que son commandant l'aurait relevé de sa mission, il l'aurait en effet considérée comme terminée. Mais, dans ce cas précis, cela lui était impossible.

— Je pense que je vais rester un peu à Key West.

— Pourquoi ? s'étonna le capitaine de vaisseau Shields. Vous pensez que la vie de Swan pourrait être en danger ?

— Pas tant que Duggers et Jamila ne savent pas qu'ils sont suspects. Néanmoins...

— Néanmoins, lieutenant Holloway ?

Sans l'ombre d'une hésitation, il répondit avec franchise :

— Néanmoins, Swan compte désormais beaucoup pour moi, commandant.

— Oh ! je vois. Dans ce cas, lieutenant Holloway, vous êtes parfaitement libre de décider comment vous voulez passer le reste de votre permission. Tant que vous n'oubliez pas que, cette enquête étant en cours, vous ne pouvez rien dire à Swan. Et surtout pas lui dévoiler la raison de votre présence dans les Keys. Cela pourrait vous mettre dans une situation déshonorante.

— J'en suis parfaitement conscient, commandant. Mais je refuse de la quitter à moins d'y être obligé. En combien de temps pensez-vous que cette enquête sera bouclée ?

— Je ne sais pas exactement. Non seulement nous devons étudier le cas des premiers enquêteurs, mais nous devrons reprendre toute l'enquête, Duggers et Jamila étant désormais nos suspects numéro un. Si vous restez dans les Keys et que vous remarquez quoi que ce soit, n'hésitez pas à m'en faire part.

Autrement dit le capitaine de vaisseau Shields lui donnait le feu vert pour mener sa propre enquête officieuse.

— Vous pouvez compter sur moi, commandant !

Après avoir raccroché, il se tourna vers ses amis.

— Alors qu'en pensez-vous ?

— À mon avis, tu as raison de rester jusqu'à ce que tu sois sûr que Mlle Jamison n'est plus en danger, déclara Bane.

— Et comme nous n'avons nulle intention de partir avant toi, il est temps de découvrir qui est derrière tout ça, ajouta Coop.

— Je suis d'accord, renchérit Viper.

Tous se tournèrent vers Mac. L'air songeur, il se frottait le menton.

— Quelqu'un doit se faire l'avocat du diable, déclara-t-il enfin. Ce sera donc moi.

— Sans blague ? ironisa Bane.

— Le commandant a raison, poursuivit Mac, ignorant son intervention. Tu ne peux rien dire à Mlle Jamison. Car malgré la noblesse de tes intentions, quand elle apprendra la vérité, elle risque de ne pas l'apprécier.

David poussa un soupir à fendre l'âme. Mac avait raison. Même si Swan ne lui avait pas encore parlé de sa liaison avec William Connors, il en avait lu le compte rendu dans le rapport. Après avoir été victime d'une telle duplicité, elle risquait fort de le mettre dans le même panier que son ex.

— Dans ce cas, monsieur Je-sais-tout, que suggères-tu ? demanda-t-il.

— Commence par établir une limite dans votre relation et ne la franchis pas. En d'autres termes, arrête de la séduire, lui recommanda Mac.

Trop tard, songea Flipper. Il lui suffisait de se rappeler les moments torrides qu'ils avaient partagés dans son bureau, puis chez elle, quand il l'avait raccompagnée après le dîner. Il n'était pas parti avant l'aube. Le conseil de Mac était tout simplement impossible à suivre.

— Ce n'est pas une option, Mac. Je vais faire ce que j'ai à faire et m'inquiéter des conséquences plus tard.

— Qu'est-ce que c'est que cette histoire de petit ami ? Je ne peux pas te laisser seule plus d'une minute ?

Swan sourit à Rosie McCall. Rosie, la quarantaine, était l'une de ses clientes régulières. Après avoir passé trois mois auprès des siens, dans le Nevada, elle était rentrée sur les Keys la veille.

— Je vois que Jamila a encore trop parlé.

— Ça n'a pas d'importance. Alors, dis-moi, qui est-ce ?

Refermant la vitrine, Swan précisa :

— D'abord, ce n'est pas mon petit ami. Il est ici pour raisons professionnelles. Certes, nous nous voyons, mais dès qu'il repartira, ce sera terminé.

— Je vois. Plus une idylle est courte, meilleure elle est. Comment s'appelle-t-il ?

— David. David Holloway.

— D'où vient-il ?

— Du Texas.

— Et quelles sont les raisons professionnelles qui l'ont amené ici ? Que fait-il dans la vie ?

— Ouh là, du calme ! Tu t'es reconvertie en détective ? Tout ce qu'il te suffit de savoir c'est que David est un type bien.

Rosie adorait jouer les entremetteuses. N'était-elle pas responsable du *blind date* qui avait débouché sur la relation entre Jamila à Horacio ?

— Tu ne peux pas m'en vouloir de te poser la question, Swan. Tes amoureux se font rares.

— N'oublie pas que c'est mon choix. En outre, tu en as suffisamment pour nous deux.

Et c'était la vérité. Après son deuxième divorce, Rosie avait déclaré qu'elle était vaccinée contre le mariage. Mais qu'elle ne se priverait pas de collectionner les aventures.

— Tu as raison, acquiesça-t-elle avec un sourire. Mais ce n'est pas pour autant que tu ne dois pas sortir et t'amuser de temps en temps. Il y a une vie en dehors de ta boutique, Swan. Et j'espère que tu l'as enfin compris.

— Mais oui, fit-elle d'un ton patient.

Elle entendait régulièrement ce discours dans la bouche de son amie. Ce qui ne l'empêchait pas de beaucoup l'apprécier. Tonique, aimant la vie, Rosie n'engendrait pas la mélancolie.

À cet instant, la sonnette de la porte d'entrée carillonna. Elle n'avait pas besoin de regarder pour savoir que David venait d'entrer. Elle savait aussi que, quand il la voyait occupée, il attendait qu'elle ait fini avant de la rejoindre.

— Je crois bien que tu as un client, chuchota Rosie. Et une minute avant la fermeture. Espérons qu'il va acheter quelque chose, au moins.

Swan sourit intérieurement.

— L'espoir fait vivre ! plaisanta-t-elle.

— En même temps, quel beau gosse ! Regarde un peu comme il est mignon !

Elle n'avait pas besoin de le regarder pour savoir à quel point David était mignon. Pourtant, elle le fit. Vêtu d'un bermuda, d'un T-shirt et de tongs, il flânait dans la boutique. L'air désinvolte, il n'avait jamais été aussi sexy.

— Tu as raison, il est super mignon.

— J'adore les tatouages sur son avant-bras.

— Magnifiques !

Elle connaissait le goût de Rosie pour les tatouages, elle était l'une des meilleures clientes de Rafe. Certains de ses tatouages étaient visibles, d'autres non.

— Tu dois aller t'occuper de lui. Voir ce qu'il cherche. S'il n'est pas sûr, propose-lui quelques articles.

Swan esquissa un nouveau sourire. Rosie était loin de se douter de tout ce qu'elle comptait proposer à David.

— D'accord. Viens, je vais te raccompagner. Je suis officiellement fermée maintenant, déclara-t-elle en contournant son comptoir.

— Tu veux vraiment que je te laisse avec lui ? chuchota son amie, l'air soudain inquiet. À mon avis, c'est risqué.

Swan étouffa un petit rire. Il était temps de lui dévoiler la vérité.

— Il ne représente aucun risque, Rosie. C'est David et il est ici pour me raccompagner chez moi. Je vais te le présenter.

— Tu veux dire que cet Adonis est ton amoureux ?

Swan jeta un nouveau coup d'œil à David. Certes, il était beau. Mais elle ne pouvait pas le définir comme son amoureux.

— Disons que c'est l'homme que je vois beaucoup depuis quelque temps.

— Surtout, ne t'en prive pas !

En les voyant approcher, il leva les yeux et son visage se fendit d'un large sourire.

— Bonsoir.

— Bonsoir, David. J'aimerais te présenter Rosie McCall. Une amie qui vient tout juste de rentrer à Key West après quelques mois d'absence. Rosie, je te présente David Holloway.

David lui tendit la main.

— Enchanté, Rosie.

— Moi aussi, David. J'aime beaucoup vos tatouages.

— Merci. J'aime aussi les vôtres, la complimenta-t-il en retour.

— Merci. Bien, je vais vous laisser. Passez une bonne soirée, tous les deux.

Swan lança un coup d'œil entendu à David.

— Tu peux compter sur nous ! Je raccompagne Rosie et je reviens.

Il fit un signe d'assentiment.

— J'ai été content de vous rencontrer, Rosie.

— Moi aussi.

Quelques minutes plus tard, après avoir affiché la pancarte « Fermé », barré la porte et baissé les stores, Swan rejoignit David. La gorge nouée par une émotion indéfinissable, elle s'arrêta un instant pour l'observer. Elle aimait tout chez lui. Tout particulièrement les muscles qui gonflaient sa chemise, ses cuisses si masculines, sa peau hâlée.

— Tu as encore pris le soleil, je vois.

— Oui. J'ai dû sortir en bateau, aujourd'hui.

— Un jour, il faudra que tu m'expliques en détail en quoi consistent tes missions en mer.

— Bien sûr. Mais pour le moment, viens ici. Tu m'as manqué aujourd'hui.

Sans se faire prier, elle traversa la pièce.

— Toi aussi, tu m'as manqué.

— Je suis content de le savoir. Rosie a l'air sympathique.

— En effet.

— Elle a beaucoup de tatouages.

— Oui, elle en a beaucoup, s'esclaffa-t-elle. C'est l'une des meilleures clientes de Rafe.

— Vraiment ? demanda David, toujours enjoué. Il a fait un magnifique travail.

Changeant de sujet, elle jeta un coup d'œil à sa montre.

— Nous pourrons partir dès que j'aurai pris mon sac. Je reviens dans une seconde.

Ils devaient aller dîner au restaurant Nathan Waterway, puis visiter une exposition.

Songeur, David la regarda s'éloigner vers le bureau. Il repensait à ce qu'elle venait de lui dire au sujet de Rosie McCall. La dispute qu'il avait surprise entre Rafe et Horacio l'autre soir lui revint en mémoire. Ils avaient pu distinguer les mots « encre » et « roses ». Et s'ils avaient plutôt dit « Rosie » que « roses » ? Faisait-elle partie du groupe ? Si tel était le cas, son amitié pour Swan était loin d'être sincère.

Sortant son téléphone, il envoya un texto à Nick.

Vérifie Rosie McCall

Il reçut une réponse immédiate.

Je m'en occupe.

Puis il écrivit à Bane.

Ce soir, excursion.

La réponse ne se fit pas attendre.

Ça marche.

Tous deux avaient passé la journée à feindre une partie de pêche. En effet, Mac qui pistait Rafe depuis deux jours avait rapporté que ce dernier avait loué un bateau et pris la direction d'une île voisine. Accompagné par Bane, David en avait à son tour loué un pour la journée afin de le suivre à une distance respectueuse.

Rafe avait accosté à Fleming Key. Bane et David qui les y avaient précédés l'avaient vu entrer dans un magasin de sport où il avait passé trois heures. Il en était ressorti chargé d'un paquet.

Feignant d'être deux plaisanciers savourant une journée en bateau, David et Bane l'avaient attendu au ponton. Quand le tatoueur était rentré à Key West, Mac, resté sur place pour le pister, l'avait vu regagner directement son salon de tatouage.

— Je suis prête.

Il leva les yeux et, quand elle croisa son regard, elle s'empressa de préciser :

— Prête pour aller dîner.

Rangeant son portable dans sa poche, il esquissa un sourire gourmand.

— C'est tout ?

Le sourire qu'elle lui rendit le fit frissonner d'impatience.

— Pour le moment, monsieur Holloway.

12

Cette même nuit, à 2 heures du matin, David et ses coéquipiers accostaient à Fleming Key. Il lui devenait de plus en plus difficile de quitter le lit de Swan. Mais, au moins, il l'avait laissée endormie, un sourire béat aux lèvres.

Sans la réveiller, il avait effleuré sa bouche d'un baiser et lui avait chuchoté qu'il l'aimait, sachant qu'elle ne se souviendrait de rien. Néanmoins, il avait pris une décision. Plus tard, aujourd'hui même, il avait l'intention de lui dévoiler ses sentiments. Il ne pouvait pas les refouler plus longtemps. Elle méritait de les connaître. C'était son souhait le plus cher. Et, quand tout cela serait fini et qu'elle saurait la vérité, il ferait son possible pour gagner son pardon et son amour.

Des doigts qui claquaient devant son visage le firent sursauter. Il foudroya Mac du regard. L'air sévère, son coéquipier lui lança :

— Reste concentré. Tu auras tout le temps de rêvasser plus tard.

— Je ne rêvassais pas, rétorqua-t-il.

Il se rendit soudain compte qu'il était seul à bord. Les autres étaient déjà à terre.

— Alors tu bayais aux corneilles. Appelle ça comme tu voudras. Je te demande juste de descendre de ce fichu bateau, grommela-t-il.

Docile, il sauta sur le quai. Il n'avait pas besoin de demander à Mac la raison de sa mauvaise humeur. Teri lui avait envoyé un texto dans la journée pour lui annoncer la livraison d'un lave-linge et d'un séchoir neufs. Or, son ami ignorait tout de cet achat.

Quelques instants plus tard, camouflés par leur tenue militaire noire, tous les cinq contournèrent le magasin de sport que, depuis quelque temps, Rafe fréquentait. Ne prenant jamais aucun risque, leurs Glocks à la ceinture et de puissants tasers sur les cuisses, ils étaient toujours prêts à intervenir. Viper, qui avait l'ouïe ultra-fine, était chargé de faire le guet dehors. Évitant les caméras de sécurité, David entra dans le bâtiment en compagnie de ses trois autres coéquipiers.

Une fois à l'intérieur, grâce aux caméras de son invention, ils ne tardèrent pas à trouver une pièce dérobée et y photographièrent tout ce qu'elle recelait. Manifestement, ils avaient découvert le quartier général du groupe. D'autres bidons d'encre sympathique y étaient entreposés, ainsi que plusieurs modèles spécifiques de tatouage. Une image fugace passa dans son esprit. Il se rappelait avoir vu l'un de ces dessins sur le cou de Rosie.

Il ouvrit un tiroir de l'imposant bureau et tomba soudain sur une photo.

— Bon sang !

— Qu'y a-t-il, Flipper ? le pressa Bane.

Sans répondre, il fit un signe du menton vers le cliché. Mac, Bane et Coop se rassemblèrent autour de lui, puis Mac déclara :

— Nous nous sommes fait rouler en beauté !

Un sentiment d'appréhension lui nouant l'estomac, David déclara :

— Je dois rentrer chez Swan dès que possible.

Réveillée par un coup à sa porte, Swan jeta un coup d'œil à son réveil. Qui pouvait bien frapper chez elle à 4 heures du matin ? Était-ce David qui revenait ? Elle ne se souvenait pas de l'heure à laquelle il l'avait quittée. Généralement, il regagnait son hôtel vers minuit pour son travail. D'habitude, elle était réveillée. Mais, ce soir, son épuisement avait eu raison d'elle.

Enfilant son peignoir, elle le noua autour de sa taille, se dirigea vers la porte et jeta un coup d'œil à travers le judas. De plus en plus étonnée, elle reconnut Jamila et Horacio. Que faisaient-ils dehors à une heure aussi tardive ? Qu'est-ce qui les amenait chez elle ? Et pourquoi Horacio était-il toujours ici ? Le retour de son bateau à Key West n'était-il pas programmé pour la semaine suivante ?

L'expression contrariée de son assistante ajouta encore à sa perplexité. Ses yeux rouges indiquaient même qu'elle avait pleuré. Était-il arrivé quelque chose ?

Soudain inquiète, elle s'empressa de déverrouiller sa porte. À la seconde même où elle s'ouvrit, Jamila, brusquement poussée à l'intérieur, faillit la faire tomber.

— Une minute ! Que se passe-t-il ? s'étonna-t-elle en essayant de retrouver son équilibre.

— La ferme et ne pose pas de questions ! lâcha Horacio.

Se précipitant à son tour, il referma derrière lui.

— Horacio ? demanda-t-elle, abasourdie. Pourquoi est-ce que je ne peux pas poser de questions ?

— Contente-toi d'obéir aux ordres !

Elle jeta un coup d'œil à Jamila et remarqua le bleu sur sa joue. Prise d'une fureur subite, elle s'écria :

— C'est lui qui t'a fait ça ?

Devant son signe d'assentiment, elle se tourna vers Horacio. Comment avait-il pu la frapper alors qu'il l'adorait ?

— Je veux que tu sortes immédiatement.

— Et si je refuse, tu vas faire quoi ? Appeler la police ? persifla-t-il. Ou bien ce SEAL avec qui tu couches ?

Écumant de colère, Swan rétorqua :

— Je ne vois pas de quoi tu parles. Et maintenant, sors, ou j'appelle la police.

— Tu ne feras que ce que je te dirai de faire. Dès que je reçois le signal, vous venez toutes les deux avec moi.

Les mains sur ses hanches, elle riposta :

— Nous n'irons nulle part !

Un sourire sardonique sur les lèvres, Horacio sortit un revolver de sa poche.

— Cet argument devrait pouvoir te convaincre.

Incrédule, Swan regarda l'arme. Comment Horacio pouvait-il

les braquer avec un revolver, Jamila et elle ? Elle s'apprêtait à répliquer quand, l'interrompant, il ajouta :

— Je te donne cinq minutes pour t'habiller. Mais commence par m'apporter ton portable. Au cas où il te viendrait quelque idée absurde.

Elle était totalement désorientée. Néanmoins, devant le regard suppliant de Jamila, elle comprit qu'il était préférable d'obéir. Résignée, elle alla chercher son téléphone et remarqua, en le tendant à Horacio, plusieurs appels en absence de David. Pourquoi avait-il essayé de la joindre ? Les questions se bousculaient dans son esprit.

— Tu as cinq minutes pour te préparer ! Si tu n'es pas revenue d'ici là, ou si tu essaies de me doubler, ta cousine paiera pour toi.

« Cousine » ? Pourquoi appelait-il Jamila sa cousine ? Son visage trahissant visiblement son ahurissement, il déclara :

— Eh oui ! Des secrets, il t'en reste bien d'autres à découvrir, Swan. Et maintenant, bouge !

En moins de cinq minutes, elle était prête. Si elle n'avait pas pensé Horacio capable de tout, elle se serait échappée par la fenêtre de sa chambre. Hélas, la joue tuméfiée de Jamila prouvait qu'il ne plaisantait pas.

Elle sortait de sa chambre quand le téléphone de Horacio sonna. Au lieu de répondre, il annonça :

— C'est le signal que tout est prêt. Nous allons sortir par la porte arrière qui donne sur la plage. Le bateau attend.

— Quel bateau ?

— Je t'en prie, ne pose aucune question, Swan, plaida Jamila en lui prenant le bras. Ils sont tous fous.

Tous ? Mais qui étaient-ils, tous ? Optant pour le silence, elle décida de ne pas chercher à en savoir plus. C'était sûrement préférable.

— Avancez !

Docile, elle emboîta le pas de son assistante pour gagner la cuisine et sortir par la porte arrière.

Dès que leur bateau eut accosté, Flipper et ses coéquipiers s'élancèrent à travers les rues de Key West, en direction de chez Swan. Il avait essayé à plusieurs reprises de la contacter sur son portable, mais en vain. Quelque chose clochait. Elle posait toujours son téléphone sur sa table de chevet, la sonnerie aurait dû la réveiller. Tenaillé par la peur, son cœur battait à coups précipités. D'autant qu'il savait maintenant qui était impliqué.

Ils avaient contacté le commandant Shields pour le mettre au courant de leur découverte. Sa première stupéfaction passée, ce dernier leur avait promis de prendre les mesures nécessaires de son côté. David n'avait pas eu besoin de lui préciser que celui qui toucherait à un seul cheveu de la tête de Swan le paierait très cher.

La porte d'entrée de Swan était ouverte. Quand ils se précipitèrent dans le séjour, il avisa immédiatement son portable sur la table basse. Laissant aux autres le soin d'inspecter les lieux, il se chargea de la chambre et constata que Swan s'était rhabillée.

La voix de Mac lui parvint de la cuisine.

— Viens voir ça, Flipper !

Quand il déboula dans la pièce où l'attendait le reste du groupe, son ami lui montra la fenêtre. Au large, les lumières d'un bateau scintillaient dans la nuit. Immobile, il semblait en attendre un autre.

— J'ai remarqué des traces de pas dans le sable, jusqu'à la mer, déclara alors Viper. Trois paires d'empreintes différentes, deux de femmes et une d'homme. Ils ont sans doute rejoint ce bateau en barque. Et ils sont partis depuis une demi-heure environ.

Se ruant dehors par la porte arrière, David ajusta ses lunettes de vision de nuit et scruta l'océan.

— Interceptez-le avec notre bateau ! cria-t-il aux autres.

Puis, se laissant tomber sur le sable, il retira à la hâte ses chaussures, son T-shirt et son pantalon pour se retrouver en caleçon de bain.

Mac le mit en garde.

— N'essaie même pas, Flipper. Ce bateau est bien trop loin. C'est trop dangereux, même pour toi.

Ignorant ces mises en garde, il s'équipa de sa ceinture militaire étanche qui contenait ses gadgets de combat. Après avoir protégé ses yeux par le masque de natation ultra-perfectionné, il rétorqua :

— La femme que j'aime est sur ce bateau et je n'ai pas la moindre idée de ce qu'ils ont l'intention de lui faire. Je dois donc essayer. Même si je dois y laisser ma peau.

Sans ajouter une parole, il s'élança dans l'eau et plongea.

Horacio les avait attachées, avant de les obliger à grimper dans une barque à bord de laquelle ils avaient gagné un gros bateau qui, au mouillage, tanguait doucement au gré des vagues.

Maintenant, elles étaient assises côte à côte, sur un banc du pont.

Intriguée, Swan jeta un coup d'œil à la ronde. Seules les lumières du bateau éclairaient la nuit d'encre. Que faisaient-ils, à l'arrêt, au beau milieu de l'océan ? Ils étaient si loin de la côte qu'elle ne distinguait plus les lueurs des maisons en front de mer.

Devinant qu'elle essayait de comprendre ce qui se passait, Horacio déclara :

— J'attends les autres. Ensuite, nous déciderons de votre sort à toutes les deux.

Toujours aussi déconcertée, elle sentit soudain sa colère enfler. Cette histoire était parfaitement insensée.

— Quelqu'un peut-il m'expliquer ce qui se passe ? fulmina-t-elle.

— Ta cousine ayant beaucoup de choses à expliquer, je lui laisse la parole, ricana Horacio.

Elle se tourna vers son assistante.

— De quoi parle-t-il ? Pourquoi s'obstine-t-il à dire « ta cousine » ?

Jamila commença par garder le silence. Elle semblait même éviter de la regarder. Enfin, elle finit par murmurer :

— Parce que nous sommes effectivement cousines, Swan. Ma mère est la plus jeune sœur de ton grand-père.

De plus en plus ahurie, elle demanda :

— De mon grand-père ?

Jamila hocha la tête.

— Oui, Lawrence Jamison est mon oncle. J'ai su pendant des années qu'il avait renié ton père, mais je n'en ai appris la raison qu'une fois adulte. La trouvant absolument ridicule, je ne me suis pas gênée pour faire part de mon sentiment aux miens. Tous partageaient mon avis, mais ils avaient trop peur de l'oncle Lawrence pour le contredire.

Essayant d'assimiler le fait que Jamila et elle étaient parentes, Swan ne répondit rien. Elle savait par son père qu'il avait une sœur et un frère. C'était tout.

— Quand j'ai eu vingt et un ans, en sortant de l'université, j'ai décidé de venir te retrouver. L'oncle Lawrence a eu beau chercher à m'en dissuader, je ne l'ai pas écouté. Je fais partie des rares personnes qui lui ont tenu tête. Il m'a menacée de me faire renier par la famille si je venais à Key West.

— Et, pourtant, tu es venue...

— Oui. Je suis venue.

Swan jeta un coup d'œil à Horacio. Silencieux, il ne semblait prêter aucune attention à leur conversation. Debout à la proue du bateau, il scrutait la mer avec des jumelles. Il avait dit qu'ils attendaient un autre bateau qui devait amener « les autres ».

Refoulant sa curiosité, elle se retint de demander à Jamila si elle connaissait l'identité « des autres » et de lui expliquer ce qu'elle savait et pourquoi elles étaient prisonnières. Même si Horacio ne semblait pas les écouter, il était fort possible qu'il ne perde pas une miette de leur conversation.

Aussi se contenta-t-elle de reprendre :

— Pourquoi ne m'as-tu pas dit qui tu étais, la première fois que tu es venue à ma boutique ? Pourquoi as-tu gardé le secret tout ce temps ?

— Parce que je savais comment les miens vous avaient traitées, ta mère et toi. J'ai supposé que la dernière chose que tu souhaiterais, ce serait de rencontrer un membre de la famille Jamison. J'ai donc décidé de commencer par gagner ton amitié, avant de te révéler la vérité sur notre parenté.

— Quelle histoire touchante ! persifla Horacio.

— Oui, vraiment touchante ! rétorqua Swan en le défiant du menton. Pourquoi sommes-nous ici ?

Son sourire diabolique aux lèvres, il répliqua :

— Tu le découvriras bien assez vite. Et j'espère que tu ne nourris pas l'espoir que ton petit copain SEAL va venir à ton secours, sans quoi tu seras déçue !

— Pourquoi persistes-tu à dire que David est un SEAL ? Ce n'est pas du tout le cas. Il a été dans l'armée à une époque, mais il n'a jamais été officier dans les forces spéciales de la Marine.

— J'ai l'impression qu'il t'a baladée autant que j'ai baladé ta cousine, répliqua-t-il d'un ton triomphant. Ton don Juan est un SEAL et il a été envoyé ici pour enquêter à ton sujet. Que tu le saches ou non, tu étais sa mission.

Elle secoua la tête.

— C'est faux ! Je n'en crois pas un mot.

— Je me fiche bien que tu me croies ou pas. C'est la vérité. Je viens tout juste de découvrir ce qu'il fait ici et pourquoi il y a été envoyé par le Bureau renseignement de la Marine.

— Le Bureau renseignement de la Marine ? répéta-t-elle, de plus en plus perplexe.

Elle jeta un coup d'œil à Jamila.

— Je ne sais pas si ce qu'il raconte est vrai ou pas, déclara celle-ci. Mais il m'a donné la même version.

— De quoi le Bureau renseignement de la Marine pourrait-il bien me soupçonner ? Cela n'a aucun sens.

En outre, elle refusait de croire que David ait pu lui mentir.

Un bruit de moteur qui approchait les interrompit soudain. Horacio sortit son revolver et braqua sa torche. Puis, rangeant son arme, il railla :

— Garde ta question, mon chou ! La personne qui va tout t'expliquer vient d'arriver.

Le regard rivé sur le bateau, elle le vit accoster à côté du leur et, abasourdie, distingua le visage des deux passagers. Elle les connaissait tous les deux. Que diable... ?

Rafe et Rosie montèrent à bord. Au comble de la stupéfaction, elle faillit ne pas remarquer la troisième personne qui les suivait.

— Bonsoir, Swan ! lança une voix familière. Tu as l'air en forme.

Soudain muette, elle resta bouche bée. Ce devait être une erreur. Une énorme erreur. Il était impossible que la personne qui se tenait devant elle soit impliquée dans cette histoire de fous.

Impossible !

Retrouvant enfin la parole, elle demanda :

— Georgianna ? Que fais-tu ici ? Que se passe-t-il ?

13

David atteignit le bateau et agrippa l'échelle sur le côté. Heureusement pour lui, personne n'avait pensé à la remonter. Respirant à fond, lentement, il s'emplit les poumons d'oxygène, s'obligeant à ignorer la douleur dans ses bras et dans ses jambes. Il ne voulait pas penser à la distance qu'il venait de parcourir à la nage mais, comme il l'avait dit à ses amis, il n'avait pas eu le choix.

En entendant le bruit d'un moteur qui approchait, il s'empressa de replonger dans l'eau. Heureusement, le nouveau bateau s'arrêta du côté opposé. Il jeta un coup d'œil à sa montre qui était synchronisée avec celles que portaient ses coéquipiers. Ils n'allaient donc pas tarder. En attendant, il avait une mission à remplir.

Après avoir sorti le micro-enregistreur de sa ceinture, il remonta l'échelle pour jeter un coup d'œil par-dessus le bastingage. À part Horacio, Swan et Jamila, ligotées sur un banc, et le pilote dans le cockpit, il n'y avait manifestement personne d'autre à bord.

Profitant de ce que l'attention de tous était concentrée sur l'embarcation qui approchait, il fixait le micro-enregistreur sur la paroi intérieure de la coque quand un bruit de voix lui annonça l'arrivée de nouveaux passagers.

Après s'être assuré que l'enregistreur était bien en place, il redescendit le long de l'échelle. Une vibration de sa montre lui indiqua qu'il avait reçu un texto. Bane lui avait écrit :

Nous arrivons. Avons dû régler un petit problème.

Un problème ? Il aurait été curieux de savoir lequel. Qu'importait. Ils étaient en route et c'était le principal. Puis, tout en sortant certains gadgets de sa ceinture, il tendit l'oreille pour écouter la conversation sur le bateau. Le moment venu, il avait bien l'intention de s'inviter à la petite fête.

Reconnaissant soudain la voix de Georgianna Martin, il resta pétrifié. Ainsi, non seulement la fille de l'amiral Martin était une peste, mais elle avait trahi son pays. Il hocha la tête avec affliction. Ce rebondissement n'allait pas manquer le briser le cœur de son père.

Swan était totalement décontenancée. La foudroyant du regard, Georgianna lui lança :

— Je te hais.

— Pourquoi ? Que t'ai-je fait ? Que vous ai-je fait à tous ? ajouta-t-elle en dévisageant les quatre complices tour à tour.

Rafe, Horacio, Rosie : elle les croyait ses amis. Le plus douloureux, c'était de voir que Rosie faisait partie du lot. Comment avait-elle pu se tromper ainsi sur son compte ?

— Ils travaillent pour moi et ils ont obéi aux ordres, déclara Georgianna.

— Ils travaillent pour toi ? répéta-t-elle, n'en croyant pas ses oreilles.

— Oui. Je suis à la tête de toute l'opération. Mais je t'en parlerai plus tard. D'abord, laisse-moi t'expliquer pourquoi je te déteste tant. Il y a longtemps que je voulais vider mon sac. Quand ton père est mort et que ta mère t'envoyait passer l'été chez nous, mes parents n'avaient jamais rien vu de mieux que toi. Ils t'ont mise sur un piédestal, surtout mon père. Sais-tu comment il t'appelait ? Sa « petite princesse des îles ».

Elle hocha la tête. Elle connaissait ce surnom. Certes, il était plein d'affection, mais il lui avait été donné par ses trois parrains à sa naissance et ne marquait en rien la moindre préférence.

— C'était juste un surnom, Georgianna.

— Pour toi, c'était peut-être juste un surnom. Mais il me donnait l'impression que tu me volais l'attention de mon père.

— Ton père t'aime. Je ne lui volais pas son attention. Il avait pour moi l'affection d'un parrain pour sa filleule.

Une affection bien trop forte. Et je t'en voulais atrocement. Il avait déjà une fille. Pourtant, chaque fois que ta mère avait besoin d'eux, maman et lui abandonnaient tout pour voler à son secours. Juste parce que ton père avait sauvé la vie du mien, quand ils étaient tous les deux SEAL. Et après ? Ton père n'avait fait que son travail. Mais j'avais l'impression que papa ne se l'était jamais pardonné. Alors, pour se racheter, il mettait un point d'honneur à déployer des trésors de gentillesse avec toi. Comme si tu étais quelqu'un d'exceptionnel. Alors, avec l'aide de quelques amis, j'ai décidé de te faire tomber de ton piédestal.

Swan peinait à croire les paroles de Georgianna. Jamais elle n'aurait deviné que la fille de son parrain nourrissait un tel ressentiment à son égard. Certes, plutôt lunatique, elle ne s'était jamais montrée spécialement affectueuse, mais jamais elle n'avait décelé une telle animosité envers elle.

— Qu'as-tu fait ? lui demanda-t-elle.

Comme s'enorgueillissant de ce qu'elle s'apprêtait à raconter, Georgianna eut un sourire de triomphe.

— Avec l'aide de Rafe et de Horacio, j'ai monté une opération d'espionnage à partir de ta boutique. Je dois admettre que j'ai conçu le plan parfait. Je couchais avec un type du Bureau renseignement de la base, qui me communiquait des informations Secret-Défense. Nous les faisions passer avec l'encre sympathique et tes pierres qu'expédiait le distributeur de Rafe. Ensuite, Rosie se faisait tatouer les informations pour les communiquer aux Chinois. Il ne nous restait plus qu'à faire croire qu'elles passaient par tes bijoux, et le tour était joué !

— Comment avez-vous pu ? s'insurgea-t-elle.

La soirée avait été si riche en surprises qu'elle en avait le vertige.

— Quand le Bureau renseignement a mené son investigation, mes complices et moi avons fait en sorte que tout t'accable. L'enquête aurait dû se conclure par ton arrestation pour espionnage.

L'air soudain las, Georgianna s'assit sur l'un des bancs. Se renfrognant, elle reprit :

— Tout se déroulait comme prévu, quand le dossier final de l'enquête est arrivé sur le bureau du directeur Levart, au siège du Bureau renseignement de la Marine.

— Parrain Trois ?

— Tu comprends où je veux en venir ? Tu as trois parrains et je n'en ai pas même un seul ! ragea Georgianna en pointant un doigt vers elle. Tu ne mérites pas autant d'amour et de loyauté. Mon intention était de ternir ton image.

Distrait par la vibration de sa montre, David jeta un coup d'œil au texto.

Arrivés. Dans la place. Coop a plan bateau.

Il répondit :

1 dans cockpit. 4 autres. 2 otages.

La réponse de Viper arriva immédiatement.

Cockpit éliminé.

4 dans mon viseur.

Le dernier texto venait de Bane, un tireur d'élite exceptionnel. David tapa alors le message suivant :

Je donnerai le signal.

Même si tous ses coéquipiers étaient en position, leur coordination comptait plus que tout. Avant de passer à l'action, il voulait laisser Georgianna parler. Le cerveau de l'affaire était loin de se douter que l'enregistrement de sa confession constituerait la preuve irréfutable de sa culpabilité.

Il comprenait maintenant que la fille de l'amiral Martin souffrait d'un problème psychiatrique. Sinon, comment expliquer la haine qu'elle vouait à Swan et qui l'avait poussée à cette extrémité ? Dieu merci, son plan machiavélique avait été déjoué à temps.

— Quand le directeur Levart a vu le rapport, il a refusé de croire que tu pouvais être coupable de trahison envers ton pays, poursuivait Georgianna.

Heureusement, songea Swan.

Néanmoins, elle s'interrogeait. De toute évidence, Georgianna était aveuglée par sa jalousie. Mais pourquoi ses complices l'avaient-ils suivie ? Elle jeta un coup d'œil à Jamila. À voir l'expression du regard de sa cousine, cette dernière se posait la même question.

— Même si tout t'accablait, il a demandé un délai de trente jours avant d'accepter d'entreprendre la moindre action contre toi. Après s'être concertés avec mon père et Shields, ajouta-t-elle après une pause, ils ont décidé d'envoyer l'un des meilleurs éléments des forces spéciales pour prouver ton innocence.

Swan prit une profonde inspiration.

Oh non ! Pourvu que Horacio ait tout inventé. Pourvu que David ne m'ait pas menti !

Pourtant, elle entendit Georgianna poursuivre :

— Ils ont porté leur choix sur le lieutenant David Holloway. Je suppose que tu étais loin de te douter que tu n'étais qu'une mission pour lui. Tu ne signifies rien à ses yeux, Swan.

Alors qu'une vague d'une infinie tristesse la submergeait, Swan entendit l'éclat de rire moqueur de Georgianna.

— Imagine à quel point je me suis amusée de voir combien tu t'étais entichée de lui, sans jamais deviner la véritable raison de sa présence sur l'île. Tu t'es fait rouler dans la farine, Swan, poursuivit-elle, toujours hilare. Mais ne t'inquiète pas, j'ai envoyé d'autres complices lui régler son compte. Ce qui doit être fait, maintenant.

Une voix grave s'éleva soudain de l'arrière du bateau, les faisant tous sursauter.

— Comme tu peux le constater, Georgianna, je suis bien vivant.

Tous se retournèrent. Bien campé sur ses jambes écartées, vêtu d'un simple caleçon de bain et d'une ceinture de combat, David avait en effet l'air d'un dur à cuire. Si tous étaient pétrifiés, la plus abasourdie était sans conteste Georgianna. Ne le croyait-elle pas mort ?

— Lâche ton arme ! intima-t-il à Horacio qui braquait toujours son revolver sur ses deux captives.

— Comment diable es-tu arrivé ici ? fulmina le malfrat.

— À la nage, depuis la plage devant chez Swan.

— C'est impossible !

— Pas pour un nageur de combat ! rétorqua David. Et maintenant, obéis et pose ton arme.

— Et si je refuse ? Ce serait dommage que je tue Swan et Jamila avant que tu aies pu sortir l'un des gadgets de ta ceinture, le provoqua Horacio avec un sourire railleur.

— N'essaie même pas, Horacio. L'un de mes coéquipiers, tireur d'élite, vous a tous les quatre dans son viseur. Tu seras mort avant même d'avoir tiré ta première balle.

— Bien essayé, mais je sais que tu es seul.

Il leva son revolver vers Swan et, immédiatement, une balle vint le frapper en pleine poitrine. Il s'écroula.

En entendant le hurlement de Jamila, Swan compatit. La jeune femme était tombée amoureuse d'un homme qui l'avait trahie et qui venait de recevoir une balle sous ses yeux.

Soudain, Rafe se jeta sur le revolver qu'avait laissé échapper Horacio. Sans lui laisser le temps de l'atteindre, une nouvelle balle le frappa au flanc. Il s'affala à son tour.

Regardant Georgianna et Rosie, David ironisa :

— L'une de vous veut-elle les rejoindre, mesdames ?

Rosie avait l'air tellement sous le choc qu'elle semblait prête à s'évanouir.

Mais Georgianna fulminait.

— Tu ne t'en sortiras pas comme ça. Tu pourras toujours raconter ce que tu voudras à mon père, c'est moi qu'il croira, affirma-t-elle avec conviction. Je lui dirai que tu as décidé de faire équipe avec Swan et qu'elle t'a retourné contre ton pays.

— J'avais deviné que tu inventerais des mensonges. C'est pourquoi j'ai enregistré toute ta petite confession à Swan. J'ai grande hâte que ton père l'écoute.

Ébloui par les faisceaux des projecteurs des bateaux de la Marine qui les encerclaient maintenant, il cligna des yeux. Une voix leur parvint à travers un mégaphone :

— Lieutenant Holloway, nous montons à bord.

Une douzaine d'hommes en tenue de combat SEAL, parmi lesquels Bane, Viper, Coop et Mac, se ruèrent sur le pont, fusils au poing, et emmenèrent Georgianna et Rosie. Mac se précipita sur Horacio et Rafe pour constater qu'ils étaient morts, tous les deux.

David s'empressa d'aller libérer les deux prisonnières. Plus que tout, il voulait prendre Swan dans ses bras et lui dire qu'il l'aimait. Il ne demandait qu'une chose, qu'elle lui donne une chance de lui exposer sa version des faits. Hélas, elle le repoussa pour prendre sa cousine dans ses bras. Manifestement, elle ne comptait pas le laisser s'expliquer.

Mais non, il n'avait nulle intention de la laisser partir.

— Nous devons parler, Swan.

Le foudroyant du regard, elle riposta :

— Nous n'avons rien à nous dire. Votre mission est terminée, lieutenant Holloway. Et maintenant, laissez-moi tranquille.

14

Quinze jours plus tard.

— Pendant combien de temps as-tu l'intention d'en vouloir au monde entier, Swan ?

Elle jeta un coup d'œil à Candy. Après avoir eu vent de ce qui s'était passé, sa meilleure amie était revenue dans les Keys où elle avait décidé de rester. Si elle se réjouissait de son retour, elle en regrettait la raison.

— Je n'en veux pas au monde entier, répondit-elle en buvant une gorgée de jus d'orange.

Candy vint la rejoindre sur le canapé.

— Mais tu en veux toujours à cet homme en particulier.

Ne pouvant nier la vérité, Swan demanda :

— Et si c'était le cas ?

— Il avait un travail à faire, Swan. Il a reçu des ordres. Tu peux sûrement le comprendre ?

— Je suis sûre qu'aucun de mes parrains ne lui a donné l'ordre de coucher avec moi, rétorqua-t-elle en la foudroyant du regard.

— J'en suis bien convaincue. Mais David ne t'a forcée à rien.

— Non, en revanche il m'a trahie.

— Georgianna et Rosie aussi.

Vexée, elle jeta un coup d'œil à son amie. Était-elle obligée de le lui rappeler ?

— Et je ne leur parle pas non plus.

Ce n'était pas tout à fait exact. Elle avait tendu la main à

Georgianna qui, emprisonnée à Orlando, avait refusé de la voir. On soumettait la jeune femme à des tests psychiatriques pour déterminer si elle était apte à se faire juger.

Ses trois parrains étaient anéantis. Elle comprenait leur chagrin. Tout comme elle, jamais ils n'avaient soupçonné Georgianna de la détester au point de vouloir la faire accuser de trahison à la patrie. Rafe et Horacio morts, Rosie avait tout avoué dans l'espoir de voir sa sentence allégée.

Selon elle, Georgianna avait manipulé un certain nombre de membres du Bureau renseignement de la base navale afin d'obtenir ce qu'elle voulait. La fille de l'amiral était allée jusqu'à faire du chantage à certains en les menaçant, preuves à l'appui, de raconter qu'ils l'avaient violée.

Certains de ces hommes, mariés, étaient de hauts gradés. De peur de passer en cour martiale, ils s'étaient soumis à ses requêtes, allant jusqu'à falsifier des documents. Plus de douze officiers étaient déjà impliqués dans le scandale.

— Si je comprends bien, David n'a pas appelé.

Swan poussa un soupir accablé. Elle l'avait revu la semaine précédente, quand ils avaient dû aller faire leur déposition à la base navale locale.

— Si, il a appelé. Plusieurs fois. Mais je refuse de répondre. Comme je le lui ai signifié, nous n'avons plus rien à nous dire. Sa mission est terminée.

— Et tu penses sincèrement que c'était tout ce que tu représentais pour lui, Swan ?

— Oui, mais ça n'a pas d'importance.

— Si, ça en a ! affirma Candy.

— Tu penses trop, répliqua-t-elle en se levant du canapé.

La semaine qui avait suivi l'épisode du bateau, elle avait fermé sa boutique. Les enquêteurs de la Marine avaient fouillé le salon de tatouage de Rafe de fond en comble. Elle avait profité de ce congé forcé pour s'occuper de celle qui était désormais sa cousine : Jamila ne se remettait pas de la trahison de Horacio. Elle l'avait aimé. Or, en l'espace d'une soirée, elle l'avait vu se métamorphoser et devenir un inconnu, un monstre violent. Pour, finalement, le voir mourir sous ses yeux.

Elle comprenait l'épreuve que traversait sa cousine et dont seul le temps pourrait guérir le traumatisme. Aussi, quand elle avait rouvert cette semaine et que Jamila lui avait demandé d'effectuer des heures supplémentaires, elle avait bien volontiers accédé à sa requête.

— Alors que comptes-tu faire ? insista Candy.

Elle lui jeta un coup d'œil.

— Au sujet de ma vie ? De mon travail ?

— Non, au sujet de David.

Elle refoula sa frustration. Pourquoi diable son amie refusait-elle de comprendre qu'il ne faisait plus partie de l'équation ?

— Je suis une battante, Candy. Même si cela n'a pas été simple, j'ai tenu le coup après la mort de mes parents. Alors, cette fois encore, je tiendrai le coup. Je dois me préparer pour aller à la boutique, ajouta-t-elle en jetant un coup d'œil à sa montre. Le bateau de croisière fait escale demain. Les affaires reprennent. Je dois exposer mes nouveaux modèles.

Ils avaient également découvert que Horacio avait été licencié par la compagnie de croisière des mois plus tôt. Profitant de l'absence de Rosie, il s'était installé chez elle. La duplicité de tous ces gens qu'elle pensait connaître n'avait de cesse de l'étonner.

— Et je dois rentrer, déclara Candy. J'ai promis à mes parents que nous sortirions dîner ce soir. Tu peux te joindre à nous, si tu veux.

— Merci pour l'invitation, mais je vais refuser. Je préfère passer une soirée tranquille, chez moi. J'irai peut-être à la plage, nager un peu.

Swan avait appelé Jamila pour lui dire qu'elle passerait prendre leur déjeuner dans leur sandwicherie préférée. En arrivant, elle trouva la boutique déserte de tout client. Elle prit donc une décision.

En général, Jamila et elle prenant leur pause à tour de rôle, elle ne fermait pas à l'heure du déjeuner. Mais, aujourd'hui, il était temps qu'elles discutent à cœur ouvert de leur parenté, ce qu'elles n'avaient pas encore eu l'occasion de faire.

En la voyant afficher la pancarte « FERMÉ » et baisser les stores, Jamila s'étonna :

— Que fais-tu ?

— Désormais, répondit-elle avec un sourire, nous fermons à midi, pour le déjeuner.

— Et les ventes que tu vas rater ?

— Les ventes ne sont pas tout, répondit-elle en haussant les épaules. Et puis, nous ne fermons qu'une heure, ce n'est pas la fin du monde. Viens dans mon bureau.

— D'accord. Le temps de prendre des boissons dans le réfrigérateur.

Une fois qu'elles furent installées avec leurs sandwichs, Swan regarda attentivement Jamila et demanda :

— Comment vas-tu ?

— Pas trop mal, je suppose, répondit sa cousine. J'essaie d'avancer. J'aimais Horacio et j'ai découvert qu'il n'était pas l'homme que je pensais.

— Je connais ce sentiment.

— Non, tu ne le connais pas !

Swan releva vivement la tête.

— Pardon ?

— Tu ne le connais pas, Swan. Horacio n'avait rien à voir avec David Holloway. David avait l'intention de te sauver. Horacio m'aurait tuée, si cette femme le lui avait ordonné. La différence est de taille.

— Mais, comme toi, j'ai été trahie, répliqua-t-elle.

— En quoi ? Tes parrains ont envoyé David Holloway ici pour prouver ton innocence et il l'a fait. Et autre chose, ajouta-t-elle après avoir reposé sa cannette. Tu peux me citer un autre homme qui prendrait le risque de traverser l'océan à la nage pour sauver une femme ? Tu sais à quelle distance nous étions de la côte ? Réfléchis-y.

À dire vrai, elle y avait réfléchi. Et jamais elle n'oublierait la vision de David surgissant sur ce bateau, vêtu d'un simple caleçon de bain moulant, une ceinture militaire autour de la taille, l'air résolu, prêt à en découdre. Même si, à cet instant précis, elle avait plutôt été en mauvaise posture, elle n'avait pas pu s'empêcher de remarquer à quel point il était sexy.

— Quand je me suis extasiée sur son exploit devant ses coéquipiers, poursuivit Jamila, ils m'ont expliqué qu'il devait son surnom, Flipper, à ses exceptionnelles qualités de nageur. Tu savais que c'était son nom de code chez les SEAL ?

Swan s'essuya la bouche avec sa serviette.

— Je savais qu'on l'appelait Flipper. Mais j'étais loin d'imaginer que c'était un nom de code puisque j'ignorais qu'il était SEAL. Pour moi, il s'agissait d'un simple surnom.

Elle s'obligea à repousser de son souvenir leur conversation sur ses tatouages. David lui avait expliqué qu'ils représentaient Flipper le dauphin. C'était le jour où ils avaient fait l'amour dans cette pièce. Ici même, sur son bureau.

Combien elle aurait souhaité ne pas voir cette pensée l'obséder ainsi ! Ramenant son attention sur Jamila, elle lui demanda :

— Pourquoi sommes-nous en train de parler de moi et pas de toi ?

— Parce que je pense que c'est indispensable. Parler de toi m'aide à croire que tous les hommes ne sont pas des salauds, que certains possèdent un vrai sens de l'honneur, Swan. Que tu veuilles l'admettre ou pas, David Holloway est un homme honorable. Certes, il était en mission. Mais pas plus que toi, il n'a pu résister à votre attirance mutuelle.

— J'ai l'impression d'entendre Candy.

— Et peut-être pour une bonne raison, répliqua Jamila. Je pense que Candy et moi sommes conscientes de ce que tu te refuses à voir. Je pense souvent à ce qui nous serait arrivé si David et ses amis n'avaient pas volé à notre secours. Et toi, t'arrive-t-il d'y songer ?

Avec un soupir à fendre l'âme, elle répondit :

— Je ne préfère pas.

— Eh bien, tu le devrais. Merci pour le déjeuner, ajouta-t-elle en se levant. La prochaine fois, c'est moi qui invite.

Sur ces mots, emportant les emballages de leur déjeuner, son assistante sortit du bureau, la laissant songeuse. Peinant à chasser cette conversation de son esprit, elle se plongea dans son inventaire sur ordinateur.

La sonnerie du téléphone vint interrompre le fil de ses réflexions.

— Boutique Swan. En quoi puis-je vous aider ?

— Bonjour, princesse des îles.

En reconnaissant la voix de son parrain Deux, elle sentit une bouffée d'allégresse.

— Comment vas-tu ?

— Bien. Je voulais juste prendre de tes nouvelles. Après tout ce qui s'est passé, je voulais m'assurer que tu allais bien.

Elle avait chaudement remercié chacun de ses parrains d'avoir cru à son innocence. Ils avaient risqué leur carrière pour elle.

— Je vais bien. Comment va parrain Trois ?

— Pas mal. Mais en tant que directeur du Bureau renseignement, il est accaparé par l'enquête. Le scandale est tel que chaque journée qui passe semble désigner un nouveau coupable.

— Et comment vont parrain Un et Barbara ?

— Aussi bien que possible, étant donné les circonstances. La culpabilité de Georgianna a été un choc pour nous tous. Jamais nous ne l'aurions soupçonnée. Quand nous avons décidé d'envoyer le lieutenant Holloway pour prouver ton innocence, nous étions loin de nous douter de ce qu'il allait découvrir. La seule chose dont nous étions certains, c'était de ton innocence.

— Merci d'avoir cru en moi.

— Le sang d'Andrew coule dans tes veines. Et, tout comme lui, jamais tu n'aurais pu trahir ta patrie. Je suis content que Holloway ait finalement décidé de rester à Key West, en dépit de tout ce qui s'est passé.

Surprise, elle se redressa.

— David n'était-il pas en mission ?

— Pas tout le temps. Sa mission s'est officiellement terminée quand il a envoyé cette encre à faire analyser et que nous avons découvert qu'il s'agissait d'une encre sympathique. Puisque cette découverte te disculpait, je lui ai annoncé que nous prenions le relais pour l'enquête. Qu'il pouvait donc quitter les Keys.

— Alors pourquoi ne l'a-t-il pas fait ?

— Pour te protéger.

— C'est ce qu'il t'a dit ? s'étonna-t-elle.

— Oui. Je me souviens de notre conversation comme si c'était hier. J'ai voulu le renvoyer chez lui, au Texas, pour un repos bien mérité. Mais il m'a répondu qu'il préférait rester un peu à Key West. Et quand je lui ai demandé s'il te pensait en danger, il m'a répondu que tant que Duggers et Jacinto ne se sentiraient pas suspectés, tu ne risquais rien. Mais que tu avais pris beaucoup d'importance dans sa vie. Ce à quoi j'ai répondu qu'il était libre de passer le reste de sa permission comme bon lui semblait. À ce propos, je dois te préciser une chose...

Elle prit une profonde inspiration.

— Oui ?

— Je suis son supérieur direct. Je me suis donc senti obligé de lui rappeler que, même si sa mission était terminée, tu faisais toujours l'objet d'une enquête en cours. Et que, par conséquent, il ne pouvait rien t'en dévoiler.

Devant son silence, le commandant s'étonna :

— Tu es toujours là ?

— Oui, parrain Deux. Je t'écoute.

— Te doutais-tu des sentiments de Holloway pour toi ?

— Non, je pensais qu'il était en mission.

— C'était le cas, au début. Et je m'en félicite. Sinon, tu serais en prison pour un délit que tu n'as pas commis. Mais je me félicite tout autant que, sa mission terminée, il ait assez tenu à toi pour rester te protéger.

Un long moment après avoir raccroché, Swan resta assise à son bureau. Se calant contre le dossier de sa chaise, elle réfléchissait à ses conversations avec Candy, Jamila et son parrain.

Certaines personnes se voyaient épargnées par la trahison. Mais elle avait été trahie, et par nombre de ses connaissances :

William, Rafe, Horacio, Rosie. Sans oublier Jamila. Personne n'était celui qu'il prétendait être.

Ses pensées revinrent à David et elle rejoua en esprit tous les moments qu'ils avaient partagés depuis le jour où il était entré dans sa boutique.

Quelle était la part de vérité dans ce qu'il lui avait raconté ? Venait-il vraiment d'une famille nombreuse ? Sa mère fêtait-elle vraiment son anniversaire ? Avait-il vraiment trois belles-sœurs ?

Une chose était certaine, Candy et Jamila avaient toutes les deux raison. David ne l'avait jamais forcée à coucher avec lui. C'était même elle qui l'avait invité à dîner, chez elle, dans l'intention de faire l'amour avec lui.

Elle se leva et se dirigea vers la fenêtre. Elle savait par Jamila qu'après avoir répondu à toutes les questions des agents du Bureau renseignement David avait quitté l'île. Était-il rentré chez lui, au Texas ? Ses parents avaient-ils vraiment une société de matériel médical ? Elle peinait à y voir clair.

Et pourquoi, malgré elle, l'aimait-elle toujours au point que son cœur en saignait ? Il avait peut-être avoué à son parrain qu'il tenait à elle, mais jamais il ne lui avait dévoilé ses vrais sentiments. L'aurait-il dû ? D'un autre côté, lui avait-elle donné la moindre chance de lui avouer son amour ?

La réponse s'imposa à son esprit : jamais !

Cette fameuse nuit, lorsqu'il était venu la sauver à la nage, au péril de sa vie, elle lui avait assené qu'elle ne voulait plus lui parler. Il avait respecté son souhait. Sur le moment. Mais, depuis, il lui avait téléphoné presque tous les jours et elle avait refusé de prendre ses appels.

Or, aujourd'hui, il n'avait pas essayé de la joindre.

Aurait-il renoncé ? Ne chercherait-il plus jamais à la contacter ? Mais, surtout, était-elle prête à prendre le risque de voir son cœur voler en éclats en l'appelant ?

Elle l'ignorait encore. Pourtant, elle avait une certitude : ils avaient besoin d'apprendre à se connaître, ce qu'ils n'avaient jamais vraiment pris le temps de faire. Elle voulait pouvoir effectuer le tri entre le vrai et le faux dans ce qu'il lui avait raconté sur son compte.

Elle voulait connaître le véritable David Holloway.

Et après ?

Ne s'était-elle pas convaincue qu'elle ne voulait surtout pas d'un militaire ? Que, contrairement à ses parents, elle ne vivrait jamais une relation interraciale sérieuse ?

Elle poussa un soupir résigné. Inexplicablement, plus rien de tout cela n'avait d'importance quand elle imaginait un futur avec David. Peut-être était-ce le propre de l'amour. Il rendait possible l'impossible. Il vous poussait à prendre des risques, à sortir de votre zone de confort.

Sa décision était prise. Elle appellerait David ce soir, avant de se coucher. Elle n'avait pas la moindre idée de ce qu'elle allait lui dire, mais elle trouverait les mots.

Il n'aurait sûrement pas l'intention de revenir bientôt dans les Keys. Cependant, s'il était d'accord pour qu'ils se parlent, elle lui proposerait d'aller le retrouver et confierait la boutique à Jamila. Certes, il pouvait lui répondre qu'il était trop tard. Néanmoins, il y avait une chance pour qu'il l'écoute et l'accueille à bras ouverts.

Cette éventualité la rasséréna.

David entra dans sa chambre d'hôtel et jeta ses bagages sur son lit. C'était un autre hôtel, mais toujours à Key West. Après avoir laissé deux semaines à Swan, il était de retour. Ils devaient parler, s'expliquer. Elle n'avait pas pris ses appels, sauf que maintenant qu'il était ici il ne lui permettrait pas de l'ignorer.

La sonnerie de son portable retentit.

— Oui, Coop ?

— Tu l'as vue ?

— Pas encore. Je viens d'arriver dans ma chambre d'hôtel.

— Je vois. Mais je t'appelais pour une autre raison. Bristol est enceinte.

— Bravo ! Félicitations !

— Il était temps que Laramie ait un petit frère ou une petite sœur. En tout cas, Flipper, j'espère que tout va bien se passer entre Swan et toi.

— Moi aussi, je l'espère.

— Et fais-moi plaisir.

— Oui ?

— Pour une fois, ouvre ton cœur. Dis-lui ce que tu ressens. Ne tourne pas autour du pot, comme tu as tendance à le faire. Une femme aime qu'un homme aille droit au but quand il lui exprime ses sentiments. Pardon de te le rappeler, mais tu n'es pas trop doué pour ça.

Coop avait raison, il le savait.

— Je n'ai jamais fait une déclaration d'amour. C'est la première fois que j'aime une femme.

— Je sais. Mais tu l'aimes, alors fais en sorte qu'elle le comprenne. Si elle est aimée, une femme doit en être persuadée. N'oublie pas : écoute ton cœur. Prends soin de toi et bonne chance !

À la suite de Coop, Bane, Viper et Mac l'appelèrent tour à tour pour lui souhaiter bonne chance et lui prodiguer leurs conseils. Étant tous mariés avec des femmes qu'ils aimaient, ils lui souhaitaient le même bonheur.

Combien leur amitié était précieuse ! Encore une fois, il s'en félicita. Non seulement ils le protégeaient pendant l'action, mais ils se souciaient de le savoir comblé. Tous savaient à quel point il souffrait d'être séparé de Swan.

Il jeta un coup d'œil à sa montre. La boutique allait fermer dans moins d'une heure. Il lui laisserait le temps de rentrer chez elle et de se détendre, avant d'aller la voir. Il refusait de différer cette conversation plus longtemps.

Il l'aimait et il était grand temps qu'elle le sache.

15

Swan venait de se servir un verre de vin à savourer dans le patio quand elle entendit frapper à la porte. Elle s'étonna. Elle n'attendait personne.

Candy était sortie dîner en famille. Quant à Jamila, préférant rester tranquillement chez elle, elle avait décliné son invitation à passer la soirée dans son patio. Peut-être sa cousine avait-elle changé d'avis.

Sa cousine.

Il lui fallait encore s'y habituer. Mais elle savait que ses parents auraient aimé ce lien entre elles. Jamila était sa seule famille et, plus que jamais, elle appréciait leur amitié.

Arrivée devant sa porte, elle jeta un coup d'œil par le judas et son cœur faillit s'arrêter de battre. Était-ce vraiment David ? Elle cligna des yeux, regarda de nouveau. Oui, c'était bien lui. Il était revenu à Key West. Debout sur son seuil, égal à lui-même, il était toujours aussi sexy.

Elle prit une profonde inspiration, fit tourner le verrou et ouvrit.

— David ? Je croyais que tu avais quitté l'île.

— En effet. Mais je suis revenu aujourd'hui. Puis-je entrer ?

Avec un signe d'assentiment, elle s'écarta. Alors qu'il passait devant elle, elle sentit son après-rasage viril, celui-là même qui persistait à flotter dans sa chambre.

Elle referma derrière lui et le regarda. Debout au milieu de son salon, il portait un bermuda et une chemise sans manches imprimée d'un énorme dauphin. *Flipper*. Quand elle releva les yeux, il la fixait de son regard bleu laser.

Un peu gênée, elle toussota.

— J'allais m'installer dans le patio pour boire un verre de vin et profiter de la vue. Aimerais-tu te joindre à moi avec une bière ?

Il la dévisagea, l'air un peu désorienté. Visiblement, son invitation le prenait au dépourvu. Elle ne lui avait même pas demandé ce qu'il faisait ici.

— J'en serais ravi.

Quelques instants plus tard, assis côte à côte sur un banc qui surplombait la mer, ils vidaient lentement leur verre. Brisant le silence, il se lança :

— Le soir de ton enlèvement, il y a deux semaines, je t'ai dit que nous devions parler, Swan. Je pense que c'est toujours le cas.

En effet. Dans ce cas, qu'il commence.

— Très bien, je t'écoute, déclara-t-elle.

— Je ne veux pas que tu te contentes de m'écouter. Je veux que tu me poses des questions. Je veux un véritable échange.

— Très bien. C'est tout naturel, car j'ai beaucoup de questions pour toi.

— Vas-y.

Elle prit une nouvelle gorgée.

— Tu ne m'as pas dit que tu étais officier dans les forces spéciales de la Marine et je...

— Cela m'était impossible, Swan, l'interrompit-il. C'est la raison pour laquelle j'ai menti en racontant que je n'étais plus dans l'armée.

— Maintenant, je le comprends. Mais il faut que tu saches une chose : après ce qui est arrivé à mon père, j'étais déterminée à ne jamais m'impliquer sérieusement avec un militaire. Et surtout pas avec un SEAL.

— Je vois, opina-t-il d'un ton résigné.

Décidant d'attendre un peu pour lui annoncer qu'elle avait changé d'avis, elle demanda :

— C'est vraiment l'anniversaire de ta mère, le mois prochain ? Et tu as vraiment quatre frères ?

— Oui. Tout ce que je t'ai dit au sujet de ma famille est exact. Je ne t'ai jamais menti sur ce point. J'ai simplement omis quelques détails que je ne pouvais pas développer.

Elle posa son verre et se tourna vers lui.

— Si, pour toi, je n'étais qu'une mission, pourquoi as-tu couché avec moi, David ?

Il s'arma de courage. Le moment était venu de passer aux aveux. Et ce qu'il s'apprêtait à lui dire aurait un impact déterminant sur leur relation. Il avait besoin de lui faire comprendre ce qui s'était passé.

— Tu étais censée être une mission, Swan, commença-t-il. Mais, honnêtement, je ne pense pas t'avoir jamais considérée comme telle. À la seconde même où je t'ai vue, dans ta boutique, j'ai compris à quel point j'allais avoir du mal à la remplir.

Il s'interrompit, avant de poursuivre :

— J'ai essayé d'ignorer l'attirance que tu m'inspirais. En vain. À chacune de nos rencontres, je tombais de plus en plus sous ton charme. Devoir te jouer cette comédie a été un véritable supplice pour moi. J'ai d'ailleurs un aveu à te faire : le jour où tu m'as invité à dîner, j'avais déjà visité ta maison. Je m'y étais introduit à ton insu, dans le cadre de mon enquête. Le jour de ton invitation, je l'ai vue tout autrement. C'était chez toi, l'endroit où tu vivais.

Elle poussa un profond soupir.

— D'accord, tu as fait intrusion dans ma vie privée en t'introduisant chez moi. Mais ce n'est pas ça qui me contrarie. Tu avais une mission à remplir et je le comprends. Mais...

— Mais quoi ?

— Tu n'as toujours pas répondu à ma question, David. Pourquoi m'as-tu fait l'amour ?

Il tressaillit. Elle voulait en avoir le cœur net et elle avait raison. Ses collègues le taquinaient assez sur sa tendance à se disperser au lieu de s'en tenir aux faits. La gorge nouée, il se décida :

— Si je t'ai fait l'amour, Swan, c'est que je te désirais. Tout en toi me grisait. Ton allure, ton parfum, ta démarche... Et, après notre premier baiser, ton goût. Je n'avais plus le choix. Je ne pouvais plus lutter contre cette attirance. Même si je me suis fait violence. Je voulais me comporter en homme d'honneur, éviter de te séduire. Même si je pense que le soir de ton invitation à dîner, nous nous sommes séduits mutuellement, ajouta-t-il avec un sourire.

— C'est vrai, concéda-t-elle en buvant une nouvelle gorgée de vin. J'ai parlé avec parrain Deux, aujourd'hui. Il m'a dit que, ta mission terminée, tu avais décidé de rester. Pourquoi ?

Soudain grave, il la dévisagea. Cette fois il ne tournerait pas autour du pot.

— Parce que j'étais tombé amoureux de toi. En toute honnêteté, dès la première fois où je t'ai fait l'amour, tu as cessé d'être une mission. J'ai peut-être oublié mon sens de l'honneur, mais j'avais une très bonne raison. Lui, ajouta-t-il en lui montrant son cœur. Il ne battait plus que pour toi, Swan. Jamais je n'avais ressenti une émotion aussi violente. Avec aucune autre femme. Cela n'aurait pas dû arriver mais, cette nuit-là, tu m'as volé mon cœur.

— Et aujourd'hui ? murmura-t-elle.

Il perçut son émotion à sa voix altérée. Posant sa bouteille de bière, il se tourna vers elle.

— Aujourd'hui, il est toujours tout à toi. Encore plus qu'avant. Je t'aime tellement que je le sens se briser quand tu n'es pas avec moi. Tu occupes toutes mes pensées. Et maintenant, Swan, j'ai besoin de connaître tes sentiments pour moi, ajouta-t-il en lui prenant la main.

Se surprenant elle-même, elle se leva pour se jucher sur ses genoux. Et quand il l'enlaça, elle sentit une intense plénitude l'envahir. Elle le regarda sans ciller. Il avait répondu à toutes ses questions, son tour était venu d'en faire autant.

— Je t'aime, David. Au début, j'ai lutté. Je ne savais pas que tu étais encore militaire, mais j'avais un problème avec les couples mixtes. À cause de tout ce que cela peut entraîner. J'ai vu comment mes parents étaient regardés. Pas comme un très beau couple amoureux, mais comme un couple mixte. Il aurait pourtant dû n'y avoir aucune différence. Je voulais ne jamais avoir à affronter ce qu'ils ont vécu au nom de l'amour. Puis, j'ai dépassé mes réticences et je suis tombée amoureuse de toi. J'ai alors compris mes parents. Ils avaient la conviction que seul l'amour comptait. Même avec le monde entier contre eux, c'était tout ce qui leur importait vraiment.

— Alors, tu m'aimes ? demanda-t-il, comme pour se prouver qu'il avait bien compris.

Elle n'avait aucun problème à le lui prouver. Pas plus à lui qu'au monde entier.

— Oui, je t'aime, David-Flipper Holloway.

Et, pour sceller son aveu, elle l'embrassa.

Lorsque la langue impérieuse de David se glissa dans sa bouche, elle sentit des frissons de plaisir faire vibrer tout son corps. Assaillie par une myriade de sensations, elle se concentra sur son goût, son odeur et le ballet de leurs deux langues. Et quand elle sentit ses mains se glisser, voluptueuses, sous son haut, elle laissa échapper un gémissement.

Quand, de ses doigts, il commença à dessiner des cercles autour de ses mamelons, elle se noya plus profondément dans son baiser, avec l'impression de se liquéfier.

Lentement, comme à regret, il s'arracha à sa bouche et la dévisagea. Son regard bleu, intense, reflétait la même intensité que la sienne.

— Tu as une objection si on continue à l'intérieur ?

— Aucune, répondit-elle en lui enlaçant la taille.

Alors, la soulevant, il la porta dans la maison.

— David, il faut que tu saches que je ne t'ai pas posé toutes mes questions, souffla-t-elle alors qu'il la déposait sur le lit.

Il lui lança un regard surpris.

— Vraiment ?

— Oui. Mais cela peut attendre. Rien n'est plus important que ce que tu t'apprêtes à me faire vivre. Et j'en ai besoin.

D'un geste empreint de tendresse, il lui caressa la joue.

— Moi aussi, j'en ai besoin. Et je sais pourquoi. Mais toi, pourquoi en as-tu besoin ?

Le regardant sans ciller, elle répondit :

— J'aime te sentir en moi. C'est comme une évidence que jamais je n'ai rencontrée dans ma vie. Tu me procures un tel plaisir.

Un peu fébrile, il commença à se déshabiller. Tout à l'heure, il avait vu qu'elle ne portait pas de soutien-gorge. Ce n'était pas la première fois qu'il remarquait à quel point elle aimait avoir les seins libres. Et ce n'était pas pour lui déplaire.

Elle l'aida à retirer son T-shirt puis, d'un mouvement fluide, il enleva son short.

— Enroule tes jambes autour de moi, lui intima-t-il dès qu'il l'eut rejointe sur le lit. Je veux me fondre en toi, que nos deux corps ne fassent plus qu'un.

La sentant prête à l'accueillir, il s'enfouit en elle d'une poussée souple. Elle se cambra et il chuchota :

— Je t'aime.

Puis, d'une nouvelle poussée, il la pénétra complètement. Le dos arqué, les hanches ondulant à sa rencontre, elle s'offrit à son assaut. Il continua de s'enfoncer en elle, d'aller et venir, de l'envahir de son sexe, comme s'il sentait son orgasme monter et qu'il voulait le vivre en parfaite osmose.

Ils s'accordaient à la perfection. Car le lien qui les unissait soudain était bien plus profond que cette simple union de leurs deux corps soudés. Ils étaient devenus une équipe. Pour la vie.

Des éclairs de plaisir lui parcourant le corps, il intensifia le tempo. Le silence n'était plus troublé que par le bruit de leurs respirations à l'unisson et le frottement de leurs deux peaux. La chambre était imprégnée du parfum du sexe.

Elle étouffa un cri, s'arc-bouta contre lui, le feu d'artifice de ses sensations frôlait l'insoutenable. Il leva les yeux et les plongea dans les siens. Ils étaient empreints d'une intensité telle qu'elle éveilla aux tréfonds de son être une sensation inconnue, une sensation qui allait bien au-delà du simple plaisir des sens. Il n'espérait qu'une chose, que son propre regard exprime tout l'amour dont il se consumait pour elle.

La mâchoire de Swan se crispa et il sentit l'orgasme la balayer avec une telle puissance qu'elle poussa un cri, tremblant contre lui, sous l'assaut de vagues d'une volupté infinie.

Son corps soudé au sien, elle chevaucha cet orgasme fougueux et ils chaloupèrent encore et encore.

Haletant, il accéléra encore la cadence et il sentit les lames de son propre plaisir le submerger. Son sang battait furieusement dans ses tempes. Pantelant à son tour, il hurla son nom. Pressant le visage dans son cou, il s'abandonna à la sensation de perfection de leurs corps enchevêtrés. Un flot d'une volupté indescriptible l'emporta, le consumant. Secoué de spasmes de plaisir, il renversa la tête en arrière et céda à sa propre jouissance.

Sans forces, il s'écroula contre elle et nicha la tête au creux de son épaule.

À cet instant précis, il eut la conviction, qu'un jour, elle porterait son enfant.

Quelques instants plus tard, haletant, il s'écroula à côté d'elle et l'enlaça de ses bras. Une fois remis de son orgasme explosif, il déclara d'une voix un peu altérée :

— J'ai l'impression de m'être littéralement consumé.

— À propos, tu sais ce que j'ai trouvé sexy ? demanda-t-elle, le souffle un peu court.

— Non.

— De te voir sur le bateau en caleçon de bain, avec ta ceinture militaire. C'était vraiment sexy.

Se fendant d'un large sourire, il demanda :

— Ça t'a plu ?

Elle lui rendit son sourire et, quand il se positionna de nouveau sur elle, elle acquiesça :

— Oui, ça m'a plu. Je ne peux pas croire que tu aies nagé sur une telle distance pour venir me sauver, ajouta-t-elle, soudain grave.

— Je suis un très bon nageur, répliqua-t-il. Je suis capable de retenir ma respiration sous l'eau plus longtemps que la normale. Mais je n'étais pas sûr d'atteindre le bateau, Swan. J'ai dit à mes amis que j'étais prêt à y laisser ma vie, car la femme que j'aimais était à bord. C'est cet amour qui m'a poussé à me dépasser. Qui a nourri chacune de mes brasses. Quand j'avais l'impression que mon corps me lâchait, il me suffisait d'imaginer ma vie sans toi. C'était tout simplement inacceptable.

Un frisson glacé lui parcourut le dos quand il se souvint soudain de la sensation de l'eau froide alors qu'il nageait sans relâche, ignorant s'il arriverait à temps pour la secourir.

— Je devais te sauver, ajouta-t-il.

— Et je t'ai repoussé. Je t'ai refusé de te laisser t'expliquer.

— Je l'avais prévu. J'ai entendu Georgianna Martin te raconter que tu ne représentais qu'une mission pour moi. Je me suis dit que tu me croirais quand je t'aurais dévoilé toute la vérité. Mais je voulais te donner le temps d'y réfléchir. Je pensais qu'ainsi tu comprendrais à quel point tu comptais pour moi.

D'un geste empreint de tendresse, elle lui caressa le visage.

— Tu ne m'as jamais dit que tu tenais à moi.

— Si. Pendant notre dernière nuit ensemble, quand tu dormais. Avant de partir, je t'ai dit que je t'aimais. J'avais l'intention de te le redire le lendemain, mais c'est le jour où tu as été enlevée.

— Et tu es revenu.

— J'en ai toujours eu l'intention, Swan. Il n'a jamais été question que je renonce à toi. Cela te prouve la force de mon amour. Sache d'ailleurs que j'ai la bénédiction de toute ma famille. Je leur ai parlé de toi et ils brûlent d'impatience de faire ta connaissance. Mes frères organisent une fête d'anniversaire pour ma mère, la semaine prochaine. Es-tu d'accord pour m'accompagner au Texas ? Ce que je t'ai dit à leur sujet est vrai, ajouta-t-il devant son hésitation, mes parents acceptent les gens pour ce qu'ils sont, pas pour leur apparence. Tu me fais confiance ?

Plongeant son regard dans ses yeux d'un bleu incomparable, elle acquiesça d'un signe de tête.

— Oui, je te fais confiance. Je viendrai.

— J'ai tellement hâte de te présenter à tout le monde, s'exclama-t-il, rayonnant. Et j'ai la tenue idéale pour toi.

Il se leva d'un bond et elle se redressa dans le lit.

— Pardon ? s'étonna-t-elle. Tu as l'intention de m'habiller pour la soirée ?

Il se retourna et lui jeta un coup d'œil. Puis, avec un petit rire, il sortit un écrin blanc de sa poche de bermuda.

— Plus ou moins.

Revenant vers le lit, il lui prit les mains pour l'aider à se lever. Une fois qu'elle fut debout, il posa un genou à terre et leva les yeux vers elle.

— Je t'aime, Swan. Je sais que nous aurons encore bien des obstacles à surmonter. Mais je sais qu'ensemble nous y parviendrons. Pour la vie. Veux-tu m'épouser ?

Ses yeux s'embuant de larmes, elle hocha la tête.

— Oui, je le veux.

Lorsqu'il lui glissa la bague au doigt, il sut qu'il était à moitié comblé. Il le serait totalement le jour où elle deviendrait sa femme.

16

Swan regarda la bague que David lui avait glissée au doigt la semaine précédente. Sa simple vue lui donna de la force. Et elle avait vraiment besoin de force, à cet instant précis, pour entrer à son bras dans l'immense salle de bal où la mère de David fêtait ses soixante ans.

Ils avaient atterri à Dallas la veille au soir. C'était donc la toute première fois qu'elle rencontrait sa famille. Malgré son appréhension, elle était rassérénée par le sourire de David. Il était convaincu que sa famille allait l'adorer et n'avait cessé de lui répéter qu'elle s'inquiétait pour rien. Elle était la femme de sa vie et les siens approuveraient entièrement son choix.

— Voilà mes parents, annonça-t-il.

D'un bras, il lui enlaça les épaules. Elle avait dans les mains le cadeau d'anniversaire, ce cadeau qu'il avait acheté lors de sa toute première visite dans sa boutique.

Un homme qu'elle devina être l'un des frères de David chuchota quelque chose à M. et Mme Holloway. Ils se retournèrent, le visage illuminé par un sourire aussi chaleureux que sincère.

Elle vit immédiatement qu'il avait hérité des yeux bleus de son père. Quant à sa mère, très belle, personne n'aurait pu deviner qu'elle fêtait ses soixante ans et qu'elle avait cinq fils adultes.

En arrivant devant eux, David déclara :

— Maman, papa, je voudrais vous présenter celle qui a accepté de devenir ma femme, Swan Jamison.

— C'est un honneur de vous rencontrer, dit-elle en tendant la main à Mme Holloway.

Ignorant cette main, la mère de David serra Swan contre son cœur.

— Quel bonheur de vous connaître enfin ! Bienvenue dans la famille.

— Merci. Ce cadeau est pour vous. Joyeux anniversaire !

— Merci.

Le père de David l'embrassa à son tour. Puis, soudain, tout le monde les entoura. David, hilare, procéda aux présentations. Les cinq frères Holloway partageaient le même physique exceptionnel. Ce qui, à voir la beauté de leurs parents, n'était guère étonnant.

Quelques jours auparavant, David lui avait raconté que sa mère, elle-même mariée à un SEAL depuis plus de quarante ans et mère de cinq fils qui s'étaient à leur tour engagés dans les forces spéciales de la Marine, soutenait les femmes d'autres membres du corps d'élite qui peinaient à supporter la fréquence et la longueur des missions de leur mari. Une information que Swan avait accueillie avec gratitude. Ne serait-elle pas elle-même bientôt logée à la même enseigne ?

En effet, David devant partir dans moins de quatre mois pour une nouvelle mission, ils avaient décidé de se marier avant la fin de l'année. Étrangement, il voulait un grand mariage. Elle était d'accord, tant qu'il était célébré dans les Keys.

L'organisation allait demander une logistique très élaborée. En effet, entre ses quatre frères et ses quatre meilleurs amis, tous officiers dans les forces spéciales, ils allaient avoir du mal à trouver une date à laquelle tous seraient en permission sur le territoire américain au même moment.

David la présenta alors à ses futures belles-sœurs qui s'extasièrent devant sa bague de fiançailles. Très chaleureuses, les trois femmes lui plurent d'emblée. Puis elle rencontra les autres membres de sa future — et nombreuse — belle-famille : grands-parents, nièce et neveux, cousins, oncles et tantes.

— Et maintenant, j'aimerais te présenter à nouveau à ceux que je considère comme mes quatre autres frères, déclara-t-il.

Tu sais qu'ils sont venus dans les Keys pour m'aider à prouver ton innocence. Et qu'ils sont restés pour me soutenir, après la fin de ma mission.

Elle les avait rencontrés et remerciés le jour où tous avaient fait leur déposition. Pourtant, ils n'avaient pas été présentés officiellement.

L'entraînant à travers la salle de bal pour aller saluer les quatre hommes et leurs femmes, David l'enveloppa d'un regard scintillant d'admiration.

— T'ai-je dit à quel point tu étais belle, ce soir, mon cœur ?

Souriante, elle acquiesça :

— Oui. Tu me l'as dit. Merci.

En compagnie de Candy et de Jamila, elle avait pris l'avion pour Miami où elle avait déniché la robe parfaite pour l'occasion.

Quelques minutes plus tard, au milieu des effusions, ils se joignirent à Bane, Viper, Coop, Mac et à leurs épouses respectives. Tout comme ses futures belles-sœurs, Crystal Westmoreland, Layla Blake, Bristol Cooper et Teri McRoy l'accueillirent à bras ouverts. Elle avait hâte de mieux les connaître. Elles aussi admirèrent sa bague de fiançailles et félicitèrent David de son choix.

Lui prenant la main, il l'entraîna alors vers l'endroit où toute sa famille était en train de se réunir pour une photo de groupe.

— Alors, que penses-tu de tout cela ? lui demanda-t-il.

— Eh bien, pour commencer, je pense que je vais t'appeler Flipper, comme tout le monde. Ensuite, Flipper, je pense que je suis l'une des femmes les plus heureuses du monde. Je t'aime.

En riant, il l'attira dans un coin de la pièce et l'enlaça par la taille.

— Et moi, je pense que je suis l'un des hommes les plus heureux au monde. Et je t'aime.

— Ma mère, qui était une femme très sage, m'a confié que le jour où vous rencontriez celui qui allumait l'étincelle dans vos yeux, vous saviez que c'était l'homme de votre vie. Et, toi, Flipper, tu es l'homme de ma vie.

— Toi aussi, ma belle Swan, tu es la femme de ma vie.

Il scella ses paroles d'un baiser exprimant toute sa passion.

Épilogue

Juin, un an plus tard

Bane Westmoreland se pencha vers lui et chuchota :

— Ne sois pas nerveux. Tu voulais un grand mariage, tu l'as.

Il ne pouvait pas protester, son ami avait raison. Entouré de son père et de douze autres témoins, à savoir ses frères, ses meilleurs amis et ses cousins, il hocha la tête.

La journée magnifique se prêtait idéalement à un mariage sur la plage et, jusqu'ici, tout se déroulait comme dans un rêve. L'organisatrice qu'il avait engagée avait accompli un travail remarquable. Elle avait pensé à tout, y compris au splendide yacht ancré en face de chez Swan, sur lequel ils recevraient leurs invités pour la réception. Une flotte de barques avait été réquisitionnée pour y transporter les cinq cents invités.

Un orchestre de dix musiciens était installé sous une marquise drapée de tulle. Des rangées de chaises faisaient face à l'estrade sur laquelle il attendait en compagnie de ses témoins.

Soudain, la musique s'éleva et le cortège des demoiselles d'honneur s'avança sur la plage. Puis, une à une, elles montèrent l'escalier. Dans leurs robes rouge et or, elles rayonnaient de beauté. Sa nièce portait la corbeille de pétales de fleurs, le fils de Coop et l'un de ses neveux, les coussinets sur lesquels brillaient les alliances.

Il retint son souffle. Un immense cygne d'or arrivait en roulant sur le sable. Quand l'orchestre entonna la marche nuptiale, le véhicule s'ouvrit, laissant apparaître Swan. Dans sa sublime robe blanche, elle était d'une beauté céleste, irréelle.

Son cœur se gonflant d'amour, il regarda celle qui allait devenir sa femme. Jamais il n'aurait imaginé pouvoir vibrer un jour d'un amour aussi absolu. Au fil de l'année, le lien prodigieux qui les unissait s'était renforcé. Et, désormais, quand il partirait en mission, il saurait qu'elle l'attendrait.

Il la regarda s'avancer lentement vers lui. Tour à tour, ses trois parrains la conduisirent jusqu'à l'estrade. Puis, arrivés à sa hauteur, ils la lui présentèrent. Elle lui tendit la main et il la prit.

Swan, incomparable Swan. Et elle était à lui.

À la fin de la cérémonie, le pasteur les déclara enfin unis par les liens du mariage et l'autorisa à embrasser la mariée. Sachant que jamais il n'oublierait cet instant, il l'attira dans ses bras et sa bouche s'écrasa sur la sienne. Elle était à lui et il avait la ferme intention de faire d'elle la plus heureuse des femmes. Pour commencer, pendant la lune de miel de quinze jours qu'ils allaient passer à Dubaï, avant de rentrer à Key West où ils s'installeraient.

Lorsque, à regret, il abandonna les lèvres de Swan, le pasteur déclara :

— Je vous présente David et Swan Holloway.

C'était le signal pour descendre les marches dorées jusqu'à la barque qui les transporterait jusqu'au yacht. Pourtant, incapable de résister à la tentation, il embrassa de nouveau sa femme, leur baiser scellant cette promesse du bonheur qui illuminerait chaque jour de leur vie.